白先勇的
文藝復興

目次

輯四 紅塵歷劫：談《紅樓夢》

輯五　對話錄

我的「文藝復興夢」

白先勇

《白先勇的文藝復興》這個書名不免有點誇張，書名的最後加一個「夢」字會比較恰當。我少年時期住過上海、香港，這些都是比較西化的城市，我在香港初中讀拉薩書院（La Salle College），那是一間耶穌會教士創辦的中學，很多老師是愛爾蘭教士，在那裡我們要念聖經，是我第一次接觸到西方宗教天主教。後來在臺灣上大學，念的是外文系，更進一步受到西方文學、西方文化的感身影響。當時對西方文明近世紀的偉大成就，無限景仰、由衷欽佩。西方人這幾個世紀迸發出來的創造力，在各個領域：文學、音樂、藝術、戲劇等等，皆有驚人的成就，科學、醫學更是領先世界。稍微研究一下西方文化發展歷史，便知道西方人之所以在近世紀有如此傑出的文化成就，皆源自於十四至十六世紀，從歐洲爆發了一場驚天動地的「文藝復興」（Renaissance），那是一個人類思想大解放的運動，其淵源悠遠，內容廣博複雜，其靈感得之於歐洲經過中世紀一段「黑暗時期」之後，重新發現古希臘、古羅馬文明。

中國二十世紀初也發生過一場文化運動——「五四運動」。中國傳統文化自十九世紀以來，一直衰蔽不振，同時遇到西方文化強勢入侵，加速了中國傳統文化的分崩離析。民國初年，一群有志之士發動「五四運動」，企圖振興中國文化，這場運動受到西方文化的啟發，其核心內容為反叛傳統、求新望變，希望創造出中國的新文學、新思想、新文化。可惜接踵而來的戰爭與革命把這場文化運動的動力沖散截斷了。「五四運動」在知識界產過鉅大影響，但其文化成就不算突出。

我在臺大外文系念書的時候，我們那一屆以及前後屆，有一群頗富才情又懷抱共同理想的同學，王

文興、歐陽子、陳若曦、李歐梵、戴天、葉維廉、劉紹銘……由我登高一呼，眾志成城，在一九六〇年創辦《現代文學》，我們創辦這本雜誌，多少也受了「五四」先賢所辦的《新青年》、《新潮》等雜誌的鼓勵，希望在臺灣能夠開創一條嶄新的文學道路。一方面我們受了西方現代主義（Modernism）的影響，把「現代主義」大師的經典作品引介給臺灣讀者。但我們對傳統的態度與「五四運動」卻迥然不同，我們沒有推翻傳統的衝動，因為以儒家思想為中心的宗法社會從「五四」，歷經抗戰革命，已經崩潰瓦解，我們這群戰後成長的一代是在傳統的廢墟上企圖建立一座新的文學殿堂。《現代文學》搭了一個平臺，讓一群有創作才能的青年作家恣意耕耘，這群作家日後在臺灣文壇都扮演了重要角色，有幾位卓然成家，引領臺灣文學一代文風。從那時起，我在朦朧間，已經開始在做我的「文藝復興」夢了，希望有一天，中華民族也能興起一個歐洲式的 Renaissance。

我從文學跨入戲劇、戲曲的領域是一九八二年參與製作編寫《遊園驚夢》舞臺劇開始，《遊》劇在當時引起極大迴響，在臺北國父紀念館公演十場，場場滿座，一流的演員、一流的舞臺藝術家的投入，盛況空前，替臺灣戲劇演出史樹立了一道里程碑，這是第一次把中國京崑戲曲融入現代舞臺劇中，《遊》劇也引起了對岸戲劇界的興趣，一九八八年，由上海青年話劇團傑出導演胡偉民策劃，聯合上海崑劇院、上海戲劇學院、廣州話劇團，共同演出大陸版《遊園驚夢》舞臺劇，由上崑名旦華文漪擔綱，崑曲泰斗俞振飛、上海戲劇學院院長余秋雨都參加製作。首演在廣州，後北上上海，又轉移香港，各地演出轟動，是大陸文革後，第一次有《遊》劇這類舞臺劇出現。

《遊園驚夢》這篇小說是敘述崑曲名伶錢夫人藍田玉的一生遭遇，劇中有大量的崑曲演出唱段，引起很多觀眾對崑曲的注意。從那時起，我開始思考崑曲的命運。崑曲興盛於晚明至清朝乾嘉時期，獨霸中國劇壇兩百多年，是當時的國劇。崑曲的表演美學超越其他一切劇種，是明清時代最高的文化成就之一。可是自十九世紀晚期以來，崑曲一直衰微不振，民國時期，崑曲幾乎從舞臺上消失，「文革」十年，崑曲完全被禁止。即使「文革」過後，崑曲恢復演出，但一直未能振衰起敝，仍處在掙扎求生存的困境。我當時省思，曾經有過如此輝煌歷史而且深入民間的藝術，竟然長期衰頹，隨時有滅絕的危險。如何拯救一種重重病危的藝術文化？於是便有青春版《牡丹亭》的誕生。二〇〇三年，一群有文化抱負的有心人：學者、藝術家、戲曲大師，有志一同，打造出三本二十七折，演出九小時的崑曲大戲《牡丹亭》，這齣有四百年歷史的經典劇目注入現代舞臺藝術的元素，喚回崑曲青春的生命，使得這一個古老的劇種在現代舞臺上重放光芒。我們起用青年演員，號召青年觀眾。從二〇〇四年臺北首演以來，青春版《牡丹亭》橫掃兩岸四地、歐美各國，已經演出三百六十多場，曾經進入四十多所各地高校，觀眾人次五十萬以上，其中七成為年輕觀眾，青春版《牡丹亭》的影響，遠遠超過我們當初的預期，如果說青春版《牡丹亭》一齣戲振興了一個劇種，不算誇大之辭。二〇一八年，校園版《牡丹亭》在北大首演成功，這在崑曲演出史上又是一道里程碑，校園版《牡丹亭》由北京十六所大學、三十八位學生組成的劇組演出，由青春版《牡丹亭》演員一對一教授，四位杜麗娘、三位柳夢梅，校園版《牡丹亭》的學生演員認真演出，幾乎達到職業水準，觀眾反應空前熱烈，校園版《牡丹亭》接著到天津南開大學、南京大學、香港中文大學、臺灣高雄演出，處處受到歡迎。二〇〇五年，青春版《牡丹亭》首次到北大演出，當時九八%的學生從沒有看過崑曲演出，十三年後，北京大學生自己組團演出《牡丹亭》，這是中國青年菁英集體的文化覺醒，由此，我也看到二十一世紀中華民族發生一場「文藝復興」的可能。

歐洲「文藝復興」其淵源來自古希臘、羅馬文明的啟發。中國二十一世紀的「文藝復興」也應該從我們自己的傳統文化中去尋找靈感，然後再結合現代文明，而創造出一種新的中國文化。「五四運動」推翻傳統的激進思想，恐怕是一個錯誤。歐洲「文藝復興」從文學、藝術、戲劇開始，英國的「文藝復興」便得力於莎士比亞的戲劇。中國崑曲的美學的確值得研究提倡，從振興崑曲成功讓我得到啟發，我們傳統文化中許多有過燦爛成就的藝術，是否也能讓其在二十一世紀的舞臺上重新綻發出新的生命力。

《紅樓夢》是中國文學最偉大的小說，是中華文化中一座巍巍高峰，《紅樓夢》繼承了中國文學詩、詞曲、小說的大傳統，揉合了中國哲學宗教儒、釋、道三大源流，成書於十八世紀，中國傳統文化由盛入衰的關鍵時刻，對中華文明做了一個總結。「五四」以來的文學史往往把《紅樓夢》歸類為「章回小說」、「傳統小說」甚至「舊小說」，這種歸類法都不十分精確。《紅樓夢》雖然繼承了中國文學的大傳統，但在小說藝術上卻極富開創的現代性。「五四」文學史把魯迅當作中國近代小說的始祖，其實中國的「現代小說」應該起源於《紅樓夢》。中華「文藝復興」，《紅樓夢》必定成為追溯文學靈感的標竿之一。

二〇一四至二〇一五年，我有機會在臺灣大學講授了三個學期的《紅樓夢》，把一百二十回從頭講了一遍，後來講義編輯成書：《白先勇細說紅樓夢》，算是我對這本天書下了一個新的注解。同時我把《紅樓夢》兩個最重要的版本「程乙本」、「庚辰本」做一次詳細的比較，指出「庚辰本」一百七十多項誤謬或者不及「程乙本」之處。自一九八二年大陸人民文學出版社出版庚辰本《紅樓夢》以來，「程乙本」完全被邊緣化，這是紅學界一大危機，「程乙本」自從一七九二年（乾隆五十七年）出版以來，流行有二百多年的歷史，民國時期經過胡適大力推薦，一九二七年亞東版「程乙本」《紅樓夢》出版，流行海內外，影響了幾代讀者，成為當時的標準本。這樣重要的一個版本，竟然被忽略湮沒。二〇一六年，在我極力奔走下，得到趙廷箴基金的資助，促成時報文化出版社重新刻印桂冠版「程乙本」紅樓夢，大陸理想國廣西師範大學出版社也同步出版簡體版。由此，「程乙本」得以復活。中國最偉大的小說，理應採用最佳版本來發行。

自從一九六〇年創辦《現代文學》，一場「文藝復興」夢做到如今，算算已經一甲子六十年，一個人當然無法完成「文藝復興」這樣一項鉅大文化工程。但如果一連幾代都有一批孜孜矻矻的有心人致力於文化建設，說不定迸出幾位像湯顯祖、曹雪芹的大天才來，中華民族的「文藝復興」也許就不是一個夢了，我由衷的期盼，二十一世紀，中華民族能夠恢復我們的「大漢天聲」，這是我多年的悲願。

輯一
現代文學

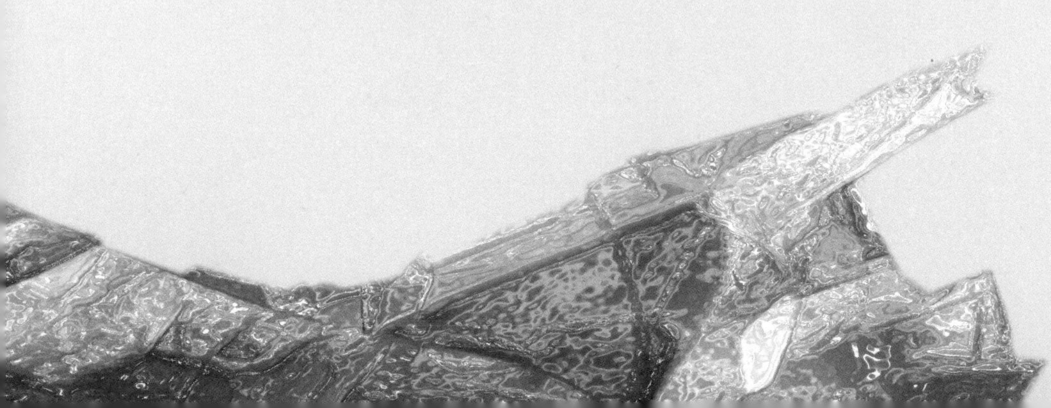

上：《現代文學》編輯委員會合影。前排左起：陳若曦、歐陽子、劉紹銘、白先勇、張先緒；後排左起：戴天、方蔚華、林耀福、李歐梵、葉維廉、王文興、陳次雲。

下：一九六一年，《現代文學》編輯於碧潭野餐。後排左起：杜國清、王禎和、陳若曦、白先勇、王國祥、王文興、沈萍、歐陽子；前排左起：鄭恆雄、楊美惠。

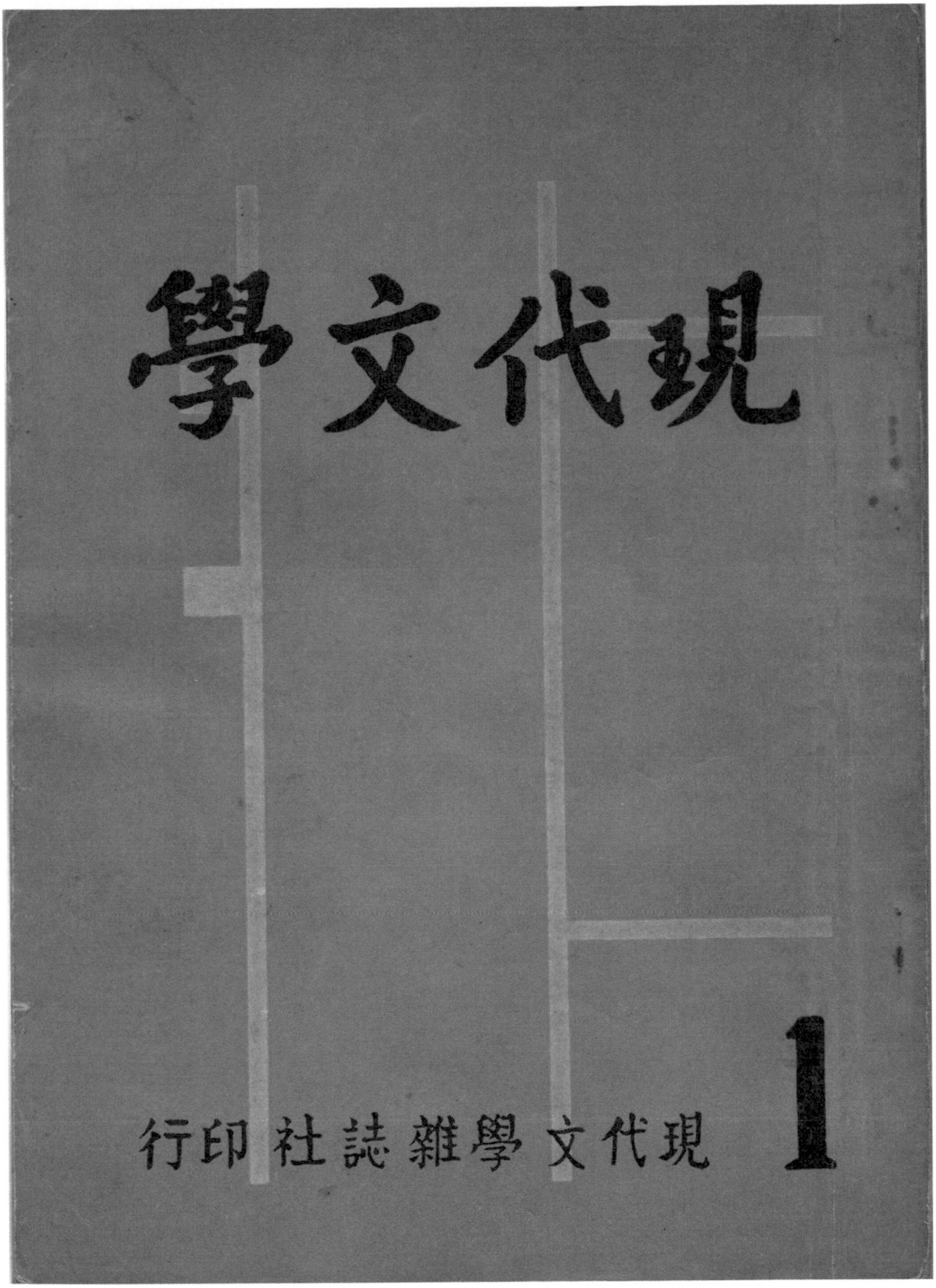

《現代文學》雜誌創刊號，封面設計／張先緒，一九六〇年三月五日。

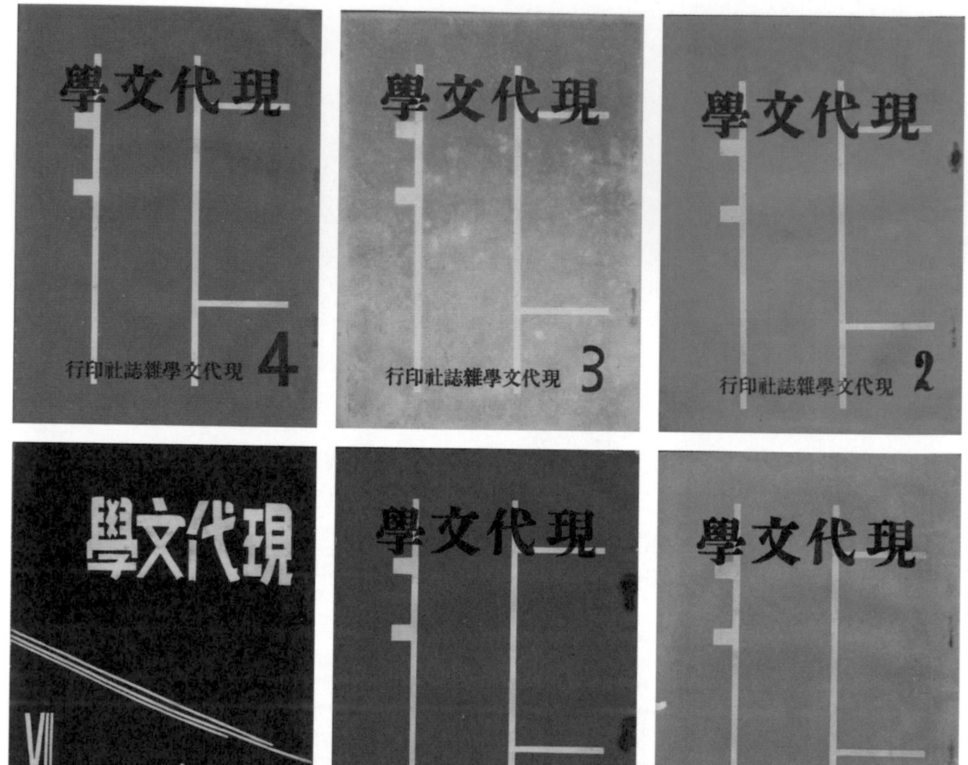
現代文學
現代文學雜誌社印行 4
現代文學
現代文學雜誌社印行 3
現代文學
現代文學雜誌社印行 2
現代文學
VII
現代文學
現代文學雜誌社印行 6
現代文學
現代文學雜誌社印行 5
現代文學
X
現代文學 IX
現代文學
VIII
《現代文學》雜誌書影。

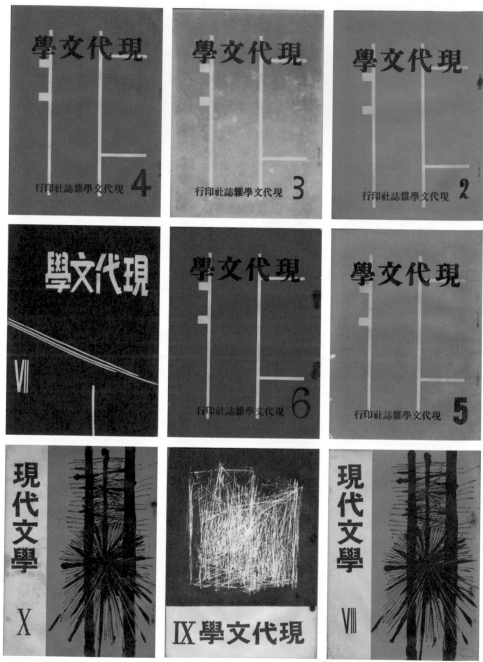

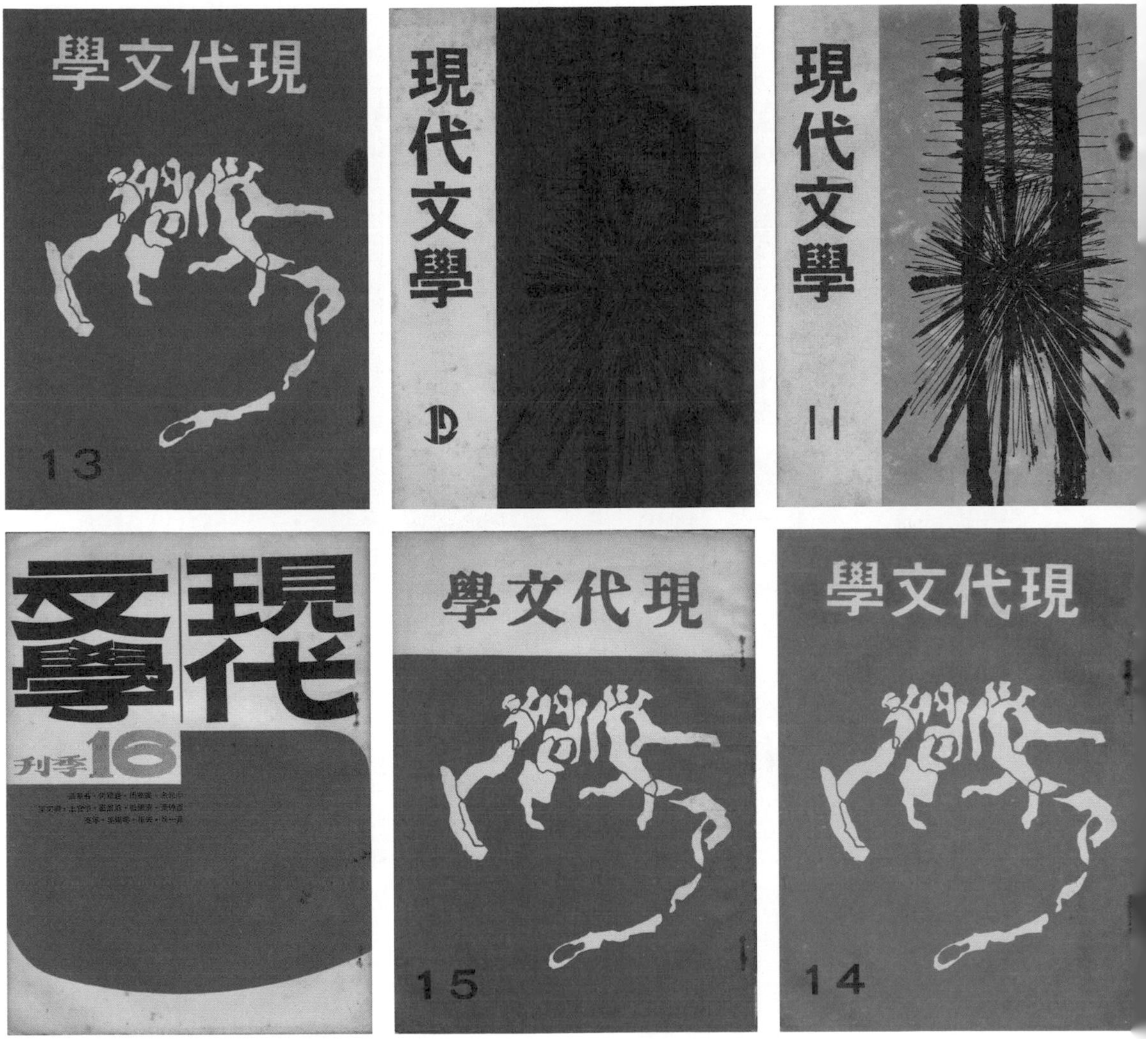

《現代文學》雜誌書影。

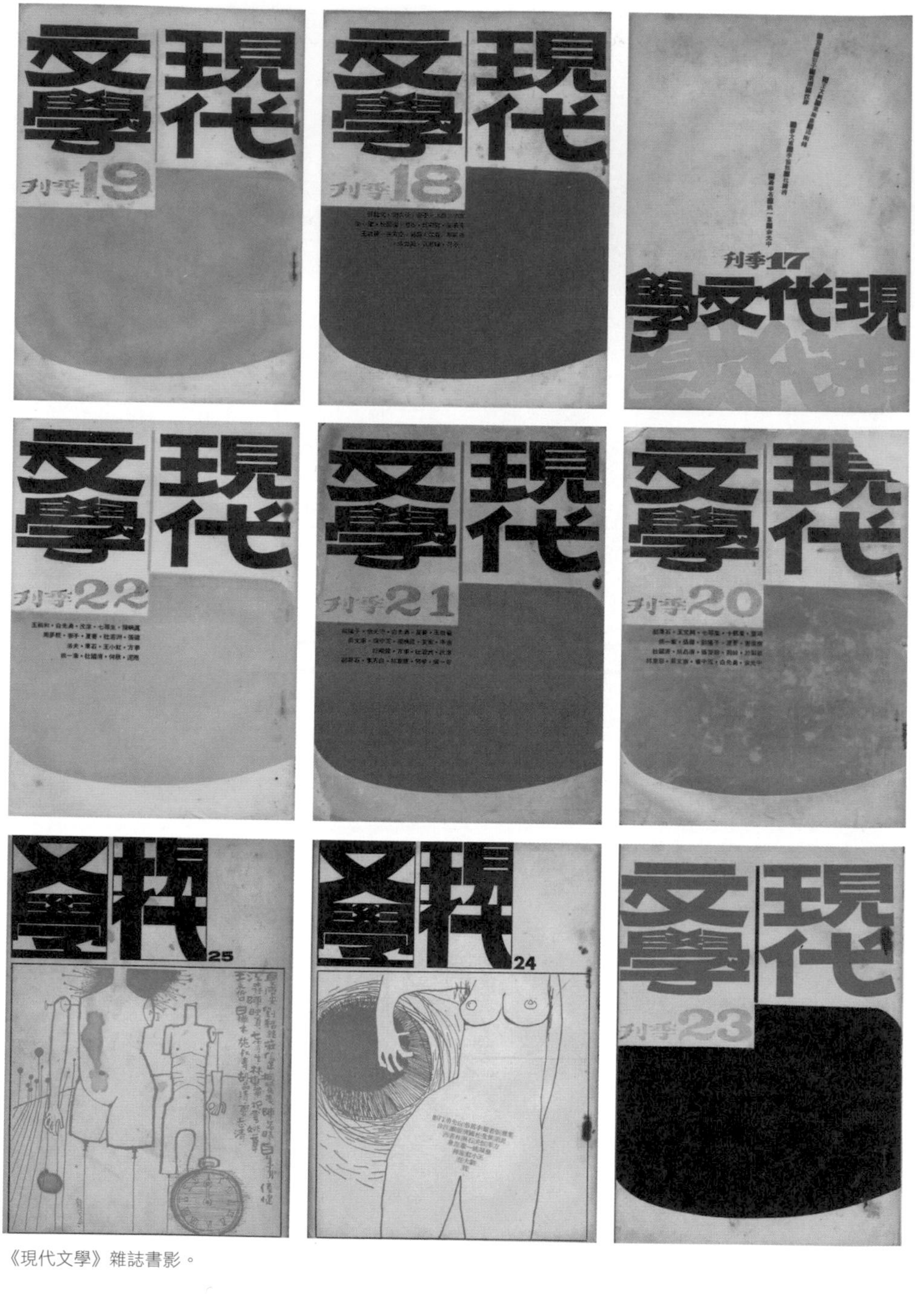

《現代文學》雜誌書影。

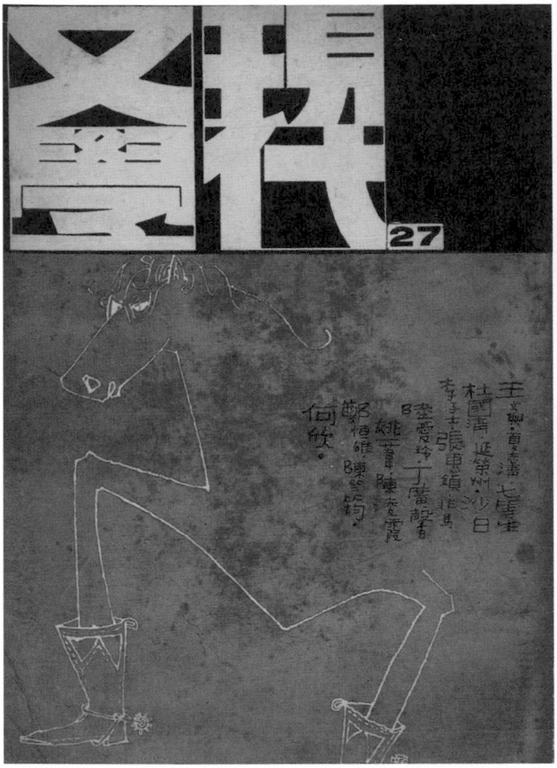

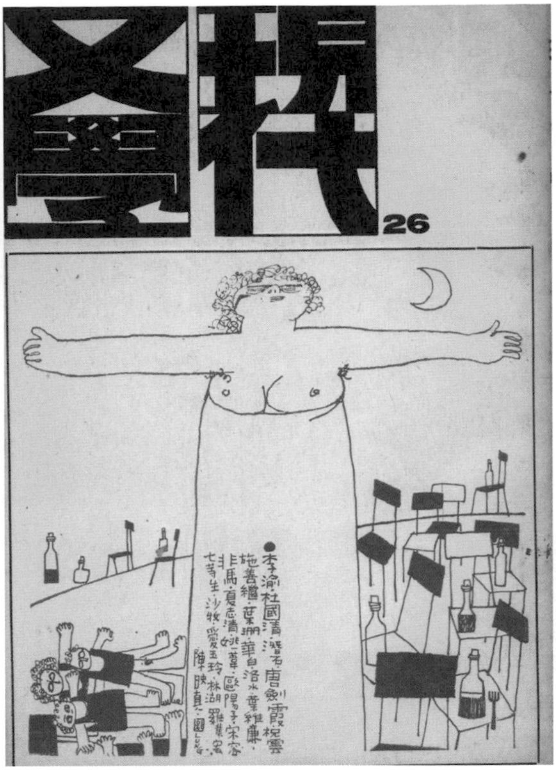

《現代文學》雜誌書影。

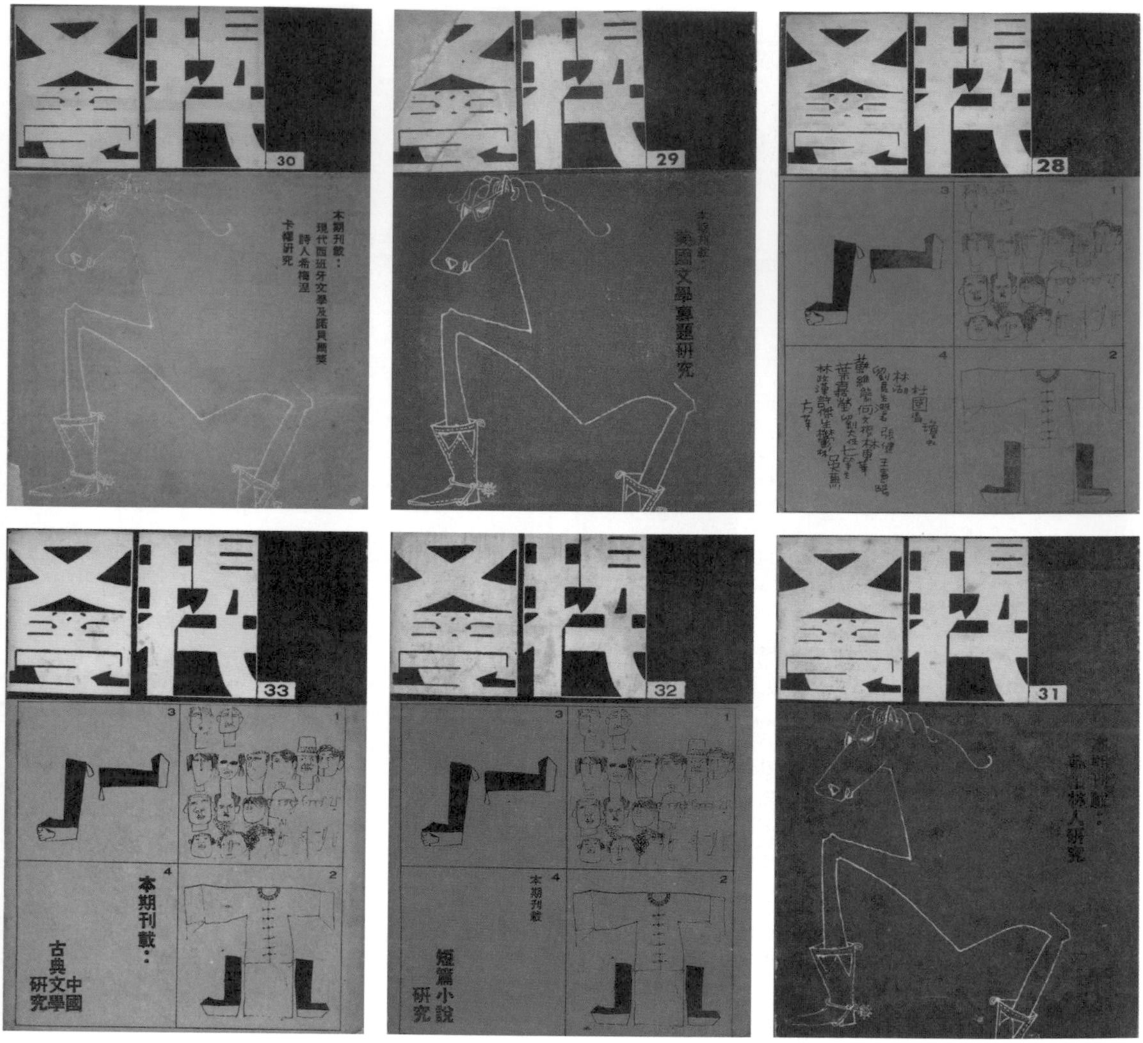
30
本期刊載：
現代西班牙文學及諾貝爾獎
詩人希梅涅
卡繆研究
29
美國文學專題研究
28
33
本期刊載：
中國古典文學研究
32
本期刊載
短篇小說研究
31

《現代文學》雜誌書影。

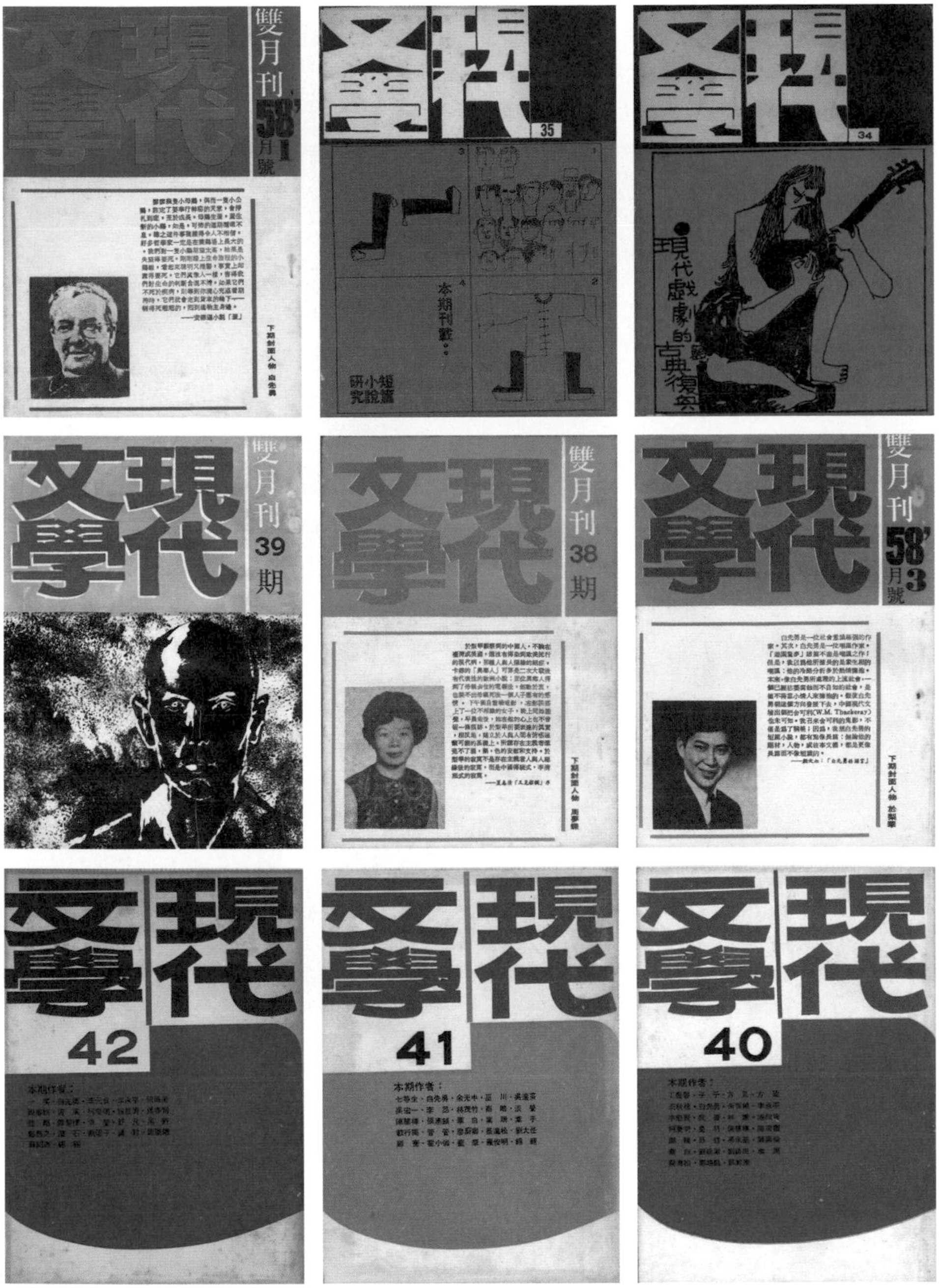
現代文學
雙月刊
58' 1月號
現代文學
35
本期刊載。
短篇小說研究
現代文學
34
現代戲劇的古典復興
現代文學
雙月刊
39期
現代文學
雙月刊
38期
現代文學
雙月刊
58' 3月號
現代文學
42
本期作者：
現代文學
41
本期作者：
現代文學
40
本期作者：

《現代文學》雜誌書影。

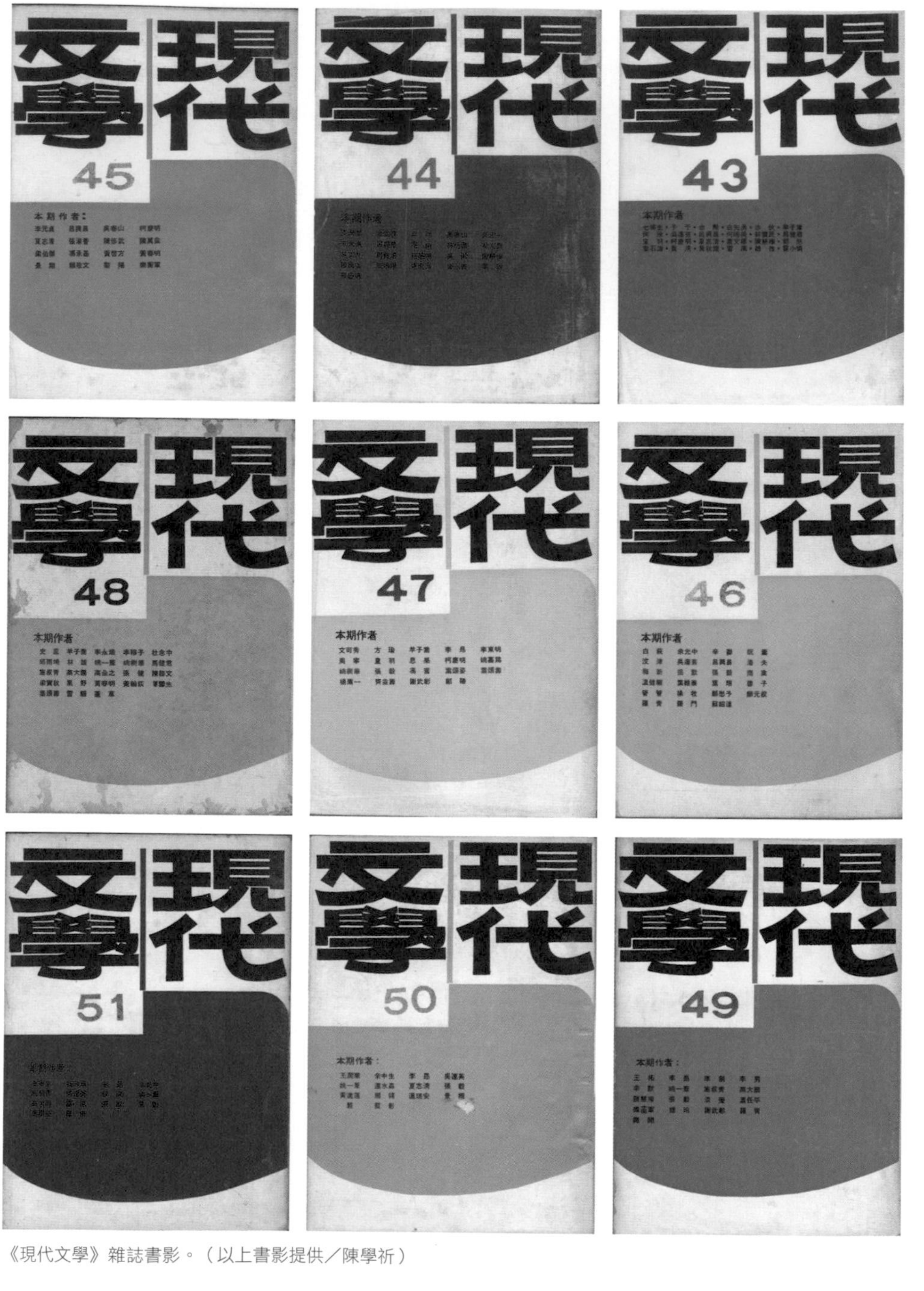

《現代文學》雜誌書影。（以上書影提供／陳學祈）

#《現代文學》的回顧與前瞻

民國四十九年，我們那時都還在臺大外文系三年級念書，一群不知天高地厚一腦子充滿不著邊際理想的年輕人，因為興趣相投，熱愛文學，大家變成了朋友。於是由我倡議，一呼百應，便把《現代文學》給辦了出來。出刊之時，我們把第一期拿去送給黎烈文教授，他對我們說：「你們很勇敢！」當時他這話的深意，我們懵然不知，還十分洋洋自得。沒料到《現代文學》一辦十三年，共出五十一期，竟變成了許許多多作家朋友心血灌溉而茁壯，而開花，而終於因為經濟營養不良飄零枯萎的一棵文藝之樹。對我個人來說，《現代文學》是我的一副十字架，當初年少無知，不自量力，只憑一股憨勇，貿然背負起這副重擔，這些年來，路途的崎嶇顛躓，風險重重，大概只有在臺灣辦過同人文藝雜誌的同路人，才能細解其中味。

臺大外文系一向文風頗盛，開風氣之先者，首推我們的學長詩人余光中，那時他早已名震詩壇了。夏濟安教授主編《文學雜誌》，又培養不少外文系作家。高於我們者，有葉維廉、叢甦、劉紹銘。後來接我們棒的，有王禎和、杜國清、潛石（鄭恆雄）、淡瑩等。然而我們那一班出的作家最多：寫小說的，有王文興、歐陽子（洪智惠）、陳若曦（陳秀美），詩人有戴天（戴成義）、林湖（林耀福）。還有許多桿好譯筆如王愈靜、謝道峨，後來在美國成為學者的有李歐梵，成為社會學家的有謝楊美惠。這一夥人，還加上另外幾位，組成了一個小社團叫「南北社」（詳情見歐陽子〈回憶《現代文學》創辦當年〉）。我們常常出去爬山游水，坐在山頂海邊，大談文學人生，好像天下事，無所不知，肚裡有一分，要說出十分來。一個個胸懷大志，意氣飛揚，日後人生的顛沛憂患，哪裡識得半分？陳若曦老鬧神經痛，但爬山總是她第一個搶先上去。王文興常常語驚四座，一出言便與眾不同。歐陽子不說話，可是什麼都看在眼裡。大家一時興起，又玩起官兵捉強盜來。怎麼會那樣天真？大概那時臺北還是農業社會——清晨牛車滿街，南京東路還有許多稻田，夜總會是一個神秘而又邪惡的名詞，好像只有一兩家。臺大外文系那時也染有十分濃厚的農業社會色彩：散漫悠閒，無為而治。我們文學院裡的吊鐘一直是停擺的，圖書館裡常常只剩下管理員老孟（蘇念秋）一個人在打坐參禪，而我們大伙卻逃課去辦《現代文學》去了。幸虧外文系課業輕鬆，要不然哪裡會有那麼多的時間精力來寫文章辦雜誌？而且大家功課還不錯，前幾名都是南北社的人囊括的。

民國四十八年大二暑假，我跟陳若曦、王愈靜通了幾封信，提出創辦《現代文學》芻議，得到南北社社員熱烈支持。於是大家便七手八腳分頭進行，首先是財源問題，我弄到一筆十萬塊的基金，但只能用利息，每月所得有限，只好去放高利貸（後來幾乎弄得《現文》破產，全軍覆沒，還連累了家人）。歐陽子穩重細心，主持內政，總務出納、訂戶收發由她掌管。陳若曦闖勁大，辦外交、拉稿、籠絡作家。王文興主意多，是《現文》編輯智囊團的首腦人物，第一期介紹卡夫卡，便是他的主意，資料也差不多是他去找的，封面由張先緒設計。我們又找到兩位高年級的同學加盟：葉維廉和劉紹銘。發刊詞由劉紹銘主筆，寫得倒也鏗鏘有聲。葉維廉是創刊詩一首：〈致我的子孫們〉，氣魄雄偉。我們那時只是一群初執筆桿的學生，《現文》又沒有稿費，外稿是很難拉得到的，於是自力更生，寫的寫，譯的譯。第一期不夠稿，我便化一個筆名投兩篇。但也有熱心人支持我們的，大詩人余光中第一期起，從〈坐看雲起時〉一直鼎力相助。另一位是名翻譯家何欣先生，何先生從頭跟《現文》便結下不解之緣，關係之深，十數年如一日，那一篇篇紮硬的論文，不知他花了多少心血去譯。我們的學姊叢甦從美國寄來佳作一篇〈盲獵〉，外援來到，大家喜出望外。於是由我集稿，拿到漢口街臺北印刷廠排版，印刷廠經理姜先生，上海人，手段圓滑，我們幾個少不更事的學生，他根本沒看在眼裡，幾下太極拳，便把我們應付過去了。《現文》稿子丟在印刷廠，遲遲不得上機，我天天跑去交涉，不得要領。晚上我便索性坐在印刷廠裡不走，姜先生被我纏得沒有辦法，只好將《現文》印了出來。民國四十九年三月五日出版那天，我抱著一大疊淺藍色封面的《現代文學》創刊號跑到學校，心裡那份歡欣興奮，一輩子也忘不掉。

雜誌出來了，銷路卻大成問題。什麼人要看我們的雜誌？卡夫卡是誰？寫的東西這麼古怪。幾篇詩跟小說，作者的名字大都不見經傳。就是有名的，也看不大懂。我們到處貼海報，臺大學生反應冷淡，本班同學也不甚熱烈，幾個客戶都是我們賣面子死拉活拖硬抓來的。教授我們送了去，大都不置可否。但也有熱心的，像張心漪教授，替我們介紹訂戶，不惜餘力。殷張蘭熙女士，百般衛護，拉廣告。黎烈文教授對我們十分嘉許，其實只要有人看，我們已經很高興了。雜誌由世界文物供應社發出去。隔幾天，我就跑到衡陽路重慶南路一帶去，逛逛那些雜誌攤。「有《現代文學》嗎？」我手裡抓著一本《今日世界》或者《拾穗》一面亂翻裝作漫不經心的問道。許多攤販直搖頭，沒聽過這本東西。有些想了一會兒，卻從一大疊的雜誌下面抽出一本《現代文學》來，封面已經灰塵僕僕，給別的暢銷雜誌壓得黯然失色。「要不要？」攤販問我。我不忍再看下去，趕快走開。也有意外：「《現代文學》嗎？賣光了。」於是我便笑了，問道：「這本雜誌那麼暢銷嗎？什麼人買？」「都是學生吧。」我感到很滿足，居然還有學生肯花錢買《現代文學》，快點去辦第二期。第一期結算下來，只賣出去六、七百本，錢是賠掉了，但士氣甚高，因為我們至少還有幾百個讀者。其實《現文》銷路一直沒超過一千本，總是賠錢的。因此攤販們不甚歡迎，擺在不起眼的地方。可是有一位賣雜誌的，卻是《現文》的知音，那就是孤獨國主詩人周夢蝶先生，他在武昌街的那個攤位上常常掛滿了《現代文學》，我們賣不掉的舊雜誌，送給他，他總替我們擺出來。有時經過武昌街，看見紅紅綠綠的《現文》高踞在孤獨國的王座上，心裡又感動、又驕傲。我的朋友女詩人淡瑩說，她是在周夢蝶那裡買到整套《現文》的。

雖然稿源困難，財源有限，頭一年六期《現文》雙月刊居然一本本都按期出來了。週年紀念的時候，還在我家開了一個盛大慶祝會。除了文藝界的朋友，又請了五月畫會的畫家們。像顧福生、莊喆、韓湘寧都替《現文》設計過封面，畫過插畫。張心漪老師、殷張蘭熙女士也來捧場，大家真是高興的，對《現文》的前途充滿信心。而我們那時也快畢業了，大家回顧，都覺得大學四年太快，有虛度之感。對我個人來說，大學生活最有意義的事，當然就是創辦了這本賠錢雜誌。家中父母親倒很支持，以為「以文會友」。確實，我辦這本雜誌，最大的收穫之一，便是結識了一批文友，使得我的生活及見識都豐富了許多。

到了第九期，《現文》遭到頭一次經濟危機。我拿去放高利貸的那家伸鐵廠倒掉了。《現文》基金去掉一半，這一急，非同小可。那一段時期我天天如同熱鍋上的螞蟻，五內如焚。數目雖小，但是我那時是一個身無分文的學生，同學們更不濟事。父母親的煩事多，哪裡還敢去擾他們。我跑到伸鐵廠好幾次，也夾在債權人裡跟鐵廠索債。別人拿回錢沒有我不知道，我那張借據一直存了好幾年。有時候拿出來對著發呆，心裡想：這個鐵廠真可惡，這筆文化錢也好意思吞掉。但雜誌總還是要辦下去的。幸虧我們認識了當時駐臺的美國新聞處處長麥卡瑟（Richard MaCarthy）先生。他是有心人，熱愛文學，知道我們的困境，便答應買兩期《現文》。於是第十、第十一期又在風雨飄搖中誕生了。同時《現文》男生也入了營，編務的重擔便落到了《現文》女將們身上。《現文》女將，巾幗英雄，歐陽子坐鎮臺大，當助教，獨當一面。陳若曦在外做事，仍舊辦她的外交。我們的學弟們，鄭恆雄、杜國清、王禎和也正式加盟，變成《現文》的第二代。我在軍營裡無法幫忙，只有稿援，在那樣緊張的生活裡，居然湊出了兩篇小說來：〈寂寞的十七歲〉和〈畢業〉（後改為〈那晚的月光〉），那是拚命擠出來的。等到女將們出國，朝中無大臣，《現文》的人事危機又到了。十五期半年出不來，形勢岌岌可危。一直到我們受訓完畢，出國留美，《現文》的形成期終於結束，改為季刊，邁入了一個新的紀元。

我臨出國，將《現文》鄭重托付給余光中、何欣、姚一葦三位先生。余、何一向與《現文》淵源甚深，姚先生則是生力軍，對《現文》功不可滅，值得大書特書。除了自己撰稿——他那本有名的《藝術的奧秘》便是一篇篇在《現文》上出現的——又拉入許多優秀作家的文稿來：如陳映真、施叔青、李昂等等。有了這三位再加上《現文》第二代，編輯危機，算是解決。至於財源，出國後，便由我一個人支撐。家裡給我一筆學費，我自己則在愛荷華大學申請到全年獎學金。於是我便把學費挪出一部分來，每月寄回一張支票，化做白紙黑字。在國外，最牽腸掛肚的就是這本東西，魂牽夢縈，不足形容：稿子齊了沒有？有沒有拉到好小說？會不會脫期？印刷費夠不夠？整天都在盤算這些事。身在美國，心在臺灣，就是為了它。這段期間，《現文》開始起飛，漸趨成熟。一方面是《現文》基本作家本身的成長，另一方面是余、何、姚三位在編輯方面，改進內容，提高了創作水準。這個時間，佳作真多。據咪咪（余光中太太）說，三位太太也動手幫忙，寫封套、送雜誌。《現文》第二代杜國清他們騎腳踏車，奔跑印刷廠，大家幹勁十足。我在愛荷華每次接到臺北寄來的《現文》，就興奮得通夜難眠，恨不得一口氣全本看完。看到陳映真的小說，心裡有說不出的感動，又難過。〈壁虎〉的作者是誰，我打聽。原來是一個還在中學念書的小姑娘，我很詫異。施叔青初執筆便氣宇不凡，日後果然自成一家。施家文學風水旺，妹妹李昂後來居上，風格特殊。

此後，《現文》的編輯人事，經過幾次大變動，王文興、余光中、柯慶明都輪流當過主編及執行編輯。這幾位編輯勞苦功高，筆難盡述。只有傻子才辦文學雜誌，只有更傻的人才肯擔任這吃力不討好的編輯工作，而且是不支薪水的。《現文》之所以能苦撐十三年，第一要靠這批編輯們的烈士精神，除了上述幾位外，臺大外文系的助教王秋桂、張惠鎮，還有中文系的師生都曾出過大力。此外，那時候的作家，對《現文》真是義薄雲天，不求稿費、不講名利，他們對於《現文》都有一份愛心與期望，希望這份文學雜誌能夠撐下去。民國五十九年，《中國時報》余紀忠先生，聞悉《現文》財政拮据，慷慨贈送紙張一年，使《現文》渡過危機。然而在工商起飛的臺灣，一本農業社會理想的同人雜誌，是無法生存下去的。跟我們同時掙扎的《文學季刊》、《純文學》都一一英勇的倒仆下去。《現文》的經濟危機又亮起了紅燈。民國六十二年世界通貨膨脹，臺灣的紙價印刷費猛增。我在美國教書的薪水，怎麼省也省不下這筆費用來。我有一位中學好友王國祥，也是《現文》的忠實讀者，知道我的困境，每個月從他的研究費捐獻一百二十塊美金，但是兩個人合起來的錢，仍然無濟於事，第五十一期出畢，我只好寫信給當時的編輯柯慶明，宣布《現文》暫時停刊。柯慶明來信，最後引了白居易的詩：「野火燒不盡，春風吹又生。」我則回以岳飛的〈滿江紅〉：「待從頭，收拾舊山河，朝天闕。」岳武穆的這首〈滿江紅〉是小時候父親教授我的，這也是他唯一會唱的歌，常常領著我們唱。後來無論在哪兒聽到這首歌，我總不禁感到慷慨激昂。

總觀五十一期《現代文學》，檢討得失，我們承認《現文》的缺點確實不少：編輯人事更動厲害，編輯方針不穩定，常常不能按期出刊，稿源不夠時，不太成熟的文章也刊登出來。然而《現文》沒有基金，編輯全是義務，行有餘力，則於編務。我對於編輯們除了敬佩外，絕不敢再苛求。《現文》又沒有稿費，拉來文章全憑人情，大概也只有在我們這個重義輕利的中國社會，這種事情才可能發生。因此，除掉先天的限制外，我肯定的認為《現代文學》在六〇年代，對於中國文壇，是有其不可抹滅的貢獻的。

首先，是西洋文學的介紹。因為我們本身學識有限，只能做譯介工作，但是這項粗淺的入門介紹，對於臺灣當時文壇，非常重要，有啟發作用。因為那時西洋現代文學在臺灣相當陌生，像卡夫卡、喬伊思、托馬斯・曼、福克納等這些西方文豪的譯作，都絕無僅有。喬伊思的短篇小說經典之作《都柏林人》我們全本都譯了出來。後來風起雲湧，各出版社及報章雜誌都翻譯了這些巨匠的作品，但開始啟發讀者對西洋現代文學興趣的，《現文》實是創始者之一。譯文中，也有不少佳作。舉凡詩、短篇小說、戲劇、論文，犖犖大端，名譯家有何欣、朱立民、朱乃長等，此外臺大外文系助教學生的豐功偉績也不可抹煞，尤其是張惠鎮，她的翻譯質與量在《現文》所占的篇幅都是可觀的。

當然，《現文》最大的成就還是在於創作。小說一共登了兩百零六篇，作家七十人。在六〇年代崛起的臺灣名小說家，跟《現代文學》，或深或淺，都有關係。除掉《現文》的基本作者如王文興、歐陽子、陳若曦，及我本人外，還有叢甦、王禎和、施叔青、陳映真、七等生、水晶、於梨華、李昂、林懷民、黃春明、潛石、林東華、汶津、王拓、蔡文甫、王敬羲、子于、李永平等，早已成名的有朱西甯、司馬中原、段彩華。這些作家，或發軔於《現文》，或在《現文》上登過佳作。更有一些，雖然沒有文名，而且在《現文》上只投過一兩篇，但他們的作品，有些絕不輸於成名作家，只可惜這些作家沒有繼續創作，他們的潛力，已經顯著，要不然，臺灣文壇上，又會添許多生力軍。我隨便想到的有：奚淞、東方白、姚樹華、張毅、黎陽、馬健君等。

《現代文學》的現代詩，成就亦甚可觀，有兩百多首，舉凡臺灣名詩人，一網打盡。《藍星》、《創世紀》、《笠》、《星座》等各大詩社的健將全部在《現文》登過場，還有許多無黨無派的後起之秀。《現文》對臺灣詩壇的特別貢獻，是四十六期詩人楊牧主編的「現代詩回顧專號」，對臺灣過去二十年現代詩的發展成長，做了一個大規模的回顧展。這種兼容並蓄的現代詩回顧展，在臺灣當時，好像還是首創。楊牧編輯這個專號，頗花心血，值得讚揚。

《現文》登載本國批評家的論文比較少，但名批評家夏志清、顏元叔、姚一葦、林以亮都有精彩作品，在《現文》發表。夏志清教授，對《現文》從頭到尾同情鼓勵，呵護備至。他在一篇論文裡提到：「《現代文學》，培養了臺灣年輕一代最優秀的作家。」

其次，《現文》另一項重要工作，則是中國古典文學研究，這要歸功臺大中文系的師生。《現文》後期執行編輯柯慶明，當時在臺大中文系當助教，向中文系師生拉稿，有十字軍東征的精神，四四、四五兩期「中國古典小說專號」從先秦到明清，對中國古典小說的發展，作了一項全盤的研究，中國古典小說在臺灣學界如此受到重視，《現文》這個專號，又是首創。在此特別值得一提的，是夏志清教授那本用英文寫成的巨著《中國古典小說》，在《現文》幾乎全部譯完登出，這本文學批評，在西方漢學界早已成為眾口交譽的經典之作，使西方人對中國古典小說刮目相看。

其實五十二期的稿子，當時已經完全收齊發排了，但因經費問題，始終未能出刊。為了寫這篇回憶，我又從箱篋裡翻出一些有關《現文》的資料來，有一張發了黃的照片，是《現文》創刊時，當時的編輯們合照的，一共十二人：戴天、方蔚華、林湖、李歐梵、葉維廉、王文興、陳次雲、陳若曦、歐陽子、劉紹銘、我本人及張先緒。那時大家都在二十上下，一個個臉上充滿自信與期望。自信，因為初生之犢，不懂事；期望，因為覺得人生還有好長一段路，可以施展身手，大幹一番。我看看照片下面印著的日期：一九六〇年五月九日。算一算，竟有十七年了，而我們這一批人都已進入了哀樂中年。對著這張舊照，不禁百感叢生。我們各人的命運，當初誰能料及？替《現文》設計封面的張先緒，竟先去世，而且還死得淒涼。張先緒有才，譯文真好，然而個性內向，太敏感。陳若曦勇敢，又喜歡冒險，所以她的一生大風大險多，回到大陸七年，嘗盡艱苦，居然又全家出來了。這就是陳若曦，能做出常人所不能及者。去年她到加州大學來演講，我們相見，如同隔世，她走路還是那樣不甘落後，共產黨給了她胃病及失眠症，但並未能鬥倒她。她現在執董狐之筆，向歷史作證，批判二十世紀的秦朝暴政。王文興、林湖、陳次雲都在母校教育下一代，成為臺大外文系的中堅分子。葉維廉、劉紹銘、李歐梵在美國大學教書，各有所成，是美國漢學界後起之秀。方蔚華曾執教政大，已為人父。很多年沒有見到詩人戴天，去年到香港，他請我吃飯，兩人酩酊大醉，因為大家都有了「今夕復何夕，共此燈燭光」的感慨。十七年前，戴天到我家，煮酒論詩，醺醺然，不知東方既白，少年情懷，畢竟不同。十七年，時間的擔子，是相當沉重的。歐陽子在美國除寫作外，相夫教子，家庭美滿，然而卻遭天忌，患了嚴重的眼疾，網膜剝落，雙目都動過大手術，視力衰退。一九七四年，我到德州去探訪她，我們同時都感到，時間的壓迫，愈來愈急促，於是我們覺得要趕快做一些有意義的事。歐陽子以超人的勇氣，在視覺模糊的狀態下，完成了她的論文集《王謝堂前的燕子》，接著一鼓作氣，又單獨編輯了這本《現代文學小說選集》。編選這本集子，歐陽子真花了不少心血，她把《現文》上二百多篇小說全部仔細看過，經過深思熟慮，挑出了三十三篇精作，每篇都加以短評，她的短評，寥寥數語，便將小說的精髓點出，對讀者大有幫助，而且她的書後目錄作得特別詳細完整，書後附有《現文》所有的小說篇名，以及每位作者名下所投《現文》之小說篇目，對於日後研究《現文》小說及作家的人有莫大方便。她這種編選態度之嚴謹認真，堪為楷模。

重讀一遍這本選集的小說，更肯定了我對《現文》的看法，《現文》最大的貢獻，在於發掘培養臺灣年輕一代的小說家。這本選集中三十三篇小說，大多傑出，可以稱為六〇年代臺灣短篇小說的優秀典例。其中有數位早已成名或日後成名的，但是他們投在《現文》上的小說，卻往往是他們最好的作品。如朱西甯的〈鐵漿〉，我認為是他所有短篇中的佼佼者，主題宏大：中國傳統社會與現代文明的衝突；形式完整：以象徵手法，乾淨嚴謹的文字，將主題意義表達得天衣無縫。這真是一篇中國短篇小說的傑作。又如陳映真的名著〈將軍族〉，正如歐陽子所評：「這是一篇感人至深的佳作。」他的人道主義在〈將軍族〉中兩個卑微的角色身上，發出了英雄式的光輝燦爛。這一篇，應當是他的代表作。再如黃春明的〈甘庚伯的黃昏〉，雖然這是他投到《現文》唯一的一篇，但是這篇感人肺腑的小說，以藝術形式來說，我覺得是他最完整的一篇，無一贅語，形式內容相互輝映。還有幾篇，在臺灣小說發展史上，有其特殊意義。叢甦的〈盲獵〉，無疑的，是臺灣中國作家受西方存在主義影響，產生的第一篇探討人類基本存在困境的小說。王禎和的〈鬼・北風・人〉是他初登文壇，在《現文》所投的第一篇。王禎和以前，當然還有許多本省作家描寫臺灣鄉土色彩的作品。但王禎和所受的是戰後教育，國語應用純熟。他這篇小說臺灣方言的運用，以及臺灣民俗的插入，是他刻意經營的一種寫實主義，他這種鄉土寫實作風，對日後流行的所謂臺灣鄉土文學有啟發作用，而選集中這篇〈鬼・北風・人〉則是先驅。但《現文》這本小說選集，另外更重要的一個意義，是收集了許多篇文名不盛作家的佳品。因為成名作家，個人都有選集，作品不至湮沒，但是名氣不大的作家，他們這些滄海遺珠，如果不選入集內，可能就此埋沒，在中國文學史上，將是大大損失，因為他們這幾篇作品，寫得實在好，與名家相比，毫無遜色。例如奚淞的〈封神榜裡的哪吒〉，從中國傳統神話中，探索靈肉不能並存的人生基本困境，歐陽子認為：「其表達方式與主題含義，皆具驚人的獨創性」。又如黎陽的〈譚教授的一天〉，我認為是描寫臺灣學府知識分子小說中的上乘作品，筆觸溫婉，觀察銳利，從頭至尾一股壓抑的感傷，動人心弦。東方白的〈□□〉，研討人類罪與罰的救贖問題，含義深刻，啟人深思。姚樹華的〈天女散花〉，刻劃社會階級間無法跨越的障礙，感人之至。綜觀選集中三十三篇作品，主題內容豐富而多變化，有研究中國傳統文化之式微者，如〈鐵漿〉、〈遊園驚夢〉；有描寫臺灣鄉土人情者，如〈鬼・北風・人〉、陳若曦的〈辛莊〉、林懷民的〈辭鄉〉、嚴的〈塵埃〉；有刻劃人類內心痛苦寂寞者，如水晶的〈愛的凌遲〉、歐陽子的〈最後一節課〉；有研究人類存在基本困境者，如〈盲獵〉、〈封神榜裡的哪吒〉、施叔青的〈倒放的天梯〉；有人生啟發故事（initiation stories），如王文興的〈欠缺〉；有讚頌人性尊嚴者，如〈將軍族〉、〈甘庚伯的黃昏〉；還有描述海外中國人的故事，如於梨華的〈會場現形記〉、吉錚的〈偽春〉。三十三位作家的文字技巧，也各有特殊風格，有的運用寓言象徵、有的運用意識流心理分析、有的簡樸寫實、有的富麗堂皇，將傳統融於現代，借西洋糅入中國，其結果是古今中外集成一體的一種文學，這就是中國臺灣六〇年代的現實，縱的既繼承了中國五千年沉厚的文化遺產，橫的又受到歐風美雨猛烈的衝擊，我們現在所處的，正是中國幾千年來文化傳統空前劇變的狂飆時代，而這批在臺灣成長的作家亦正是這個狂飆時代的見證人，目擊如此新舊交替多變之秋，這批作家們，內心是沉重的、焦慮的。求諸內，他們要探討人生基本的存在意義，我們的傳統價值，已無法作為他們對人生信仰不二法門的參考，他們得在傳統的廢墟上，每一個人，孤獨的重新建立自己的文化價值堡壘，因此，這批作家一般的文風，是內省的、探索的、分析的；然而形諸外，他們的態度則是嚴肅的、關切的，他們對於社會以及社會中的個人有一種嚴肅的關切，這種關切，不一定是「五四」時代作家那種社會改革的狂熱，而是對人一種民胞物與的同情與憐憫——這，我想是這個選集中那些作品最可貴的特質，也是所有偉大文學不可或缺的要素。在這個選集中，我們找不出一篇對人生犬儒式的嘲諷，也找不出一篇尖酸刻薄的謾罵。這批作家，到底還是受過儒家傳統的洗禮，文章以溫柔敦厚為貴。六〇年代，反觀大陸，則是一連串文人的悲劇，老舍自沉於湖、傅雷自戕、巴金被迫跪碎玻璃、丁玲充軍黑龍江，沈從文消磨在故宮博物館，噤若寒蟬，大陸文學一片空白。因此，臺灣這一線文學香火，便更具有興滅繼絕的時代意義了。

《現代文學》一九七三年停刊，於今三載半，這段期間，我總感到若有所失，生命好像缺了一角，無法彌補。有時候我在做夢：到哪裡去發一筆橫財，那麼我便可以發最高薪水請一位編輯專任《現文》；發最高稿費，使作家安心寫作；請最好的校對，使《現文》沒有一個錯字；價錢定得最便宜，讓窮學生個個人手一冊。然而我不死心，總在期望那春風吹來，野草復生。其實《現文》這幾位基本作家，個個對文學熱愛，都不減當年。王文興寫作一向有宗教苦修精神，前年《家變》一出，轟動文壇。歐陽子寫作不輟，《秋葉》集中，收有多篇心理小說佳作。陳若曦兜了一大圈，還是逃不脫繆斯的玉掌，又重新執筆，《尹縣長》像一枚炸彈，炸得海外左派知識分子手忙腳亂。至於我自己也沒有停過筆，只是苦無捷才，出了一本《臺北人》，一個長篇，磨到現在。按理說，我們人生經驗豐富多了，現在辦一本文學雜誌，應當恰逢其時。

去年返臺，遠景出版社負責人沈登恩來找我，「遠景」願意支持《現文》復刊。我跟幾位在臺的《現文》元老商量，大家興奮異常。施叔青請我們到她家吃飯，在座有多位《現文》從前的作家編輯，酒酣耳熱，提到《現文》復刊，大家一致舉杯支持，姚一葦先生竟高興得唱起歌來，我從來沒見他那樣青春，那樣煥發過。而我自己，我感到我的每個細胞都在開始返老還童。

復刊後的《現文》，我們的期望仍只是一個：登刊有價值的好文學，發掘培養優秀的青年作家。我相信現在臺灣的優秀作家，比我們當年一定要多得多。《現文》將繼承我們以往兼容並蓄的傳統，歡迎有志於文學的作家，一同來耕耘、來切磋、來將《現文》的火炬接下去，跑到中國文學的聖壇上，點燃起一朵文藝火花。《現文》發刊詞裡有一段話，我引下來，作為本文的結束：

我們願意《現代文學》所刊載不乏好文章，這是我們最高的理想。我們不願意為辯證「文以載道」或「為藝術而藝術」而花篇幅，但我們相信，一件成功的藝術品，縱非立志為「載道」而成，但已達到了「載道」的目的……。

一九七七年二月二十二日，美加州

——原載一九七七年六月一——二日《中國時報》「人間」副刊

《現代文學》創立的時代背景及其精神風貌——寫在《現代文學》重刊之前

《現代文學》於一九六〇年三月創刊，距離現在，已有二十八年。其間一九七三年出刊到五十一期時，因為經濟上無法支撐，一度暫時停刊。三年半後，獲遠景出版社的支持，得以復刊，又出了二十二期，一直到一九八四年，這本賠錢雜誌實在賠不下去了，才終告停刊。復刊的時候，我曾寫過一篇文章：〈《現代文學》的回顧與前瞻〉，把《現代文學》創刊的來龍去脈，這本雜誌做過的一些工作，以及《現代文學》的作家和他們的作品，都詳盡的介紹過。因為那篇文章寫在復刊前夕，心情興奮，前瞻的欣喜，倒是多於回顧的惘然。現在算算，那也是十一年前的事了，經過悠長時間的磨洗，《現代文學》已漸漸變成了歷史。當今大學生看過前一階段《現代文學》的恐怕已經不多，往年購買《現代文學》的讀者，可能也只有少數藏有全套雜誌。近幾年，愈來愈感到時間洪流無可拒抗的威力，眼見許多人類努力的痕跡，轉瞬間竟然湮沒消逝，於是我便興起了一個願望：希望有一天能夠重刊《現代文學》，使到這本曾經由許多文學工作者孜孜矻矻耕耘過的雜誌，重現當年面貌，保存下來，作為一個永久紀錄。

我常常被問到幾個問題：當年你們怎麼會辦《現代文學》的？為什麼你們那一夥有那麼多人同時從事文學創作？你們怎麼會受到西方現代主義的影響的？如今有了時間的距離，經過一番省思，我對這些問題，可能有了一些新的看法。我得到的結論是，《現代文學》創刊以及六〇年代現代主義在臺灣文藝思潮中崛起，並非一個偶然現象，亦非一時標新立異的風尚，而是當時臺灣歷史客觀發展以及一群在成長中的青年作家主觀反應相結合的必然結果。

那時我們都是臺灣大學外文系的學生，雖然傅斯年校長已經不在了，可是傅校長卻把從前北京大學的自由風氣帶到了臺大。我們都知道傅校長是五四運動的學生領袖，他辦過當時鼎鼎有名的《新潮》雜誌。我們也知道文學院裡我們的幾位老師臺靜農先生、黎烈文先生跟五四時代的一些名作家關係密切。當胡適之先生第一次回國返臺，公開演講時，人山人海的盛況，我深深記在腦裡。「五四運動」對我們來說，仍舊有其莫大的吸引力。「五四」打破傳統禁忌的懷疑精神，創新求變的改革銳氣，對我們一直是一種鼓勵，而我們的邏輯教授殷海光先生本人就是這種「五四」精神的具體表現。臺大外文系當年無為而治，我們乃有足夠的時間去從事文學活動。我們有幸，遇到夏濟安先生這樣一位學養精深的文學導師，他給我們文學創作上的引導，奠定了我們日後寫作的基本路線。他主編的《文學雜誌》其實是《現代文學》的先驅。

《現代文學》創刊的成員背景相當複雜多元，而由這些成員的背景也可以瞭解到《現代文學》創刊的動機與風格的一斑。我們裡面，有的是隨著政府遷臺後成長的外省子弟，像王文興、李歐梵及我自己，有的是光復後接受國民政府教育長大的本省子弟如歐陽子、陳若曦、林耀福，也有海外歸國求學的僑生像戴天、葉維廉、劉紹銘。我們雖然背景各異，但卻有一個重要的共同點，我們都是戰後成長的一代，面臨著一個大亂之後曙光未明充滿了變數的新世界。外省子弟的困境在於：大陸上的歷史功過，我們不負任何責任，因為我們都尚在童年，而大陸失敗的悲劇後果，我們卻必須與我們的父兄輩共同擔當。事實上我們父兄輩在大陸建立的那個舊世界早已瓦解崩潰了，我們跟那個早已消失只存在記憶與傳說中的舊世界已經無法認同，我們一方面在父兄的庇蔭下得以成長，但另一方面我們又必得掙脫父兄加在我們身上的那一套舊世界帶過來的價值觀以求人格與思想的獨立。艾力克生（Erik Erikson）所謂的「認同危機」（identity crisis）我們那時是相當嚴重的。而本省同學亦有相同的問題，他們父兄的那個日據時代也早已一去不返，他們所受的中文教育與他們父兄所受的日式教育截然不同，他們也在掙扎著建立一個政治與文化的新認同。當時我們不甚明瞭，現在看來，其實我們正站在臺灣歷史發展的轉捩點上，面臨著文化轉型的十字路口。政府遷臺，經過十年慘澹經營，臺灣正開始從農業社會轉向工商社會，而戰後的新文化也在臺灣初度成形，我們在這股激變的洪流中，探索前進，而我們這一代，無論士農工商，其實都正在參與建造一個戰後的新臺灣。「五四運動」給予我們創新求變的激勵，而臺灣歷史的特殊發展也迫使我們著手建立一套合乎臺灣現實的新價值觀。這一切都是在不自覺的情況下進行著，我們成長的心路歷程也有其崎嶇顛簸的一面。

一國的新文學運動，往往受了外來文化的刺激應運而生，歷史上古今中外不乏前例。唐朝時中國從印度大量輸入佛經，佛經的譯介，基本上改變了中國的文學與藝術。王維的詩、湯顯祖的戲曲、曹雪芹的小說都是佛教文化薰陶下開放出來的燦爛花朵。我們中國人最足以自豪的《紅樓夢》，其實也不過是佛家一則頑石歷劫的寓言。「五四」的新文學基本上也是受了西方文化的刺激而誕生的。魯迅、巴金、曹禺、老舍、徐志摩等人沒有一個不受過外國文學的影響。六〇年代初，我們在外文系念書，接觸西方文學，受其啟發，也就是很自然的了。但在西方文學的諸多流派中，現代主義的作品的確對我們的衝擊最大。十九世紀末以來近半個世紀現代主義波瀾壯闊，蔚為主流，影響到西方各種藝術形式。要言之，現代主義是對西方十九世紀的工業文明以及興起的中產階級庸俗價值觀的一個大反動，因此其叛逆性特強，又因歐洲經過兩次大戰，戰爭瓦解了西方社會的傳統價值，動搖了西方人對人類、人生的信仰及信心，因此西方現代主義的作品中對人類文明總持著悲觀及懷疑的態度。事實上二十世紀的中國人所經歷的戰爭，比起西方人有過之而無不及，我們的傳統社會及傳統價值更遭到了空前的毀滅。在這個意義上我們的文化危機跟西方人的可謂旗鼓相當。西方現代主義作品中叛逆的聲音、哀傷的調子，是十分能夠打動我們那一群成長於戰後而正在求新望變徬徨摸索的青年學生的。卡夫卡的《審判》、喬伊思的《都柏林人》、艾略特的《荒原》、托馬斯•曼的《威尼斯之死》、勞倫斯的《兒子與情人》，以及當時人人都在爭讀的卡繆的《異鄉人》，這些現代主義的經典之作，我們能夠感受、瞭解、認同，並且受到相當大的啟示。二十多年後，西方「現代主義」的影響在臺灣逐漸式微時，海峽的那一邊，中國大陸的學界文壇卻出人意料之外的燃起了「現代主義」的火苗，尼采、沙特的哲學，佛洛伊德的心理學，以及卡夫卡的小說在青年知識分子之間，竟然成為了暢銷書，大陸劇作家高行健的「荒謬劇」在北京上演，場場客滿，觀眾多為學生。經過「文革」，大陸的青年知識分子也開始在反省深思，摸索探求，在尋找新的文化價值了。卡夫卡的《審判》能夠引起大陸讀者的認同是能理解的，《審判》簡直可以說是「文革」的一則寓言，而《文革》本身就是一齣最大的《荒謬劇》。「現代主義」是西方文化危機的產物，所謂亂世之音。而這一代的大陸青年知識分子成長於「文革」動亂之中，能引起他們的共鳴，也是很自然的事了。

我們在外文系研讀西洋文學的同時，也常常到中文系去聽課。記得那時我們常去聽鄭騫老師講詞，葉嘉瑩老師講詩，王叔岷老師講《莊子》，其實不自覺的我們也同時開始在尋找中國的傳統。這點使得我們跟「五四」那一代有截然不同之處，我們沒有「五四」打倒傳統的狂熱，因為中國傳統文化的阻力到了我們那個時代早已蕩然。我們之間有不少人都走過同一條崎嶇的道路，初經歐風美雨的洗禮，再受「現代主義」的衝擊，最後繞了一大圈終於回歸傳統。雖然我們走了遠路，但在這段歧途上的自我鍛煉及省思對我們是大有助益的，回過頭來再看自己的傳統，便有了一種新的視野、新的感性。取捨之間，可以比較，而且目光也訓練得銳利多了，對傳統不會再盲目順從，而是採取一種批判性的接受。我們對待中國傳統文化畢竟要比「五四」時代冷靜理性得多，將傳統溶入現代，以現代檢視傳統，我們在融合傳統與現代的過程中，大家都經過了一番艱苦的掙扎，其實這也是十九世紀以來，中國文化再造的大難題。百多年來，一代又一代的中國知識分子似乎都命定要捲入中西文化衝突的這一場戰爭中。

我們戰後成長的這一代，正處於臺灣歷史的轉折時期，由於各種社會及文化因素的刺激，有感於內，自然欲形諸於外，於是大家不約而同便開始從事文學創作起來。那時我們只是一群默默無聞的學子，當時臺灣的報章雜誌作風比較保守，我們那些不甚成熟而又刻意創新的作品自然難被接受，於是創辦一份雜誌，刊載我們自己以及其他志同道合文友們的作品，便是一件順理成章的事了。事實上，這股創造臺灣新文學的衝動，並不限於臺大外文系的學生。五〇年代後期，《現代詩》、《藍星》、《創世紀》等幾家現代詩刊早已發難於前，做了我們的先驅，而政治大學尉天驄等人創辦的《筆匯》也比我們略早發刊。可見得六〇年代臺灣的新文學運動並不是一個孤立偶發的現象，而實在是當時大家有志一同，都認為臺灣文學，需要一個新的開始。

《現代文學》是同人創辦的所謂「小雜誌」，我們當時完全不考慮銷路，也沒有想去討好一般讀者的趣味，所以這本雜誌走的一直是嚴肅文學的路線。因為曲高和寡，銷路不佳，始終虧損累累，但是卻因此保持了我們一貫的風格。我們那時雖然學識不夠，人生經驗也很幼稚，但我們對文學的態度，卻是絕對虔誠的。我們那時寫作，根本談不上名利，因為《現代文學》的銷路一直在一千本上下，引不起社會的注意，而經費又不足，發不出稿費。我們那時努力創作可能也抱有年輕人的一種理想與使命感吧，要為臺灣文學創立一種新的風格。現在回想起來，我們當初在《現代文學》那本冷雜誌上面壁十年，對日後的寫作生涯倒是很有益處的。唯其沒有名利的牽掛，寫作起來，可以放膽創新，反正初生之犢，犯了錯誤也不足掛齒。那一段時期的磨練，確實替我們扎下了根基。現在臺灣的報紙雜誌多了，稿費高，獎金多，青年作家成名太快，可能對他們的創作不一定有幫助。文學創作的確是一番艱辛而又孤獨的自我掙扎，自我超越，不宜揠苗助長。六〇年代那種嚴肅而又樸素的文風，倒不禁令人懷念起來。

《現代文學》的創立，對我個人來說，最有意義的是結識了一大群志同道合的文友，大家同時在一本雜誌上耕耘，無形中也有一種互相激勵的作用，這大概就是所謂的「以文會友」吧，那的確是一種樂趣。最難能可貴的是在《現代文學》上投稿的作家，各人的文風各異，文學觀也不盡相同，彼此居然相安無事。我想不起我們之間曾經為了文學觀點互異而起爭執的事情，這簡直近乎奇蹟。試看看早期在《現代文學》寫稿的這份作家名單：寫小說的有叢甦、劉大任、朱西甯、蔡文甫、王禎和、陳映真、黃春明、施叔青、李昂、林懷民、七等生等以及《現代文學》幾個基本作家歐陽子、陳若曦、王文興跟我自己，詩人也有一大群，各路人馬，薈集一堂，竟然能夠「和而不同」，我想那是因為當時大家對文學都有一個共識：文章是千古事、不朽之盛業。在這個大前提下，個人之間的歧異就顯得微不足道了。大家各說各話，互不干擾，一時倒也呈現出一片百花齊放的局面。《現代文學》雖以「現代」為名，但並非定於一尊；雖然那時還沒有「鄉土文學」這個名詞，可是一些後來被認為是「鄉土文學」的代表作家以及他們的作品早已在《現代文學》上出現過了，「現代」與「鄉土」在這本雜誌上從來就沒有對立過，而往往一篇作品中，這兩種要素並立不悖。文學本來就有無限的可能性，以現代手法表現鄉土感情，也是其中的一種。例如在《現代文學》上發表的王禎和的第一篇小說〈鬼．北風．人〉就是一篇道地鄉土而又完全現代的傑作。

六〇年代走嚴肅文學路線提倡實驗創新的雜誌不多，《現代文學》在那段期間提供了一塊文學園地，讓一大群有才華有理想的青年作家，播種耕耘，開花結果，日後大都卓然成家，成為臺灣文學的中堅。這，恐怕就是《現代文學》最大的功勞了。稍後《文學季刊》創刊，也培養了不少優秀作家，並且開創了一個新的創作方向。到今天我還記得有幾位作家的初創首篇在《現代文學》上發表時，令我感到的驚喜之情。有一天在臺大文學院的走廊上，有三個低我們一班的學弟來找我，要投稿到《現代文學》，那就是杜國清、鄭恆雄（潛石）和王禎和。我拿到王禎和的處女作，馬上跟王文興幾個人傳閱欣賞，大家驚歎不止，我那時好像已經看到王禎和的未來。我的畫家朋友顧福生拿給我一篇小說〈惑〉，是他的女學生寫的，那個女孩子只有十六、七歲，我頗為訝異，我說那篇小說很怪，那個女孩子有怪才，我拿去《現代文學》上發表了。那個女孩叫陳平，就是日後的三毛。許多年後，三毛才吐露，原來就是因為〈惑〉的發表，她才決定棄畫從文，開始了她的寫作生涯。從前我只知道奚淞是個才氣縱橫的青年畫家，並不知道他也有文才。有一次他很淡然的告訴我，他寫了一篇小說，要我看看。我一看，大吃一驚，〈封神榜裡的哪吒〉像一顆光芒四射的夜明珠，令人目為之眩。那是一篇我自己也想寫而沒能寫出來的寓言小說。我在美國接到二十三期《現代文學》，有一篇小說〈壁虎〉，特別引起我的注意。這篇小說寫得驃悍，我以為是男作家寫的，向姚一葦先生打聽，原來施叔青竟是個在中學念書的女生。這些發現，都曾帶給我莫大的喜悅。那些作家那時都那樣年輕，而且一出手就氣度不凡。《現代文學》的確發表了不少優秀的短篇小說，那些作品有的到今天還是能夠經得起時間的考驗的。

隨著臺灣社會轉型，八〇年代工商起飛，同人辦的文學雜誌在臺灣的生存空間幾乎接近於零。多元化的工商社會朝氣蓬勃，勇往直前，但也有其飛揚浮躁，急功近利的一面。臺灣文學的發展，一直是我最關心的一件事，總希望臺灣文學茁壯結實，蒸蒸日上。愛之深，責之切，就不免有許多杞憂。於是我便想如果能將《現代文學》重刊，將《現代文學》作家群從前那種不問收穫的墾荒精神再現給臺灣的青年讀者，也許對一些有志於文學創作的年輕人產生一種鼓勵，因為他們現在的客觀條件畢竟比我們當年優越得多；如果他們也肯披荊斬棘，苦苦耕耘，成就一定遠超過我們。這個宏願，終於能夠實現了。去年夏天在臺北遇見了允晨出版社的負責人吳東昇及林伯峰二位先生，他們對文化事業的推展，滿腔熱忱，他們贊成我的構想，同意重刊《現代文學》一至五十一期。他們尊重《現代文學》一貫的精神，此次重刊，不以營利為目的，若有盈餘，可能設立文學基金，獎勵青年作家寫作出版。最重要的，重刊的《現代文學》將有低價的普及本，讓青年學生也有能力購買。這次重刊，先出一至五十一期，因為前期的《現代文學》早已沒有存書，歷史價值也許比較大些，日後有機會，再將後期的二十二期補齊。當然，後二十二期也有許多重要的作家及他們的作品：馬森、黃凡、陳雨航、吳念真、宋澤萊、蔣勳等，而且幾個專輯「文革文學」、「抗戰文學」，也有其特殊意義。

這次《現代文學》能夠重刊，丘彥明的功勞最大，這位「聯合報副刊」、《聯合文學》的名編輯，不辭勞苦，自告奮勇，策劃《現代文學》重刊。她花了不少時間精力編纂作家及作品的生平索引、大事年表等等，而且又力邀當年《現代文學》的作家及主編，撰寫「《現代文學》與我」，回憶當年在《現代文學》投稿及編輯這本雜誌的情況。他們這些文章，日後都將成為臺灣文學的重要史料。《現代文學》的成長，與我自己的寫作生涯可謂唇齒相依，為了這本雜誌，我曾心血耗盡。對它，我是一往情深，九死無悔的。

一九八八年二月二十六日於美國加州

——原載《聯合報》「聯合」副刊

輯二

遊園・驚夢・孽子

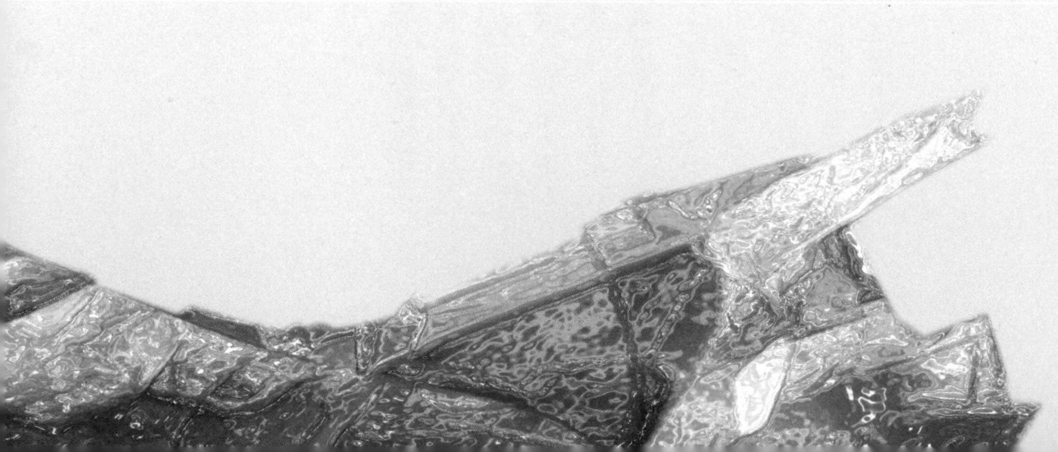

遊園驚夢二十年——懷念一起「遊園」、一同「驚夢」的朋友們

民國七十一年八月中一個風雨交加的晚上，臺北市國父紀念館前有這樣一幕景象：在大雨滂沱中，有上千把雨傘蜂擁而至，那是一幅十分壯觀而又激動人心的場面。原來《遊園驚夢》舞臺劇演到第六場，忽然颱風過境，本來國父紀念館已經閉館，那晚的戲幾乎無法上演。但一個月前《遊》劇十場戲票早已預售一空，臺灣各家媒體競相報導，觀眾的期望已經達到沸點，那天下午，製作單位「新象」接到幾百通觀眾打來詢問的電話。正在千鈞一髮之際，颱風突然轉向，我拉起製作人樊曼儂直奔世華銀行把正在開會的市府秘書長馬鎮芳請出來，要求他下令國父紀念館開館，否則我們無法向過度熱烈的觀眾交代。馬秘書長了解情況嚴重，馬上打電話給童館長，請他開館。當晚在傾盆大雨中，國父紀念館二千四百個座位，無一虛席，而且連過道上都坐滿了人，有些買不到票的觀眾不知怎地也鑽了進去。那晚，冒著風雨到國父紀念館的觀眾，的確不虛此行觀賞到一場精彩絕倫的表演：盧燕、歸亞蕾、胡錦、錢璐、陶述、曹健、崔福生、劉德凱、吳國良、王宇這些海內外資深的表演藝術家，都把他們的絕活兒在舞臺上發揮到了極致，他們在臺灣的舞臺上，樹立了一道戲劇表演里程碑。《遊》劇中有這樣一句戲詞：

像這樣的好戲，一個人一生也只能看到一回罷了！

這是戲中賴夫人（錢璐飾）的一句話，抗戰勝利後，她在上海美琪大戲院看到梅蘭芳、俞振飛珠聯璧合演出崑曲《遊園驚夢》有感而發。我相信二十年前那個颱風夜，看過那場精彩表演的觀眾，不少人事後回憶起來，也有同感。

《遊園驚夢》舞臺劇其實也就是在風雨飄搖中成形的，過程的艱難驚險可以寫成一本書。《遊》劇創下多項紀錄，是空前的，恐怕也是絕後的了。首先我們能把這一臺最優秀的舞臺劇演員湊在一起已屬奇蹟，而且這些名演員竟分文酬勞不取，因為我們付不起他們的演出費用。他們完全是為了表演藝術，全身投入。我天天去看他們排練，足足排了一個半月，眼看著導演黃以功跟演員們每天磨戲八小時。是在排戲期間，我看到了這些資深演員的敬業態度和自我要求的努力，沒有一個缺席、沒有一句怨言。他們這種為藝術獻身的精神，令我肅然起敬，同時也看到培養出千錘百鍊的舞臺演技是項多麼耗費心血的事業。

我們的舞臺工作者也是一時之選的藝術家。舞臺設計聶光炎、音樂許博允、書法董陽孜、攝影謝春德、張照堂、服裝設計王榕生，這些人都是各當一面的宗主，而且他們的貢獻也是分文不取的，那是一次藝術智慧的互相激盪。聶光炎設計的那堂富麗堂皇的場景迄今仍是經常被用以示範的經典之作。董陽孜一手龍飛鳳舞的書法使得舞臺上滿溢著書香氣。許博允的音樂一聲怨笛奏起，觀眾的情緒也就跟著悠悠的回溯到金陵秦淮去了。謝春德把盧燕、胡錦、歸亞蕾最美麗的一刻定了格，化作永恆。這群傑出的藝術家，把《遊》劇妝扮得花團錦簇、美輪美奐。能把這群藝術家聚齊一堂，為《遊》劇共襄盛舉，又是另外一項奇蹟。

當然，舞臺劇最後就是要看演員的表演，演員的「做工」決定一齣戲的成敗。《遊》劇的那一臺演員個個都是好角，全都卯上，把看家本領施了出來，演員們過足了戲癮，觀眾也都看得凝神靜氣，如癡如醉。我一連看足了十場，總算沒有白辛苦一場。《遊》劇雖然有很多精彩的片段，但我覺得最動人心弦的就是年邁的錢將軍（曹健飾）臨終時與他年輕貌美的夫人藍田玉（盧燕飾）那一場對手戲。曹健的戲不多，可是他飾演的錢鵬志錢將軍卻是個關鍵人物。曹健把錢將軍演活了，臨終時對他年輕夫人幾聲疼惜而又諒解的呼喚「老五——」把觀眾的眼淚都叫出來了。曹健在從我作品改編的電影《金大班的最後一夜》及《孽子》也露過面，角色完全不同，可是曹健來演樣樣稱稱，這就是老演員的功夫，演什麼像什麼。《遊園驚夢》正式公布排演的記者會上，曹健代表演員們致辭，他說他最喜歡演出的還是舞臺劇，因為在舞臺上才顯得出真功夫。的確，在《遊》劇的舞臺上，曹健表現了他的大將之風。前一陣子在報上看到曹健因中風而逝世、他多年的伴侶錢璐女士一位同樣優秀的演員哀慟莫名的消息，不勝欷歔。錢將軍真的走了，將軍一去，大樹飄零。曹健的確是演藝界的一員桓桓上將。

為演《遊》劇，我們也招考了三位新演員：孫維新、陳燕真和王志萍。當時孫維新是臺大物理系的畢業生，也是臺大國劇社社長。孫維新飾演程參謀，這是個相當吃重的角色，孫維新居然周旋在一群資深演員：歸亞蕾、胡錦、盧燕中，應付三位難伺候的夫人，從容不迫。孫維新有極高的演藝天分，不過他現在已是天文物理博士中央大學的名教授了；陳燕真是師大崑曲社的社長，我們在招考面試的時候，陳燕真表現最突出，是位才貌雙全的可造就之材。她唱崑曲，嗓音寬厚甜潤，身段做工中規中矩。陳燕真結婚後赴美定居在洛杉磯，我們還偶有聯絡。我知道她對崑曲的熱愛依舊，而且還特別拜了崑曲名旦華文漪為師，把她的拿手戲〈斷橋〉學了來。有一次，陳燕真突然打電話給我，告訴我她要在洛杉磯登臺票戲演崑曲〈斷橋〉，請我無論如何要去看她表演。她在電話裡說得那樣懇切，當然我也就去捧場。那天陳燕真在臺上演得異常努力，她拜師後的演技果然大為精進。華文漪告訴我，陳燕真是她所收最認真的一位弟子。那天演完戲，我到後臺去道賀，只看到她一身汗水透衣，整個人虛脫了一般，她演那齣戲好像把她所有的生命都投了進去。事實上也是如此，事後我才知道，原來陳燕真那時知道自己患了癌症，已達末期，那是她一生中最後一次表演，她把所餘的一點生命，獻給了她一生所愛的藝術——崑

上：一九八二年，《遊園驚夢》舞臺劇臺北演出時劇照。左起：盧燕、歸亞蕾、孫維新、錢璐。

下：作者與劇中演員合影。左起：王芝萍、盧燕、陳燕真、白先勇、歸亞蕾、錢璐、陶述。

曲。沒有多久，陳燕真回到臺灣，病逝家中。在《遊》劇中陳燕真扮演票友徐太太，在戲裡她唱了四句崑曲，是《遊園驚夢》中【皂羅袍】中的警句：

原來奼紫嫣紅開遍
似這般都付與斷井頹垣
良辰美景奈何天
賞心樂事誰家院

燕真事業家庭兩坎坷，年紀輕輕，香消玉殞，這四句戲詞竟成了她短短一生的寫照。

二十年倏忽而過，人世幾許滄桑，幾許變幻。同是曾經一起「遊園」、一同「驚夢」的老友們，對我們當年那一場燦爛絢麗的美夢仍然無限緬懷，不勝依依，趁著《遊》劇演出二十週年，大家還要歡聚一堂，重溫舊夢，並且懷念那些再也無法跟我們一起「尋夢」的朋友們。

——原載二〇〇二年十二月二十五日《聯合報》「聯合」副刊

白先勇、胡偉民往來書信

白先勇致胡偉民*書信

一

偉民兄：

接到你的來信，知道《遊園驚夢》舞臺劇真的有可能在北京、廣州演出，非常興奮。我們在上海興國賓館的構想真的要付諸實施了。我還在十月分用航空寄了一本《遊》劇劇本、資料，以及節目單給你，寄到你上海寓所，顯然你沒有收到。我上星期又寄了同樣一份給你，用雙掛號寄到上海安福路二〇一號，請留意。最重要的是我託謝晉 帶給你一卷《遊》劇臺北演出現場錄像，錄像帶是美國製，中國普通機器不能放，復旦大學有多系統放映機可以放映，上海電視臺也應該有吧？這卷錄影供你參考，你可以截長補短，另闢蹊徑。我對於臺北演出，有幾點意見、感想：

先講優點：主要演員入戲，配搭得不錯，尤其盧燕飾錢夫人，戲非常吃重，她把錢夫人的內心戲演出來了。燈光、音樂配合得不錯，把氣氛烘托了出來，服裝設計還稱職。

---

*胡偉民（一九三二—一九八九），曾任上海青年話劇團導演，一九八八年擔任《遊園驚夢》舞臺劇大陸版導演。

一九八八年，《遊園驚夢》在廣州公演，左起女主角華文漪、導演胡偉民、崑曲大師俞振飛、白先勇。

缺點：多元媒體運用不夠純熟，尤其是電影那一段不夠細緻。舞臺受先天限制（這本不是個話劇舞臺），變化不夠靈活。

此劇在中國大陸演出我有些意見供你參考：

這個劇主要是個「回憶劇」（Memory Play），近似契訶夫式的「氣氛劇」（如《三姐妹》），懷舊的調子重，重抒情，但演員道白應避免「文藝腔」，情感不宜誇大淺露。因為有許多「意識流」的獨白，演員要求嚴格，需有京崑底子，要不然做身段不當行。合適演員相當難找（注：原劇本中用「錢鵬公」或「錢鵬志」處酌量改為「錢將軍」，「程志剛」有時可改為「程參謀」）。

人物：錢鵬志這個人物絕對不能醜化，他不是一個「軍閥」，而是一個懂得憐才的將軍。程志剛也不能演得輕浮，他是一個善於察言觀色，能周旋於貴夫人之間的英俊軍官。這兩個人一旦醜化，這齣戲便變成諷刺劇，那就不是本劇的原意了。我寄給你的書中有幾篇論文值得參考，尤其是歐陽子論〈遊園驚夢〉小說那篇，很精闢。

音樂：應以崑曲中【皂羅袍】、【山坡羊】的曲調為主題，加以變化。尤其回憶部分利用音樂帶進帶出，極有效。

舞臺設計：整個劇是「虛」「實」交叉，現在與過去如何表示，恐怕是設計上的大挑戰。

多元媒體：電影那一段，如果不便攝製可以取消，另設法唸獨白。幻燈運用亦得精確設計。臺北演出，除了書法外，其他幻燈並不很成功。

服裝：我認為不必太寫實，赴宴男士似乎穿長袍比西裝好看，錢鵬志也不一定著軍服。

另外，劇本上的一些缺點：

① 開頭太注重介紹笛王顧傳信，後來沒有給他戲，頭重腳輕，可以適當加他的戲，比如讓他表演吹笛。

②赴宴的客人似嫌人少，場面不夠熱鬧，也需考慮再加一兩位票友（不必開腔的）作陪。

③臺北演出的一大敗筆，錢夫人最後說：「我的嗓子啞了——」場面突然僵住，眾客人面面相覷，時間停得不夠。

④有些獨白，也許重複的地方太多，可以刪去幾句。

我相信你一定有一套自己的構想，我的意見只供你參考，我併寄上一套幻燈片做參考資料。

我對此劇的演出頗有信心，如果演出成功，我認為應該到國外、香港、星馬各地上演，一定大大轟動，來美國都有可能，我當盡力支持，樂觀其成。雪樺與我通信，他是一個優秀的青年，前途無量。

即祝

近好

先勇

12／7

二

偉民兄：

接到你十六日來信及簡報，興奮之情難以形容，我們在興國賓館的理想、夢想、構想，果然都將一一實現。你信上提到的艱難過程，我可以想像得到。這次你能把崑曲界的祖師爺俞振飛先生請出來，陣容上大大增加，尤其你能請到華文漪擔任女主角，這個戲成功的機會又大了許多。錢夫人一角真是不作第二人想，以華的崑曲素養，這齣舞臺劇可以大大利用崑曲的美了。其他藝術家也是一時之選，我相信《遊》劇的演出，很可能在中國話劇史上立一道里程碑。《遊》劇在臺北演出曾經大破紀錄，可謂空前。你信上說，此劇演出樣式，將有自己獨特性，與臺灣版「內在精神一致，演出風格迥然不同」。我完全贊成你這種看法，大陸版應該有自己不同的風格，此劇本演出的可能性有多種，可塑性極強。我給你的錄像帶只供你參考，截長補短，但我也認為臺北版有可取之處，盡量利用，不必特意迴避，以免受影響。我有一些提議，供您參考：

一、劇本方面，臺北版上演時，審查劇本有些禁忌，如將軍（錢將軍）、參謀（鄭參謀、程參謀）、副官（劉副官）等稱謂，都取消了，大陸版應該斟酌恢復，要不然觀眾沒看小說，搞不清劇中人物身分。演出本中「南京」、「臺北」也刪掉了，應當恢復，尤其最後一句，竇夫人說「你這麼久沒上來，可發覺咱們這兒變了些沒有？」，「咱們這兒」應改為「臺北」。要不然觀眾搞不清南京與臺北之對比。

二、劇中三個男主角錢鵬志、鄭彥青、程志剛，絕對不能醜化，或臉譜化，尤其是錢將軍，他臨終與藍田玉那場對手戲是全劇最感動人的一場，如果觀眾不同情錢鵬志，這一場就沒有力量了（臺北版此場很成功）。鄭與程，也是應該「風流」而不是「下流」，與兩個夫人調情，不能輕佻，有失身分。

三、此劇主要為回憶劇，因此燈光、音樂特別重要，將主角帶進帶出「回憶」。

四、臺北版的肢體語言大量採用京崑身段，比較優美。

當然，這些意見都只供您參考，您對此劇的設想一定早已胸有成竹了。因為被您的熱忱所感動，又非常珍惜此次演出，我決定首演時到廣州來參加，一面替你們打氣。但我有幾項要求，希望您一定答應，我才方便來。

一、我因為上課，須請假，請你馬上出一封公函給我，邀我來廣州參加。公函最好用英文。首演日期只有在三月二十五日至三十日之間，我才有時間來，再晚我就不好請假了，我可以在廣州停留五天。

二、我還有一個特別的要求：我在上海復旦講學時，收了一個學生何華，他的畢業論文便是論我的小說，此論文寫得極有水準。此次首演我希望在廣州見到他，不知可不可以由您邀請他到廣州？

我認為《遊》劇在穗、滬、京演出成功後，應到東南亞、美國等地演出。美國要看此劇的觀眾有的是，香港、星馬就更多了。

附上《聯合文學》一冊，請轉贈華文漪，並代我致意：她就是我心目中的錢夫人。

即祝

好

先勇 2／5

三

偉民：

幾經交涉，《遊》劇演出場地總算有了著落，香港場地難求，好地方一年前都定下了。時間上可謂十萬火急。謝天謝地，我打電話聯絡上華文漪，她勉為其難也可擠出時間來，但她十一月十五日要上北京演崑曲，十一月二十五日才演完，所以《遊》劇修改、重排，必須在十一月十五日前完成！因此，我認為你現在馬上應該動手準備了。我有幾個建議：

一、飾鄭彥青的男演員我認為可在上海就地取材（此事我與林乃忠商量過，他完全同意）。此人需會舞蹈，最好有京崑底子，外型又要英挺俊美，一時並不好找，所以得馬上物色。找到後可以立刻與華文漪排練那段舞蹈，不能等到下廣州再排。

二、最麻煩的恐怕是那一段舞蹈的修改，因為要牽涉編舞及音樂，時間上有問題。但我認為應該掌握一個大原則：這段舞蹈在全劇並非重頭戲，只是對白樺林那段獨白的形象化說明，所以不必大張旗鼓，表演舞蹈，反而喧賓奪主。我認為不必編太優雅的片段，只要將崑曲〈驚夢〉的意境、音樂化進去即可。此段舞蹈必須由華文漪及男主角二人自己跳，不能找替身，觀眾完全不接受，我得到的批評，也以此點為多。

三、錢夫人上場前那二十分鐘的戲，有的人批評太平淡，我也跟余秋雨先生商量過，他也擔心，以現在演員的素質，戲味恐怕演不出來。如果縮短，我怕有些該說明的地方，刻畫人物的地方又有損失。我想到能刪減的，有以下幾處：① 羅媽媽抱怨穿針眼力不夠。② 蔣碧月搶試竇夫人的鑽戒。事實上如果演員注重小動作，小趣味，把戲演活，不必刪減也行。賴夫人是個熱鬧活俏的角色，喜劇味可以重些。

四、我以前也提出來過，錢將軍臨終時，與錢夫人那段對手戲是全劇最感人的地方，應該讓演員盡量發揮。但那段音樂本來是為舞蹈設計的，與此段情緒完全不搭調。我建議將那段音樂完全取消，只要開始用簫或笛幽幽將情緒帶入即可。此點重要，那段音樂太擾戲了。

五、戲一開始，羅媽媽出場抱怨：「這些小伙子，哪裡懂得什麼規矩！」而劉福喝斥的卻是一個老傭人，與台詞不符，需換上一個年輕傭人。

六、蔣碧月那兩段戲，《醉酒》及《別姬》，唱作都還不夠水準，需請京劇老師傅再指點一下。

我希望這次香港之行是一個滿堂彩的演出。大家必須同心協力，同舟共濟才能發揮力量。這次演出，我預測是一次空前隆重的演出，是件不尋常之舉，因此，我們的心理負擔更大，屆時電視、電臺、報紙、雜誌，都會大力捧場，因此，我們更應兢兢業業，粗心不得，以免落人口實。這一個半月，大家都卯足勁來迎接挑戰吧。

謝謝你轉來俞老的墨寶，請你代我先謝他，我會寫信去致意。

祝

好

先勇

10／4

胡偉民致白先勇書信

先勇兄：

十二月七日信及賀年卡均收到。所寄劇本及資料、節目單亦收到，時間久了些，可能是印刷品的緣故，第二次的則未收到，估計不久也會來的。

經過半年多的籌劃，我們在興國賓館的預想，即將變成現實，我內心的愉悅是無法形容的。事情辦成的經過，既可謂艱難，亦可稱順利，此中甘苦，以後面陳吧！

原定的北京中國青年藝術劇院及廣州話劇團先後推出《遊》劇，但是中國青藝由於經費不足等困難，決定拖延了，至此情況下，我決定在廣州首先推出《遊》劇。廣州話劇集中全力對待此劇的排演，爭取得到省內外戲劇界同行的支持，爭取得到社會各界的支持，預定四月分在廣州南方劇場隆重首演，四月中旬去中山大學禮堂續演，五月去上海長江劇場（原卡爾登劇院）及北京巡演。

你的作品在國內有大量讀者，研究白先勇創作的文章相當多，這就為我們的演出提供了良好的社會基礎。我們力求成功。為了保證演出在盡可能高的層次上進行，我做了多方面的聯絡，邀集了國內第一流的藝術家去廣州工作。這個陣容可謂相當強大，他們是——崑曲顧問俞振飛，文學顧問余秋雨（上海戲劇學院教授，著名戲劇理論家，國家級專家），舞臺美術設計指導周本義（上海戲劇學院教授，中國舞臺美術協會副會長），編舞李曉筠（舞蹈家，上海舞劇院院長），作曲金復載（享有盛譽的影、視作曲家），燈光設計金長烈（上海戲劇學院副教授）。

最讓人高興的，恐怕是請到了崑曲表演藝術家、上海崑劇團團長華文漪擔任此劇的女主人公錢夫人。說實在的，當我向文漪發出邀請，並承她熱情允諾時，高興極了。她的雍容華貴的氣質，崑曲表演藝術達到爐火純青的造詣，是不容作第二人想的，我想，有了她飾演錢夫人，作品的高貴氣質一定會傳達出來的。文漪從二月到五月，離開上海到廣州也是不容易的，因為她是團長，該團五月分要去日本演出，現在她都擱置一旁，我想，這也是作品本身的吸引力，使藝術家動了心吧。九月。華文漪還將赴日本演出《長生殿》，我想，屆時如果《遊園驚夢》同行就好了，海外觀眾可以看到她在崑曲和話劇中的兩種女性形象，該有多美妙。

目前，我正在廣州作一系列排演前的準備工作，近幾天，我還會返回上海辦一些有關事宜，其中包括參加復旦的《遊》劇討論會。一月末再至廣州，你的來信，請寄到廣州。

二月上旬，我們將開始正式進行排演前的案頭工作。其中心是「認識白先勇」，主要內容有：白先勇作品朗讀會（選讀你的五、六篇小說）；臺灣文學發展狀況及白先勇的貢獻報告會（請中山大學的教授及其他合適的人）；放錄像（《遊園驚夢》臺北演出版、《血紅的杜鵑花》等）；放錄音（你在香港的演說）；「白先勇小說創作的藝術特色——傳統與現代的融合」報告會；關於白先勇的對話（由廣州話劇團與中山大學中文系師生共同座談）；《遊園驚夢》劇中崑曲、京劇片段演唱會（由華文漪等演員演唱並講解）；導演闡述。

以上內容，將在兩週內進行（二月二日至二月十五日）。

與此同時，我們將舉行一次新聞發布會，一次「白先勇之夜」晚會，晚會上將有作品朗讀、崑曲演唱、放錄像及簡要的報告。晚會預定在二月十四日舉行，作為迎接「龍年」的新春聯歡活動，屆時也將邀請社會名流及文化界人士參加。

二月二日（初八）開始，我們將轉入第二階段，主題是「認識《遊園驚夢》」，進一步分析劇本，約一週。

二月二十七日起，將正式排演，費時一個月左右。三月末到四月五日左右，在廣州南方劇場隆重首演。

此劇將製成電視，在基本保持舞臺演出面貌的前提下，運用電視語言，使之更生動鮮明。時間將在四月末，五月分。之後就出發去上海、北京了。

大致的工作安排就是如此。

此劇的演出樣式，將有自己的獨創性，我們希望提供一齣在內在精神上一致，演出風格迥然不同於臺北演出的「新版本」。具體的想法另函相告。

根據上述時間，我希望你來穗參加首演式，一定會使演出溢滿節日般的歡欣之情。

最後，我希望你寫一篇三、五百字的短文，並附近照一張，我們將刊登在說明書上，切盼早日讀到你的來信。

言不盡意，衷心祝

體筆兩健

弟　胡偉民　1．16　於廣州

——原收錄於《遊園驚夢——從小說到話劇》，上海交通大學出版社，二〇一四年

《孽子》三十

十九世紀末英國作家王爾德（Oscar Wilde）因與道格拉斯爵士（Alfred Douglas）一段同性戀情而被打入大牢，王爾德兩年後出獄，自我流放到法國，最後落魄潦倒，死在巴黎。這位愛爾蘭籍的文學才子、舉世聞名的劇作家，因「不敢說出名字的愛」（The love that dare not speak its name.）而遭到英國社會的唾棄迫害，蒙羞以終。「The love that dare not speak its name.」是詩人爵士道格拉斯的一句詩。王爾德在法庭上為「不敢說出名字的愛」滔滔雄辯，他宣稱他與道格拉斯這份愛情，有例可循：聖經中大衛（David）與約拿單（Jonathan）生死不渝的同性情誼，柏拉圖的哲學亦是根植於這種感情。米開朗基羅與莎士比亞的十四行情詩，更是歌頌人類這項至高無上的精神境界。王爾德說完，法庭上旁聽者，一片喝彩。但維多利亞時代的道德觀卻容不下王爾德這種離經叛道的行為。英國是一個性道德極端保守的國家，十六世紀便有懲罰同性戀的法律。王爾德一案，使得英國社會的恐同症變本加厲，英國一些同性戀人士紛紛逃往歐陸。一直到六十多年後，一九六七年，英國法律才將同性戀除罪化。而要等到二十一世紀，二〇一三年，英國才終於通過同性婚姻法，承認同性戀在家庭倫理上的合法地位。這也是近年來，世界各地同性戀人士爭取平權運動的結果。夏威夷剛通過同性婚姻法，這是美國第十六州。看樣子，這個爭取人權的運動，波瀾壯闊，世界大勢所趨，已無法阻擋了。這也是近世紀以來，人類共同追求的理想：人生而平等。天主教會反對同性戀最激烈，有人問教宗方濟對同性戀的看法，教宗回答：如果一個同性戀者他虔誠敬愛上帝，我又憑什麼批判他呢？這才是宗教眾生平等的精神。

《孽子》小說出版於一九八三年，當時臺灣社會仍相當保守，同性戀議題還是一項禁忌。我撰寫《孽子》只憑一個信念：文學寫的是人性人情，同性戀既是人性的一部分，同性之間的情誼，很自然的，也可成為小說的題材。《孽子》寫完以後，我發覺這部小說的主題，其實寫的是「家」，寫一群「徬徨街頭，無所依歸」的孩子，被父親攆出家門，被社會遺棄放逐後，他們重新尋找「家」的一段滄桑史。這個「家」是精神上的，亦是現實生活的，但不同於一般家庭，家中成員父子兄弟的關係並非基於血緣，而是憑藉同性之間的情誼，互相取暖，相濡以沫。這是一幅孽子們失樂園後，尋找救贖的流離圖，這是一闋大悲咒，為這群孽子的苦難劫運默默唸誦，上達天聽。孽子們狂熱企圖重建的「家」，是他們那慌張動盪的心靈，得以暫且安息的唯一所在。

晚清陳森所著的《品花寶鑑》是中國文學史上一部寫同性戀的重要小說作品，描繪士子與伶人交往的社會風情。中國古代社會對待同性戀一向不似西方偏激，並無嚴刑峻法懲罰同性戀行為。明清兩朝，士紳階級竟有公開接受同性戀的時期，《紅樓夢》中，寫到寧國府賈敬身亡，治喪期間賈府子弟賈珍等人居然公然召相公入府陪酒作樂。《品花寶鑑》就是在那樣比較寬容的社會傳統下產生的，不自覺的把士紳蓄養優伶寫成「雅事」。但二十世紀民國以後，由於受到西方基督教以及西方醫學的影響，中國社會對同性戀的態度亦隨之轉變，將同性戀視為「罪惡」、「變態行為」。「文革期間」甚至把同性戀者當作精神病患，關進精神病院，這亦是因襲蘇聯共產的作法。

一直要到一九八〇年代，《孽子》的出現，《品花寶鑑》的傳統又得以在臺灣延續，中間已經隔了上百年了。這也標示臺灣社會開始走向民主多元。此後有關同性戀議題的文學作品，如雨後春筍，遍地開花，朱天文、凌煙的小說並獲百萬大獎，接著吳繼文、邱妙津、陳雪、舞鶴等人相繼推出傑出優秀長篇小說。同時臺灣的影視界也開了閘，一九八六年《孽子》改編為電影，由虞戡平執導，那是臺灣第一部以同性戀為題材的電影，雖然當時臺灣的電檢處，將這部電影有些片段不由分說的剪掉了。此後，有關同性戀議題的臺灣影視作品，紛紛上演，蔚為潮流，李安、蔡明亮，各有佳作。二〇〇三年，《孽子》改編成電視劇，由曹瑞原執導，公視一連重播五次，這部八點檔的連續劇，對臺灣社會產生了重大影響，同性戀者的人倫問題，頭一次在螢屏上進到許許多多的普通家庭裡，引起家長們對於這個問題的思考。

是由於文學影視所謂「軟實力」的啟蒙，臺灣的同志平權運動得以大步邁進，臺北變成亞洲對同志最友善的城市，每年臺北同志遊行，由數百暴長成數萬人，亞洲各國的同志們，爭相飛往臺北參加臺灣的同志平權運動，一切已經國際化了。而今年二〇一三年，臺灣的同志平權運動，因為「多元家庭法」在立法院引起的爭端，更進一步，為了爭取「同性戀者婚姻」立法通過，走上街頭，同時也引來各方反對團體，造成兩軍對峙，雙方展開了激烈的爭辯。因此，臺灣的同志平權運動，終於加入了世界的潮流。此刻世界各地同性戀者爭取婚姻合法的運動正在如火如荼的展開，這是世界的同性戀者對於人權平等進一步的要求。組織家庭是人類最原始最基本的欲望，同性戀者亦不例外。

《孽子》小說出版迄今三十年，明年二〇一四年春天，《孽子》即將改成舞臺劇，仍由曹瑞原執導，作為國家劇院國際藝術節的開鑼戲。正值「多元家庭」、「同性婚姻」成為臺灣社會公共辯論議題之時刻，《孽子》搬上舞臺，更具特殊意義，我們翹首以待。

——原載二〇一四年《聯合文學》雜誌一月號

《孽子》的三十年變奏

《孽子》原著小說出版至今，正好卅個年頭。

民國六、七十年代，同性戀，還是一個無法被討論的禁忌。我寫了這樣一本小說，只是作為一個寫作者的自覺：「文學面前應百無禁忌，百分之百誠實。」當時根本沒想到，不只小說後來被譯成英、法、德語在全世界發行，還出現電影、電視各種變奏。

民國一百零三年，國立中正文化中心邀請電視、電影、劇場及流行音樂界的精英，傾力製作《孽子》舞臺劇，作為臺灣國際藝術節的開幕大戲。我充滿期待：三十而立的《孽子》，從平面書寫變成立體發聲，會激盪出什麼樣新的火花？

我的同志議題書寫，第一個作品是〈月夢〉。民國四十九年，我和歐陽子、王文興、陳若曦等人共同創辦《現代文學》雜誌。創刊號文章不夠，我以筆名發表了兩篇小說，一篇是〈玉卿嫂〉，另一篇則是以同志為題材的短篇〈月夢〉。

〈玉卿嫂〉和〈月夢〉題材雖然不同，講的卻是同樣的東西，都是關於愛情的追尋。不管是異性或是同性之愛，總能觸動人內心深處最敏感的神經，湯顯祖《牡丹亭》：「情不知所起，一往而深，生者可以死，死可以生。」愛情、生命與死亡，一直是我寫作非常重要的主題。

《孽子》是青春鳥的集體「尋父記」

民國五十八年，我在《現代文學》發表另一短篇〈滿天裡亮晶晶的星星〉，以新公園荷花池為背景，主角「教主」曾是上海紅極一時的明星，故事結尾，教主帶著三水街一個面龐姣好、身上長著瘤子的小么兒小玉，「兩個人的身影，一大一小，頗帶殘缺地，蹭蹬到那叢幽暗的綠珊瑚裡去。」算是《孽子》的雛形。

我的寫作速度很慢，《孽子》真正動筆大約在民國六十年、六十一年間，寫了五、六年，寫得不滿意，就重來，尤其是小說後半部，改寫了大概有五、六次。民國六十六年，《孽子》開始在《現代文學》復刊號連載時，其實已大致寫完，只是一邊連載一邊修改。

《孽子》寫的雖然是同性戀的故事，但已不局限於個人情愛的追尋，而是更寬廣的關照，那就是，人的合法性。回顧歷史，同性戀在廿世紀初還被視為是一種罪，被當成精神疾病，納粹時期，同性戀者被關進集中營，遭到屠殺。我不是搞社會運動的人，也沒想過要爭取同志平權，只是單純認為，同性戀是與生俱來的，是ＤＮＡ就已決定，既然，同性戀是人性的一部分，就應該被書寫。一個寫作的人，一定要對自己百分之百地誠實，寫出心中的信仰，不能有所顧慮。

這本小說定名為「孽」子，其實隱含著反諷的意味。這群流浪在臺北新公園的青春鳥兒們，因為性別傾向不被社會認可，被家庭趕了出來，成了社會眼中的孽子，我寫的是這群年輕人從孽子變為人子，成長過程裡的痛苦與掙扎。

檢視中西關於同性戀題材的小說，好像沒有像《孽子》般糾結在家庭的衝突中。這本書很大主題是父子關係，父子之情雖然是與生俱來，但在中國傳統卻是格外沉重，尤其，當兒子又是同性戀，父子間的衝突會更為尖銳。故事裡的阿青、龍子、小玉、吳敏或老鼠，來自不同的破碎家庭，都把對於家的渴望，轉移到在同性戀的世界裡建立一個新的家庭。《孽子》，可說是青春鳥的集體「尋父記」。

從小說到電影、舞臺劇的多重變奏

《孽子》的故事背景，也是當年臺灣社會及歷史的縮影。主角阿青的父親是隨國民政府來台的潦倒軍人，母親是本省養女，「外省的悲哀，本省的悲情」結合的一對怨偶，生下了第二代阿青，《孽子》寫的不只是同志，而是一則臺灣的寓言。這或許與我成長在動亂的年代有關，潛意識裡對於歷史有著特別敏銳的觀察。

讓我意外的是，同性戀當年雖是禁忌，但《孽子》發表後，各界的反應竟是出乎意料的寬容，除了少數一兩篇關於同性戀是病態論述的專欄，並沒有對於小說的負面評價。民國七十五年，《孽子》躍上大銀幕，開始變奏出不同形式的面貌。

電影版《孽子》很有趣，將原著幾個關於「父親」的形象傅老爺、楊教頭、郭老，濃縮在孫越飾演的楊金海身上，還有小說裡沒有的角色曼姨，塑造一個新的母親形象。虞戡平導演說，他想創造出一個家庭的氛圍，這也蠻好的。孫越演得傳神，第一批孽子也有他們的味道。唯一美中不足的是，因為當時保守的社會氣氛，電影被審查機關修剪後，無法完整傳達原著的精神。

《孽子》的第二個變奏是一九九七年，學者王德威的博士班學生吳文思，根據英譯本執導舞臺劇《孽子》，由波士頓的亞裔學生演出，在哈佛大學亞當斯戲院連演一週，反應很熱烈。有意思的是，這批說英文的孽子，演起戲來並不感覺是翻譯作品。飾演 Bargirl 麗月的是一名哈佛大學二年級的女孩，叼根菸，潑辣又性感，她的父母坐我後面，父親看到女兒演得這麼好，高興得不得了，母親則把頭低下，根本不敢看。飾演阿青的是一名混血兒，獨白念來相當動人；小玉也整個豁出去演開了。香港劇場界也曾改編過《孽子》，以後現代的手法探討同性戀議題，已經是完完全全的變奏。

訴求走進家庭，被更多人聽見、看見

二〇〇三年，曹瑞原為公視執導的電視劇《孽子》，應該是社會回響比較大的一次改編。不但獲得金鐘獎戲劇節目連續劇、女主角、導演（導播）等多項大獎，范宗沛做的音樂也拿了金曲獎，我在大陸還看過盜版錄影帶。友人告訴我，電視劇播出時，有父母找尋兒子的跑馬燈啟事，我很欣慰，當初寫作《孽子》的初衷，就是希望不被認同的同志，能得到家庭對他們的諒解，因為這齣電視劇，這樣的訴求才能走進家庭，走進客廳，被更多人聽見、看見。

拍攝電視劇之前，我對曹導演並不熟悉，一次咖啡廳巧遇，他表達想要改編連續劇的想法。我看了曹導演改編曹麗娟作品的《童女之舞》，覺得他把原著小說的味道抓住了，很有文學性，就放心把《孽子》交給他。

《孽子》歷經多次改編，我明白，任何藝術形式的變奏都是二度創作，即使我自己操刀，也不會寫得和小說一樣。所以，只要導演、編劇抓住原著的精神，把人物導出來，細節的改變並不要緊。

因為大眾媒體的特性，電視劇不能像小說一樣過於抽象，曹導演把《孽子》改編得合情合理，很動人，演員也演得好，尤其飾演傅老爺的王玨、阿青父親的柯俊雄等幾位老演員，薑是老的辣；飾演龍子的庹宗華倒是出乎意料的好，因為他的型不像龍子，但他把角色演活了。

我與曹導演比較大的意見分歧是，小說裡，阿青一次偶遇的角色趙英，電視劇創造出原著沒有的青英戀（阿青與趙英）。飾演阿青的范植偉、與趙英的楊祐寧年輕又帥，我擔心，虛構的青英戀會變成兩個美少男的偶像劇，改得太遠了，起初並不同意，但導演拍好後給我看，我發覺蠻動人的，情感處理得恰到好處，就不再堅持。

楊教頭性別翻轉，增添一點母性的成分

兩廳院「二〇一四年臺灣國際藝術節」要以《孽子》作為開幕大戲，有了電視劇成功的經驗，曹導演是我心目中的不二人選。雖然曹導演沒導過舞臺劇，但他導過電視劇《孽子》、《孤戀花》，對我的作品熟悉，我相信藝術是相通的，好的導演不管是那種形式，一樣可以處理得很好。

從電視劇到舞臺劇，整整相隔十年，曹導演最瘋狂的顛覆是：將青春鳥的師傅楊教頭，來個性別翻轉，變成 Tomboy 的大姐大，這確實是很大的突破，我聽了叫絕：為《孽子》增添一點母性的成分，母雞帶小雞，大有可為。

舞臺劇短短兩三個小時要說完一本書，需要很高濃度的提煉。整齣戲還是照著原著脈絡，從阿青的角度帶領觀眾進入青春鳥們的黑暗王國，但形式更為開放自由，有戲、有歌、也有舞。

父子關係，是這次改編的主軸。阿青與父親、阿青與病重的母親、龍子與傅老爺的對話，以及傅老爺的獨白，都是鋪陳內心發展的重要段落。當初寫《孽子》時，曾想過傅老爺的形象是否設定為同志，但考量到這個人物承載了更大的意義而作罷。

傅老爺，是新公園那群不被家庭認同的孽子們的「精神之父」，他的葬禮，也是我寫小說時最難完成的段落。到現在都還記得，我熬夜書寫，天已微亮，寫完孽子們「在那浴血的夕陽影裡，也一齊白紛紛地跪拜下去。」我好像龍子經歷「撼天震地的悲嘯」後，壓抑的情緒終於得到抒發，我放下筆，打電話給友人：「這幕我終於寫出來了！」這場葬禮，代表著這群孽子終於與「父親」達成和解，洗滌了社會加諸在他們身上「孽」子的罪名。

有了瞭解，就能諒解，最後便能和解

阿青與龍子、龍子與阿鳳的血戀，是這齣舞臺劇的另一重點。我的作品好像不論主題怎麼變，都會回到「情」字上。一位導演曾問我：為什麼要把玉卿嫂給殺了？不論是《玉卿嫂》或是《孽子》裡的龍鳳血戀，最後都因愛不到那個人而做了極端的事，我對生死戀特別著迷，因為，我看到「情」對一個人產生的動亂，攪得人多兇。

龍鳳血戀，是新公園的傳奇、神話。因為，同性對愛情的追求不被承認，才會更為激烈與炙熱吧。阿青與龍子，則又代表了另一種永恆，兩人在旅館裡裸裎互訴衷腸，是一種「同是天涯淪落人」的含蓄情感。

三十而立的《孽子》，有變，也有不變。變的是，不同領域藝術創作者對小說的變奏與詮釋；不變的是，人性普世的價值不因宗教、文化、種族而有不同。《孽子》寫作時，社會對於同性戀還存在很大的誤解，如今，同志的處境慢慢往正面前進，全世界有十多國承認同性婚姻，臺灣正在推動多元成家方案，連保守的天主教，梵蒂岡教宗方濟也發表談話：「如果有人是同性戀，而能懷善心追尋上帝，我有何資格論斷？」

我期待，《孽子》舞臺劇的推出，社會可以更嚴肅思考同性戀也是人性的一部分，給予同樣的尊重。雖然，偏見不是一朝一夕可以改變，但我相信，有了了解，就能諒解，最後一定可以和解。就像小說最後，寒流來襲的大年夜，阿青帶著羅平向前跑：「一、二、一、二」，最終迎來的，將是溫暖曙光下新的一年。

本文由白先勇／口述，曾秀萍／訪談，李玉玲／整理

——原載二〇一四年《PAR表演藝術》雜誌一月號

勾動人心的一齣大戲——《孽子》舞臺劇

我這一生看過不少戲，即使只算我自己參加製作或改編自我作品搬上舞臺的，我也看過許多。一九八二年由我製作改自我的小說《遊園驚夢》舞臺劇，當年在國父紀念館公演十場，場場爆滿，盛況空前，樹立了臺灣話劇史上一道里程碑，十場我都看了。近十年來我自己製作的青春版《牡丹亭》世界巡演共兩百三十多場，我大概看過一半，而我看到的那些場次都是爆滿的，觀眾有時達到兩三千人。至於我的小說改編成舞臺劇如：《金大班的最後一夜》、《永遠的尹雪艷》也在上海看過了。可是今年二月七日至十六日在臺北國家戲劇院公演的《孽子》舞臺劇，八場我都看了，那卻是我一生看戲經驗，最受震撼的一次。

臺北《孽子》公演前三個星期，八場票一萬多張搶售一空，看戲的觀眾以年輕人居多，約占六、七成，但中老年齡層的觀眾也不少，觀眾中有很大部分是《孽子》小說讀者或《孽子》電視劇觀眾，但也有為特定對象來捧場的，如主題曲歌者楊宗緯的粉絲，演員莫子儀、唐美雲的崇拜者。但藝文界、學界、企業界，許多重要人士也都去了。平常到國家戲劇院觀看表演，觀眾總有幾分拘謹，正襟危坐，好像參加一場文化儀式，可是《孽子》一開場，全場好像馬上有一股暗暗的電流，四處上下流竄，勾動了在場一千五百位觀眾的心，觀眾情緒跟著劇情一直起伏，到了終場，掌聲爆起，沒有掉淚的觀眾，算是少數。我去看戲的朋友，從美國、香港、新加坡、北京、上海來的，作家、教授、出版編輯，統統感動掉淚。著名畫家黃銘昌坐在我身後、哭濕了一疊紙巾，台達電文教基金會執行長女強人郭女士滿面淚痕說：這就是

上：父子之情在中國傳統家庭格外沉重，當同性戀的議題在父子間的生活中衝突更加尖銳。父親／陸一龍　飾、阿青／莫子儀　飾。（許培鴻／攝、國立中正文化中心／提供）

下：在劇中，楊教頭增添了母性的成分，教導照顧著這群青春鳥。楊教頭／唐美雲　飾。（許培鴻／攝、國立中正文化中心／提供）

《孽子》舞臺劇的序幕。（許培鴻／攝、國立中正文化中心／提供）

孽子

左：阿鳳在龍子的懷中去世，龍子悲慟不已。龍子／吳中天　飾、阿鳳／張逸軍 飾。（許培鴻／攝、國立中正文化中心／提供）
右：飾演阿鳳的張逸軍完全以舞蹈表達，來詮釋劇中阿鳳的情感世界。（許培鴻／攝、國立中正文化中心／提供）。

愛情！她指劇中那一場龍鳳戀。唐美雲說她的朋友們買了五千元一張的貴賓票，個個哭得泣不成聲。觀眾用眼淚投票肯定了《孽子》這齣舞臺劇的價值。《孽子》是我寫的，人物也是我創造的，可是看到龍子抱著阿鳳搶天慟哭、阿青與他垂死母親一場驚心動魄的對手戲，我自己的眼淚，也禁不住暗暗掉了下來。

為甚麼《孽子》會勾動這麼多人的心思？我想主要這齣戲講的是人倫——人類最基本的感情：父子情、母子情、兄弟情，還有愛情。而《孽子》的演員們又十分稱職，把戲中的情感恰如其份的都表演出來了。莫子儀、吳中天、張逸軍，老一輩的柯淑勤、唐美雲、丁強、樊光耀，北藝大的學生：魏群翰、李尉司、許博翔等，把劇中人物個個都演活了。

其實《孽子》舞臺劇的成功，全在於導演曹瑞原，運用一套極富創意而又有效的舞臺形式，把《孽子》中極沉重又沉痛的複雜感情，成功表現出來。首先他用舞蹈來詮釋劇中比較抽象的兩場戲：〈黑暗王國〉、〈龍鳳血戀〉。尤其在〈龍鳳血戀〉中，太陽馬戲團中的明星舞者張逸軍一場飛揚翱翔的彩帶舞，活脫脫就是一隻不甘受拘、飛向那遠方天際的野鳳凰。這場愛與死之舞，美而烈，令人驚艷，令人撼動。是這齣戲大放光芒的一刻。這場同志愛情悲劇，早已超越性別、生死，變成了一則有普世價值的愛情神話了。

由陳小霞作曲、林夕填詞、張藝編曲、楊宗緯演唱的主題歌〈蓮花落〉，在這齣戲接近尾聲的剎那，橫空而出，楊宗緯那特殊纏綿悱惻、如泣如訴的歌聲一下子揪住了所有觀眾的心：

記住了你輪廓　忘掉了我死活　冰涼的淚該往哪裡流落
擁抱曾經暖和　命運何曾承諾　用情夠深就不忍心逼迫
夢在胸膛　醒來卻流離失所　本來只要倆人填滿一個角落
如今都是錯　找對了人為什麼更難過　愛　因為愛上了誰　變齷齪
倘若　慈悲的陽光眷顧我　能否照耀著我們　直到慾望隨蓮花開落

夢本單純　只有怪呼吸混濁　生來只要撐住沒有你的寂寞就不會有錯
擁有過你為什麼要懦弱　天　怎麼要比誓言還執著
倘若　旱天雷能保持緘默　讓我赤裸裸愛一場　赤條條來去也
不　用　誰　為　我　解　脫

《孽子》在臺北上演，北部觀眾為它流了不少眼淚。相信這次高雄春天藝術節《孽子》在文化中心至德堂演出，熱情的南部觀眾將為它灑下更多的淚水。我也將在五月二十三日前往高雄和大家一起觀賞《孽子》在高雄的演出，我們高雄見！

——原載二〇一四年四月十五日高雄春天藝術節官方網站

輯三

崑曲新美學：《牡丹亭》、《玉簪記》

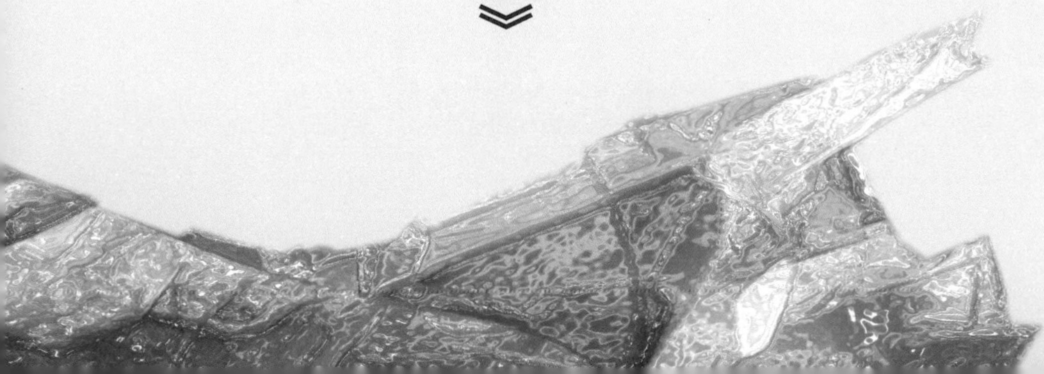

崑曲新美學——以青春版《牡丹亭》及《玉簪記》為例

崑曲，顧名思義就在崑山發源的，崑山屬於吳語區，而語言就是決定哪個音樂、決定唱腔，像Opera是起源於義大利，就是用義大利的語言。崑曲它特別有江南文化的精髓特色，非常婉約纏綿，所以它的唱腔是一唱三嘆。它的音樂是笙簫管笛，不同於京戲是弦樂、板樂，比較喧鬧，崑曲的音樂是比較雅的，所以也叫雅部。後來它就在江南這一地傳開了，經過很多音樂家、文人還有藝術家們的錘煉，變成非常成熟、完美的一種唱腔、一種戲曲。後來從南邊傳到北邊，因為北京一些皇帝也喜歡崑曲，所以從晚明一直到清朝的乾嘉年代，朝廷提倡，民間也提倡，這兩百年間崑曲可以說是當時的國劇，有它輝煌的歷史，在那兩百年不管是朝廷還是一般市民都喜歡唱，等於我們現在的卡拉ＯＫ。

到了蘇州有一個虎丘，從晚明開始有一個風俗，每到中秋夜的時候，大家都去比賽唱崑曲到天亮，然後選出個冠軍來，有點像中國好聲音。所以一般人那時候都喜歡唱崑曲，而且像康熙、乾隆皇帝，也都是崑曲迷，乾隆到蘇州聘請了好多伶人到北京去，最盛時期他的御班子有一千人！當時皇帝請客的時候，唱宮廷劇一來就是幾百人上場，很大場面。蘇州那時有很多退休的大官，還有一些富商，所以一些庭園，像是拙政園、留園，那時候家裡是有家班子的，所以蘇州最盛的時候有幾百的家班子，請客要是沒有戲班子，好像社會地位就低了；然後還要互相比哪個班子好。大家看過《紅樓夢》的話，就曉得大觀園裡面賈家不也是到蘇州弄了一個戲班子給元妃看戲嗎？所以崑曲的確有它的輝煌時期，當然後來種種原因沒落了，一直到民國的時候更加危險，後來是靠一些民間有心人士撐起來到今日。

青春版《牡丹亭》二〇〇四年四月二十九日在臺北國家戲劇院世界首演，演完到現在十五年後，已經演了三百多場，美國也去過，West Coast，或者到 East Coast，歐洲也去了，英國、希臘都去過。從前還不敢講，經過十幾年以後，現在可以這麼講吧，這齣戲啟動了崑曲的復興運動。由於青春版《牡丹亭》在大陸、香港、臺灣演了那麼多齣，的確把整個崑曲風氣帶起來了，最要緊的是把年輕觀眾拉回劇院來看戲，本來觀眾已經老化，以前的觀眾進去都是白髮蒼蒼，現在呢？都是黑頭髮！所以這變動很大，尤其中國大陸，我們去了三十幾所高校巡迴，所以大學生看崑曲好像變成是一種時尚。北京大學有一個學生在網上寫說：「現在這個世界上只有兩種人：一種人是看過青春版《牡丹亭》的，一種是沒看過的。」好像看過青春版《牡丹亭》高人一等的樣子。

我們北大去演過四次，演出的地方有兩千個座位，這三天九個鐘頭的大戲，剛到北大的時候真的也是沒底的，現在的大學生要他來三個晚上，坐九個鐘頭，而且是看《牡丹亭》，節奏非常緩慢，四百年這麼古老的戲，不知道可不可行？我們進去的時候，北大的教授警告我：「北大學生的眼界很高喔，不好看就走的。」不曉得哪來的信心，我說：「絕對不走的！」果然，不光沒走，到了第三天還要加椅子。這個情況到了很多地方都是 repeat，最遠到蘭州、西安，最南邊到桂林、廈門，從來沒有崑曲演過的，盛況居然像到北大那種，像在廈門大學，三千多快四千位學生，非常熱烈。我也在仔細看，大概九八%的學生是從來沒看過崑曲的，為什麼對於一個這麼古老的東西會有這麼熱烈的反應？我想，當時中國大陸的情況是文革完了，社會比較安定，經濟情況也好一點了，所以那些大學生很多時候心中都在找一種文化認同。但那時西方大量的商業文化也衝進去了，所以也比較茫然，一看到這個青春版《牡丹亭》，那麼美、那麼好看，而且最重要的是，愛情的表現那麼動人。所以我想他們覺得這完全是自己的文化、自己的東西，我相信他們也接觸很多西方的古典音樂，Ballet、Opera 都進去過，他們聽貝多芬、普契尼的也會感動，但是看完的結論就是：「那是西方的文化，西方人的東西。」看完青春版《牡丹亭》才知道，哇！那麼美的東西，是我們自己的。

所以那些學生看完了崑曲像是走過一種文化儀式一樣。記得二〇〇九年北京大學演出的時候，零下九度，南方人很吃不消，冷得不得了，穿一下絨衣就要回去睡覺了，演完差不多十一點鐘，幾百個學生不讓我走，好興奮的跟我握手，他說：「白老師謝謝你，把這麼美的東西帶到北大來。」。我心裡想，我就是要聽你這句話，我就說，就是給你們看美的東西。我想崑曲就兩個字，情與美，我給它定義是：「以最美的藝術形式來表現中國人最深刻的感情。」尤其湯顯祖，那詩美得不得了，他唱的都是詩。中國文學最了不起的就是抒情詩，崑曲就是我們的抒情詩，而我們把抒情詩的傳統用歌跟舞具體地表現在舞臺上。崑曲有一個很特別的地方——它是載歌載舞的形式，跟其他劇種不一樣，崑曲有「百戲之祖」之稱，影響了許多的地方戲曲，京劇、粵劇，還有廣東大戲，甚至是臺灣的歌仔戲。

我跟廖瓊枝聊過，她喜歡看崑曲，我們演崑曲她都來看，她說崑曲的身段非常優美，可惜崑曲沒落下去了，我們青春版《牡丹亭》要把年輕觀眾弄回來，怎麼辦呢？我們之前不是沒人演過《牡丹亭》，為什麼沒有引起那麼大的熱情？我相信若要引起現代觀眾的共鳴，一定要符合他們的審美觀才行。二十一世紀當然不是在拙政園那個廳裡面出演的形式了。現在是現代舞臺，燈光是電腦控制的，所以怎麼樣把一個六百年的古老劇種搬到現代舞臺上，讓它用現代元素重新發光，這就是我們最大的挑戰，如何把傳統跟現代因素接起來？我們有一個原則是「只刪不改」，湯顯祖的劇本五十五折，我們刪成了二十七折，只是刪了，而且把它重新組合一下，但是它的唱詞唱曲不改。除非你的古詩詞比湯顯祖寫得還好，不比他好就還是用原來的，原來的最美。但是很多地方我們把現代元素非常小心謹慎地放進去，有些地方可以改，服裝、舞臺、燈光的設計、劇本的重新安排，這些東西要考量到現在的觀眾能不能接受，所以如何把傳統跟現代接起來，這是我們做的最大挑戰，怎麼把幾千年的古文化搬到二十一世紀來，讓它在傳統根基下又給它新的生命？所以崑曲我就等於是當個事業，這麼古老的一個表演藝術，是不是可以給它新的生命？

崑曲它有六百年的歷史，所以有一套非常成熟、非常程式化的美學。最主要它是抽象、寫意、抒情、詩化，不是具象、寫實的，跟西方有些寫實劇很不一樣。它有時候扇子這麼試一下，告訴你這就是滿園百花齊放，那你眼睛就跟著這樣子看了，它就是有這麼大的空間；它那鞭子指一下就是一條河，再指一下就是一座山，它空間是完全無限的，不像有些西方歌劇，他們演阿依達，坐在金字塔上，弄個金字塔外還把駱駝牽上去。中國的戲曲拿個馬鞭就等於騎一匹馬，完全是抽象、寫意、抒情，這套東西不好亂改。我舉一個失敗的例子，我們很有名的一折叫做〈遊園〉，大家都聽過「遊園驚夢」，杜麗娘跟春香在花園裡面舞來舞去。因為我剛剛講崑曲是載歌載舞的，每唱個一句，一定有很優美的身段來配她，她不可以站著唱，一定要舞著唱的，而且如果有兩個人的話要雙人一起舞，所以它難在這個地方，它要harmony，要絲絲入扣，〈遊園〉我們完全是空臺的，只有一個背景而已，兩個女孩子在唱的時候，這裡是牡丹花、那裡是什麼，就是看她身段的時候，覺得滿臺花，有一個production，一個牡丹亭，那個園子裡面掛滿了柳枝，掛滿了春天。但那是學生做的塑膠柳枝，杜麗娘要進遊園的時候，手要撥開才進得去，那就跟我們抽象的完全不對了，好就好在它是抽象寫意的。

所謂四功五法，唸、唱、做、打這套東西，五法就是手、眼、身、步、法，它有一套程式，我跟著他們練，跟他們排戲，才發覺崑曲有非常嚴謹的discipline，崑曲等於是把西方的Opera跟Ballet合起來，Ballet對肢體的要求非常嚴格，一舉一動都是以最優美的姿態出來；崑曲也是，水袖動作都是非常嚴格的。我記得張繼青老師教女主角沈豐英水袖動作的時候，笛音到哪個地方，水袖就要到多高，要準確得不得了，教她三十多次，不行，再來，不行，再來，等於芭蕾舞一跳一跳的，非常嚴謹。

我們講青春版《牡丹亭》、青春版《玉簪記》，這是兩岸合作很大的一個工程，在臺灣這邊我們互相截長補短，那時候臺灣最厲害的就是多年來有一大批戲臺、戲院的工作者，舞美設計、燈光、服裝，全世界有名的都來演過，我們很多藝術家都曾參與過。中國大陸，演員和音樂樂隊是他們的，兩邊截長補短合起來打造了這麼一個大工程。

崑曲還有一個特點就是，晚明時候的文藝思潮，對禮教，存天理、滅人欲這種，要求太過了，把人真正的感情慾望通通軋斷了。所以湯顯祖還有李贄、王陽明，他們恢復心性學，就等於是對宋明理學的一個反動，一方面有《牡丹亭》，同時也有《金瓶梅》，所以一方面是情的大解放，一方面是對人的肉體、肉慾也是一種解放。

以前我小時候怎麼跟崑曲結緣的呢？抗戰勝利以後，我在上海看到了梅蘭芳跟俞振飛的戲，那時候梅蘭芳本來都唱京戲，不過戰後因為他的琴師沒有跟著他，所以就跟俞振飛唱崑曲唱了四天，剛好因為他八年沒唱戲了，一下子回到上海唱戲，萬人空巷，黑市的票賣了一條黃金。不過還好我們家有人送了幾張票來，我母親就帶了我們去看，剛好那天晚上梅蘭芳唱的就是《牡丹亭》裡面一折，我沒想到從此跟《牡丹亭》結了一輩子的緣。那天晚上唱那一折，當時我也不懂，大家就是看梅蘭芳，我看他的時候他才四十幾歲，是最好的時候。《牡丹亭》是個愛情神話，中間很重要的還有很多花神，當他們兩個幽會、戀愛的時候，那些花神就唱歌跳舞來慶祝柳夢梅跟杜麗娘的愛情，所以我說花神的設計重要得不得了，如果不好看的話就糟了。梅蘭芳那時候也是革命性的，以前的花神，班子沒有那麼多人，就把整個戲班子搬上去，生旦淨末丑，老太太也上去、小丑也上去，就是充當花神，那不好看啊！梅蘭芳就改了，全是一群漂亮的女孩子，女花神，那時候不得了的，是如何設計呢？她們每個人手上都拿一束塑膠花晃著晃著，當時塑膠花很摩登，那時候的我們就覺得好新奇。但我想美學是需要改變的，我們跟梅蘭芳不太一樣的地方在於，因為是青春版，所以就跟崑曲大師汪世瑜商量，兩個人可不可以靠近一點？所以兩個人水袖纏綿、勾來搭去，很好看，青春嘛，兩個人六、七十歲的在一起可能太近了，年輕的可以，我們就是青春版《牡丹亭》。

接下來我要介紹《玉簪記》。已經很多的觀眾第一次看崑曲的時候都是看《牡丹亭》，二十七折又是個大戲，所以結束以後我還想要繼續製作別的戲，於是第二齣就製作《玉簪記》。這個劇本是明朝杭州人高濂寫的，當時也的確是思想的解放，講的也是一段愛情故事，不過很特別，主角是道姑跟書生，到了晚明很多時候都是衝破當時的社會規範，《牡丹亭》也是，一個十六歲的太守千金，白日做了一個春夢，跟著書生幽會，所以都是突破，尤其是女性方面，突破對愛情的追求，杜麗娘也是對愛情追求勇往直前，《玉簪記》也是這樣子，故事本來很複雜，不過把它最精華的抽出來，故事就比較簡單了。它在講一個陳妙常道姑，本來是個千金小姐，因為宋朝金兵作亂，家裡沖散掉了，她一個人孤苦伶仃，沒辦法就投到道姑庵裡面——叫作「女貞觀」，當了道姑，那不是她情願的，她是來逃難的。這時候恰好有位書生叫潘必正，落第了，不好意思回家，於是跑到道姑庵去，道姑庵的庵主是他的姑媽，所以他就想到道姑庵裡靜靜地讀書再去考試。一個書生、一個道姑，當然就有愛情囉，這個道姑很有修養，琴棋書畫都通曉，書生也是，所以就發生了一段愛情故事。這一共有六折，第一折〈投庵〉，就是講他們兩個相遇，第二折叫〈琴挑〉，陳妙常會彈古琴，彈得很好，潘必正聽到琴聲就去見她，兩個人以琴傳情，琴等於是她的心聲。這個戲有意思在哪裡？它是愛情戲不錯，但是它是非常典型的崑曲所謂「身段戲」，一身一段、一身一段，我們說崑曲的文本叫做「傳奇」，所以十部傳奇九相思，以愛情故事為多，但不完全是，有些是以兒女之情寄興亡之感，像《長生殿》、《桃花扇》那些大的歷史劇。那麼這個是身段戲，因為它非常細緻精巧，兩個青年男女在調情，從前不可以講出話來的，就借了個琴彈啊彈，聽得出琴聲就好了，琴聲裡面有傳情。不像我們現代青年男女談戀愛，簡單多了，一個簡訊過去就行，那時候很麻煩的，又彈琴又寫詩，搞半天才講出心裡話，所以那個時候的戲，也就這點好看。

人家問我說你搞崑曲，現代青年學生男女都是看好萊塢長大的，一拍兩響，那麼慢，他們吃得消嗎？就是看多了好萊塢，現在回頭看看眉來眼去二十分鐘才過癮啊！慢慢地你過來我過去，小兒女那

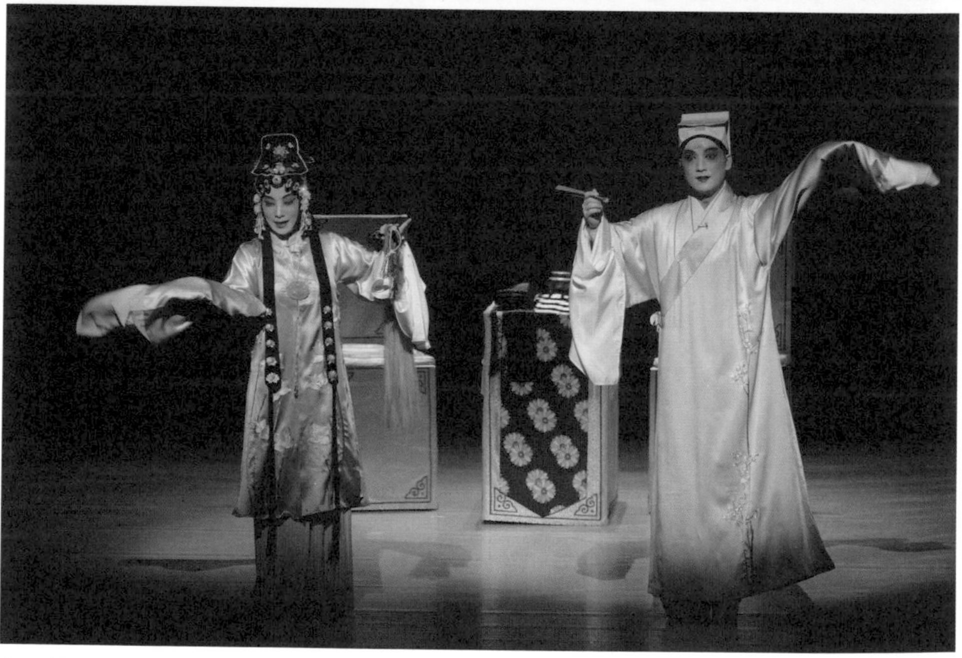

上：〈投庵〉，「女貞觀」為書法家董陽孜題字，上海東方藝術中心，二〇一〇年四月。

下：〈琴挑〉，潘必正／俞玖林　飾、陳妙常／沈豐英　飾，臺北國家戲劇院，二〇〇九年五月。

上：〈問病〉，潘必正／俞玖林　飾、陳妙常／沈豐英　飾，北京大學百年紀念講堂，二〇〇九年十二月。

下：〈投庵〉，水墨觀音像為畫家奚淞所繪，北京大學百年紀念講堂，二〇〇九年十二月。

種你來我往，很有意思的，它很細緻，而且最特別的是在最後，他們有一段情了，結果被老道姑發現了，這還得了？不守清規！馬上就把他的姪兒子趕去考試。姪兒子都來不及收拾東西，老道姑也不給他見陳妙常最後一面，馬上就把他趕到江邊，看著他坐船走才放心。哪曉得陳妙常一聽到他走了，急得不得了，也追到江邊，但是船已經走掉了，她就跳到一艘小船上要去追趕，追追追，追到了，但因為江心的波浪很厲害，怎麼也靠不攏，撞來撞去，總算靠攏了，陳妙常很大膽，一跳就跳過去，兩個人就在船上海誓山盟，纏綿道別。像《西廂記》就什麼長亭短亭、楊柳陽光；這個是在江心道別，江心波浪大，他們兩個人內心的波浪也很大，所以裡裡外外那個船也象徵他們男女之間的激情，最後一幕非常好看，兩個人纏綿不捨，潘必正就說：「妳跟我私奔吧！」，陳妙常說：「我來這裡不是要跟你私奔，我要你發誓，要信誓你終身，我會等你，等到你考取回來。」他把她的玉簪扯下來，向天發誓，互交信物再分別，所以叫做《玉簪記》，這故事很動人的。

《玉簪記》它在京戲、川劇、粵劇，通通都有，演得很俗爛了，最後那個層次變成道姑跟書生在彈琴，整個把它演低了。我就想，崑曲是雅部，是文人雅士比較欣賞的東西，所以我想把這齣戲回歸雅部，那因為這戲是在道姑庵裡，大家曉得到了明朝的時候佛道不分，道姑庵裡面也有觀音像，這也不稀奇，我們的龍山寺裡面，道家、佛家的神明都有。所以在這個情況下我們用了幾樣東西提高了它的意境。第一個，我們用董陽孜的狂草，用各種書法來做背景。你看崑曲的舞蹈動作，如果把它畫下來的話，就是一幅狂草，所以如果要我說中國傳統文化最大特點是什麼？拿著一句話來講，我們中國就是個線條文化，從象形字開始，青銅器、建築，都是以線條美著稱，以橋為例，西方的橋都是一條就通，我們偏要拱橋，要九曲橋。所以崑曲的舞蹈、線條跟書法是一個符號。因為是在道觀，我們用奚淞的水墨佛像，觀音像在裡頭。我們又加上水墨，所以整個舞美上有種禪意在裡面。我剛講她會彈琴，〈琴挑〉，所以主題音樂用古琴來彈。所以我們的文、書法、佛像、水墨畫、古琴，加上崑曲，全是我們古典的傳統文化在裡面，最高雅、最古老的這些文化元素，可是我們給它一種特別的 arrangement，你會覺得它是很現代的。《玉簪記》在我來看，就是我們的製作美學可能達到的最高標準。《牡丹亭》當然很好，但是牡丹亭二十七折，不容易統一，這只有六折，所以我們弄得非常精緻，如果《牡丹亭》是一個 symphony，《玉簪記》就是精緻精巧的 chamber music。《玉簪記》的男女主角還是青春版《牡丹亭》那兩位，他們長得好美，金童玉女。所以我說青春版《牡丹亭》有九個鐘頭，要談九個鐘頭戀愛，人不美很難看下去的，兩個一對金童玉女，看得很舒服嘛。

這《玉簪記》，看到非常淡雅的東西是董陽孜寫的。女貞觀，如果不用女貞觀的三個字寫，如果真的用得很實景，弄個庵的門，就怪了，一個東西就好了，三個字，給你無限想像。你看女貞觀，道姑出來的時候感覺後面好像道庵一樣，所以這就是崑曲的美學，它是抽象的，不是給你一個實景，這邊打個廟出來，那又不對了。〈投庵〉的時候，寫的是法華經，經書是它的背景。小道姑跟背景在一起，就有很特別的效果，這就是我們書法的魅力。這個完了以後往裡面走，一個觀音像出來了，觀音像出來以後等於整個庵的氣氛就釀成了。這個觀音是奚淞的白描觀音，如果真的弄個彩色觀音，又不對了，這很素雅的。

〈琴挑〉，就是陳妙常在彈琴，潘必正聽到就來引逗她，陳妙常在荷花池邊彈琴的時候，一邊吟詩，吟了她的心事，隨著她的唱腔，董陽孜的潑墨字，我們用來做背景，然後慢慢轉變呈現出整個效果。還有陳妙常的衣裳，這個設計我覺得是最成功的一個，用了非常淡雅的顏色，綢子都跑到杭州去挑，一般在崑曲也好、京劇也好，道姑裝或者尼姑裝，有一定的規矩，用一個個水田式的，很難看，人要衣裝，戲更要衣裝，傳統戲的衣服重要得不得了，那麼美的道姑，難怪。

〈問病〉，董陽孜兩幅字，「色即是空，空即是色」，按理講有點 ironic，哪曉得潘必正裝病，因為〈琴挑〉被陳妙常拒絕了，結果他就相思病了，一半裝的，一半病了，他的姑媽就帶了陳妙常來，在

〈偷詩〉，潘必正／俞玖林　飾、陳妙常／沈豐英　飾，北京大學百年紀念講堂，二〇〇九年十二月。。

左：〈秋江〉，潘必正／俞玖林　飾、陳妙常／沈豐英　飾，北京大學百年紀念講堂，二〇〇九年十二月。
右：〈秋江〉，陳妙常／沈豐英　飾，北京大學百年紀念講堂，二〇〇九年十二月。

姑媽背後兩個眉來眼去，上面是「色即是空，空即是色」，這個滿好玩的。另外，一個佛手，一朵蓮花，這是奚淞畫的，我們這整個想法是，其實佛也很近人情的，這也是對他們的一種 blessing。按理講佛手都是很古老的，可是這樣來用的話就會覺得有一種現代舞臺感。所以怎麼把過去古典的傳統拉到現代來，怎麼樣去運用安排，這個很巧妙，我們也不是一下就成功的，也東試西試，拿下來、放上去、放上去、拿下來。

〈偷詩〉，是怎麼回事呢？陳妙常實在按捺不住了，經卷也壓不住她的凡心，後來就自己寫了一首詞，把內心的苦悶寫下去，剛剛寫下去的時候，就睡著了，潘必正就跑來，咦，看了有詩，偷來看，可見得她前面作來作去是假的，原來對他已經動心了，這下子，兩個來來去去，總算是承認了，所以他們在調情的時候，菩薩眼睛往下看，看看兩個人在來來去去，我想有個佛像在上面，好像在祐護他們似的。看這個佛手，開始還含苞未放，愛情慢慢開了，花慢慢開了，全開了，兩個人的愛情像花一樣，真的開，所以背後也有這個寓意在。然後陳道姑追舟，不管三七二十一豁出去了，追著江心去，兩個海誓山盟，然後是佛手的解脫印。我們這樣應用，你會感覺到有現代的味道在裡頭。〈秋江〉，兩個人在江上面道別，王童導演試了好久，畫一下水？不對，畫一下蘆葦？也不對，我想到以前傳統的戲院裡演〈秋江〉，牌子上面就寫「秋江」，就這麼走完了。這給了我一個靈感，把這個牌子打到後面去，又請董陽孜寫了好幾幅讓我們去挑，總共五幅，因為兩人的感情在江心波濤洶湧的時候越來越慘，筆畫也越來越放開，到後來全部打開了，最後就只剩了一帖秋江。秋江道別了，兩個人坐船山盟海誓過了，潘必正離開了，這個時候只剩下陳妙常，燈照著她，最後「噹」一聲結尾。意境非常深遠慢，非常美的。

這齣戲是他們的老師岳美緹——上崑的崑曲大師教的，當然是演得好得不得了。他們的舞美，東西很傳統，舊的戲是那樣演，我們新戲是這樣演，換成青春版的。有一段【小桃紅】特別好聽、特別婉轉，而且身段也美，非常典型的身段戲。別看這一小段，他們練了不曉得多久，每一個轉身都要掐得正好，崑曲難是難在這個地方，又要唱、又要身段、又要兩個對起來，timing 快也快不得，慢也慢不得，節奏剛好要掐得準，尤其身段，一定要舉起手來，沒有就完了。所以崑曲是載歌載舞的藝術，等於每一個畫面都不一樣，拿電影 frame 來說，每一個 frame 都不一樣，所以不會覺得沉悶。譬如說京戲，當然京戲它有一些唱段非常有名，大家聽得很過癮，還有一些過門的，不好聽的也沒有身段，就覺得很煩。崑曲不是，它是每個載歌載舞，不會在視覺上有倦怠的感覺。而且這齣戲非常典型，無論唱腔什麼都是崑味十足，我們又把它設計成一個非常高雅而又有禪意的一齣戲。我覺得這齣戲本來就是很好的一齣戲，但是演演演……演下來，把它演俗掉了，那麼我們把它改回來，這一對小男女，完了以後你會同情他們，是個好看的戲。

我們的服裝、舞美什麼都非常的講究。人家說你是寫小說的怎麼去搞崑曲？我是覺得，崑曲因為是我們明清表演藝術裡面最有成就的，UNESCO，聯合國教科文組織它在二〇〇一年的時候，開始選口述非物質人類文化遺產的代表作，以前它是選中國的長城、蘇州的園林這些物質的，非物質的口述，就是音樂、戲曲、語言這些，它第一次選了十九項，第一項就是崑曲。所以 UNESCO 很有眼光，而且那個 committee director 還是個日本人，他們的能劇還放在第八、第九，所以崑曲他們知道的，變成不光是中國的表演藝術，它已經是全人類的了。

後來我跟陳怡蓁也去了 West Coast 跟英國，二〇〇六年第一次到美國西岸，在加州大學四個 campus，UC Berkeley、UC Irvine、UCLA，以及我教書的學校 UC Santa Barbara，巡迴了一個月，演了四輪，十二場，場場滿的，有時候是一半是非華人，有時候大部分七〇%是非華人的觀眾，那時候 UC Berkeley 的場地也是很大，差不多二千一百個座位，也坐滿的。本來我去的時候滿擔心，三天，我們也完全不妥協，也是九個鐘頭三天大戲，我有點擔心美國人看了第一天，第二天不來了怎麼辦？哪曉得沒有，每天滿座，而且西方人對於崑曲的反應熱烈程度不下於華人觀眾，還可能更熱了一點，站起來

standing ovation，ovation 的時候十幾分鐘，我想為什麼？可能西方人對中國戲曲的知識了解只到京劇，大部分人不知道原來比京劇老個三、四百年的時候還有一個崑曲這種形式，而且那麼成熟，架構那麼大，幾十折、幾十折，那麼大的戲，他們吃了一驚。而且崑曲好像對他們有直覺的吸引力，打進去的，你想他們的文化背景完全不同的，表現的方式也完全不一樣，他們是 Opera 的方式，跟崑曲非常非常不同，居然能夠接受，可見崑曲真的是全人類的文化遺產。所以這麼重要的一個文化遺產，上個世紀後九〇年代，這個世紀初是往下滑，滑得很快，為什麼呢？因為第一線的演員大師們都到了退休年紀，他們經過文革以後，中間空了一大塊，演員接不上班、觀眾也接不上班，很久沒看，文革時候崑曲是完全禁掉的，那時候才子佳人、帝王將相，不能演的，禁了這十年以後，觀眾也沒有了。二〇〇五年我把青春版《牡丹亭》帶到北大的時候，大概九八%的學生沒看過崑曲，經過十幾年，我們三十多所高校都去過了，現在培養了一大群觀眾。而且還要往下演了，青春版《牡丹亭》演了三百多場，二〇一七年，在北大我設立了一個崑曲中心，在那邊教課，北大、香港中大、臺大也都設立了崑曲中心，崑曲進校園，這樣才會培養學生。經過了這九年，在北大也開了九年崑曲課，它的影響力外溢了，所以二〇一七年我想做個校園版的《牡丹亭》，讓學生來演，讓他們過過癮，粉墨登場。開頭的時候我只是這個意思，後來就在北京所有的大學海選，一來來了一百多人，北京的十六個大學都來了，我們就選了四十個人，有四個杜麗娘、三個柳夢梅，二個春香，當然那些女孩子各個都想爭著演杜麗娘，演不到怎麼辦呢？也給她亮亮相，就演花神好了。更特別是，樂隊也是他們自己組成的，崑曲的樂隊很難的，這些演戲的學生在每個大學的京崑社大概有一點底子，不是很扎實的基本功。吹吹打打那些都是國樂社的，很好玩，除了北大、清華、北師大這些名校以外，還有北京理工大學、化工大學，還有石油大學，學生都跑來了，吹吹打打，很好玩，沒一個專業的。

來了以後，我對他們本來期望不是那麼大，我想學生，引起他們的興趣就好了，沒想到這一群北大的學生認真得不得了，訓練了八個月，是由青春版《牡丹亭》的這些演員一對一教的，所以在某種意義上等於青春版《牡丹亭》整套作風就傳給那些學生了，又拉他們到蘇州崑劇院，大熱天、大寒天都去集訓，非常用功，訓練了八個月，去年四月十日在北大演出。本來我心裡想，學生演演就是，一下子鞋子掉了、頭飾掉了，本來好玩嘛，哪曉得這一群好認真，在北京大學演，二千人的座位，滿的，而且演得熱得不得了，一來是他們的同學都來捧場，還有他們的家長都來看這些孩子，當然還有其他的。所以一個學生演員跑出來一下子，下面這一堆啪啦拍掌就曉得同學，熱得不得了，演得真好，大大出我意料之外。四個杜麗娘扮相又漂亮，幾個柳夢梅也不錯，他們的水袖功夫本來沒有根基的，居然演得有模有樣、中規中矩，樂隊才奇怪，湊起來的，吹吹打打居然兩個半小時演一天，真不容易，偶爾一聽我以為是青春版《牡丹亭》的樂隊，近乎職業水準，這一來他們大出風頭了，CCTV、晚間新聞給他們播出去，很稀奇，北京十六個大學的學生湊起來演戲。完了以後，湯顯祖的家鄉，江西撫州，市長馬上把他們請到湯顯祖的家鄉，在湯顯祖大戲院演出，出風頭了！後來我把他們帶到南開大學，葉嘉瑩先生在那邊教書，她九十四歲了，那天剛好過生日，我就把這個《牡丹亭》帶去等於去唱堂會，給她慶生，葉先生高興得不得了，看完以後站起來說：「這個是空前的！」她以為學生演幾個折子戲，沒想到全部演，而且演得非常好，後來他們演完到南京大學演，再後來香港中文大學請他們去，那個堂本來只有一千四百個座位，來了一千九百人，後來直播。所以出風頭得不得了。

二〇〇五年第一次，我把《牡丹亭》帶到北大的時候，崑曲他們看都沒看過，崑曲什麼東西也不知道，十三年後，北大學生自己組團演《牡丹亭》演得有模有樣，可見這些年，北大的效應、我們課的效應外溢了，各個大學現在京崑社很多。香港演完了，他們以為就完了，很失落，跟我說：「白老師，我們可不可以到臺灣去演？」癮大了，我想試一試吧，這個很有意思，所以崑曲一直一直延下來了，主要是學生，非常有意義，他們在演出的時候，興高采烈還不說，非常自豪、自傲，那麼難的東西我居然會演，而且演的是崑曲，很了不得的。我覺得是一種集體的文化覺醒，以前都是看西方的歌劇，現在有這個東西了，自己的東西自己去唱、去演，意義非凡。在香港演的時候，中大的兩個學生也上去參加，有一個更有意思，他現在在臺大唸碩士，等於也是臺大的學生，也上去演，那次演的時候是六個杜麗娘，演得真的有模有樣，扮相都很漂亮，演得真的很棒，教他們的老師很認真，他們自己也學得很認真，都是碩士生、博士生，還有本科生。樂隊指揮是個女孩子，好厲害，是中國戲曲學院的，不過她不是表演系，是作曲，會寫崑曲的曲，所以這麼個湊合起來，很難得。我們十幾年來，藝工大隊、陳怡蓁、還有好一大批人在推推推，是有點成績了。

本文為二〇一九年一月二十七日於臺中國家歌劇院・中劇院演講記錄

主辦單位：趨勢教育基金會、臺中國家歌劇院

《牡丹亭》還魂記

今年（二〇〇四）五月二日晚，青春版《牡丹亭》在臺北國家戲劇院首演落幕，在雷動的掌聲中、在爆起的采聲中，我引著兩位青年演員俞玖林和沈豐英，在舞臺上向觀眾行禮致謝。我在國家劇院看過無數次表演，從來沒有感到像那天晚上那樣，觀眾的熱情就像潮水浪頭一般，沖捲上來；觀眾中有許多年輕人，他們從內心散發出來的興奮與感動，我幾乎可以觸摸得到。

十六世紀末，湯顯祖棄官返鄉臨川，寫下他的曠世傑作《牡丹亭》，這部表現他穿越生死「情至」觀的傳奇，曾經世世代代撩動過不知多少中國青年男女的春心。未料到四百年後，在臺北的舞臺上，又一次展現了它無比的魅力，深深打動了二十一世紀的年輕世代。我看見兩位演員，春花綻發的臉上流滿了汗水，開心而天真的笑著，他們知道他們的表演成功了，因為觀眾反應如此熱烈；但他們沒有意識到，他們這次在臺北的演出，很可能在崑曲演出史上，已經樹立了一道新的里程碑。

演出前，我給兩位主角打氣：「別害怕，沉住氣，臺北的觀眾會喜歡你們的！」我沒有告訴他們，觀眾裡來了世界各地湯顯祖與《牡丹亭》的學者專家、許多看過各種《牡丹亭》版本的曲友行家，還對青春版《牡丹亭》期望過高的觀眾群——因為我們這次青春版《牡丹亭》的演出宣傳實在浩大，媒體報導像滾雪球一般，到演出前夕，《聯合報》竟在頭版頭條刊登首演消息，並附劇照一併推出，這是破了幾十年的慣例，戲曲表演上了大報的頭條，引人注目，可想而知。這些有形無形的壓力，我都沒讓兩位青年演員清楚明白，因為怕他們怯場，有所閃失。在此之前，沈豐英和俞玖林最多只在一些中小型的

〈拾畫〉，柳夢梅／俞玖林　飾，北京大學百年紀念講堂，二〇〇九年十二月。

左：〈尋夢〉，杜麗娘／沈豐英　飾，西安交通大學，二〇〇七年九月。
右：〈尋夢〉，杜麗娘／沈豐英　飾，北京大學百年紀念講堂，二〇〇六年四月。

劇院表演過幾齣折子戲。像此次三天連臺九個鐘頭的大戲，又在國家劇院這種國際水準的大劇院隆重首演，萬方矚目，翹首以待，連遠至美國東西兩岸、日本、澳洲的僑民，也紛紛趕回來觀戲，九千張票搶購一空，青春版《牡丹亭》尚未上演，已造成一種「文化事件」的轟動效應。這種場面，莫說兩個舞臺經驗不足的青年演員，就算身經百戰的老師傅，恐怕也不敢掉以輕心。頭一輪沈豐英和俞玖林剛出場，確實被下面一千五百位靜悄悄而又全神貫注的觀眾給懾住了，顯得有點生澀，但很快便進入情況，放開了身段。到了第二輪，兩人更是翩翩起舞，演得興高采烈起來，兩人都卯足了勁，九個鐘頭下來，創下了一次超越他們平常水準的紀錄。我曾經一再告誡他們：第一本旦角戲的〈尋夢〉，第二本生角戲的〈拾畫〉，兩折長達三十分鐘的獨角戲，是《牡丹亭》中兩根柱子，也是考驗旦角生角的兩道難關，必須全力以赴。沈豐英和俞玖林把這兩折經典都扛了下來，演得中規中矩，絲絲入扣，我不禁替他們暗暗喝采，同時也鬆了一口氣：總算我沒看走眼，選中了俞玖林和沈豐英為男女主角。舞臺上，二十一世紀的一對新柳夢梅和杜麗娘終於誕生了，四百年前玉茗堂前的那棵牡丹，歷盡生生死死，再次還魂，而且開得如許奼紫嫣紅。

為什麼要製作「青春版」《牡丹亭》？這是我這兩年來在兩岸三地常被問到的問題。因為崑曲演員老了，崑曲觀眾老化了，崑曲本身也愈演愈老，漸漸脫離了現代觀眾的審美觀。製作青春版《牡丹亭》的目的就是想做一次嘗試，藉著製作一齣崑曲經典大戲，舉用培養一群青年演員，而以這些青春煥發、形貌俊麗的演員來吸引年輕觀眾，激起他們對美的嚮往與熱情；最後，將崑曲的古典美學與現代劇場接軌，製作出一齣既古典又現代，合乎二十一世紀審美觀的戲曲。換句話說，就是希望能將有五百年歷史的崑曲劇種振衰起疲，賦予新的青春生命——這些話說起來容易，執行起來，難如登天！這次青春版《牡丹亭》由頭到尾近乎兩年的製作，是一項浩大的文化工程，集合了兩岸三地的文化菁英、戲曲專家，劇壇的祭酒、魁首，投入的人力、物力、時間、心血，難以估計。開過無數次的製作會議：在蘇州的園林裡、在臺北的飯館裡，在飛機上、在長途汽車上，不停的討論、不停的辯論，劇本的改編、服裝、舞美、燈光、舞蹈的設計，參加此次文化工程的創意群都是各行的頂尖人物，智慧的撞擊，冒出燦爛火花，偶而難免也帶出些硝煙來。做為製作人，我必須當機立斷，但大多時候則要使出調和鼎鼐的功夫，博採眾議。幸虧大家有共識：為了保護發揚「人類口述非物質文化遺產」（聯合國教科文組織於二〇〇一年如此評鑑崑曲），在這個大題目下，都有一份興滅繼絕的使命感，做崑曲義工，也就甘之若飴了。至於後勤，還有另一位製作人樊曼儂在那裡頂住，樊曼儂辦過幾千場表演，穩若泰山，於是我便沒有了後顧之憂。

劇本是一齣戲的靈魂，我們編劇小組首先須得替改編的劇本定調，決定基本的理念，樹立整體的風格。《牡丹亭》是戲曲文學經典中之經典，但像明清傳奇這種形式，即使是經典之作也須大幅刪改，才適合呈現於現代舞臺。其實湯顯祖的時代，已有各種改本出現，我們都拿來做過參考，去蕪存菁，是一項十分嚴謹的功課。我們將《牡丹亭》定調為一則「愛情神話」，所以我們編劇的主軸便完全圍繞著一個「情」字在下功夫。一個民族的神話，尤其是愛情神話，往往是代代相傳的，杜麗娘出生入死對愛情的追求，其實就是湯顯祖「情至」觀的一則寓言：但為情故，「生者可以死，死可以生」。我常被問到的另外一個問題便是：《牡丹亭》中這種極端浪漫的愛情，對E世代青年還有吸引力嗎？我的回答是：E世代的青年也是「人」，凡是「人」的心中總潛睡著一則「愛情神話」，等待喚醒而已。青春版《牡丹亭》在臺北、香港、蘇州上演的時候，年輕觀眾，尤其是大學生，幾近狂熱的反應，便證實了我的看法。湯顯祖的《牡丹亭》本身是部不朽傑作，四百年後如何在舞臺上使其再度大放光芒，實在是我們最大的挑戰。

《牡丹亭》風格的基調是抒情的，因此我們製作的一切方向都朝著抽象、寫意、抒情、詩化的美學進行。編劇上，也特別著重抒情的情景與片段。基本上經常演出，已經過千錘百鍊的折子戲如〈驚夢〉、〈寫真〉、〈離魂〉、〈拾畫〉等，我們全部保留。但即使經典折子在變成全本版的時候，也還有改編的空間。例如〈拾畫〉、〈叫畫〉兩折小生戲，歷代來已被崑曲界奉為巾生折子戲典範，代代相傳把〈拾畫〉當過場戲而且只唱【好事近】、【千秋歲】兩支曲牌，【錦纏道】甚少演唱，但【錦纏道】詞意極美，曲牌更是婉轉纏綿，極富抒情韻味。我們把【錦纏道】曲牌加入了〈拾畫〉，而且把〈拾畫〉分量加重變為主戲，將〈叫畫〉（原著為〈玩真〉）與〈拾畫〉捏成一折，全部在園中表演，一氣呵成。因此，〈拾畫〉整折變成了第二本三十分鐘小生獨角的重頭戲。導演汪世瑜把這一折排成了與第一本〈驚夢〉、〈尋夢〉旗鼓相當的生角戲，定位為「男遊園」、「男尋夢」，讓小生有淋漓盡致的表演機會。我們理解到〈拾畫〉在原著中佔有重要的地位，是柳夢梅第一次到杜麗娘所葬的園中，與麗娘痴魂發生心靈感應的一刻：「敢斷腸人遠，傷心事多？」所以才會「叫畫」將真魂引出。從前演出〈叫畫〉著重小生唸唱技巧，容易把柳夢梅的痴情演得流於油滑，我們這樣改動，把〈叫畫〉的抒情成分也加重了，免除了流弊。青春版演出，男主角俞玖林演唱此折，果然討好，使第二本的戲增加了抒情的格調。

事實上，在這次青春版《牡丹亭》製作的千頭萬緒中，崑曲的古典美學如何與現代劇場接軌，是最大的難題。中國傳統戲曲「現代化」有過太多失敗的前例，我們這次結合「古典」與「現代」，也是抱著兢兢業業的態度來面對這項難題的。我們的大原則是尊重但不一定步步因循「古典」，選擇但避免濫用「現代」，「古典」為體，「現代」為用——大前提如此。例如王童的服裝設計，崑曲表演已有數百年的歷史，首重舞蹈身段，傳統服裝設計完全是為了便於崑曲繁複的舞蹈動作。這點王童特意遵照傳統觀念，質料與樣式不多做改變，但在色彩的配搭，以淡雅鮮嫩為主，以示青春，而且色彩變化也跟隨人物內心及劇情氛圍的需要。至於花飾的設計，就處處顯示出創意了，尤其是十三位花神的服裝造型，更是令人驚艷，白底披風上繡了十二種月令的花卉，〈驚夢〉裡「堆花」一場舞蹈滿台五彩繽紛，又雅又艷。花神的造型本無定規，王童在此發揮了最大的想像力，許倬雲教授看出花神造型有楚文化的影響，沒有錯，王童的確參考過楚俑的原型。花神的舞蹈是由舞蹈家吳素君設計，吳素君以現代舞著名於世，但對崑曲有特殊感情，青春版《牡丹亭》中花神的造型與舞蹈，就是典型的「古典」與「現代」結合的例子。王童的服裝設計在這次製作中，得到最高分數。中國傳統戲曲表演一些行之已久的成規，我們並不排除：如檢場人員、桌圍椅帔等，這些本就是傳統戲曲的特色，但現代劇場的開放式舞臺、背投幕的幻燈影片、氣氛燈光的設計等，我們也很小心的運用到戲中，但以不干擾到表演為原則。林鶴宜教授稱我們這次的演出風格為「新古典主義」，就字面講，也有道理。九個鐘頭的連臺大戲，如果仍然沿用一桌兩椅加「守舊」的傳統演法，要現代青年觀眾坐得住，恐怕有點強人所難。

但這一切的籌備、設計、挖空心思的各種想法，其實大家都在押寶，押在兩個青年演員俞玖林和沈豐英身上，如果沈、俞的戲演砸了，我們所有的努力即將白費。回頭來看，兩位青年肩上的擔子也未免太沉重了。幸虧初生之犢，他們對自己任重道遠幾乎攸關崑曲前途成敗的命運，尚有些渾然不覺，兩個年輕人，只顧著有大戲可演，有熱情的觀眾捧場，也就高高興興上台豁將出去。與我有多年戲緣的上崑院長蔡正仁在蘇州看完公演後嘆道：「白先生的眼睛真厲害，選中了這兩個人！」其實我當初千挑萬選相中俞玖林、沈豐英，不是沒有擔當風險的。兩人的天賦條件的確不錯，俞玖林的扮相有古代書生俊逸之氣，最難得的是他天生一付巾生嗓子，音質清純，高音拔起嘹亮悅耳。沈豐英台風沉穩內歛，身段婀娜多姿外，又有一股眼角含情的內媚之態。在台上，俞玖林「痴」中帶「耿」，沈豐英柔裡帶剛，正是柳夢梅與杜麗娘的特性。這兩塊璞玉，我替他們找到崑曲界兩位最負盛名的老師傅汪世瑜與張繼青來磋磨。俗語說：「師傅帶入門，修行看個人。」一年來我親眼看到兩位青年演員艱辛的成長，才深深體會到做為崑曲表演者學藝之不易。崑曲藝術唸、唱、做要求太高，兩人的進步是多少晨昏師傅手把手重複磨練出來的，而進步又是那樣緩慢，師傅著急，有時厲聲喝斥，也是為了要求又要求，徒弟也拚命努力，但三本九個鐘頭的大戲不是一下子能消化的。有時我看見他們兩人滯怠不前，也暗暗著急，恨不得猛推他們一把。一直排練到最後階段，看到彩排時，才稍稍放心，戲終於出來了。但臺北首演，怎敢掉以輕心？首先我把俞玖林與沈豐英兩人關進五星級的環亞大飯店，與外界隔絕，以免他們分神。二人住單人房間，可以充分休息，在旅館裡獨自溫習戲文、吊嗓子。我替他們準備了西洋蔘、維他命，張淑香攜來蜂膠，都是要提高他們的免疫力，滋潤喉嗓。臺北天氣多變化，只要他們在台上咳一下嗽，我們的戲便減分了。直到四月二十九日首場開幕，沈、俞兩人台上一亮相，一對璧人，一個千嬌百媚，一個玉樹臨風，活脫脫好像玉茗堂主湯若士筆下的柳夢梅與杜麗娘從四百年前的《牡丹亭》中走了出來，一齣二十一世紀的《還魂記》，終於順利開鑼。

——原收錄於《牡丹情緣：白先勇的崑曲之旅》，時報出版，二〇一五年

左：〈尋夢〉，杜麗娘／沈豐英　飾，天津南開大學，二〇〇六年四月。
右：〈尋夢〉，杜麗娘／沈豐英　飾，北京傳媒大學，二〇〇六年四月。

一個是「美」，一個是「情」——白先勇訪談錄

二〇〇七年六月，青春版《牡丹亭》在北京第一百場演出之後，白先勇回到臺北，接受新加坡《聯合早報》高級執行記者潘星華的訪問，暢談製作這齣大戲的始末。

潘星華（以下簡稱「潘」）：製作青春版《牡丹亭》有什麼意義？

白先勇（以下簡稱「白」）：我們先談兩岸合作。這是兩岸三地文化交流，規模最大，影響最大的一次合作。它讓兩岸人對傳統藝術文化有了新的看法，重新認識古典美學，這一點很不容易，但是我們做到了。難得的是，在這個過程中，不管背後的政治意識分歧，我們都朝著「要搶救崑曲，恢復對傳統文化信心」的純淨文化目標努力。中國人有自己一套精緻的美學，青春版《牡丹亭》能讓人看了三天，還戀戀不捨。可是過去二百年，我們卻對自己那麼美的文化失去信心，我們該怎樣把信心重拾回來？我們看到崑曲的身段美、水袖美、詞美、曲美、歌美、舞美、故事美，這個認識傳統藝術美的信心要恢復過來。無論大陸、臺灣、香港、海外華人，我們心底的文化DNA是一樣的。這個民族過去有那麼輝煌的歷史，陶瓷、書畫、戲曲、建築，有那麼多巔峰之作，是讓我們驕傲的。在現階段，無論大陸、臺灣、香港的經濟發展都能達到傲視世界同儕的地步，可是，文化這個環節卻是最弱的。我們的文化都是入口，而且還是入超，是赤字的，是被人主導的。復興中國傳統文化，才是救贖整個民族的力量，這是一個 Redeeming Force。我們的民族要怎樣去救贖，怎樣去還

魂？怎麼使我們民族的魂還回來？這聽起來像是一個高不可攀、精深博大的課題，但的確如此。我們民族在過去二百年，從十九世紀開始失魂落魄，民族魂失掉了。西方的科技、人文，走在前端，我們應該學習，這是誰也沒有異議的，但是，不能在學習別人的過程中，喪失了自己，而是應該在學習別人的當中，肯定自己。青春版《牡丹亭》表現了兩個字，一個是「美」，一個是「情」，美和情都是文化的救贖力量。中國文化已經式微很久，今天，中國文化需要起死回生的力量，我們有幾千年輝煌的歷史，文化傳統，我不相信古老傳統沒有辦法被喚醒。我們製作這齣戲，就是在喚醒潛藏在我們心中對文化的渴望，一種民族的鄉愁。青春版《牡丹亭》用最美的形式把它展現出來。很多人看得掉淚，就是被戲裡真摯的情，和絢麗的美所感動，而且還因為看到自己有著優秀的傳統文化而感到驕傲。

潘：不是有你就沒有我，東西方世界的文化是可以並存的。

白：是的。從五四以來，不管大陸、臺灣和香港的教育系統，都有意識地、系統化地，把自己傳統文化排除在外，這實在太令人失望了。大學開課欣賞貝多芬、莫札特、普希尼，卻沒有欣賞湯顯祖、洪昇、孔尚任的課。我們的教育是不是應該通過介紹自己的書畫、文學、戲曲等傳統文化，讓新一代建立對自己民族的信心，對個人的自信？年輕人會由此知道自己也有好東西，並沒有輸給別人。而且，對自己文化傳統沒有認識、沒有根基的人，是不可能對西方文化有太深刻了解的。不知己，如何知彼？中西文化是兩個不同的系統，他們有文藝復興的大畫家，我們有宋朝的書畫家，各有偉大之處，是不好相比的。不能說他們偉大，就丟掉自己的偉大。兩岸三地還有全世界華人的文化DNA是相同的。我在美國四十多年，對自己文化是基於這種信念去追求。如果沒有 Faith，沒有 Confidence，是不敢去做青春版《牡丹亭》，也不敢堅持。我是在認識到崑曲的美，認定它的美是超越國界、超越語言障礙、超越文化障礙，是世界文化的瑰寶，才去堅持製作青春版《牡丹亭》

的。在臺灣演完，有一個女同學在座談會上鄭重地站起來說：「白老師，看了這齣戲，我為自己身為中國人感到驕傲。」這個反應，讓我欣慰。這齣戲真能給年輕人恢復對民族文化的自信和驕傲。

潘：我訪問樊曼儂的時候問她，辦了這麼多世界級的藝術團體到臺灣演出，看盡了世界頂級的表演藝術，她心中是不是有著「可惜，這不是我的」的遺憾？盡管偉大的藝術已經屬於人類，人人有份，畢竟不屬於自己民族，還是有一段距離。而當看到崑曲精美雅緻的演出時，會有「我們終於有一個屬於自己，能讓我驕傲自豪的世界級藝術了」的那種感覺。

白：肯定有，否則她不會賠錢臺幣兩千萬去做推動崑曲的工作。我做所有文化事業，都是基於對自己文化的信念和信心，一步步走來。從《現代文學》開始，到創作舞臺劇《遊園驚夢》、崑劇《牡丹亭》，都是這樣。製作青春版《牡丹亭》更是為了面對崑曲越來越老，觀眾流失，演員老化，我要把崑曲的青春生命召喚回來的文化使命。

潘：怎樣完成你喚回崑曲青春生命的使命呢？

白：我看到崑曲斷層的危機，培養新人是刻不容緩的當務之急，傳承重於一切。青春版《牡丹亭》每次謝幕，我都要請兩位老師出場。我要不斷提醒演員和觀眾，這齣戲是傳承下來的，我們是在做延續崑曲生命的。而且不只演員要傳承，觀眾也要傳承。我們走進校園，去把完全不認識崑曲的大學生，引進我們的隊伍來。一個表演藝術沒有年輕觀眾，就沒有前途，沒有生命，所以，如何培養年輕觀眾是我非常關注的。同樣，年輕人也需要認識崑曲來重新認識自己的傳統文化，並且對傳統文化恢復信心，崑曲是非常好的啟蒙藝術。

潘：兩岸合作牽涉到兩岸對展現藝術的不同理念、展現藝術的不同處理習慣，還有龐大的資金，人員的調度，你一隻腳踏進去的時候，有考慮這麼多問題嗎？

白：問題當然是有的，但我一向做事的態度是一旦去做，就一定要做成。我生肖屬牛，O型血，獅子星

《牡丹亭》舞臺設計，香港文化中心，二〇〇六年六月。

座，這幾項加起來，是「要就不做，要做就一定做成」的人。

潘：當時有想到碰到這麼多困難？

白：當初沒有想到，太困難了，如果知道，會再考慮。我當初的想法是兩地互補，截長補短。大陸的優勢在他們有演員，有樂隊，崑曲的根在他們那邊。可惜多年來，大陸年輕人對崑曲沒有接觸。我做，是要把大陸的年輕人召回到劇場來接受崑曲美的教育。臺灣的優勢是過去二、三十年，出現了一批舞臺工作人員，舞臺設計、燈光設計、服裝設計等等。而且，這麼多年，臺灣和傳統文化沒有斷過，又接觸了很多西方文化。這個 intellectual concept，美學的概念，思想上的概念很要緊，我把兩邊接起來，做提升，包裝的工作。在青春版《牡丹亭》的第一個會議，我定下大原則。我說，「這是一齣崑曲」。這句話看似理所當然，卻是很重要。我們要把這個有六百年歷史的劇種，搬到現代舞臺上還魂。怎樣把崑曲的古典美學和現代舞臺接軌？老幹新枝，說起來容易，做起來非常困難。這個「度」的拿捏，是最大的挑戰。傳統戲曲「現代化」有過太多的失敗，我們必須兢兢業業來面對它。我們再三考慮，決定「尊重但不一定步步因循古典，選擇但避免濫用現代」，古典為體，現代為用。製作的一切方向，都朝著抽象、寫意、抒情、詩化，體現崑曲美學進行。現在所有大舞臺，都是西方的現代舞臺。演出的場所，決定演出的性質。從前明清時代，崑曲是在家裡廳堂的紅地毯上演出，跟現在要在歌劇院裡演出，條件完全變了。我們不能再用傳統那套，不打燈，或者打大白燈，只用一桌兩椅，這是不合現代舞臺概念的。It doesn't fit。雖然如此，我還是謹守崑曲舞臺的極簡主義 minimalism，能用一張椅子就用一張椅子，絕不多加，道具減到越少越好，因為崑曲著重表演，這個崑曲的基本精神是不能亂改的。從前，我在創作舞臺劇《遊園驚夢》和一本《牡丹亭》，已經在舞臺設計做了很多改革。現代元素是可以加進去，去提升它，卻不能去破壞它。第一本最後一幕〈離魂〉，杜麗娘披著長長大紅披風，走進舞臺深處的場面，是我想出來的。它的象徵意義就是戀戀紅塵，她的熱情還留在人間，回眸一笑，代表了她還要回來。這些都是現代手法，用起來效果很好。但是在這個工作上，我花了很多唇舌。我必須一樣樣去說服大陸崑曲藝術家，就連青春版這個概念，也要說服。幸好我和汪世瑜老師、張繼青老師有十幾年的交情，儘管如此，他們也不一定賣帳。

潘：是的，我聽張繼青老師說，二〇〇三年年初八，她原本拒絕去參加你們第一次在蘇州開的會議，她是被你們騙說「去玩玩」，才讓你們有機會說服她。

白：汪世瑜老師開始也以為我們講講罷了，以為我只是自己瞎起勁，一個外來人，說說算了，他以為我不是來真的。我只好天天說，無時無刻不說，告訴他們要把身上絕活傳下來的重要性，硬是把他們說服下來。

潘：連好朋友汪世瑜和張繼青都不相信你要做，可見從一開始，你就舉步維艱。

白：沒錯，我得一個個去說服。先要說服官員，他們不拍板，我們不能開始。那次，我和官員周向群和楊承志吃飯，我從頭說到尾，一直向他們解說做這齣戲有多重要，說了一頓飯，連桌上美味的蘇州菜也沒碰過。周向群說，她是被我感動才支持我的。後來，我才曉得她為了支持這個演出，擔起了很大風險，那時候，蘇州是有人反對的。當時，蘇崑已經跟臺灣合作排演《長生殿》，一個劇院哪裡來得及同時做兩齣大戲？有人反對，可是她支持，擔了蠻大的風險，我們一旦失敗，她是要受批評的。說服了官員，再去說服兩位老師。幸好上天有意玉成這件事，汪世瑜老師剛好退休。在大陸，演員是不能跨團去教別團的演員，我們做青春版，可說打破了他們所有格局。諸如兩岸合作、把老師從別團請過來、啟用新人、走進大學校園等等，全部打破固有的常規。我只想怎樣好就怎樣做，沒有去考慮它的框框，考慮太多，根本不能做。還好周向群支持我們後，蘇州官員沒有來管我們。沒有管，有好有壞。壞的是不支持我們，不理我們。好的是不來干涉我們。蘇崑開始去籌了

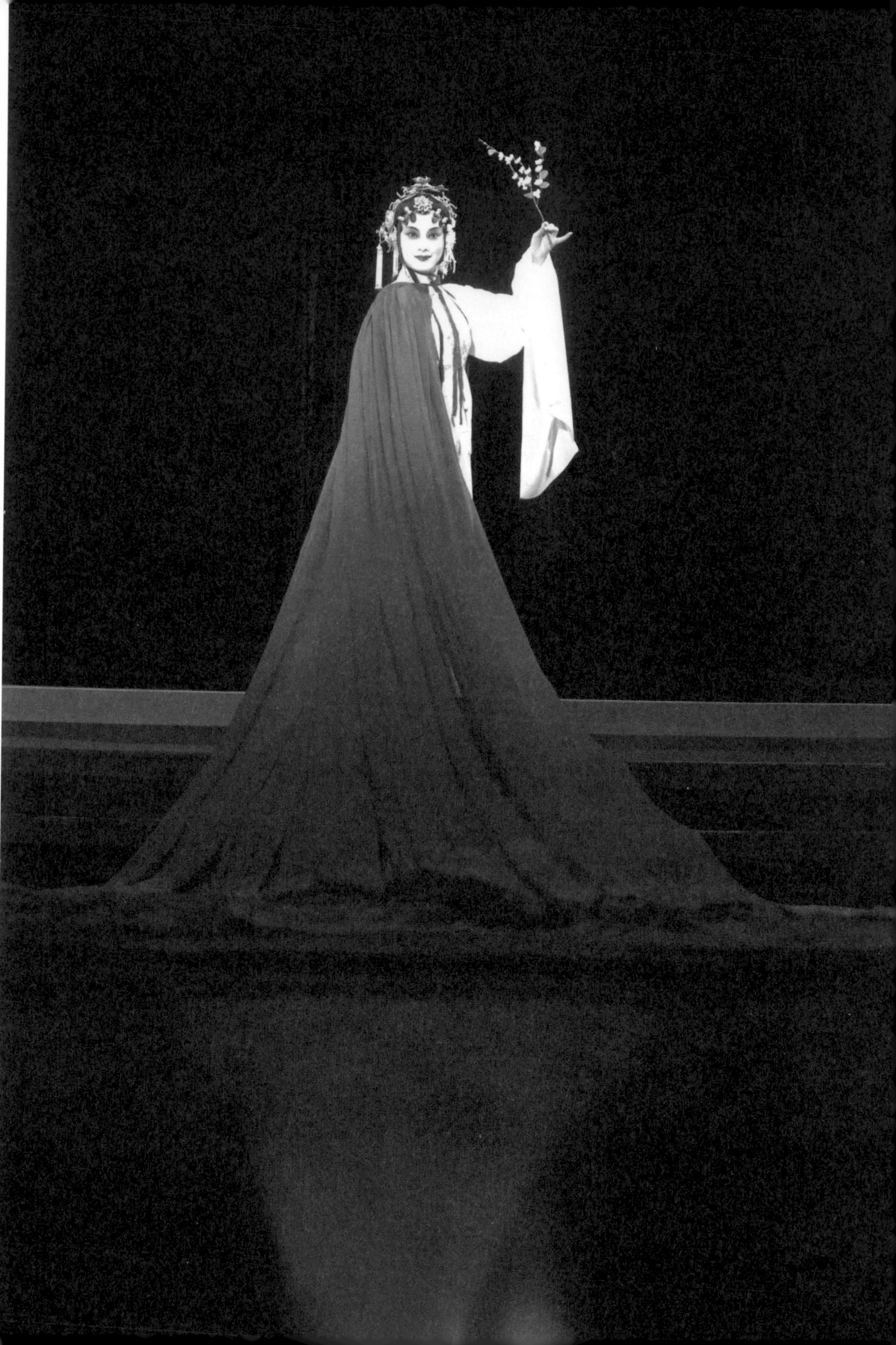

上：〈離魂〉，杜麗娘／沈豐英　飾，北京國家大劇院，二〇〇七年十月。
右：〈離魂〉，杜麗娘／沈豐英　飾，西安交通大學，二〇〇七年九月。

幾十萬元做 seedmoney，我再去臺灣籌排演經費。蘇崑開始籌到的人民幣四十萬元，用來請老師，給年輕人開魔鬼式訓練課程。我在臺灣找曾繁城，還有統一和富邦、文建會、陳毓秀，他們都支持我。開始我算了一筆帳，以為到第一次演出，人民幣六百萬元就夠了，我太 underestimate 了，結果遠遠不止此數。為了錢，我終日傷腦筋，到處去托缽化緣，這是我從來沒有做過的事。面對企業家，我不好意思開口。怎麼說呢？我只好告訴他們，這是一個文化大業，要讓全世界的人重新認識中國文化的美，要搶救崑曲，大家聽了，才紛紛捐款幫助。

潘：聽說在編整劇本的時候，也有很多意見。

白：我們有五個月的時間，每個星期六都在一起，編劇小組都是專家博士，各人有各人的意見。編整劇本是一項很重要的工作，它影響演出的成敗。湯顯祖的原作有五十五折，明清時代，時代環境特殊，可以演幾十折，慢慢演，慢慢看，劇情可以很鬆散，有很多旁支，就像現在的電視連續劇。但是在現代舞臺卻不行。我們要考慮它的戲劇效果，要把它濃縮起來，成為經典中的經典。我們雖然說只刪不改，卻是做了大量挪移搬動的工作，就像為電影剪輯那樣。

潘：你們剪輯有原則嗎？

白：有的。我們要把主題釐清。整部戲在講一個「情」字，凡有關「情」的情節，都不能少，還要加強。而且，我們重視 presentation，怎樣呈現很重要。

潘：你們在編的時候，是不是都要 visualize 它在舞臺上呈現的情景。

白：對的。做這個，我是有 sense 的。我寫過舞臺劇，又搞過電影，不光是文字。所以，在 visual 上，我的感覺是有的。我們仔細看每一折，有時把兩折併成一折，或者把三折併成兩折，中間再搬來搬去，讓它暢順不矛盾，真是大費功夫。

潘：中間有吵架嗎？

白：《牡丹亭》的基調是很 lyrical，很抒情的。有人說這段好，有人說那段好，幸好對這個，我們的美學、文學趣味相近，我們幾個人都有共識。偶然冒出燦爛火花，帶些硝煙是有的。我們編劇小組寫出來的，只是案頭本，還要給汪老師去過關。他會說，這段太長，沒戲，沒有戲劇化效果，我們就得重新修訂。我們非常重視觀眾反應，冷場、熱場、群戲、對子戲、個人戲，怎樣分開，才能讓人看得津津有味，抓住觀眾的眼球，這些我們都得仔細佈局。

潘：你們完全用現代舞臺和觀眾的互動關係來編劇。

白：是的。甚至連什麼時候中場休息，在哪場結束，都仔細考慮。這個學問很大，在不適當的時候休息，原本萬鈞的劇力就削薄了。我們試過把〈尋夢〉放在下場，結果發現不行，休息回來，洩氣了。於是，一定要從〈訓女〉演到〈尋夢〉，才能休息。結果頭重腳輕，前面兩小時，後面一小時，觀眾要去廁所也不行，憋得難受。每天的末場，也一定要把劇情氣氛煽起來，才能讓觀眾想第二天、第三天回來追看，到第三天完場，還意猶未盡，情緒 high 得不得了。這些我們統統要想得清清楚楚，事實證明，在我們精心部署下，觀眾都看得津津有味。當然，湯顯祖寫的詞美，故事動人，情真意切，生旦淨末丑，各行當的角色都能發揮，劇情熱鬧，原劇本寫得好，這是沒話說。加上我們這番 recreat 的工作，每個細節精心推敲，就更好了。

潘：你說，汪老師在這個劇本的 recreat 過程，居功至偉。你是怎樣挑選沒有導演經驗的汪老師來當總導演？

白：我發現很多「傳」字輩師傅，沒有受過什麼教育，但是「捏」戲一流。他們憑著豐富的舞臺經驗來「捏」戲，在舞臺上，演員該怎樣走，怎樣動，水袖怎樣收、怎樣放，他們瞭如指掌，運用自如。當導演，跟受教育的程度當然有關係，但沒有絕對關係，我認為舞臺經驗更重要。我為什麼大膽起用沒有導演經驗的汪老師，我是看到今天崑曲的發展走了歪路，往往去找不懂崑曲的導演來

上：〈驚夢〉，花神衣裳造型，英國倫敦，二〇〇八年六月。
左上：〈驚夢〉，柳夢梅／俞玖林　飾、杜麗娘／沈豐英　飾，美國舊金山柏克萊大學，
左下：〈驚夢〉，第一百場慶演，柳夢梅／俞玖林　飾、杜麗娘／沈豐英　飾，北京北展中心，二〇〇七年五月。

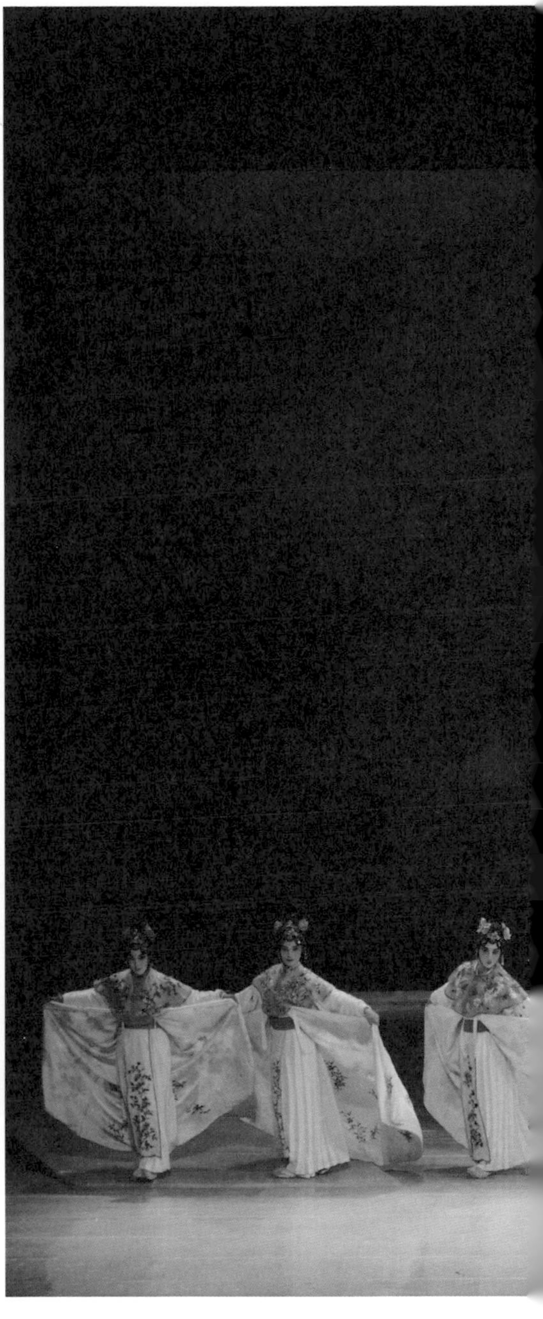

導戲，把戲導得不倫不類。所以我找汪老師來，就算他沒有導演經驗也不要緊。相對來說，舞臺知識很多人可以幫忙，而且崑劇的舞臺原本就是一個極簡舞臺，一桌兩椅，並不復雜。但是崑劇的表演技巧，只有他懂。所以我鼓勵他做總導演。我們的文戲都是他排的，其中〈幽媾〉、〈回生〉、〈如杭〉都是他新「揑」的。汪老師的功勞很大，我們把劇本給他，他就去「揑」戲了。他的一把扇子，把滿園花草搧出來，展現崑曲表演藝術最高境界的功力，是很多人贊嘆的。本來蘇崑還要去找另外一個很有名氣的導演，我一聽不是崑劇界的，就說不要。那人打電話來，問我該怎麼導？我說：「一切聽從汪老師。」他聽我這麼說，就跑了。後來，我們請了翁國生來幫忙，他是學崑曲出身的，沒有這個經驗，我也不要。之前，我已經認識翁國生，他是浙崑的。翁國生對這齣戲的貢獻也很大，有九折戲是他導的，特別是群戲，如〈冥判〉。他是武生出身，對動作變化很在行。他就像編舞那樣，把舞臺弄得很生動活潑。我讓汪老師在文戲發揮了長處，武戲有翁國生幫忙。兩位導演都作出了巨大貢獻。

潘：音樂呢？

白：音樂是成功的。不成功的話，觀眾看不了九小時。戲曲戲曲，曲佔了一半。周友良在這方面是有貢獻的。雖然有人說他的音樂西化，其實沒有。他只加了個大提琴和低音提琴，很多劇團都這樣做。崑曲裡面是沒有低音的。開始，他的配器多了一些，太響了，的確有點喧賓奪主，把主笛的聲音壓過，後來都修正了。有人這樣提意見也是對的，崑曲最重要是那根笛子。周友良的音樂是好聽的，節奏是對的，他的主題音樂設計得很好，是能讓人繞梁三日。

潘：你對花神的戲也很在意。

白：是的。我非常注意花神的戲，我還說，這個戲的成敗在花神，這是大家沒有想到的。傳統各種版本的《牡丹亭》，包括我自己兩次製作《牡丹亭》裡的花神都是失敗之作，就連梅蘭芳的花神也失敗。有些版本的花神是男的，由官生扮演，帶上鬍鬚；有些是女花神，打扮像宮女，手上拿著塑膠花；有時候是全團的演員，包括生旦淨末丑，全部上陣，表現團裡的陣容，各扮各的，毫無仙氣，也毫無意境。花神的作用太大了，是花神催動了杜麗娘的春情，是花神將柳夢梅和杜麗娘引到湖山石邊，芍藥欄前去幽會。花神在〈驚夢〉出現，氣氛一下子起來了，像一座山峰拔地而起，如果這個山峰起不來，氣氛就塌掉了。所以花神的出場很重要。

潘：男人怎麼會像花神呢？

白：男人為什麼不可以像花神？只要他美就行。女人不美，也不是花神。而且花神不能俗。從前的花神很俗氣，衣服難看，頭髮難看，走步更難看，完全沒有設計，就像不是戲裡的一部分。

潘：所以你特別請了舞蹈家來設計花神的舞蹈。

白：是的。我特別請了臺灣舞蹈家吳素君來為花神編舞，她雖是現代舞者，卻很熟崑曲，她為花神排的舞和設計的造型，是典型的「古典」和「現代」結合的例子。而且，從前花神只在〈驚夢〉一場出現，我們讓花神總共出現五次。讓花神在〈驚夢〉催動杜麗娘的春情，在〈離魂〉帶她死，在〈冥判〉為杜麗娘辯解，在〈回生〉帶她重生，最後，再在大團圓的〈圓駕〉出場，歌頌男女主角的愛情，提醒觀眾這齣戲是一個神話。我們再請王童給花神設計美麗的花袍，在白底披風上繡了十二種月令的花卉。花神一出場，美麗的花袍，又雅又艷，讓觀眾看得眼花繚亂，紛紛鼓掌。還有花神舉的幡，紅的、白的、綠的，都和劇情配合，非常有意思。這個舉幡的設計，是從楚文化來的靈感。當時剛好大陸楚文化在臺北展覽，我們去看了，楚俑和招魂幡給了我們參考的作用，我們把彩幡用在花神催情、護送杜麗娘到冥府，接她回生的場面。

潘：還有男女主角水袖翻飛的設計，也是你的主意。

白：一般版本處理柳夢梅和杜麗娘的〈驚夢〉幽會場面，都很保守，連袖子都不碰一下。我告訴汪老師這是青春版，請他再重新設計，務必要讓觀眾從男女主角水袖的勾來搭去，再加上他們的眉來眼去，讓觀眾想像他們勾肩搭背，兩情纏綿的雲雨情。通過水袖的重新設計，汪老師把這些「情」戲，捏得非常精彩。美國人看得大為傾倒，他們用了 so graceful, so expressive 和 so sexually charged 的贊詞。

潘：演員呢？我聽馬佩玲老師說，為了養好俞玖林的身體，你放了一千塊錢美金在馬老師那裡，要他每個月給俞玖林美金一百元，要他吃好，把身體養好。

白：照顧這群年輕人，真是煞費苦心。母親早逝，俞玖林的身體是弱的，體質不強。馬老師是俞玖林的師娘，我特別請她在生活起居，和品行方面照顧他。沈豐英的體質比較好，我買西洋蔘給她補氣，怕她嗓子不好，還有買蜂膠給兩個人吃。我對他們要求很高，天天長途電話查勤。電話裡我問他們學習的狀況，在電話裡給他們講戲，我告訴他們，〈尋夢〉和〈拾畫〉兩折戲是最重要的。這兩折都是他們的獨腳戲，獨自在空臺上要唱半小時。我說，一定要唱好，不好，整齣戲就垮了。這兩折戲的內容，我是一字一句跟他們解釋，告訴他們是什麼意思，意境是什麼，當時的心情又怎樣，我還叫他們在電話裡唱給我聽。我告訴沈豐英〈尋夢〉雖然唱的是花花草草，但都是杜麗娘回憶和柳夢梅的兩情繾綣，我要她內心要有沉醉的感覺，我一字一句向她解釋。在唱「花花草草由人戀，生生死死隨人願，便酸酸楚楚無人怨」那幾句，要以整個人的情緒爆發聲唱出來，只有這樣，才能抓住觀眾之心。我不斷解釋湯顯祖深摯的感情，我還帶沈豐英去遊園，去滄浪亭，告訴她一進了花園，就像和大自然合而為一體，整個人解放，動作要隨心舒展。我跟俞玖林講《拾畫》，我告訴他進入一個廢園，已經人去樓空的那種心情。「則見風月暗消磨」還有「敢斷腸人遠，傷心事多」這些傷心語句該怎樣表達，怎麼唱。

潘：我問俞玖林白老師經常叮囑你什麼？他說，每次演完，白老師都叫我回去再把湯顯祖的原著拿出來好好的讀通、讀透。

白：是的。每次我都要他再去好好揣摩湯顯祖原著深沉的精神。我買了兩本湯顯祖《牡丹亭》的白話文注解本給他們，要他們從頭看到尾，徹底了解湯顯祖，才能更好地把握角色。一般演員都沒有徹底看過，只是自己唱哪段就注意哪段，我要他們把全書讀通讀透。對沈豐英，我把張繼青老師演出的DVD和CD都買給她，要她仔細看，仔細聽。沈豐英很用心，開車的時候也在聽，非常用功。

潘：沈豐英說，白老師只讓她喝酸奶，零食一概不准吃。

白：是的。我告訴她沒有胖的杜麗娘，要戒掉吃零嘴的習慣。她減肥了，減掉十幾磅，後來好很多，你看她現在扮相多好了。

潘：聽說，演出期間，你很多規矩，要求特別嚴。

白：每次演出，我都向團裡要求讓俞玖林和沈豐英住單人房，要他們好好休息。演出的三天很緊張，不是說其他人不緊張，而是其他人沒有他們兩人緊張，如果睡得不好，會影響很大。住單人房，哪怕什麼都不做，也可以安安靜靜想戲，任何消耗精神的事情都不做。演出前的記者會完了後，我不再讓記者去干擾他們。在演出期間，我還不讓演員們的配偶來看戲，以免分心、影響情緒，你看我很霸道吧。演陳最良的沈志明感覺不受注意，我也給他講戲，鼓勵他，後來他演得很好，演得恰如其分。小春香很嬌俏，杜寶、杜母，我都鼓勵他們。有一陣子，演杜母的陳玲玲很心灰意冷，覺得沒有受到應有的重視，要離開我們。我跟她說：「如果妳今天是平庸的演員，要離開這個團，我會鼓勵妳，勸妳不要在這裡浪費時間，可是妳不是，妳是一個優秀的老旦，老旦的舞臺生命很長，越年長越是妳的戲。」年輕人都對我很好，他們說：「白老師，你的戲，我們一定演，青春版《牡丹亭》我們一定演。」他們又感覺自己的前途茫茫，那種心情，我是很理解的，也很同情他們。按理，他們都是國寶，如果我們認為崑曲是國寶，這些崑劇演員都應該是國寶，好不容易演出一百場，怎樣再去訓練這樣好的演員？哪裡有二十九歲的演員，就能有演出一百場的經驗？

潘：是的，俞玖林就說自己很幸運，還沒到三十歲，已經有了演一百場的經驗。

白：而且這一百場都是正式演出。

潘：是啊，而且還在世界級的舞臺上演給世界級的觀眾看。

白：是啊，觀眾都是大學生。從臺灣國家劇院，到上海大劇院，到加州大學大劇院，還有無數大學禮堂。一百場戲，十五萬人次觀眾，絕大多數是大學生。演員和觀眾的關係是魚跟水，好的觀眾讓演員有好的演出，觀眾的水平不高，演員的水平也會低降。我對每個演員都很珍惜，像演皇帝的周雪峰，他是個好演員，可以獨當一面，但是我們只有一齣戲，只有一個柳夢梅。還有一個演花神的顧衛英，她也可以獨當一面，可惜我們沒有辦法給他們機會。這齣戲其他淨末丑角色，每個人都能站得起來，花臉唐榮的架勢也很好。

潘：他們已經有了很多粉絲。

白：是的。我發現很多大學女學生對俞玖林的反應特別強烈，追星她們特別勇猛。有一個女同學對俞玖林說：「你在台上演戲，眼睛卻拼命向我放電。」，俞玖林就像劇中人柳夢梅那麼痴，那麼愣。他回說：「我是近視眼。」我想不管他的近視眼，俞玖林的電眼的確是會往台下穿透的。我也發現中年男教授特別關心沈豐英，我就是被她那雙會勾魂的眼睛勾上的。

潘：聽說，你除了讓男女主角跟汪世瑜老師和張繼青老師，還籌了錢讓其他演員，去跟他們行當最優秀的老師學習。

白：是的。唐榮我讓他去跟北崑的侯少奎老師學習，侯老師是花臉第一把手。甚至俞玖林和沈豐英，我也要求他們轉益多師，跟岳美緹老師和華文漪老師學習《玉簪記》。我要他們都去學這些老師傳的絕活，我請好朋友余志明贊助他們學習費用。年輕人都是人才，不培養是很可惜的。

潘：我知道你很會打長途電話，俞玖林、馬佩玲老師都告訴我他們在冬夜，聽你的長途電話，凍到像一根冰棍的故事。

白：我大概打了幾萬元美金的長途電話。我盯他們盯得很緊，每天幾個長途電話追蹤。你知道大陸做事，沒有我們扣得那麼緊，不扣得緊，一鬆就垮，我這個製作人，什麼都得管。

潘：臺灣和香港演出大獲成功，回到中國大陸，首場在蘇州大學，聽說你是很憂心忡忡。

白：是的。我問過蘇大學生，有九〇%的人沒有看過崑劇，蘇大老師對我們要面向全體學生的演出也很忐忑不安。他說，蘇大有個小廳，可以坐四百人，就在那裡演一晚就行。他怕沒有學生來，我說不行，一定要在大禮堂演三晚。他於是問，要不要組織觀眾？我說，觀眾還要組織嗎？我雖然這麼說，心裡面也是挺擔心的。所以，後來我決定到上海去開新聞發布會，要讓我們演出的訊息傳得更遠。結果，証明我這樣做是明智的。新聞從上海輻射出去，影響的面很大，學生從上海、南京、杭州來，有些還從山東、北京來。戲票一下搶光。

潘：二〇〇四年九月青春版《牡丹亭》到杭州去參加中國藝術節，你初期也很緊張。

白：那次藝術節的陣勢嚇我一跳，有一百個團體參加，中外一流的表演團體雲集，我們的戲票又賣得很貴，是非常不容易打的一仗。幸好有傳媒幫忙，我們的賣座率，後來還成為這一百團之冠，這才讓我安心。

潘：到美國去，更是去接受嚴峻的考驗了。

白：我們要去美國驗證一下崑曲是不是真的如聯合國所說，是人類文化瑰寶、人類文化遺產；要在美國舞臺上試一下，它是不是能夠得到西方人的肯定和賞識；還要証明一下，這個藝術是否真能突破文化的阻隔、語言的障礙。我們花了很多時間去教育美國觀眾，引起他們關注。有一位美國教授告訴我，這是她一生看過最偉大的表演。一位劇評家說，這是一個極視聽之娛的演出。美國主流傳媒和大學教授的反應都讓我們非常興奮。

潘：青春版《牡丹亭》走到一百場，哪件事最讓你頭痛？

白：最困難的還是兩岸在制度上和觀念上的歧異，難以克服，做得我很累。

潘：比如呢？

白：按我的方式，做事一定要有嚴格的 discipline，沒有紀律是做不好事的。人員固定下來後，不能隨意調換，演員每天作息要嚴格。臺灣雲門舞集舞員的日常排練非常緊湊，每天都要練上好幾小時。但是，我們青春版的演員常常被調去做其他劇組的工作，這是最麻煩，最令我頭痛的事情。從主角到配角、龍套，我要求他們每個動作都要到位，可是花神的龍套常常換人，一換，就影響整齣戲的演出水平。別的事都可以妥協，藝術是不能妥協的。這齣戲，大家也許都看得很興奮，但是我還不滿意，對藝術，大概永遠不會有滿意的日子，滿意就沒有進步了。哪怕進步一分半分也好。這個戲個別演員的確已經被磨成器，進步很大，但是整體的分數，我還是打得不高。這一百場，我給八十分到八十五分，距離一百分，還有一大截。

潘：你除了打幾萬塊錢美金長途電話，晚上你是不是也睡不著覺？

白：是的，我總是惦掛著每件事，總是想著要如何鼓勵年輕演員的士氣，我了解他們的報酬跟付出不成比例，所以，我必須到外面去托缽化緣，可以籌多少就多少，來改善他們的福利。另外，我又是很嚴格的製作人，樣樣都要求很高，今天我們能做到一百場，場場基本都滿，而且還一票難求，你知道我們前期做多少工作嗎？從我們第一次開會開始，我已經規定哪張照片可以出去，哪張照片不可以出去，哪張照片可以常用，哪張不行，我們都預先部署好，考慮清楚。每一張演出海報，都精心設計，都講究，崑曲是美的東西，一切配套都要美。我們出版了九本書，本本都出得很漂亮，這才是崑曲精美的調子。我們的素質水平，我都掌握好，捏得很緊。你這樣才會明白為什麼戲裡柳夢梅拿著的一張畫，我要請畫家奚淞來畫，戲裡的書法，要請書法家董陽孜來寫。藝術的東西，是不可以苟且，不能妥協的。

潘：所有參加青春版《牡丹亭》演出和製作的朋友，都說他們在聽白將軍的話，你感覺自己身上的確有父親身為大將軍，能運籌帷幄，調兵遣將的能耐嗎？

白：父親對我做人處事是有影響的。比如說他的意志力很強，是一定要成功，一定要做到底，很少半途而棄那種，這種精神蠻影響我。在臺灣，我有十一年跟他比較接近的日子，他的影響力潛移默化改變了我。我後來做什麼事都有一個 grand strategy，比如青春版《牡丹亭》，我認為應該走進大學校園，因為大學校園有最多的年輕觀眾，我便會努力去籌款進入校園。我們進北京大學演了三輪九場，你看影響力有多大。北大的人文教育深厚，也是中國大學的龍頭老大，這種 grand strategy 我是有的，就像我從前寫小說，也要事先部署好。

潘：寫小說比較容易，你只要指揮你的筆，但是製作青春版《牡丹亭》卻不簡單，你要指揮千軍萬馬，影響社會。

白：其實沒有。我只帶著我的秘書鄭幸燕，光帶這個小兵打仗。真的，每次演出，都是我和鄭幸燕做前期部署，我們先去募款，有了錢，再工作。美國大歌劇的前期宣傳費和製作費是各占一半。如果說製作費是三千萬元美金，那前期宣傳費用也是三千萬元美金，你看前期工作有多重要。青春版《牡丹亭》就我們兩人在做前期的宣傳工作。

潘：王孟超說，兩岸合作，成功的秘訣在於要有一個強而有力的主導者，才能叫大家信服。這次參與工作的都是兩岸三地頂級藝術家，你承認有時智能的撞擊，會冒出燦爛火花，難免帶出硝煙，在大家鬧得紛紛擾擾的時候，白將軍你是怎樣一錘定音呢？

白：我會跟他們講心裡話，我會說每個中國人內心對文化的渴求，這是我們共同努力的目標。我大概講中了他們的心裡，大家就沒有話了。我在文化界很久，做了很多事，寫書，搞舞臺劇，拍電影，否則他們不會相信我。

潘：不是的。由比你更有名氣的文化界人士來搞青春版《牡丹亭》，也不一定能搞成。今天白先勇能成，是因為他有特別的魅力，能夠把八十五位兩岸三地的藝術家團結起來合作這場文化盛事，又能化解中間的偏見、誤會，你是怎樣去做到的呢？

白：我想，是因為我定的目標很高，理想很遠大。好像我創辦《現代文學》，是為了創造新的文學；我製作《遊園驚夢》，是為了創造新的舞臺劇；製作青春版《牡丹亭》是為了文藝復興，搶救崑曲。我的志向遠大，目標崇高，才吸引這麼多人來一起工作。

潘：為什麼困難來到，在爭執聲中，你連一點憤怒也沒有呢？就像辛意雲老師說，什麼困難都在你笑咪咪中解決？你有在什麼時刻想不幹嗎？

白：憤怒是有的，而且有好幾次。就像我訂好了規矩，他們沒有照做，我就生氣了。我策劃好的事情，鋪好了路，是要確保一場都不能失敗。演一百場，只要失敗一場，人家就會記住這失敗的一場，而忘掉成功的九十九場。絕不能有一場失敗，這是多困難的事情啊。而且，我們還要確保一百場都滿，如果有一天，觀眾只來了三成或六成，這都是失敗。

潘：我知道連賣票的事情也要你操心。北京大學蕭懷德告訴我，五一黃金周，開完記者會，你在離開北京的飛機場，還打電話叮囑他賣票的事情，他那兒有四千五百張學生票。

白：是的，我告訴他一定要把這些票賣光，我看他很篤定的樣子，所以很擔心。

潘：你就是這樣，為了一張照片，一張海報，官員、老師、演員、燈光、舞臺、戲票，什麼都不能出錯，而掛心、憂心。

白：是的，都掛心、煩心。其實，到了這個時候，應該有個 agency 來做我做的事情，不要我那麼辛苦。

但是蘇崑沒有這個機制，沒有一個來管宣傳、行政、會計等等的機制，現在全部是我和鄭幸燕來做，怎麼行呢？鄭幸燕是一年三百六十五天，一天二十四小時在拼命做。

潘：未來呢？

白：我現在做了一個範本，火種點燃了，要讓這個火繼續燒下去，我是有計畫的，但是可能還不能實現。如果要崑曲生根，發芽，茁壯，必須走兩條路。這兩條路，說容易是容易，說難也難。第一條路。我們校園巡迴演出的目的是什麼呢？我希望教育系統，最少我們的大學能夠把崑曲當作美育課程。西方大學有很多音樂欣賞、歌劇欣賞課程，中國大學也有。然而，音樂欣賞，只欣賞貝多芬、莫札特的音樂作品，卻沒有欣賞中國傳統音樂、戲劇作品。崑曲已經被列入世界文化遺產，卻沒有人去保護它、發揚它，介紹學生去認識它，這說得過去嗎？自己的文化被列入世界文化遺產，在外國已經不知產生了多少篇博士論文，我們卻連崑曲的資料，也還不能有系統的去搜集和整理，崑曲音樂也沒有人認真去研究，這實在是很遺憾。整個宋詞的音樂已經流失了，宋詞已經唱不出來了，連元雜劇也不會演了。今天幸好崑曲還有文本、音樂，還有老師傅可以教身段，教唱腔，如果這個已經成為世界人類遺產的文化瑰寶，任由它衰微、死亡，這一代人將成為民族罪人。現在經濟條件好了，社會條件好了，可以做很多搶救和保留崑曲的工作。最近我們在香港大學設立了一個崑曲研究和發展中心，希望可以為崑曲做一點事。大陸的大學如果能把崑曲列入教育系統，這樣崑曲就會生根了，就會培養一代一代的崑曲觀眾了。第二，要崑曲生根，崑曲一定要有自己的崑劇戲院theatre。現在中國到處都有 theatre，卻沒有一間用來專門演崑劇。民國時期，京劇為什麼能夠這麼興盛，就是因為在北京、上海，都有京劇戲院，可以天天演，月月演。我建議在蘇州蓋一個崑劇戲院，外形配合蘇州園林的古雅設計，內部全部現代化，六百至八百個座位就可以，堅持每天要演。中國人外國人要看崑劇，一定要到這間戲院，就像日本的歌舞伎劇院。蘇州每天有很多遊客，可以讓他們白天遊園林，晚上看崑劇，這不是很好的文化遺產之旅嗎？這個崑劇戲院，由六大崑班輪流來演出，只有這樣，崑曲才會生根，才有前途。這個戲院只能演崑劇，其他不能演。不可以又拿去放電影，做綜藝表演晚會，那就完了。務必要讓這個戲院成為一個文化指標，就好像看莎士比亞戲劇一定要去英國他的家鄉 Stratford-upon-Avon 看那樣。

潘：周友良說青春版《牡丹亭》一定會載入史冊，一定會載入中國戲曲史、中國文化史，你怎麼看？

白：我相信它的影響力是大的，它讓這麼多受高等教育的年輕人突然發現傳統藝術的美，並且受到感動。大學生內心受到感動是難得的，不是聽一首流行音樂的感動，而是召喚起他們對自己文化的驕傲和信心，這個影響力是大的。我們到美國演出，那麼多人驚艷，發現中國人竟然比他們的歌劇還早兩百年就有了這麼美的歌劇，感到驚嘆不已。所以這齣戲的演出意義是重大的。

潘：你又怎樣評價自己呢？

白：我只是一個崑曲義工，我完成了一個 mission impossible。演出一百場，從國內走到國外，而且基本上場場都滿。不過，要繼續走下去，路會更難走，因為人家對你的要求高了，不會寬容你了，更不可以犯錯了。參加這次製作工作，讓我變得在藝術面前更加謙虛。因為崑曲實在是一門精緻、成熟而完美的藝術，博大精深。有一次，我看張繼青老師指導沈豐英一個水袖動作，糾正了三十三次。我從而了解到舉起水袖的高度必須配合笛音，太高、太低、過了、不及都不行，必須非常精確、到位，它是經過了多少表演者的磨練和契合，才展現的和諧動作，是非常精確嚴謹的。難怪崑曲的水平這麼高，真是一點馬虎不得。崑曲的美學，我形容是眼睛裡揉不進一粒沙，幾百年下來，它的層次已經非常高，所以，我們在創排過程，是存著兢兢業業，虔敬之心去做的。藝術這個字，Arts，我經常都是寫大寫的，藝術對我來說是至高無上，這次製作崑曲，讓我對這門藝術又產生了十二萬分的敬意。

潘：接下去，你會怎樣做？

白：先休息一下吧。

潘：你好像沒有辦法休息，接下去的演出都排滿了。工作人員都認為，演出一百場，是停下來做檢討的時候。

白：是的，舞美、演員，都要提升修正，要做大檢討。過去四年，我全心投身在這件工作上，我自己也要有個break，休息一下吧。

潘：你現在不需要再講這麼多長途電話了吧？

白：沒有了，那都是在第一年，因為方方面面都要照顧，第二年也多。現在，我只跟鄭幸燕通電話。

二〇〇七年六月九日於臺北

——原收錄於《春色如許——青春版崑曲《牡丹亭》人物訪談錄》，八方文化，二〇〇七年

十年辛苦不尋常——我的崑曲之旅

我的一生似乎跟崑曲，尤其是崑曲中國色天香的《牡丹亭》結上了一段纏綿無盡的不解之緣。小時候在上海，偶然機會看到了梅蘭芳與俞振飛珠聯璧合演出《牡丹亭》中一折〈遊園驚夢〉，從此，

原來姹紫嫣紅開遍
似這般都付與斷井頹垣
良辰美景奈何天
賞心樂事誰家院

這幾句戲詞，襯著笙簫管笛，便沁入了我的靈魂深處，再也無法拔除。第二次看崑曲表演受到莫大震撼是在一九八七年，又在上海，經過三十九年重返大陸，趕上上海崑劇院最後一天演出全本《長生殿》，由「上崑」當家生旦蔡正仁、華文漪擔綱。我記得那晚戲一落幕，我不禁奮身而起，喝采鼓掌，興奮之情，不能自已，我深深受到感動。沒想到，經過「文化大革命」，崑曲噤聲十年，居然又在舞臺上浴火重生。那晚「上崑」的戲演得精采，大唐盛世，天寶興衰，一時盡在眼前，但我不僅是為「上崑」的表演者喝采，而更令我激動的是崑曲，我們中華民族美學成就最高的表演藝術，經過「文革」暴風雨的摧殘，一脈香火，竟然還在默默相傳，這是一枚何等珍貴的文化火種！崑曲無他，得一「美」

字，詞藻美、舞蹈美、音樂美、人情美，這是一種美的綜合藝術，是明清時代最偉大的文化成就之一。

「我們這樣了不起的藝術，絕對不能讓它衰微下去！」那晚看了《長生殿》後，我如此動心起念。然而崑曲的頹勢仍然無法遏止。第一線的演員老了，觀眾年齡層愈來愈高，崑曲舞臺呈現也逐漸老化，雖然「文革」後，崑曲恢復了表演，然處在整個急速求新望變的大環境中，崑曲生命仍然脆弱，處處受到生存威脅，這也是我們中國傳統文化在全球化的浪潮中面臨的危機，如何將傳統與現代銜接，使得我們有幾千年輝煌歷史的文化，在二十一世紀的舞臺上，重放光芒，這是每個關心中國文化的人不得不深思的一個命題。崑曲的振衰起敝，應該只是整個中華文藝復興的一幕序曲。

但我們總不能眼睜睜看著崑曲在我們這一代手中漸漸消沉下去。於是兩岸三地，一群對中國文化有熱忱、對崑曲更是愛護有加的文化菁英、戲曲菁英，由我振臂一呼，組成一支堅強的創作隊伍，大家眾志成城，於二〇〇三年四月起，經過整整一年的籌備訓練，終於製作出一齣上中下三本九小時的崑曲經典：青春版《牡丹亭》。這是一項兩岸三地的文化人、藝術家，共同打造出的鉅大文化工程，事後看來簡直是項「不可能的任務」。然而一開始我們的態度卻是嚴肅的，我們不是在「玩」戲，而是認真地試圖將湯顯祖這齣十六世紀的經典之作賦予新的藝術生命，再度「還魂」，在二十一世紀的舞臺上重放光芒。我們希望能藉著製作一齣經典之作，訓練培養出一批青年演員，接班傳承，將青年觀眾，尤其是高校學生，召喚回戲院，觀賞崑曲，使他們重新發現中國傳統文化之美。最後的目的當然希望恢復崑曲本來青春亮麗的面貌，所以我們將之稱為青春版的《牡丹亭》。我們的大原則是：尊重古典而不因循古典，利用現代而不濫用現代，古典為體，現代為用，是在古典傳統的根基上，將現代元素，謹慎加入，使其變成一齣既古典，又現代的藝術精品。回歸「雅部」，是我們整個崑曲美學走向。明清時代，崑曲本屬「雅部」，本就是一項有文人傳統的高雅藝術，因為崑曲原產於崑山，受吳文化孕育而成，先天就有江南文化中最精緻、最典雅的成分。我們跟蘇州崑劇合作，也就是最自然不過的事情了，因為「蘇崑」成員，大多屬姑蘇子弟，天生就有吳文化的基因，而他們的語言帶有蘇州腔，也就是崑曲的本色了。

那年的魔鬼營訓練

我們理想甚高，抱負很大，但執行起來，困難重重，遠超預期，結果如何，也實難預料。後來青春版《牡丹亭》製作成功，演出轟動，一半天意，一半人為。青春版《牡丹亭》的確是許多因緣際會湊在一起，天意垂成。首先選中男女主角俞玖林、沈豐英這一對金童玉女，似乎前定。但邀請汪世瑜、張繼青來指導兩位青年演員，則是我經過深思熟慮的考量。首先，我推舉汪世瑜做青春版《牡丹亭》的總導演，就是一項關乎成敗的決策。中國戲曲傳統，本來沒有導演制，戲都是老師傅「捏」出來的。這些老師傅本身就是資深演員，「捏」出來的戲，當然都合乎崑曲法則，然而當今的導演制，導演多為話劇導演，並不熟悉崑曲四功五法，所能發揮只有在舞美道具上，導出來的戲也未必是一齣正宗崑曲。汪世瑜是中生名角，師承周傳瑛，飾演柳夢梅，瀟灑飄逸，由汪世瑜做總導演「捏戲」，最恰當不過。此外，導演組還加入了翁國生、馬佩玲，都是浙崑資深崑曲演員，我們的導演群，陣容堅強。請出張繼青訓練沈豐英，是一項關鍵性的決策。張繼青是崑曲旦角祭酒，唱工沉厚，身段規範嚴謹，對杜麗娘一角的詮釋，有獨到見解，她的〈尋夢〉一折，無人能及，由張繼青手把手精心磨練出來的杜麗娘，沈豐英自然起步高。張繼青的〈尋夢〉師承姚傳薌，於是「傳」字輩老師傅的姑蘇風範，透過汪世瑜與張繼青，便傳承到俞玖林和沈豐英身上——這便是我們標舉的正統、正宗、正派的崑曲表演傳統。但力邀張繼青、汪世瑜跨省跨團參加《牡丹亭》團隊，我曾下足功夫，費盡唇舌。

二〇〇三年至二〇〇四年春，這一年魔鬼營式訓練，早九晚五，有時還開夜班，替青春版《牡丹

上：製作人白先勇欣賞俞玖林與沈豐英兩人的〈遊園〉，蘇州滄浪亭，二〇一五年三月。

下：導演汪世瑜指導男主角俞玖林，蘇州崑劇院，二〇〇四年二月。

亭》打下了根基。排練的場地是一座還沒蓋好的大樓（現在的蘇州萬豪Marriott酒店），當時尚未裝上門窗，冬日寒風凜凜，四面來襲。我裹著鴨絨大衣，在排練場「督軍」，跟排練人員一起足足吃了一個月的大肉包子，眼看著青年演員在零下天氣穿著單薄戲衣，在寒風中拚命練功，流汗流淚，終於把一齣九個鐘頭的大戲，淬鍊成形。張、汪兩位老師傳嚴格把關，對於演員的要求，一絲不苟。看了青春版《牡丹亭》的排練，我對崑曲藝術又增加了十二萬分的敬佩。這是一種極高難度的表演藝術，其美學成就，無出其右。崑曲載歌載舞、無歌不舞，是把歌唱與身段融合得天衣無縫的表演。西方歌劇有歌無舞，芭蕾有舞無歌，這兩種表演藝術的精髓，崑曲兼而有之。

籌備的一年，臺北青春版《牡丹亭》的創作組也沒有空過一天，在我和樊曼儂召集下，編劇組成員有華瑋、張淑香、辛意雲三位學者專家，密集開會，磨了五個月，把劇本整編完成，我們的原則是只刪不改，把原劇五十五折刪減成二十七折，圍繞著「情」的主題設計出「夢中情」（上本）、「人鬼情」（中本）、「人間情」（下本）。所謂「不改」，只是不改湯顯祖華麗的唱詞，可是為了順應劇情及製造戲劇效果，我們在場次重組、故事剪接，就像電影剪輯一樣，花了很大工夫，整理出一個緊湊流暢而不失原著豐富內涵的劇本，這個劇本替青春版《牡丹亭》奠下扎實的基礎。大導演王童是我們的美術總監，他替青春版《牡丹亭》的美學定了調，王童替這齣戲精心設計了兩百套戲服，他去蘇州多次，親自挑選綢料，尋找幾代相傳的老繡娘。青春版《牡丹亭》的服裝典雅精緻，美侖美奐，對戲曲界產生革命性的影響。青春版《牡丹亭》的十三個男女花神，又是一大亮點，由吳素君編舞，花神們姍姍出場，一亮相，往往獲得台下觀眾驚豔的掌聲。其他舞美、燈光、音樂，都經過周密的整體考慮，完全為青春版《牡丹亭》唯美的風格打造。林克華（舞美、燈光）、王孟超（舞美）、黃祖延（燈光），都是臺灣舞臺工作者一時之選，「蘇崑」周友良為青春版《牡丹亭》整編的曲子，亦替這齣九個鐘頭的戲立下了不小的功勞。

一個新的崑曲時代來臨

二〇〇四年四月二十九日青春版《牡丹亭》上本終於在臺北國家大劇院世界首演。臺灣《聯合報》頭版頭條報導青春版《牡丹亭》即日演出的新聞並附大幅杜麗娘〈寫真〉劇照——其實，這一年來，兩岸媒體早已陸續報導青春版《牡丹亭》的林林總總。演出前一兩個月，青春版《牡丹亭》的宣傳，鋪天蓋地而來，除了各種媒體的報導，同時在 Page One 書店舉辦了一個青春版《牡丹亭》的劇照展。攝影師許培鴻精美絕倫的劇照，首次大規模露面。許培鴻的照片，把一對俊美的青年男女主角推介到全世界，他的照片對青春版《牡丹亭》的宣傳，小兵立了大功。十年來，他鍥而不捨，拍攝了二十多萬張青春版《牡丹亭》幕前幕後的照片，一齣戲有如此豐富的攝影資料，恐怕是空前的。宣傳如此之大，觀眾的期望調到最高點，對於首演，我們是誠惶誠恐的，雖然一年來我們這個團隊大家都盡了最大努力，但結果如何，無人能預料。戲要搬上舞臺才見真章，觀眾能否接受，也是一個問號。但如果青春版《牡丹亭》首演失敗，不僅我們的努力心血付諸東流，對我們標舉的「崑曲復興」運動更是重挫。因此我們對於臺北首演，兢兢業業，嚴陣以待。

臺北首演過程其實並非那麼順利。首先，「蘇崑」的道具櫃遲來了兩天，我們只剩兩天時間搭台，這是一齣新戲、大戲，燈光、舞美相當複雜，兩天時間遠遠不夠，只得雇用加倍工作人員，四十八小時通宵趕工。演出前那幾天，我們都繃緊了神經。首演那晚，美術總監王童犧牲前台看戲，留在後台把關，每個演員出場，都要經過他嚴格審查服裝造型。臺北演出兩輪，九千張票賣得精光，頭一晚國家大劇院一千五百個座位滿座，前幾排還坐滿了世界各地的學者專家，因為同時間在臺北召開了一個「湯顯祖牡丹亭崑曲研討大會」。「蘇崑」的青年演員是第一次登上這樣國際性的大舞臺，小春香沈國芳後來回憶，她上台一出場，兩隻腿在打哆嗦。可是第一晚「蘇崑」青年演員便有超水準的演出，令人驚豔，

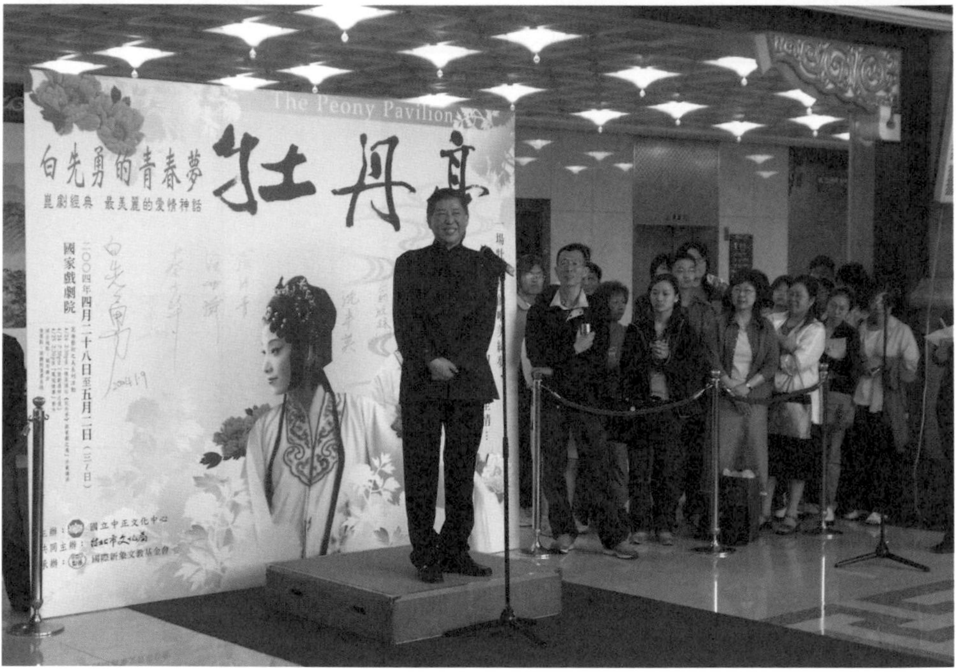

上：白先勇於北京大學開設崑曲課，二〇一四年三月。
下：青春版《牡丹亭》世界首演記者會，臺北國家戲劇院，二〇〇四年四月。

男女主角，水袖紛飛，勾動了所有的觀眾，謝幕時，台下掌聲雷動，觀眾起立喝采十幾分鐘。我挽著男女主角俞玖林、沈豐英走向臺前，我深深感受到觀眾興奮情緒如潮水般湧來，那一刻，我猛然感悟到：一個新的崑曲時代可能即將來臨。

這樣的熱烈場面，以後數年間，青春版《牡丹亭》巡演所到之處，兩岸四地、大江南北、歐美、新加坡一再複製，七年間，至二〇一一年共演出兩百場，觀眾人次達三十餘萬，幾乎場場滿座，青年觀眾占六、七成。北京《青年報》有這樣的標題：青春版《牡丹亭》使崑曲觀眾年齡下降三十歲。兩百場演出，我大概跟了一百五十場，尤其是頭幾年青春版《牡丹亭》的演出途徑，還處在披荊斬棘，蓽路藍縷階段，必須由我親自領軍作戰，每次演出都是一場必須攻克的「戰役」，青春版《牡丹亭》剛剛起步，一跤都摔不得。

但當時大環境並不利於崑曲推廣，其實崑曲式微已久，上個世紀，有幾個時期，崑曲幾乎從舞臺上完全消失，「文革」十年當然損傷更大，崑曲觀眾愈來愈萎縮，大學青年學生，百分之九十以上從未看過崑曲。處此逆勢，如何號召廣大青年觀眾步入劇場，安靜地觀賞有六百年歷史的高雅古典藝術，是我們最大的挑戰。但一種表演藝術，沒有青年觀眾，尤其青年知識分子的支持，不會有未來。我一直持有一個信念，崑曲之美足以打動人心，而湯顯祖的經典之作《牡丹亭》，浪漫瑰麗的愛情故事定能吸引青年男女，而青春版《牡丹亭》在臺北首演，觀眾熱烈反應更加奠定我的信心。但如何將這些訊息傳給大眾，就要靠宣傳了。宣傳是青春版《牡丹亭》巡演過程中的首要工作，每次演出，除了舉行盛大的新聞發布會外，我會接受各種媒體訪問：電視、廣播、網路、報章雜誌。光是電視，我上過中央電視台不下十次，還有北京衛視、上海東方衛視、浙江衛視、陽光衛視、鳳凰衛視，我向全中國、全球華人世界的觀眾喊話：我們的文化瑰寶崑曲，有多麼了不起，多麼重要、多麼美，對我來說每次崑曲演出，就如同秦俑、商周青銅、宋朝瓷器展覽，具有一樣的文化意義。我這樣到處重複吶喊，有時覺得自己像個「電視布道家」，在向世人傳達「崑曲福音」。

第二百場站上北京國家大劇院歌劇廳

二〇〇七年青春版《牡丹亭》第一百場在北京北展劇場上演。第一百場，演員的演技成熟了，男女主角俞玖林、沈豐英創下了他們演藝生涯的最高峰，俞玖林的〈拾畫〉，沈豐英的〈尋夢〉，完美無瑕的演出，深深地打動了觀眾的心。這場百場慶演是由中國文化部主辦，又是香港劉尚儉先生大力贊助演出。香港何鴻毅家族基金為青春版《牡丹亭》演出成功在故宮建福宮設慶功宴。建福宮是當年老佛爺慈禧太后宴客的地方，那是一場最高規格的慶功宴了，當晚海內外文化界人士冠蓋雲集，以飾演慈禧太后著名的明星盧燕也參加了。

當初誰也沒料到青春版《牡丹亭》原班人馬會演到兩百場，七年後，二〇一一年青春版《牡丹亭》第二百場慶演在北京國家大劇院歌劇廳隆重舉行。歌劇廳有兩千三百個座位，設備一流，舞臺縱深可以用背面投影，第二百場的演出，我們的舞美終於發揮了最大效果，美不勝收。但進到大劇院歌劇廳絕非易事，歌劇廳只演大型歌劇、歌舞劇，傳統戲曲只能在旁側一個小型戲院演出。但青春版《牡丹亭》第二百場慶演，必須以最高規格、最佳場地演出。我們提出申請，四處碰壁，最後沒法只好寫信到國務院，我的理由：大劇院歌舞劇廳可以經常上演西方歌劇、歌舞劇，何以被聯合國教科文組織認定為人類文化遺產代表作的中國崑曲反而不能登上歌舞劇廳的舞臺？國務院批示下來，大劇院歌舞劇廳頓時大門洞開。青春版《牡丹亭》二百場慶演，滿堂紅、滿堂采、轟轟烈烈落幕。演到兩百場，我認為青春版《牡丹亭》階段性的使命已經完成。最後散場時，有一位演員趕在我身後叫了我一聲「白老師——」便哽咽落淚。我了解她悲喜交集的情緒，我們一起走了好長好長一段崎嶇行旅，完成一件巨大到不可思議的文化工程，列車將到終站，不免依依難捨。

一齣戲振興了崑曲

據我默默觀察，青春版《牡丹亭》這十年海內外巡演的結果，破了幾項紀錄，也產生了很大的影響：

它喚回了崑曲在舞臺上的青春生命，恢復崑曲在舞臺上姣好亮麗的風貌，改變觀眾對崑曲老舊遲緩的刻板印象，崑曲也可變成年輕觀眾時尚追捧的表演藝術。

青春版《牡丹亭》把為數甚眾的青年觀眾，尤其是大學生，召喚回劇院看崑曲，中國高校學生百分之九十以上從未接觸過崑曲，青春版《牡丹亭》對這些青年學子有啟蒙功效，很多因此愛上崑曲，並且對中國傳統文化之美有了新的認識。「崑曲進校園」是我們的重要目標，我們在三十多所高校巡演，造成一片高校崑曲熱。我又繼續募款，在北京大學、香港中文大學、臺灣大學設立崑曲中心，開授崑曲課程，聘請崑曲學者、崑曲大師，開一連串講座式課程，同時我把「蘇崑」小蘭花班演員請來做示範演出，案頭場上，都讓學生有所感受。如此，中港台的大學都設立了崑曲課，恢復了崑曲學術上的地位與尊嚴，也變成大學重要的文化啟蒙課程。選課學生甚眾，培養學生觀眾，得以持續下去。

青春版《牡丹亭》訓練了一批青年演員接班，「蘇崑」小蘭花班演員，海內外巡演兩百多場，有豐富的舞臺經驗，與同儕相比，得天獨厚。我又鼓勵並資助他們，向老一輩的崑曲大師學戲，把崑曲大師們的絕活繼承下來，如今小蘭花班生旦淨末丑行當整齊，可以排演大戲了。

同一個戲組，同一批人，連續十年演同一齣戲演了兩百三十多場，這在崑曲演出史上，獨一無二。而且更難得的是這兩百三十多場，滿座率竟高達百分之九十。有的大場子，觀眾四、五千。這種演出，完全

「姹紫嫣紅開遍・迷影驚夢新視覺」影像展。青春版《牡丹亭》兩百場慶演前策展攝影師許培鴻紀錄近兩百場的精彩作品，結合台達電最新高清投影技術，在北京國家大劇院東展覽廳一千二百平方公尺的空間盛大展出一個月，二〇一一年十一月。

打破崑曲演出傳統。上世紀五〇年代，因《十五貫》的走紅，有「一齣戲救活了一個劇種」之說，但那個現象畢竟是靠政治操作，而青春版《牡丹亭》也是一齣戲振興了崑曲，不過這是發自民間的自然力量。

分享學術、文化、戲曲界大結合

青春版《牡丹亭》成功的因素為何？這些年來有許多學者專家都評論過，作為製作人，經過親身經歷體驗，我有幾點看法：

首先青春版《牡丹亭》的製作是一次學術界、文化界、戲曲界的大結合。製作團隊裡有學者、藝術家（畫家、書法家、舞蹈家）、崑曲大家。明清時期，崑曲演出往往是文人與伶人的結合，所以崑曲才能富有詩的意境，充滿文人氣息。青春版《牡丹亭》是在恢復這個老傳統，而且是兩岸文化人與戲曲表演家的完美結合，彼此截長補短，可以說是近年來兩岸合作共同打造的文化工程中，最具影響力的一項。連臺灣最負盛名的書法家董陽孜及畫家奚淞的藝術極品，也上了我們的舞臺。

青春版《牡丹亭》中，傳統與現代結合成功，這是我們最大的挑戰。我們要製作的是一齣既傳統又現代的崑曲。二十一世紀的大劇院多半是西方歌劇廳式的舞臺，燈光以電腦控制。表演藝術與科技結合是必行之路，如何利用科技而不為所役，是我們嚴肅的考慮，在舞美、燈光、服裝設計、舞臺調度各方面，我們謹慎的注入了現代元素。

青春版《牡丹亭》的成功，除了天助還有人助。其實是多少人的善心、誠心在背後支撐，讓我們乘風破浪，安全抵達目的地。這齣戲的製作和巡演需要鉅大投資，十年來的費用超過三千萬人民幣，這全靠一批有心的企業家無私的挹注，我們這齣戲才能平步青雲。因為我們的製作，精益求精，什麼都用最好的，當然所費不貲，而我們的演出，很多場是公益性的校園演出，沒有回收，目的只希望能引起學生對崑曲的興趣熱情。然而這些都需要錢，沒有錢，寸步難行。這些年來募款便成為我沉重的工作。向人托缽化緣，絕非我所長。有一次面對著贊助人，一頓飯下來，就是開不了口。我的祕書在旁等急了，乾脆向贊助人說明來意，講出數目。幸虧大多數的贊助人都是因為對我信任，認同我們復興崑曲的文化大業，自動解囊相助。第一個是台積電曾繁城先生，我們的「籌辦費」是他捐的，他真的熱愛崑曲，看了好幾輪青春版《牡丹亭》。澳門沈秉和先生因為在香港看到我們的戲，主動找到我，願意支持，我們頭一輪二百套亮麗的戲服行頭便是他捐助的。香港余志明先生及夫人陳麗娥女士不僅是我們的贊助人，也變成了青春版《牡丹亭》最熱忱的擁護者，十年間，青春版《牡丹亭》重要演出，他們二位一定到場打氣加油，我跟他們不知分享過多少次演出成功的興奮。香港何鴻毅家族基金贊助我們三年，這是關鍵的三年，二〇〇六至二〇〇八，青春版《牡丹亭》在十多所高校，掀起一陣崑曲熱、牡丹熱。二〇〇七年北京國家大劇院落成試演，崑曲只邀請了青春版《牡丹亭》，但演出還需要費用的，臨時才通知我們，一時間幾十萬人民幣哪裡找？香港中文大學校董周文宣先生得知我們的困境，二話不說，頂著六月天的大太陽親自走到銀行匯款給我們救急，不料兩三天後，周先生進了醫院，一病不起，那是他最後一項善舉，令我懷念至今。第二百場慶演在國家大劇院歌劇廳演出，這場演出花費是大的，美國趙廷箴文教基金會，及台達電文教基金會，是這次的贊助人。我們換了新行頭，演員在舞臺上，光彩奪人。台達電贊助最新投影機，我們在大劇院的展覽廳開了一個盛大的青春版《牡丹亭》攝影展，以最新技術設計了兩面光牆，一面青春版《牡丹亭》，另一面新版《玉簪記》，絢麗奪目，攝影師替青春版《牡丹亭》拍下二十多萬幅照片，如今選出最精粹的作為展覽，規模之大，陳列之精美，一時震動京師。最後必須提到蘇州台商李雲政、沙曼瑩夫婦，他們出錢出力外，對演員的呵護照顧，無微不至，令人感動。

青春版《牡丹亭》的成功除了媒體特別厚愛，鋪天蓋地的宣傳外，學術界崑曲專家學者的充分肯定，也大大幫助青春版《牡丹亭》在學術界站穩一席之地。周秦（蘇州大學）、吳新雷（南京大學）、葉長海（上海戲劇學院）、寧宗一（南開大學）、余秋雨（上海戲劇學院）、葉朗（北京大學）、江巨榮（復旦大學）、鄒紅（北師大）、黃天驥（中山大學）、劉俊（南京大學）、黎湘萍（中國社科院文研所）、王文章（中國藝術研究院）、朱棟霖（蘇州大學）、傅謹（中國戲曲學院），都曾為文讚揚過青春版《牡丹亭》，而且親身參加多次青春版《牡丹亭》研討會。

這十年來，青春版《牡丹亭》的巡迴演出，我大概跟了一大半，我並不是一個熱中旅行的人，尤畏車馬勞頓，沒想到到了晚年為了青春版《牡丹亭》，飛來飛去，走遍大江南北，遠至歐美，有時覺得自己像個草臺班班主，領著個戲班子到處闖江湖。因為跟小蘭花班演員相處日久，隨著青春版《牡丹亭》演出的起起伏伏，我跟他們也生出一種成敗相關，休戚與共的感情來。二〇一三年冬天，我重返蘇州，與小蘭花班相聚於滄浪亭，那是十年前，我向男女主角解說〈遊園驚夢〉的所在，十年後，大家回憶青春版《牡丹亭》一路走來的點點滴滴，歡笑居多，有一種共同完成一件大事的欣慰，但似水流年，也有些微曲終人散的惆悵。十個小蘭花班成員說要獻給我一個禮物，不提防，笛聲響處，他們合唱起〈遊園〉中的一段【皂羅袍】來：

原來奼紫嫣紅開遍
似這般都付與斷井頹垣——

——原載二〇一五年三月二十九—三十日《聯合報》「聯合」副刊
——收錄於《牡丹情緣：白先勇的崑曲之旅》，時報出版，二〇一五年

崑曲復興運動又一章——記北京高校學生校園版《牡丹亭》的演出

二〇一八年四月十日在北京大學百年紀念講堂有一齣非比尋常的崑曲演出：北京十六所大學的學生聯合公演校園版《牡丹亭》。在長達兩個多鐘頭的演出中，北大百年講堂近兩千位觀眾，有表演者各校的同學、有他們的家長，還有聞風而來的各地人馬。在陣陣爆起的掌聲中、在一片叫好的喝采聲中，北京大學生校園版《牡丹亭》圓滿落幕，創下了這些年崑曲復興運動歷史性的一刻，繼青春版《牡丹亭》後又樹立了一道里程碑。

二〇〇四年我集合了一群兩岸三地文化精英、戲曲大師共同打造出一齣九個鐘頭分三天演出的崑曲經典大戲青春版《牡丹亭》，當時崑曲再度陷入沒落的險境，尤其在中國大陸：第一線的演員老去、觀眾老化、青年人對中國傳統文化疏離、對傳統戲曲更是陌生無感。我們製作青春版《牡丹亭》一開始便有振衰起敝、興滅繼絕的大理想、大抱負，我們投入了極大量的人力物力，費盡心思、費盡心血，二〇〇三年花了整整一年時間的打磨，由汪世瑜與張繼青兩位崑曲大師將蘇州崑劇院的青年演員俞玖林、沈豐英兩塊璞玉雕鑿成器，雖然我們製作團隊都是一流人才，而且非常認真努力的工作，然而崑曲這項古老的表演藝術，畢竟衰微已久，一個多世紀以來，雖然斷斷續續不絕如縷，但總未能有一飛衝天的中興氣象。二十一世紀初期，在中國大陸整個大環境對崑曲的推廣並不有利，崑曲演出，往往觀眾寥寥無幾，除了少數愛好者，一般社會大眾對崑曲的價值並不認識，態度冷漠；大眾的認知，充其量認為崑曲只是一種曲高和寡的古老劇種。我們逆勢而行，挹注如此龐大精神與物質的投資，的確相當冒險，當年我常被問到一個問題：你為什麼花這麼多時間、這樣大力氣來推動崑曲？我經常的答案是：崑曲是明清兩代最高文化成就之一，曾經獨霸中國劇壇兩百多年，是當時的國劇，有「百戲之祖」之稱，其表演藝術的美學高度無出其右，是中華民族的文化瑰寶，而當今崑曲再次經歷衰頹，甚至有斷層失傳的危險，搶救崑曲、搶救我們的文化瑰寶，的確是我們的初衷。然而我本人並非崑曲界人士，對崑曲的所知有限，只憑一股熱情，也不計成敗得失，知其不可為而為之，誰知竟感動了兩岸三地的藝術菁英、崑曲大師，以及許多企業家的文化使命感，大家同心協力、眾志成城，把一齣崑曲經典重新打造，完成了一項巨大的文化工程，迄今青春版《牡丹亭》已在世界各地巡演了三百多場。一齣戲掀起了崑曲復興運動，這應該不是誇大的說法。

如何讓崑曲進入校園

一種表演藝術如果沒有年輕人的參與，不會有輝煌的前途，這是我一向的看法，因此，我們在製作青春版《牡丹亭》的時候，首要任務，就是如何號召青年觀眾回到戲院裡，觀看這齣有四百年歷史的經典崑曲——這可不是一件容易達到的事情，要現在的大學生到戲院裡坐九個鐘頭看一齣古老劇種，當時聽起來幾乎是「不可能的任務」。對於這項難題，我們的確經過慎重思考，擬出一套策略，如何將崑曲這項古老藝術推向青年觀眾群中。首先我們選中《牡丹亭》做為我們重排經典大戲的第一部，因為這部晚明湯顯祖的扛鼎之作其本身就是一首歌誦青春、歌誦愛情、歌誦生命的史詩。情與美是崑曲的核心價值，簡單的說，崑曲就是以最美的形式表現中國人最深刻情感的一種藝術，因為崑曲產於崑山，代表了江南文化纏綿婉約的精髓。《牡丹亭》把崑曲的情與美發揮到極致，這首青春戀歌曾經打動過世世代代青年男女的「春心」，因此我們相信這齣崑曲經典一樣能感動二十一世紀的青年人。但新世紀的青年學子自然有他們自己一套的審美觀，尤其是視覺上，不免受到西方現代影視舞臺的影響。因此，我們在舞美、燈光、服裝設計以及編劇上，設法將傳統與現代結合起來，「尊重古典但不因循古典，利用現代但不濫用現代」，在這個大原則下，我們製作的青春版《牡丹亭》是一齣在傳統基礎上融入現代元素的崑曲，符合新世紀的審美觀，所以才贏得大量青年學子的認同及共鳴。美與情是救贖與復興我們整個民族的兩股力量，尋回中國人原有的美學自信，恢復中國人本來的表情方式。當然，我們挑選蘇崑小蘭花班青年演員擔綱，這也是我們重要策略之一，形象俊美的男女主角，因為年輕亮麗，贏得青年學子的認同，在兩岸三地三十多所高校巡演，引起千千萬萬青年學子的熱烈追捧。

「崑曲進校園」是我們製作青春版《牡丹亭》的重要目標。第一步就是校園巡演，二〇〇四年四月臺北首演後，六月大陸首演在蘇州，蘇州大學的存菊堂，那是一個五〇年代建立的大禮堂，有兩千多座位，但舞臺設備簡陋，沒有吊桿，青春版《牡丹亭》精心設計的舞美，全都派不上用場，那是一場相當原始的演出，全靠演員的表演以及一堂精美的服裝。但蘇大首演的成效，對我們這齣戲是關鍵性的，因為這是大陸首演，而且又是在蘇大演出，考驗青春版《牡丹亭》是否能夠被大陸的大學生接受，這關係這齣戲的未來走向。我們在上海開了盛大的新聞發布會，本來蘇大校方擔憂禮堂太大，三天的戲，學生觀眾不夠，哪曉得消息一出，從南京、上海、杭州各地的學生蜂擁而至，把蘇大學生的票都搶走了，連大禮堂的走道上都擠滿了人，學生觀眾的反應熱烈沸騰，場面像熱門音樂晚會。沒想到被譏為「曲高和寡」的崑曲竟能激起青年學子這麼大的熱情。是湯顯祖《牡丹亭》中的情與美深深的打動了這些大學生。大陸首演成功，證明我們「崑曲進校園」的策略是正確的，崑曲最重要的觀眾在大學。接着我們到杭州浙江大學演出，蘇大的觀眾反應，在浙大又重演一次。

青年學子的集體醒悟值得深究

我們真正展開校園巡演是二〇〇五年，頭一站是北京大學，在北大百年紀念講堂的演出，可以說是我們「崑曲進校園」計畫的一道里程碑。北大是中國教育界、文化界的龍頭，從上世紀初，在北大發生的任何文化事件，動見觀瞻，影響全國。民國初年，北大開設崑曲教學，吳梅、俞平伯這些曲家，在北大曾授過崑曲課，蔡元培校長還親領學生去觀賞崑曲表演。我們將崑曲送進北大，是延續了北大中斷七十年的崑曲傳統。當時，雖然青春版《牡丹亭》於二〇〇四年在台港蘇杭甚至在北京、上海演出都很成功，聲名鵲起，但在崑曲界地位尚未穩固，要闖進北大這樣一個巍巍學府的殿堂，還不是一件易事。幸虧北大藝術學院院長葉朗教授也是一位重視崑曲教育的人，由他策劃牽引，青春版《牡丹亭》終於在燕園百花齊放的四月天，順利登上百年紀念講堂的舞臺。這次演出是售票的，三天晚上六千多張票一下搶光，除了北大師生，北京其他大學，如清華、北師大、中央美院等的學生聞聲都紛紛而來，把紀念講堂塞得滿滿的，青年觀眾的反應一晚比一晚熱烈，到了第三晚最後〈圓駕〉，男女主角終於美滿團圓，觀眾情緒已經被劇情拉到最高點，謝幕時掌聲雷動，學生們喝采的聲音此起彼落，整個場子熱浪翻天，學生觀眾年輕的臉上似乎都在發着一層光輝，好像被我們傳統文化一股神秘的力量觸動發光似的。一齣四百年的古典戲曲竟能使二十一世紀中國北京最優秀的知識青年感應如此強烈，如同他們的心靈酣睡已久，突然被天雷震醒一般。那一瞬間，青年學子這種集體的醒悟，值得深究。這就牽涉到我們傳統文化的大問題上了。中國傳統文化自十九世紀衰微以來，江河日下，二十世紀內憂外患，並未能振作起來，一方面當然由於西方文化強勢入侵，攪亂了中國文化的系統，但影響更深遠的是五四以來，學校改制，模仿西方，教育當局竟將中國傳統文化教育包括戲曲，有系統的排除在課程之外，這就使得在學的學生在文化認同上，產生混淆，對中國傳統文化產生疏離，尤其中國大陸經過「文革」，中國青年對傳統文

上：校園版《牡丹亭》，杜麗娘／楊越溪　飾、春香／汪曉宇　飾，北京大學百年紀念講堂，二〇〇九年十二月。
下：校園版《牡丹亭》，〈驚夢〉，柳夢梅／席中海　飾、杜麗娘／陳越揚　飾，北京大學百年紀念講堂，二〇〇九年十二月。

上、下：校園版《牡丹亭》，〈驚夢〉，柳夢梅／席中海　飾、杜麗娘／陳越揚　飾，北京大學百年紀念講堂，二〇〇九年十二月。

化更加感到陌生。但新世紀二十一世紀初這一代的青年學子，正處在中國社會急遽變動的時刻，此時離「文革」已近三十年，社會物質建設，尤其科技的研發，都做了三級跳的大躍進，中國經濟快速崛起，社會價值跟着改變，同時西方商業文化大量湧入，這一代的中國知識青年正面臨中國文化如何走向的十字路口，一股強烈的文化認同感，正急迫的驅使他們要做一個選擇：做為中國人，自己的心靈文化構成到底是什麼？青春版《牡丹亭》的驟然出現，使得這些知識青年好像猛見魯殿靈光，觸動了他們潛伏在心靈深處我們民族文化的DNA，引起共鳴，進而認同。是《牡丹亭》中的「情」與「美」兩股救贖力量，喚醒了青年學子的文化意識。那是純粹中國式的「美」，純粹中國式的「情」。北京大學的學生看完青春版《牡丹亭》在網上留言：「現在世界上只有兩種人，一種是看過青春版《牡丹亭》的，一種是沒看過的。」另一位學生這樣寫道：「我寧願醉死在《牡丹亭》裡，永遠不要醒來。」青春版《牡丹亭》一共在北大百年紀念堂公演過四次，其他三次是二〇〇六、二〇〇九和二〇一六年，每次都是滿座，青年觀眾的熱情，一點也沒有減弱。二〇〇九年我替北大設立「經典崑曲欣賞」課程同時公演青春版《牡丹亭》，那是個十二月天，天寒地凍，零下九度，晚上演完近十一點鐘，還有數百學生排長龍，不肯回去，等着跟我說話：「白老師，謝謝您，把這麼美的戲帶到北大來。」那些滿臉興奮的年輕人急切要告訴我，是中國傳統文化的美，征服了這些在迷茫中正在尋找自己文化根源的青年學子，這些學生大概百分之九十五以上從來沒有接觸過崑曲，但崑曲的精深美學，有直接的穿透力，馬上能打動這些青年人的審美直覺。

北大到底是中國領航的龍頭大學，青春版《牡丹亭》在北大造成的轟動效應很快也就外溢到全國各個大學去了。二〇〇五年，我們第一輪校園巡演在北邊，還有北師大、天津南開，南邊我們進到南京大學、上海復旦、同濟，一共六所高校。處處一樣皆引起像北大公演的那樣風潮，青春版《牡丹亭》在校園巡演已建立起本身的聲譽了。但事實上頭一年巡演，我們還未有穩定的基金支持，校園演出多為公益性質，青春版《牡丹亭》劇組相當龐大，有七十人上下，食宿交通，費用可觀，我得一站一站去募款，例如北大演出，是美國華僑張菊華女士出資支持的；南開演出，全靠天津可口可樂公司包場。巡演運作相當辛苦，但是看到學生們對自己的古典戲曲傳統文化反應如此熱烈：南開演出，學生為了爭取入場，幾乎「暴動」，我也不禁感到欣慰。我就是希望青年學子接觸過崑曲後，對我們傳統文化的美有了新的認識，因此重新評價、重新親近我們曾經有過如此輝煌成就的文化傳統。

中國「文藝復興」已點着火苗

二〇〇六年，我們第二輪校園巡演，還是以北大為起點。這一次，我們獲得香港何鴻毅家族基金的全額贊助，每年一百萬人民幣，一共支持了三年，至二〇〇八年。這三年間，我們開足了馬力，兩岸三地、大江南北，甚至遠到北美，在各個名校巡迴演出。二〇〇六年，我們在北大百年紀念講堂特別演出了一輪給傳媒大學學生看，再度到南開，然後轉到西北西安交通大學、南下到成都四川大學，川大的體育場擠滿近五千學生，武漢大學的演出熱到沸騰。有幾個地方，從來沒有崑曲演出過的：安徽的合肥——中國科技大學，廣西桂林——廣西師範大學，福建廈門——廈門大學，這些地方的學生竟也一樣狂熱。我從各地背景不同的青年學子身上，看到他們對青春版《牡丹亭》、一齣有四百年歷史的古典戲曲，一種代表中國高雅的傳統文化，如此強烈反應，完全自動自發的去擁抱，得到了一個訊息：二十一世紀中國的「文藝復興」可能已經點着了幾根火苗了。中國傳統文化衰落已久，一個多世紀以來，中國文化在國際上幾乎失去了發言權，西方強勢文化引領世界，處處馬首是瞻，做為中華民族的一分子，我們看着自己曾經有過如此燦爛成就的文化傳統一直消沉不起，欲振乏力，每個人的心靈深處總有一份失落的隱痛。西方文化如此強盛，皆溯源於十四至十六世紀的歐洲「文藝復興」，一個受到古希臘文明啟發的文

多岩洞其下多白礫其樹多楓柟
石楠楩櫧樟柚草則
異卉類合歡而蔓生
曲折平者深黑峻者沸白
窮忽又無際有小山出水中
石上生青叢冬夏常蔚然其旁

上：校園版《牡丹亭》，〈言懷〉，柳夢梅／饒奮　飾、郭駝／葉怡君　飾，北京大學百年紀念講堂，二〇〇九年十二月。

右：校園版《牡丹亭》，〈言懷〉，柳夢梅／饒奮　飾，北京大學百年紀念講堂，二〇〇九年十二月。

化運動。二十一世紀應該是中國文化再度興起的契機了，這個中國式的「文藝復興」也必然是向我們自己的古文明乞得靈感而發生的。我們最高藝術成就的古典戲曲崑曲，當然也應該是這股靈感的一部分，而說不定這些受過崑曲、受過青春版《牡丹亭》洗禮的青年學子，正是將來扮演推動中國「文藝復興」的一分子呢。

人類口述和非物質遺產代表作

二〇〇六年，我們「崑曲進校園」計畫推到了國外，首站是美國西岸，加州大學的四個學區巡演：柏克萊、爾灣、洛杉磯、聖塔芭芭拉，四輪十二場，場場滿座。西方觀眾、加州大學的學生，對中國這齣古典戲曲反應熱烈的程度，居然毫不遜於國內觀眾，可見崑曲的藝術成就、美學高度是普世的，超越文化語言的阻隔。宜乎二〇〇一年聯合國教科文組織將崑曲列為「人類口述和非物質文化遺產代表作」。美國媒體一邊倒做了肯定評論，《舊金山紀事報》宣稱，此次青春版《牡丹亭》美國之行，乃繼七十多年前一九三〇年梅蘭芳訪美，造成對美國學界文化界最大的衝擊，同年加州大學柏克萊校區便開設崑曲欣賞課程。美國之行，所費不貲，臺灣趨勢科技陳怡蓁女士及香港寶業集團劉尚儉先生，兩人合捐一百萬美金，全程贊助。

何鴻毅基金繼續支持我們到港台各大學巡演。香港中文大學、理工大學、臺灣由北到南：政治大學、交通大學、成功大學。所到之處，港台學生與中國大陸學生一樣反應，三、四年下來，我們已在海內外三十多所高校巡演過，培養了十多萬的學生觀眾，青春版《牡丹亭》在各地校園裡已建立起名聲，男女主角俞玖林、沈豐英變成了青年學子的古典俊男美女的偶像。校園巡演與社會商演有本質上的不同，校園巡演是教育性的，是對一種古典文化的推動，目的是培養青年學子對中國古典文化、古典美學的認知，有潛移默化的宗旨與功用；目的在透過崑曲美學，讓對中國傳統文化早已疏離的高校學生，重新認識中國傳統文化的「情」與「美」。青春版《牡丹亭》商演也創下了幾乎場場滿座的奇蹟，二〇〇七年青春版《牡丹亭》第一百場在北京北展劇場上演，兩千七百座位的劇場，三天滿座，青春版《牡丹亭》的青年演員經過百場淬鍊，唱作演技已達純熟，百場慶演是青春版《牡丹亭》表演藝術上一座里程碑。二〇〇八年又去了歐洲巡演，在倫敦、雅典獲得了歐洲觀眾與媒體的一致肯定讚揚。商業演出，受眾乃社會一般人士，青春版《牡丹亭》商業演出成功，也就奠定了在社會的藝術地位。商演與校園巡演，互相輝映，青春版《牡丹亭》在兩岸三地造成了全面的影響。

崑曲課程，從北大走向世界

青春版《牡丹亭》校園巡演，已對高校學生產生了廣泛的初步影響，但再進一步培養高校學生對崑曲的認知，也就是深一步培養大學生成為散播崑曲的「基本種子」，那就得從在大學裡設立崑曲教育課程做起。二〇〇九年，我們開始在北京大學開設「經典崑曲欣賞」課程。這是我們「崑曲進校園」計畫，進一步在校園扎根。「經典崑曲欣賞」課程掛在藝術學院，獲得北京可口可樂公司的贊助，每年一百萬人民幣，連續五年。課程設計採用講座系列，案頭場上同時進行，延請中港台崑曲學者專家輪流講授，發揮個人專長，講解崑曲歷史、社會背景、名劇解析、崑曲美學，從哲學、藝術、美學各種角度來探討中國表演藝術成就最高的劇種崑曲。到北大授過課的學者專家眾多：王安祈（臺大）、辛意雲（北藝大）、華瑋（中文大學）、鄭培凱（城市大學）、葉朗（北大）、陳均（北大）、葉長海（上海戲劇學院）、江巨榮（復旦）、寧宗一（南開）、周秦（蘇大）、吳新雷（南大）、傅謹（中國戲曲學院）、趙天為（東南），我自己每年也會到北大講授一節課。北大崑曲課程的一大特色便是，一半課程

校園版《牡丹亭》，杜麗娘／楊越溪　飾、春香／汪曉宇　飾，北京大學百年紀念講堂，二〇〇九年十二月。

校園版《牡丹亭》，杜麗娘／楊越溪　飾，北京大學百年紀念講堂，二〇〇九年十二月。

是延請崑曲界大師來課上現身說法，在課堂上示範大師本身的行當與絕活，除了青春版《牡丹亭》的導演汪世瑜與藝術總監張繼青外，還邀請了上崑的台柱蔡正仁、華文漪、岳美緹、張靜嫻、劉異龍、梁谷音、計鎮華等，北崑有侯少奎、劉靜，一時生、旦、淨、丑、末行當齊全，同學們趁此罕有的機會得親炙目睹這些崑曲大師的風範。每年我去北大講課，必帶領青春版《牡丹亭》的班子，讓這些青年演員演三天折子戲，同學們於是可以真正看到崑曲表演，有了寶貴的「場上」經驗。二〇一三年，美國趙廷箴文教基金會接替可口可樂，又跟北大簽約五年贊助崑曲課程，每年亦是一百萬人民幣，同時成立北大「崑曲傳承與研究中心」，在校園裡推廣崑曲。如前所述，北大是中國的龍頭大學，自上世紀初「五四運動」以來，一直是帶領全國文化走向的中心，文化運動的搖籃，在北大設立崑曲課，一方面是恢復崑曲在學術上應有的地位；另一方面，現今高校，中國傳統文化課程嚴重不足，崑曲做為傳統文化啟蒙課程最為恰當，崑曲是集文學、歌唱、舞蹈、美術於一爐的綜合藝術，容易引導學生入門，欣賞我們傳統文化的美。在同一時期，我們在香港中文大學、臺灣大學，同樣也開設了以北大為範本的崑曲課，中大的昆曲課是由迪志文化余志明先生贊助。這些高校的崑曲課多為通識課，全校學生都可選讀，受到學生們熱烈歡迎，報名常滿，每班數百人。這些年下來，選過崑曲課的學生有幾千人，這些都是將來推廣崑曲的種子兵。

從青春版到校園版

二〇一七年，北大「崑曲傳承研究計畫」製作排演了校園版《牡丹亭》。七月開始「海選」，面向所有北京各高校的學生，幾輪下來，最後選出三十八位：二十四位演員，十四人樂隊；演員中有四位杜麗娘、三位柳夢梅、兩位春香，成員雖然以北大學生為主，但其他高校竟有十六所的學生入選，還有一位中學生。北京高校有：北大、北師大、清華、中國戲曲學院、中國科技大學、第二外國語學院、中央民族大學、北京科技大學、中央音樂學院、北京理工大學、北京化工大學、中央戲劇學院、中國政法大學、中國石油大學、首都師範大學、外交學院以及北師大附屬中學。

校園版《牡丹亭》完全以青春版《牡丹亭》為藍本，演出〈遊園〉、〈驚夢〉、〈言懷〉、〈道覡〉、〈離魂〉、〈冥判〉、〈憶女〉、〈幽媾〉、〈回生〉九折，演出時長二小時十五分，是一齣一天晚上的小全本戲。由青春版《牡丹亭》的演員如俞玖林、呂佳、唐榮、屈斌斌等一對一、手把手傳授，在風格精神上，校園版《牡丹亭》完全承襲了青春版《牡丹亭》，可以說是青春版《牡丹亭》的校園衍生品。校園版《牡丹亭》由北大藝術學院陳均教授策劃，北大崑曲傳承與研究中心助理侯君梅領班，經八個月辛苦而又積極的排練，其中三次全隊到蘇州崑劇院去集訓，這個三十八人來自十六所高校的學生，終於磨合成一組可以登場表演的崑劇劇團，這簡直是一樁奇蹟。

首先，這些高校學生，本身專業都跟戲曲表演無關，投身崑曲表演，完全是興趣，四位杜麗娘：楊越溪（藝術學院碩士）、陳越揚（舞蹈系碩士）、張雲起（哲學與宗教本科生）、汪靜之（中文系碩士）。三個柳夢梅有學心理的、外交的、導演系的，還有許多理工學院的學生，這些來自北京十六所高校，專業各自不同的學員，湊在一起，只能利用課餘時間，排練八個月，居然連樂隊在內，磨合成一個劇組，演出兩個多鐘頭崑曲經典大戲《牡丹亭》，這不禁令人難以置信，嘖嘖稱奇。

崑曲是一種高難度的表演藝術，有一套嚴謹的表演程式，唱腔身段特別繁複，一個初學者短期內很難掌握。校園版的學員竟不畏艱辛，不辭勞苦，七月夏日炎炎，大伙結隊到蘇州集訓，二〇一七年是蘇州幾十年最熱的溽暑，二〇一八年一月最後一次集訓，又逢蘇州十年來第一次大雪，寒冬炎夏也並未減低青年學員的熱情與決心。開始我個人對於校園版《牡丹亭》並沒有抱太大的期望，本來我們宗旨只是讓高校學生參與我們的崑曲活動，讓他們粉墨登場，提高他們對崑曲的興趣與認知。沒想到校園版的

上：校園版《牡丹亭》，〈幽媾〉，柳夢梅／饒騫　飾、杜麗娘／汪靜之　飾，北京大學百年紀念講堂，二〇〇九年十二月。

下：校園版《牡丹亭》，〈離魂〉，右起：春香／謝璐陽　飾，杜麗娘／張雲起　飾，杜母／何詩田　飾，北京大學百年紀念講堂，二〇〇九年十二月。

上：校園版《牡丹亭》，〈離魂〉，杜麗娘／張雲起　飾，北京大學百年紀念講堂，二〇〇九年十二月。
下：校園版《牡丹亭》，〈冥判〉，杜麗娘／陳越揚　飾、判官／胡艷彬　飾，北京大學百年紀念講堂，二〇〇九年十二月。

學員如此執着，他們似乎拼了命也要把這一臺戲學會演好。這種鍥而不捨，求好向上的精神令我刮目相看，他們在排練期間，我常打電話去探問，他們的老師青春版《牡丹亭》演員呂佳，也是他們總教練，告訴我北京學生的素質極高，學習很快到位，恐怕有些戲曲學校的學生未必及得上他們。我看了他們排練的錄像，果然一個個有模有樣，舉手投足，中規中矩，大大出我意料之外。最後響排彩排，我們請了青春版《牡丹亭》的總導演崑曲大師汪世瑜臨場指導點撥，最後加工。我與汪老師通電話，他也沒有想到校園版《牡丹亭》有這樣高的水準，於是我們決定北大首演，校園版將以最高規格演出，蘇崑全力支持，服裝舞美，完全借用青春版的，而且後台工作人員也大量支援。

校園版首演讓人讚口不絕

四月十日北大百年紀念講堂的首次公演對校園版的演員當然是最重要的一次考驗與挑戰。那是他們第一次正式登台，紀念講堂的舞臺特別大，而且要面對台下兩千名的觀眾，那很可能是一個令人「膽戰心驚」的場面。但學員們初生之犢不怕虎，一個個登台一點也不怯場，盡情演唱，揮灑自如。觀眾中許多是演員們的親友，來自各校的同學，鼓掌喝采特別起勁，場子裡熱火朝天，台上就演得更加賣力了。我仔細觀賞，發覺演員竟沒有漏一句詞，唱作規範，簡直不像頭一次登台的業餘演員。第一個杜麗娘（北大楊越溪）出場唱〈遊園〉，楊越溪扮相靚麗，台風沉穩，與春香（第二外國語學院汪曉宇）配搭妥當，把〈遊園〉這折開場的重頭戲撐了起來，帶動了下面一連串的折子。四位杜麗娘，兩位柳夢梅，各有特色，各盡所長。〈冥判〉一折是淨角擔綱，胡判官由中國戲曲學院導演系的胡艷彬扮演，胡艷彬的大花臉戲表演出色，嗓音宏亮、身段邊式。〈冥判〉原是翁國生導演排出來的經典折子，以隊形變化多端取勝，校園版〈冥判〉完全繼承了青春版的風格，成為劇中的亮點。

校園版《牡丹亭》在北大首演，掀起了一陣熱潮，第二位杜麗娘（北師大陳越揚）與小生柳夢梅（席中海）搭配甚佳，翩翩起舞，把〈驚夢〉中的綺麗風光，從水袖勾來搭去中，表露了出來。第三位杜麗娘（北大張雲起）演〈離魂〉，唱【集賢賓】一曲，這是《牡丹亭》中最難唱的一個曲牌，是《牡丹亭》全劇一首安魂曲，張雲起是有功底的，九歲開始學唱崑曲，她把【集賢賓】唱得如泣如訴，頗有點張派（張繼青）風格，令人印象深刻。第四位杜麗娘（北大汪靜之）與第二位柳夢梅（中國戲曲學院饒騫）扮演〈幽媾〉，這是舞蹈身段最為繁複的一折戲，汪、饒兩人的水袖動作你來我往，絲絲入扣，兩人默契令香港臺灣來觀賞的朋友、中文大學教授金聖華和書法家董陽孜都讚不絕口，金聖華還馬上寫了一篇觀後感，在《明報月刊》登出，大大的稱讚了校園版一番。章詒和是戲曲專家，她的《伶人往事》暢銷海外，她本來並不贊成我花那麼多時間精力去搶救一種已經衰落的藝術，可是她看了那晚校園版《牡丹亭》後，完全改觀，她拉住我的手說：「先勇，以前我說過的話，現在收回。你去，你去，你去搞你的崑曲去！」激動之情，溢於言表。

那晚在北大百年紀念講堂，我深深被台上學生的表演感動了。那十四人的樂隊，笙簫管笛，纏纏綿綿，奏出了《牡丹亭》扣人心弦的音樂，剎那間，我好像又回到十四年前的二〇〇四年四月廿九日，青春版《牡丹亭》在臺北國家戲劇院首演，我感到的那份從心底湧起的一陣莫名的興奮。台上的學生是那麼年輕，才二十出頭，他們身上洋溢出來的青春活力，感染了兩千觀眾，他們也許青澀，唱腔台步有時也許還未到位，可是這無傷大雅，他們在台上演得如此認真，如此興高采烈，把湯顯祖的愛情神話，演繹得如此純真、唯美——這就是學生演員最動人的地方。

校園版《牡丹亭》演出成功，其意義遠遠超過這齣戲的本身：十三年前即二〇〇五年，我將青春版《牡丹亭》帶到北大百年紀念講堂公演，那時的北京學生觀眾百分之九十五以上從未接觸過崑曲，青春版《牡丹亭》是他們平生第一次看到的崑劇。十三年後，北京的大學生居然自己組團把兩個多鐘頭小全

上：校園版《牡丹亭》，〈冥判〉，杜麗娘／陳越揚　飾，北京大學百年紀念講堂，二〇〇九年十二月。
下：校園版《牡丹亭》，〈回生〉，柳夢梅／席中海　飾、杜麗娘／汪靜之　飾，北京大學百年紀念講堂，二〇〇九年十二月。

本《牡丹亭》演完，而且演得幾乎達到職業水準，引起觀眾熱烈反應，這就證明我們這些年來「崑曲進校園」的計畫奏效了。尤其是以北大為中心的崑曲課程及推廣活動，對北京其他大學已產生了「蝴蝶效應」，滲透到各大學的校園中去。這次校園版《牡丹亭》的成員，雖然以北大學生為主但擴及其他十五所高校，學員的專業背景各異，還有不少理工科的學生，可見影響之廣泛普及。青春版《牡丹亭》當初的宗旨之一便是要培養大批的青年觀眾，尤其是高校學生更是我們的主要目標，這些年的校園巡演，的確培養了十幾二十萬的學生觀眾，這次更進一步，培養出一個高水準的學生業餘崑劇團，這就是這些年「崑曲進校園」的成果。

校園版《牡丹亭》來香港

「五四」以來，中國的高校制度大多模仿西方而成，課程設計亦深受西方影響，中國傳統文化教育，尤其是藝術、音樂、戲劇方面，受到排除，被嚴重的邊緣化，中國知識青年，一直產生文化認同的危機，其中經過「文革」、改革開放後，西方的商業文化又強勢入侵，這些發展在在都不利於我們傳統文化的復興，但二十一世紀新時代的來臨，社會經濟條件改變了，這給我們的文化建設帶來了契機。我看到北京大學生在台上奮力演出《牡丹亭》，他們臉上綻發出一種遮掩不住的驕傲、自信、喜悅，因為他們知道他們正在表演一種高難度的藝術——「百戲之祖」崑曲，他們正在傳承中國文化的瑰寶，他們沉醉在純粹的中國美學中，他們正在以中國人含蓄的方式來傳遞中國人的「情」。中國傳統文化中的「情」與「美」似乎失傳很長一段日子，被北京大學生突然找回來了，他們這種文化上的自覺與醒悟，我覺得發射出一則重要的訊息：二十一世紀的中國「文藝復興」已有可能，因為中國的青年知識菁英北京大學生已有了文化的覺悟，產生了復興中國文化的使命感了。

北大校園版《牡丹亭》演出後，馬上產生了社會效應，中央電視台十三台新聞隆重播出校園版演出的盛況消息，湯顯祖的故鄉江西撫州市立刻邀請校園版《牡丹亭》到湯顯祖大劇院演出。在北京幾間大學巡演後，七月十三日，我帶領校園版《牡丹亭》移師天津在南開大學慶演一場，慶祝國學大師、古典詩詞教授葉嘉瑩先生九四大壽。葉先生是我在臺大的業師，她觀後興奮的在戲院立起來講評：「我原來以為學生們只演幾齣折子戲，沒想到是全面的演出，這太難得了。以學生的演出來說，這是空前的！」在場的南開師生，又經歷了一場美的饗宴。接着九、十月校園版《牡丹亭》應邀到南京大學演出，並參加蘇州崑劇節與全國其他職業劇團一齊競演。二〇一八年十二月初，校園版《牡丹亭》遠征香港，受中文大學的邀請，在中大公演一場，此次演出非常特別，有中大以及臺大學生參加，是中港臺高校學生的大會串，在香港的高校校園裡，刮起了一陣旋風，引起社會廣大注意。中大演出場所逸夫堂一千四百座位爆滿，還需開直播，香港各大報紙雜誌大幅報導，校園版《牡丹亭》的學生在香港出盡風頭，之前他們已經演過十五場了，演技漸漸成熟，台上十分出彩，香港觀眾為之驚豔。

二〇一九年六月二日，經過重重難關，校園版《牡丹亭》終於能夠渡海抵達臺灣，在高雄演出一場。高雄社教館一千座位亦是爆滿，座中多為大、中學生，市長夫婦韓國瑜李佳芬並攜兒子韓天一同蒞臨觀看。這次演出，臺大學生袁學慧參加演出「尋夢」一折，那天學生演員卯足了勁演出，臺灣觀眾反應熱烈，起身喝彩。

校園版《牡丹亭》繼承了青春版《牡丹亭》的美學，在中港臺學子的身上，重新展現了中國古典文化的「美」與「情」。

——原載二〇一八年《明報》月刊十一月號
二〇一九年七月二十八日修訂

輯四

紅塵歷劫：談《紅樓夢》

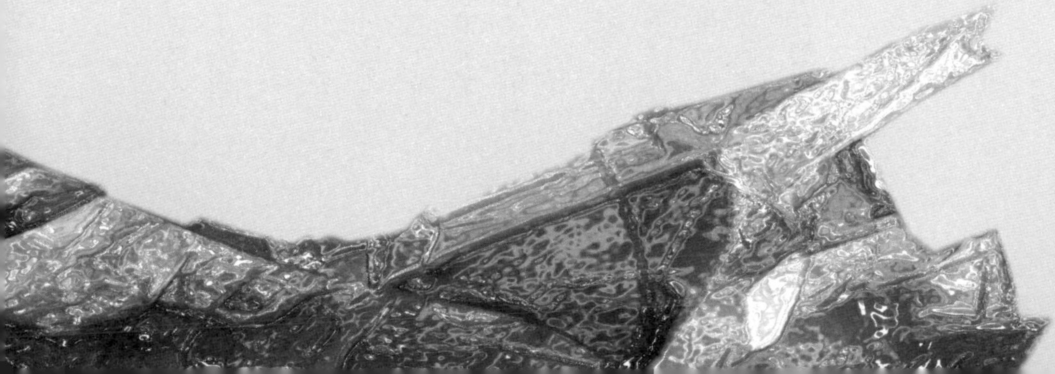

《紅樓夢》的前世今生

《紅樓夢》是中國文學史上最偉大的小說。十九世紀以前，放眼世界各國，似乎還沒有一部小說能超過這本曠世經典。即使在二十一世紀，要我選擇五本世界最傑出的小說，我一定會包括《紅樓夢》，可能還列在很前面。如果說文學是一個民族心靈最深刻的投射，那麼《紅樓夢》在我們民族心靈的構成中，應該占有舉足輕重的地位。

曹雪芹，名霑，字夢阮，號雪芹，又號芹圃、芹溪。生於康熙五十四年（一七一五），先祖原是漢族，後被後金軍俘虜，編入滿洲正白旗，曹家成為內務府包衣。曾祖父曹璽曾任內廷侍衛，其妻孫氏是康熙玄燁的保母，曹家因此受到康熙特殊的眷顧。康熙二年，曹璽出任江寧織造，負責主管採辦皇室江南地區的絲綢，並監視南方各級官吏，充當康熙耳目。祖父曹寅做過康熙的伴讀及御前侍衛，深得康熙寵信。曹璽病故，曹寅繼任江寧織造。康熙南巡，曹寅在江寧織造府主持四次接駕大典，此時曹氏家族極為顯赫，曹寅二女並被選為王妃。

曹寅是著名的藏書家，精通詩詞戲曲，撰寫《續琵琶》傳奇，受命康熙纂刻《全唐詩》《佩文韻府》。曹寅病危，康熙親自賜藥搶救。曹寅死後，康熙特命其子曹顒（曹雪芹的父親）接任江寧織造。康熙五十三年，曹顒突然猝死，康熙體諒曹家後繼無人，又特命曹寅胞弟曹荃之子曹頫過繼給曹寅之妻，繼承織造之職。曹家在江南祖孫三代四人，先後繼任江寧織造長達六十年。

雍正即位，曹家捲入皇室政治鬥爭。雍正六年（一七二八），曹頫獲罪革職，第二年即被抄家。此時曹雪芹約十三歲，隨全家遷回北京。曹家從此一蹶不振，家勢敗落。曹雪芹晚年移居北京西郊，落魄潦倒，甚至過著「舉家食粥」的窮困日子。乾隆二十七年（一七六二），曹雪芹的幼子夭亡，他傷心過度，臥倒不起。翌年（一七六三）除夕，中國最偉大的小說家，淒涼病逝。

曹雪芹的個人資料留下不多，但從他晚年來往的朋友如敦敏、敦誠這些沒落的皇室貴族贈詩中，看出一個輪廓：曹雪芹為人狂放不羈，個性傲岸卓犖，有魏晉名士阮籍之風，故取「夢阮」為字。敦誠《贈曹芹圃》：「步兵白眼向人斜。」曹雪芹能詩善畫，詩風近李長吉，留下「白傅詩靈應喜甚，定教蠻素鬼排場」的奇詩句。他喜歡畫嶙峋怪石，寄託胸中磊落不平之氣。敦敏《題芹圃畫石》：「傲骨如君世已奇，嶙峋更見此支離。醉余奮掃如椽筆，寫出胸中塊磊時。」相當生動地刻畫出曹雪芹的不群風骨。

《紅樓夢》有曹雪芹自傳的成分，他的身世對他的創作當然有決定性的影響。曹雪芹出身詩禮簪纓之家，從少年的「錦衣紈褲」墮入晚年的「繩床瓦灶」，家世的大起大落，促使曹雪芹對人生況味的體驗感悟，遠超常人。曹雪芹是不世出的天才，他身處在十八世紀的乾隆時代，那正是中國文化由盛入衰的關鍵時期。曹雪芹繼承了中國詩詞歌賦、小說戲劇的大傳統，可是他在《紅樓夢》中卻能樣樣推陳出新，以他藝術家的極度敏感，對大時代的興衰、大傳統的式微、人世無可挽轉的枯榮無常、人生命運無法料測的變幻起伏，譜下一闋史詩式、千古絕唱的輓歌。

作為中國文學史上藝術價值、美學成就最高，哲學思想、文化意義最深刻豐富的一本小說，有幾點值得提出來討論：

《紅樓夢》的神話寓言，架構恢宏。一開始曹雪芹便寫下女媧補天、頑石歷劫、絳珠仙草下凡還淚這幾則神話作為引子，第一回由跛足道人唱出了《紅樓夢》的主題曲〈好了歌〉，替整部小說定了調；第五回曹雪芹更進一步創立了一個五色繽紛的「太虛幻境」，掌管「孽海情天」中「痴男怨女」的命運。這些超自然的因素，使得《紅樓夢》在寫實框架上面，形成另外一個充滿象徵意義的神秘宇宙。

《紅樓夢》的底蘊其實從頭到尾一直有儒、釋、道三種哲學思想的暗流在主控著這本小說的發展，曹雪芹卻能以最動人的故事、最鮮活的人物，把這三種形而上的玄思具體地表現出來。例如賈政與賈寶玉相生相剋的父子關係，其實也就是儒家經世濟民的入世思想，與佛道鏡花水月、浮生若夢的出世思想之間的衝突與辯證。《紅樓夢》因為有深刻的哲學底蘊，其分量自然厚重。

《紅樓夢》當然是一本了不起的寫實小說，曹雪芹的寫實功夫無出其右，他以無比細緻精確的筆調把十八世紀乾隆盛世貴族之家的林林總總，鉅細無遺地刻畫出來。如同張擇端的《清明上河圖》把北宋汴梁拓印了下來，《紅樓夢》也是曹雪芹用工筆畫下的「神品」。

眾所公認，人物塑造是《紅樓夢》最成功的一環，書中人物大大小小，男女老少，個個栩栩如生。曹雪芹有撒豆成兵的本事，人物一出場，他只要吹一口氣，便活蹦亂跳起來。他塑造人物，運用各種手法，最常用的是對比：賈政—寶玉，黛玉—寶釵，襲人—晴雯，鳳姐—李紈，賈母—劉姥姥；但對比並非單線進行，寶玉與薛蟠、與甄寶玉卻形成另外一種對比。曹雪芹同時也用模擬手法，寶玉的名言：「男人是泥作的骨肉，見了男子，便覺濁臭逼人。」但他與柳湘蓮、蔣玉菡這兩個男子卻關係不同，這兩個人的名字都有蓮花的意象，有化身的象徵。柳湘蓮剃髮出家，對寶玉是一種指引，最後寶玉也踏上了柳湘蓮出家的道路。第一百二十回蔣玉菡與花襲人最後完婚，其實這是寶玉替蔣玉菡聘定的，蔣玉菡替寶玉完成了世上最後的俗緣。這兩朵蓮花可以說都是寶玉的化身。寶玉周邊這些對比、模擬的人物，如同面面鏡子，把他映襯得多姿多采，加上他與黛玉——他的另外一個模擬認同的人物，寶釵、襲人、晴雯千絲萬縷的關係，《紅樓夢》的男主角成為一個最多面、最複雜而又最教人難忘的小說人物。

最後歸根究柢，《紅樓夢》之所以能在中國文學史上出類拔萃，一覽眾山小，主要歸功於曹雪芹的文字藝術。《紅樓夢》是一部集大成之書，兼容中國文學各種文類，渾然一體。其風格，既有金陵姑蘇杏花煙雨的婉轉纏綿，亦有北地燕都西風殘照的悲涼蒼茫，文白相間，雅俗並存。《紅樓夢》的對話藝術，巧妙無比，每個人物說話都有個性，一張口，便有了生命，這是曹雪芹特有的能耐，他對當時口語白話文的靈活運用，到達爐火純青的地步。

《紅樓夢》是一本天書，有解說不盡的玄機，有探索不完的密碼。自從兩百多年前問世以來，關於這部書的批註、考據、索隱、研究，汗牛充棟，興起所謂「紅學」、「曹學」，各種理論、學派應運而生。一時風起雲湧，波瀾壯闊，至今方興未艾，大概沒有一本文學作品會引起這麼多人如此熱切的關注與投入。但《紅樓夢》一書其內容何其豐富，版本問題又特別複雜，任何一家之言，恐怕都難下斷論。

《紅樓夢》的版本研究是門大學問，這本書的版本分兩個系統：一個是前八十回的脂評抄本系統，這些抄本因有脂硯齋等人的評語，簡稱「脂本」。到目前為止，發現的「脂本」有十二種，比較重要的有「甲戌本」、「己卯本」、「庚辰本」、「甲辰本」、「戚序本」（[illegible]稱「有正本」，由上海有正書局刻印）。這些抄本雖然標有年代，但皆非原來版本，乃後人的過錄本。據紅學大師俞平伯的版本研究（〈《紅樓夢八十回校本》序言〉），這些抄本流行的年間大約四十年不到，從一七五四年到一七九一年，程偉元、高鶚的初次排印本出現為止。俞平伯認為「這些抄本，無論舊抄新出都是一例的混亂」。原因是這些抄書的人，程度水平不一定很高，錯誤難免，有的可能因為牟利，竟擅自更改，「故意造出文字的差別來眩惑人」。「脂本」中，又以「庚辰本」比較完整，共七十八回，中缺六十四、六十七回，但也有不少訛文脫字，因為全書抄寫，非出一人之手。這些手抄「脂本」，都有一定的研究價值，但許多異文訛誤，卻是研究者頭痛的問題。

另一個系統便是程偉元、高鶚整理的一百二十回印本。乾隆五十六年（一七九一）萃文書屋采木活字排印《紅樓夢》一百二十回，題「新鐫全部繡像紅樓夢」，首程偉元序，次高鶚序。程序稱「原目一百二十卷，今所傳只八十卷，殊非全本」「爰為竭力搜羅，自藏書家甚至故紙堆中無不留心。數年以來，僅積有二十餘卷。一日，偶於鼓擔上得十餘卷，遂重價購之，欣然翻閱，見其前後起伏，尚屬接榫，然漶漫殆不可收拾。乃同友人細加釐剔，截長補短，抄成全部，復為鐫板，以公同好，紅樓夢全書始自是告成矣。」世稱「程甲本」，成為以後一百二十回各刻本之祖本。

繼「程甲本」之後，緊接著於次年乾隆五十七年（一七九二），程偉元與高鶚不惜工本修訂後，再版重印，世稱「程乙本」。前面有程偉元、高鶚一篇引言，其中透露幾項重要訊息：

「因急欲公諸同好，故初印（指『程甲本』）不及細校，間有紕繆。今復聚各原本詳加校閱，改訂無訛。」

「書中前八十回鈔本，各家互異，今廣集核勘，準情酌理，補遺訂訛。其間或有增損數字處，意在便於披閱，非敢爭勝前人也。」

「書中後四十回，係就歷年所得，集腋成裘，更無他本可考，惟按前後關照者，略為修輯，使其應接而無矛盾。至其原文，未敢臆改，俟再得善本，更為釐定。且不欲盡掩其本來面目也。」

程偉元、高鶚整理出版一百二十回《紅樓夢》是中國文學史上劃時代的一件大事，中國最偉大的小說乃得以全貌問世。綜合程偉元序及程偉元、高鶚引言有如下幾個重點：

一、後四十回本為曹雪芹散佚的原稿，由程偉元各處搜得，因原稿殘缺，所以程偉元邀高鶚一同作了一番修補工作，「細加釐剔，截長補短」。引言更進一步申明，對於後四十回，只是「略為修輯」，「至其原文，未敢臆改」。

二、在程偉元與高鶚的時代，當時流行的《紅樓夢》八十回抄本，一定遠比現存的十二種要多，而且比較完整。程高本前八十回是程偉元和高鶚下了一番功夫把當時的各種抄本仔細比對後整理出來的。

三、「程甲本」印行後，程偉元和高鶚發覺「程甲本」印得倉促，有不少「紕繆」，因此不到一年又出「程乙本」，把甲本的錯誤都改正了，因此「程乙本」是「程甲本」的修正本。這兩個本子都是白文本，「脂批」一律刪除。

「程甲本」一出，因是一百二十回足本，即刻洛陽紙貴，風行一時。此後以「程甲本」為底本的各種刻本紛紛出現，其中又以道光十二年（一八三二）雙清仙館刊行的王希廉評本《新評繡像紅樓夢》，簡稱「王評本」，流傳最廣，影響很大。

民國十年，近人汪原放校點整理，以「王評本」為底本，加新式標點，並分段落，由上海亞東圖書館印行，書前並附胡適的〈紅樓夢考證〉，「亞東本」《紅樓夢》問世，象徵著《紅樓夢》出版史又進入了一個新的時代。

「程乙本」初印行時，沒有像「程甲本」那樣受到注意，發行不廣。胡適自己卻收藏了一部「程乙本」，並且十分推崇這個版本，認為這個改本有許多修正之處，勝於「程甲本」。民國十六年汪原放重排「亞東本」，便改以胡適收藏的「程乙本」為底本，把初版「亞東本」標點錯誤、分段不當、校勘不精、錯字不少等多種毛病改正過來。胡適頗為讚許汪原放這種不恤成本、精益求精的精神，又為新版寫了一篇〈重印乾隆壬子本《紅樓夢》序〉。以「程乙本」為底本的新版「亞東本」《紅樓夢》從此數十年間大行其道，風行海內外，影響極大。中國大陸直至一九五四年，在全國發動了對胡適派《紅樓夢》研究問題的批判後，「亞東本」《紅樓夢》才開始失勢，被其他版本所取代。在臺灣如遠東圖書公司等所印行的《紅樓夢》基本上仍是翻印了亞東重排本。

一九八三年，臺北桂冠圖書公司出版了《紅樓夢》（注：原由里仁書局出版，後轉由桂冠出版），桂冠版在《紅樓夢》出版史上應該是一道里程碑。

這個版本經過極嚴謹的校讀，係以乾隆壬子（一七九二）的「程乙本」作底本，並參校以下各個重

上：白先勇於臺大教授「《紅樓夢》導讀」課程，耶誕節與助教們合影，右五為柯慶明教授。照片提供／楊富閔
下左：《白先勇細說紅樓夢》，白先勇／著，時報出版。
下右：《紅樓夢》（程乙本），曹雪芹／著，時報出版。

要版本：「王希廉評刻本」、「金玉緣本」、「藤花榭本」、「本衙藏版本」、「程甲本」，這些都是一百二十回本。「脂本」有「庚辰本」、「戚蓼生序本」。每回後面並列有比較各版本的校記，以作參考。亞東版「程乙本」的校對只參考了「戚蓼生序本」，桂冠版自然優於亞東版。

這個版本的注釋最為詳備，是以「啟功注釋本」為底本，配以唐敏等以上書為基礎所作的注釋本，重新整理而成。書中的詩賦，並有白話翻譯。對於一般讀者，甚有幫助。我在美國加州大學教授《紅樓夢》二十多年，一直採用桂冠這個本子。作為教科書，桂冠版優點甚多，非常適合學生閱讀。

二〇〇四年桂冠版《紅樓夢》斷版，市上已無銷售。二〇一四年，我在臺灣大學教授《紅樓夢》，一連三個學期，因為是導讀課程，我帶領學生從第一回到第一百二十回從頭到尾細讀了一遍。我採用的課本是臺北里仁書局出版由馮其庸等人校注的版本，前八十回以「庚辰本」為底本，並參校其他「脂本」及程甲、乙本；後四十回以「程甲本」為底本，校以諸刻本。這個本子原由人民文學出版社於一九八二年初版梓行，因其校對下過功夫，注釋精善，是中國大陸目前的權威版本。我在講課時，同時也參照桂冠版，因此有機會把兩個版本，一個以「庚辰本」為底本，一個以「程乙本」為底本的《紅樓夢》仔細對照了一次。我比較兩個版本，完全以小說藝術、美學觀點來衡量。我發覺「庚辰本」有不少大大小小的問題需要釐清，今舉其大端：

人物形象

例一，尤三姐。

《紅樓夢》次要人物榜上，尤三姐獨樹一幟，最為突出，可以說是曹雪芹在人物刻畫上一大異彩。

在描述過十二金釵、眾丫鬟等人後，小說中段，尤氏姐妹二姐、三姐登場，這兩個人物橫空而出，從第六十四回至六十九回，六回間二尤的故事多姿多采，把《紅樓夢》的劇情又推往另一個高潮。尤二姐柔順，尤三姐剛烈，這是作者有意設計出來一對強烈對比的人物。二姐與姐夫賈珍有染，後被賈璉收為二房。三姐「風流標緻」，賈珍亦有垂涎之意，但不似二姐隨和，因而不敢造次。第六十五回，賈珍欲勾引三姐，賈璉在一旁慫恿，未料卻被三姐將兩人指斥痛罵一場。這是《紅樓夢》寫得最精彩、最富戲劇性的片段之一，三姐聲容並茂，活躍於紙上。但「庚辰本」這一回卻把尤三姐寫成了一個水性淫蕩之人，早已失足於賈珍，這完全誤解了作者有意把三姐塑造成貞烈女子的企圖。「庚辰本」如此描寫：

> 當下四人一處吃酒。尤二姐知局，便邀他母親說：「我怪怕的，媽同我到那邊走走來。」尤老也會意，便真個同他出來，只剩小丫頭們。賈珍便和三姐挨肩擦臉，百般輕薄起來。小丫頭子們看不過，也都躲了出去，憑他兩個自在取樂，不知作些什麼勾當。

這裡尤二姐支開母親尤老娘，母女二人好像故意設局讓賈珍得逞，與三姐狎昵。而剛烈如尤三姐竟然隨賈珍「百般輕薄」、「挨肩擦臉」，連小丫頭們都看不過，躲了出去。這一段把三姐糟蹋得夠嗆，而且文字拙劣，態度輕浮，全然不像出自原作者曹雪芹之筆。「程乙本」這一段這樣寫：

> 當下四人一處吃酒。二姐兒此時恐怕賈璉一時走來，彼此不雅，吃了兩盅酒便推故往那邊去了。賈珍此時也無可奈何，只得看著二姐兒自去，剩下尤老娘和三姐兒相陪。那三姐兒雖向來也和賈珍偶有戲言，但不似他姐姐那樣隨和兒，所以賈珍雖有垂涎之意，卻也不肯造次了，致討沒趣。況且尤老娘在旁邊陪著，賈珍也不好意思太露輕薄。

尤二姐離桌是有理由的，怕賈璉闖來看見她陪賈珍飲酒，有些尷尬，因為二姐與賈珍有過一段私情。這一段「程乙本」寫得合情合理，三姐與賈珍之間，並無勾當。如果按照「庚辰本」，賈珍百般輕薄，三姐並不在意，而且還有所逢迎，那麼下一段賈璉勸酒，企圖拉攏三姐與賈珍，三姐就沒有理由，也沒有立場，暴怒起身，痛斥二人，《紅樓夢》這一幕最精彩的場景也就站不住腳了。後來柳湘蓮因懷疑尤三姐不貞，索回聘禮鴛鴦劍，三姐羞憤用鴛鴦劍刎頸自殺。如果三姐本來就是水性婦人，與姐夫賈珍早有私情，那麼柳湘蓮懷疑她乃「淫奔無恥之流」並不冤枉，三姐就更沒有自殺以示貞節的理由了。那麼尤三姐與柳湘蓮的愛情悲劇也就無法自圓其說。尤三姐是烈女，不是淫婦，她的慘死才博得讀者的同情。「庚辰本」把尤三姐這個人物寫岔了，這絕不是曹雪芹的本意，我懷疑恐怕是抄書的人動了手腳。

例二，芳官。

芳官是大觀園眾伶人中最重要的一個，她被分發到怡紅院，甚得寶玉寵愛。芳官活潑、調皮、還有幾分刁鑽。她長得又好，「面如滿月猶白，眼似秋水還清」。賈母點戲，命她唱《牡丹亭》中的〈尋夢〉，扮演杜麗娘，是個色藝雙全的角色。第六十三回，「壽怡紅群芳開夜宴」，曹雪芹下重彩如此描寫芳官：

> 穿著一件玉色紅青駝絨三色緞子拼的水田小夾襖，束著一條柳綠汗巾；底下是水紅灑花夾褲，也散著褲腿。頭上齊額編著一圈小辮，總歸至頂心，結一根粗辮，拖在腦後，右耳根內只塞著米粒大小的一個小玉塞子，左耳上單一個白果大小的硬紅鑲金大墜子……。

芳官這一身打扮活色生香，可是同一回「庚辰本」突然來上一大段，寶玉命芳官改裝，將她「周圍的短髮剃了去，露出碧青頭皮來」，把她改裝成一個小廝，並給她取一個番名「耶律雄奴」，一下子杜麗娘變成了一個小匈奴。而且大觀園裡眾姐妹紛紛效尤，湘雲把葵官扮成了小子，叫她「韋大英」，李紈、探春把荳官變成了小童，叫她「荳童」。這一段有點莫名其妙，寶玉本來就偏愛女孩兒，「見了男子便覺得濁臭逼人」，怎捨得把他憐惜的芳官改變成男裝，取個怪誕的「犬戎名姓」。其他姐妹也絕不會如此戲弄跟隨他們的小伶人。程乙本沒有這一段。

例三，晴雯。

第七十七回「俏丫鬟抱屈夭風流」寫晴雯之死，是《紅樓夢》全書最動人的章節之一。晴雯與寶玉的關係非比一般，她在寶玉的心中地位可與襲人分庭抗禮，在第三十一回「撕扇子作千金一笑」、第五十二回「勇晴雯病補孔雀裘」中，兩人的感情有細膩的描寫。晴雯貌美自負，「水蛇腰，削肩膀兒」，眉眼像「林妹妹」，可是「心比天高，身為下賤，風流靈巧招人怨」，後來遭讒被逐出大觀園，含冤而死。臨終前寶玉到晴雯姑舅哥哥家探望她，晴雯睡在蘆席土炕上：

> 幸而被褥還是舊日鋪蓋的，心內不知自己怎麼才好，因上來含淚伸手，輕輕拉他，悄喚兩聲。當下晴雯又因著了風，又受了哥嫂的歹話，病上加病，嗽了一日，才朦朧睡了。忽聞有人喚他，強展雙眸，一見是寶玉，又驚又喜，又悲又痛，一把死攥住他的手，哽咽了半日，方說出話來：「我只道不得見你了！」接著便嗽個不住，寶玉也只有哽咽之份。晴雯道：「阿彌陀佛！你來得好，且把那茶倒給我喝，渴了這半日，叫半個人也叫不著。」寶玉聽說，忙拭淚問：「茶在那裡？」晴雯道：「在爐臺上。」寶玉看時，雖有個黑沙吊子，卻不像個茶壺，只得桌上去拿了一個碗，也甚大

甚粗，不像個茶碗，未到手內，先聞得油羶之氣。寶玉只得拿了來，先拿些水洗了兩次，復又用水汕過，方提起沙壺斟了半碗。看時，絳紅的，也不大像茶。晴雯扶枕道：「快給我喝一口罷！這就是茶了，那裡比得咱們的茶呢！」寶玉聽說，先自己嘗了一嘗，並無茶味，鹹澀不堪，只得遞給晴雯。只見晴雯如得了甘露一般，一氣都灌下去了。

這一段寶玉目睹晴雯悲慘處境，心生無限憐惜，寫得細緻纏綿，語調哀惋，可是「庚辰本」下面突然接上這麼一段：

寶玉心下暗道：「往常那樣好茶，他尚有不如意之處，今日這樣，看來可知古人說的『飽飫烹宰，飢饜糟糠』，又道是『飯飽弄粥』，可見都不錯了。」

這段有暗貶晴雯之意，語調十分突兀。此時寶玉心中只有疼憐晴雯之份，哪裡還捨得暗暗批評她！這幾句話，破壞了整節的氣氛，根本不像寶玉的想法，看來倒像手抄本脂硯齋等人的評語，被抄書的人把這些眉批、夾批抄入正文中去了。「程乙本」沒有這一段，只接到下一段：

寶玉看著，眼中淚直流下來，連自己的身子都不知為何物了，……。

例四，秦鐘。

秦鐘是《紅樓夢》中極少數受寶玉珍惜的男性角色，兩人氣味相投，惺惺相惜，同進同出，關係親密。秦鐘夭折，寶玉奔往探視，「庚辰本」中秦鐘臨終竟留給寶玉這一段話：

以前你我見識自為高過世人，我今日才知誤了。以後還該立志功名，以榮耀顯達為是。

這段臨終懺悔，完全不符秦鐘這個人物的個性口吻，破壞了人物的統一性。秦鐘這番老氣橫秋、立志功名的話，恰恰是寶玉最憎惡的。如果秦鐘真有這番利祿之心，寶玉一定會把他歸為「祿蠹」，不可能對秦鐘還思念不已。再深一層，秦鐘這個人物在《紅樓夢》中又具有象徵意義，秦鐘與「情種」諧音，第五回賈寶玉遊太虛幻境，聽警幻仙姑《紅樓夢》曲子第一支「紅樓夢引子」：開闢鴻蒙，誰為情種？「情種」便成為《紅樓夢》的關鍵詞，秦鐘與姐姐秦可卿其實是啟發賈寶玉對男女動情的象徵人物，兩人是「情」的一體兩面。「情」是《紅樓夢》的核心。秦鐘這個人物象徵意義的重要性不言而喻。「庚辰本」中秦鐘臨終那幾句「勵志」遺言，把秦鐘變成了一個庸俗「祿蠹」，對《紅樓夢》有主題性的傷害。「程乙本」沒有這一段，秦鐘並未醒轉留言。「脂本」多為手抄本，抄書的人不一定都有很好的學識見解，「庚辰本」那幾句話很可能是抄書者自己加進去的。作者曹雪芹不可能製造這種矛盾。

明顯錯誤

以「繡春囊事件」為例。

第七十四回「惑奸讒抄檢大觀園」，「庚辰本」有一處嚴重錯誤。繡春囊事件引發了抄檢大觀園，鳳姐率眾抄到迎春處，在迎春的丫鬟司棋箱中查出一個「字帖兒」，上面寫道：

上月你來家後，父母已察覺你我之意了。但姑娘未出閣，尚不能完你我之心願。若園內可以相見，你可以托張媽給你信息。若得在園內一見，倒比來家好說話，千萬，千萬！再所賜香袋二個，今已查收外，特寄香珠一串，略表我心。千萬收好。表弟潘又安拜具。

司棋與潘又安是姑表姐弟，兩人青梅竹馬，長大後二人互相已心有所屬，第七十一回「鴛鴦女無意遇鴛鴦」，司棋與潘又安果然如帖上所說夜間到大觀園中幽會被鴛鴦撞見。繡春囊本是潘又安贈給司棋的定情物，「庚辰本」的字帖上寫反了，寫成是司棋贈給潘又安的，而且變成兩個。司棋不可能弄個繡有「妖精打架」春宮圖的香囊給潘又安，必定是潘又安從外面坊間買來贈司棋的。程乙本的帖上如此寫道：

再所賜香珠二串，今已查收，外特寄香袋一個，略表我心。

繡春囊是潘又安給司棋的，司棋贈給潘又安則是兩串香珠。繡春囊事件是整本小說的重大關鍵，引發了抄查大觀園，大觀園由是衰頹崩壞，預示了賈府最後被抄家的命運。像繡春囊如此重要的對象，其來龍去脈，絕對不可以發生錯誤。

自「程高本」出版以來，爭議未曾斷過，主要是對後四十回的質疑批評。爭論分兩方面，一是質疑後四十回的作者，長期以來，幾個世代的紅學專家都認定後四十回乃高鶚所續，並非曹雪芹的原稿。因此也就引起一連串的爭論：後四十回的一些情節不符合曹雪芹的原意、後四十回的文采風格遠不如前八十回，這樣那樣，後四十回遭到各種攻擊，有的言論走向極端，把後四十回數落得一無是處，高鶚續書變成了千古罪人。我對後四十回一向不是這樣看法。我還是完全以小說創作、小說藝術的觀點來評論後四十回。首先我一直認為後四十回不太可能是另一位作者的續作，世界經典小說，還沒有一本是由兩位或兩位以上作者合寫而成的例子。《紅樓夢》人物情節發展千頭萬緒，後四十回如果換一個作者，怎麼可能把這些無數根長長短短的線索一一理清接榫，前後成為一體。例如人物性格語調的統一就是一個大難題。賈母在前八十回和後四十回中絕對是同一個人，她的舉止言行前後並無矛盾。第一百零六回「賈太君禱天消禍患」，把賈府大家長的風範發揮到極致，老太君跪地求天的一幕，令人動容。後四十回只有拉高賈母的形象，並沒有降低她。

《紅樓夢》是曹雪芹帶有自傳性的小說，是他的《追憶似水年華》，全書充滿了對過去繁華的追念，尤其後半部寫賈府的衰落，可以感受到作者哀憫之情，躍然紙上，不能自已。高鶚與曹雪芹的家世大不相同，個人遭遇亦迥異，似乎很難由他寫出如此真摯個人的情感來。近年來紅學界已經有愈來愈多的學者相信高鶚不是後四十回的續書者，後四十回本來就是曹雪芹的原稿，只是經過高鶚與程偉元整理過罷了。其實在「程甲本」程偉元序及「程乙本」程偉元與高鶚引言中早已說得清楚明白，後四十回的稿子是程偉元搜集得來，與高鶚「細加釐剔，截長補短」修輯而成，引言又說「至其原文，未敢臆改」。在其他鐵證還沒有出現以前，我們就姑且相信程偉元、高鶚說的是真話吧。

至於不少人認為後四十回文字功夫、藝術成就遠不如前八十回，這點我絕不敢苟同。後四十回的文字風采、藝術價值絕對不輸前八十回，有幾處可能還有過之。《紅樓夢》前大半部是寫賈府之盛，文字當然應該華麗，後四十回是寫賈府之衰，文字自然比較蕭疏，這是應情節的需要，而非功力不逮。其實後四十回寫得精彩異常的場景真還不少。試舉一兩個例子：寶玉出家、黛玉之死，這兩場是全書的主要關鍵，可以說是《紅樓夢》的兩根柱子，把整本書像一座大廈牢牢撐住。如果兩根柱子折斷，《紅樓夢》就會像座大廈轟然傾頹。

第一百二十回最後寶玉出家，那幾個片段的描寫是中國文學中的一座峨峨高峰。寶玉光頭赤足，身披大紅斗篷，在雪地裡向父親賈政辭別，合十四拜，然後隨著一僧一道飄然而去，一聲禪唱，歸彼大荒，「落了片白茫茫大地真乾淨」。《紅樓夢》這個畫龍點睛式的結尾，恰恰將整本小說撐了起來，其意境之高、其意象之美，是中國抒情文字的極致。我們似乎聽到禪唱聲充滿了整個宇宙，天地為之久低昂。寶玉出家，並不好寫，而後四十回中的寶玉出家，必然出自大家手筆。

第九十七回「林黛玉焚稿斷痴情」，第九十八回「苦絳珠魂歸離恨天」，這兩回寫黛玉之死又是另一座高峰，是作者精心設計、仔細描寫的一幕摧人心肝的悲劇。黛玉夭壽、淚盡人亡的命運，作者明示暗示，早有鋪排，可是真正寫到苦絳珠臨終一刻，作者須煞費苦心，將前面鋪排累積的能量一股腦兒全部釋放出來，達到震撼人心的效果。作者十分聰明地用黛玉焚稿比喻自焚，林黛玉本來就是「詩魂」，焚詩稿等於毀滅自我，尤其黛玉將寶玉所贈的手帕上面題有黛玉的情詩一併擲入火中，手帕是寶玉用過的舊物，是寶玉的一部分，手帕上斑斑點點還有黛玉的淚痕，這是兩個人最親密的結合，兩人愛情的信物，如今黛玉如此絕決將手帕扔進火裡，霎時間，弱不禁風的林黛玉形象突然暴漲成為一個剛烈如火的殉情女子。手帕的再度出現，是曹雪芹善用草蛇灰線、伏筆千里的高妙手法。

後四十回其實還有其他許多亮點：第八十二回「病瀟湘痴魂驚惡夢」；第八十七回「感秋聲撫琴悲往事」，妙玉寶玉聽琴；第一百〇八回「死纏綿瀟湘聞鬼哭」，寶玉淚灑瀟湘館；第一百十三回「釋舊憾情婢感痴郎」，寶玉向紫鵑告白。

張愛玲極不喜歡後四十回，她曾說一生中最感遺憾的事就是曹雪芹寫《紅樓夢》只寫到八十回沒有寫完。而我感到我這一生中最幸運的事情之一，就是能夠讀到程偉元和高鶚整理出來的一百二十回全本

《紅樓夢》，這部震古爍今的文學經典巨作。

《紅樓夢》的版本眾多，「程乙本」是其中最重要的版本之一，應當受到重視。但「程乙本」前八十回有許多與現存手抄脂本相異的地方，常為人詬病，認為是程偉元、高鶚擅自更改，但程高時期的手抄本，比現存十二種要多，「程乙本」的異文也有可能是依照當時未能傳存下來的抄本更動的。

此次時報出版社不惜重金將以「程乙本」為底本的桂冠版《紅樓夢》重印發行，這是紅學界一件大事。這套書裝幀美輪美奐，相信會受到愛好《紅樓夢》的讀者熱烈歡迎。

二〇一六年六月十四日

——原載二〇一六年《印刻文學生活誌》七月號

我們每個人都在紅塵裡面歷劫

01 過去

我年輕的時候蠻喜歡郁達夫。郁達夫有一篇小說，我覺得寫得最好，但很奇怪好多人都忽視了，都不怎麼選。在五四的小說裡面，如果要我選一本集子的話，我一定會選那一篇。

郁達夫有一篇叫〈過去〉。你看很少人提到這一篇，都提他的什麼〈沉淪〉、〈春風沉醉的晚上〉、〈遲桂花〉那些。我來判斷的話，其實這篇寫得最好，最成熟，也深刻。郁達夫有些小說其實挺情緒化的，像〈沉淪〉裡最後要祖國怎麼樣。這個不是的，這個情緒控制得非常好。

它也是講上海的故事。一個男青年租房子住，房東有幾個女兒，尤其是老二老三很漂亮。老二是她們幾個中最出色最美的。

這個青年就迷上了老二。那個老二很刁鑽的，虐待他，羞辱他。這個男孩子有點「被虐狂」，迷戀她。後來老二嫁人了，那個男孩子就心碎了。

其實她的妹妹老三，心中暗戀這個男孩子。她看到姐姐對這個男孩子那麼壞，很替他打抱不平，很同情他。後來她就陪他到蘇州散心。其實老三很想表現對他的愛意，但是那個男孩子一心在老二身上，根本忽略了她。

這個是過去的故事。故事開始是很多年後他們在澳門，他跟老三見面了。老三已經嫁人了，好像是被人家包養的，婚姻不是很幸福。

後來他們倆又在一起，大家經過人生的滄桑了，互相瞭解了，老三對他還是很好。這個姓李的男人那個時候才發覺老三對他的愛意。他這時候一方面是懺悔，一方面也動心了。他想要破鏡重圓，想恢復到過去。

那天倆人在一起，在旅館裡面的時候他想去親近老三，老三拒絕了他。她哭著講，李先生，對不起，在我給你我最純潔的愛情的時候，你沒有接受，現在我已經被汙染了，已經不是從前的我了，那段時光已經過去了，我們沒辦法再在一起了。

那個姓李的這時候才真正地覺得難過，悵然他失去了一段這麼珍貴的感情。

我寫來寫去也是跟一個「情」字有關，各種方式來表現這個「情」。恐怕文學最關心的還是個「情」字，文學寫什麼也不外乎人性人情，從各個方面來講，每個人的手法不一樣。《紅樓夢》講來講去也是一個「情」字。

《紅樓夢》有兩個人物大家都知道，花襲人跟蔣玉菡，他們最後成親了。花襲人是寶玉最親近的一個丫鬟，而且以女性來講，她對寶玉來說既是母親又是姐姐，既是他的妾，又是他的婢女，女性所有的角色她都扮演了。而且她是第一個跟寶玉發生肉體關係的，所以她跟寶玉結的俗緣最深。

寶玉要出家的時候，他一定要把在世上的俗緣了盡，他才能夠出家去。對他的父母，他考取了功名給了家裡。他的太太薛寶釵，他給了個兒子。花襲人是他世俗上最親近的一個女性，給她什麼呢？給她一個丈夫。

其實蔣玉菡是寶玉下聘的。他第一次見蔣玉菡，他們倆就互相交了汗巾子。蔣玉菡給他一條紅的，他給蔣玉菡一條綠的。寶玉那條汗巾子是襲人的。後來蔣玉菡跟襲人結婚以後，襲人把箱子一打開，兩條汗巾在裡邊，一紅一綠，她才明白原來賈寶玉早就替她下聘了。

蔣玉菡跟寶玉也有不比平常的關係，他跟他也有一段俗緣。等於說蔣玉菡代替賈寶玉完成了他在世上的這段緣，和襲人結婚了。

第九十三回，寶玉去王府看戲，蔣玉菡已經離開忠順王府，自己組班子了。他在這邊演戲，演什麼戲呢？《賣油郎獨占花魁》，他就扮演賣油郎。賣油郎名字叫秦重，秦重「情種」，諧音的。

寶玉看賣油郎〈受吐〉那一折，講賣油郎本來攢了一年的錢，要到妓院裡面去召花魁女來陪他的。然而花魁女那天晚上被其他的客人灌得酩酊大醉，那天她就酒吐了。賣油郎一看到她受了外面男性客人那樣的欺辱，就拿他的新衣服來接，受吐。

那一刻，賣油郎秦重突然對這個女孩子產生了一種憐香惜玉的感情，忘掉了肉體的需求，忘掉了他的色欲，產生了一種超越了肉體的憐香惜玉的感情。那時候寶玉在下面看呆了，完全認同。

蔣玉菡的名字裡頭有個「玉」字，我需要特別指出來。這兩塊玉，賈寶玉跟蔣玉菡兩塊玉是互相認同的，他跟林黛玉那個玉也是認同的。這樣子一看，移情作用，寶玉對賣油郎和蔣玉菡也是完全認同的。這種憐香惜玉的情懷，是賈寶玉一生中最高的理想，他對女孩子都是這種憐惜。

最後戲裡面的故事是，賣油郎把花魁女贖出去結婚了。別忘了，花魁女，花襲人姓花。最後蔣玉菡把花襲人從大觀園裡面救出來，等於那個賣油郎把花魁女從煙花裡面贖救出去。

最後別忘了，蔣玉菡是個演員。他替賈寶玉演了這齣戲，扮演了《賣油郎獨占花魁》裡的賣油郎。他最後跟花襲人成婚，也就了了賈寶玉在世上的這段俗緣。

賈寶玉的肉身一劈為二，一半在花襲人身上，一半在蔣玉菡身上。這兩個男女的結合，也就完成了寶玉的肉體重新的契合，了了他在世上的俗緣。

這一段是放在一百二十回最後的。前面一段是寶玉出家，他的佛身跟著一僧一道走了。他的俗身，世俗的身體，就在花襲人跟蔣玉菡身上得到圓滿的結合。所以整本小說是這兩根柱子撐起來的。

02 我們每個人都在紅塵裡面歷劫

寶玉出家，我個人認為是我們中國文學的一座高峰——喜馬拉雅峰，是我們的抒情文學、抒情文字裡面達到最高境界之一。

大家都知道，我們一開篇是個神話。女媧煉石補天，煉了三萬六千五百零一塊，有三萬六千五百塊石頭用來補天了，剩下這一塊，被丟在青埂峰下，成靈石了。

青埂，情根。一個情要生根，得有多深啊。我的看法是，這整個故事從寓言方面來說，是頑石歷劫。一塊石頭墜落在紅塵，歷盡了凡劫。然後再歸回原處青埂峰下。

其實我們每個人都是一塊石頭，掉到紅塵裡面去，都要歷經劫難。每個人都在紅塵裡面歷劫。

寶玉這塊石頭降到人間來，有更大的使命。他下到塵世是補情天的，因此他鍾愛所有女孩子，要把她們被情所傷的痛補起來。所以他是情榜中的第一名，也是大觀園裡面的護花使者。

很多時候大家看這本小說，以為好像是因為林黛玉死了，寶玉看破紅塵，走了。有些專家說他是逃避了人生的重擔，逃掉了。我不是這樣的看法。

寶玉出家的那一場，賈母死了，賈政把她靈柩送回到金陵，坐船回去，走到一個小鎮。那天傍晚黃昏的時候，正下著大雪，雪地裡走來三個人。一僧一道，夾著一個人。那個人光頭，赤足，穿了一個大紅斗篷。那個斗篷很重，長長的拖在地上。一片白雪中，穿個大紅斗篷是非常顯眼的。

他見了賈政以後，合十，四拜。一僧一道說：俗緣已了。然後走了。賈政說那不是寶玉嗎？怎麼這樣打扮？寶玉向他合十四拜以後，臉上似喜似悲，轉了個身，就被一僧一道架走了。一片禪唱，歸彼大荒。

這邊，賈政去追，氣喘喘的。本來他很討厭這個兒子，覺得他一無是處。但這時候，他最原始的、最內心的父愛覺醒了。我覺得寫得很動人。賈政在雪地裡面跑著追，前面三個影子越來越遠，一下子走遠了，追不上了。

賈政回到船裡面，突然了悟了。他說寶玉原來是來歷劫的，難怪他生下來口裡就有一塊玉。這時候，父子之間有了一種諒解。我覺得蠻動人的。

本來整本書裡父子間衝突很厲害，他很厭惡這個兒子。但是這時候，他突然間對寶玉有了一種瞭解了。父子間產生了一種諒解，一種同情。也是賈政代表的儒家經世濟民的入世思想，跟寶玉這種浮生若夢、鏡花水月的出世思想之間的對話。

寶玉出家，我認為他不是逃避。我認為他那個紅色大斗篷，是很重要的一個密碼。紅在這個《紅樓夢》裡面很重要，除了表示紅塵以外，紅色還代表人間情。那個斗篷那麼重，他是背著一個情的重擔走的。因為他來是補情天的，我想他背負了人世上，修補了人世間所有為情所傷的傷痛走的。

王國維在《人間詞話》裡面評論李後主的詞，說是「以血淚寫之」。他說儼然如釋迦、基督，擔負了人間的罪惡跟痛苦。我覺得這句話用在賈寶玉身上，更加合適。我的看法是，這本小說在某種意義上等於是一本《佛陀前傳》。

寶玉就類似於喬達摩•悉達多太子，也是享盡榮華富貴，享盡美色，最後看破人間生死。悉達多太子出四門，到後來的大別離，然後剃髮成佛，也是擔負了人間所有傷痛。

《紅樓夢》又叫《情僧錄》，這個不是隨便取的。做僧就不能有情，有情就不能成僧，這兩個是完全矛盾的。我想情僧其實指的是賈寶玉，賈寶玉也說他就是情僧。情是他的宗教，他的信仰。

寶玉出家那一幕寫得意境之高、意象之美，我覺得中國抒情文學裡無出其右。你想想看，那個雪景，一片白茫茫大地。本來《紅樓夢》是五色繽紛的一個世界，現在剩了一片白色，最後剩了一個「空」字。最後人間所有的七情六欲、嗔貪癡愛通通被白雪蒙掉了。那個意境多高，意象多大。

因此我說《紅樓夢》最後是曹雪芹以大悲之心，以天眼來觀紅塵中的芸芸眾生，所以他能包容世間的一切。這本書的厚度、深度、廣度是超乎平常的，所以我稱它為「天下第一書」。

本文為「一席」訪談紀錄，二〇一七年九月二十一日播出

戲中戲——《紅樓夢》中戲曲的點題功用

曹雪芹在乾隆時代完成《紅樓夢》這本書，有非常重要的時代意義。乾隆時代，中國傳統文化已至最成熟的階段。曹雪芹繼承了詩詞歌賦以降，唐詩、宋詞、元曲到明清小說、戲曲的大傳統，因此《紅樓夢》不可能在明朝完成。中國傳統文化數千年傳統，包含儒釋道三種哲學，皆在曹雪芹寫作之際自然流出，因此我們說這本書偉大。

由於我自己是寫作者，我想寫作者看一本小說，與一般讀者、學者有些不同。為何一句話寫在這，為何這件事發生在此處，為何使用這種語言、這個詩詞典故，以上種種皆是《紅樓夢》精妙之處。小說基本上以散文為主，但《紅樓夢》卻將詩詞、戲曲融成一體，且較其他小說更為嚴謹、絲絲入扣。這是相當特殊的。我這幾年來推廣崑曲，在崑曲或戲曲方面有較深的涉入。因此，我經過這十數年再重看《紅樓夢》時，對《紅樓夢》用戲曲點題一事，體驗更為深刻。從晚明至乾嘉時期，崑曲興盛了二百餘年，乾隆朝時仍處極盛期。據說乾隆御用的戲曲團隊，最盛時達千人，多來自蘇州或南方。由此可知，崑曲與宮廷文化密切相關，而這也反映在《紅樓夢》裡邊。此外，曹雪芹的祖父曹寅本身便寫作傳奇本子，現今仍在上演的《續琵琶》便是曹寅名作。當時許多達官富商有自己的家班子，各家戲班更相互評比，我想曹家亦然。許多傳奇的作者，劇本完成後便交由家班上演，曹雪芹大概從小就耳濡目染。其表親，曾任蘇州織造的李煦，便在織造府邸有家班；其兒子李鼎更愛好票戲，曹雪芹可能在李家看過許多戲。

曹雪芹對戲曲非常熟悉，戲曲對他的影響很深。基本上《紅樓夢》有兩大寫作方法，即敘述性（narrative）與戲劇性（dramatic method）。俄國大小說家杜斯妥也夫斯基便善用戲劇手法，因此有人將之比為莎士比亞。而托爾斯泰則偏重敘述性。我認為，曹雪芹《紅樓夢》與傳奇的結構十分相像，且戲曲中的對話對小說影響很深。若分開來看，《紅樓夢》的敘述方式便等於一折折的戲，每一小折皆有鮮明的場景、人物，上演一齣小戲。而整部《紅樓夢》則等於數百個折子，串連起來成為一部大戲。此外，《紅樓夢》的情節經常提及看戲場景。《紅樓夢》運用詩詞、戲曲，即現在所說文本互涉（intertextuality），以戲曲點題。這部小說有兩條線，第一個重要主題為賈府興衰，並由賈府興衰講人世間的枯榮無常。第二條線則講述人的命運。而人的命運是最神祕，且自己不可知的。如小說第五回說的即是人物的命運。《紅樓夢》故事動人、思想偉大、人物塑造靈活，而我的疑問是：小說如何表現偉大的思想情感呢？手法之一便是用戲曲點題。

接著我們看看幾個重要場合。首先是第十八回，這回元妃省親是小說的第一個高潮。此時正是《紅樓夢》最繁華、賈府最興盛之時，省親時不僅題詩還要唱戲。於是，元妃便點了四齣戲，第一齣為清朝劇作家李玉所寫的《一捧雪．豪宴》。這齣戲演的是，莫懷古因有夜光杯「一捧雪」，被權臣嚴世蕃覬覦，其後更慘遭抄家。此故事在京戲中亦有《審頭刺湯》，是當時相當流行的故事。元妃省親的第一齣戲，無意間便點出了「抄家」，預示賈家將來被抄的命運。賈府抄家的理由很多，最重要的是元妃之死。若元妃未死，皇帝大概不至於抄賈家。曹雪芹用得極巧妙，在《紅樓夢》最繁華興盛之時，下頭衰敗的跡象與示警已經出現，且不著痕跡。小說中元妃雖僅出現兩次，屬於次要人物（minor character），然而卻扮演著非常重要的角色。

第一齣戲點中的是家族的命運，而第二齣《乞巧》，則點中元妃自身的命運。所謂《乞巧》，演的是一折《長生殿．密誓》，即《長恨歌》中「七月七日長生殿，夜半無人私語時。在天願作比翼鳥，在地願為連理枝。」一段。這戲講的是唐玄宗李隆基與楊貴妃的愛情故事，而楊貴妃縊死馬嵬坡的結局，與元妃四十歲的夭折相近。不經意的兩齣戲竟「一語成讖」，前一齣點中賈家命運，第二齣點到自身命運，這是極大的反諷（irony）。賈元春作為賈家權力的巔峰，賈家的一切皆有賴元妃，此二戲便暗暗埋下了伏筆。曹雪芹的不著痕跡，使讀者彷彿進入中國古代的四合院，院門重重大開，表面是演戲，底下則是戲中戲。演出的是表面的繁華，埋伏的是底下的衰敗。《紅樓夢》是一齣戲，《長生殿》又是一齣戲；而《長生殿》又回頭影射《紅樓夢》，結構十分複雜。

第十八回中，元妃共點了四齣戲，後兩齣所講的是賈寶玉與林黛玉的命運。第三齣《仙緣》出自《邯鄲記》（又稱〈黃粱夢〉），講述呂洞賓度化潦倒書生──盧生的故事。盧生在呂洞賓所給的枕頭上入睡，夢中享盡繁華起落，最終一場大夢，空空如也。盧生其後發現黃粱飯尚未煮熟，而妻兒皆是動物所變，醒悟後隨呂洞賓出家。《紅樓夢》結尾，寶玉出家時隨一僧一道遠去，《邯鄲記》便象徵了「道」，伏寶玉出家；往下還有一「僧」，即《南柯記》。脂硯齋亦曾評此四齣戲為「通部書之大過節、大關鍵」。第四齣為《離魂》，戲中杜麗娘與柳夢梅夢中幽會於牡丹亭，醒來後因相思病而死。事實上，《牡丹亭》與《紅樓夢》關係很近，杜麗娘與林黛玉兩個人物有許多相似之處。二人最終皆為情而死，反映「情不知所起，一往而深。生者可以死，死可以生」的「情至觀」。《離魂》伏黛玉之死，黛玉與杜麗娘逝世時更年紀相若。然而不同的是，《牡丹亭》的杜麗娘得以還魂喜劇收場；而《紅樓夢》卻是「苦絳珠魂歸離恨天」，以悲劇結尾。

這四齣戲在當時非常流行，因此閱讀時容易忽略，其實每一齣皆有深意。湯顯祖對曹雪芹《紅樓夢》有重大影響，《紅樓夢》裡邊「臨川四夢」便引了三夢，分別是《牡丹亭》、《邯鄲記》與《南柯記》。尤其《牡丹亭》的唱詞更引了不少。因此，我認為《牡丹亭》上承《西廂記》，下啟《紅樓夢》，整體「情」的敘述實一脈相承，而《紅樓夢》則是集大成之作。四齣戲各有所指，賈府眾人看戲卻不自知，此為最大的反諷。《紅樓夢》經常用詩詞、戲曲點題，提醒讀者。《紅樓夢》的小說技巧多元複雜，且用得極致精微（subtle），不著痕跡，留予讀者細細琢磨。

往下則是第二十二回。寶玉最終出家，與惜春自始看穿世間種種不同，寶玉的出家過程非常漫長。寶玉乃頑石歷劫，必須經歷生老病死、種種情關，方有最終的醒悟出家。我認為，曹雪芹對佛教或釋迦牟尼的生平傳記一定非常熟悉，因此才有意無意間將賈寶玉比作悉達多太子：享盡榮華富貴、嬌妻美色，最終「大出離」。由此，方有讀者將《紅樓夢》視為「佛陀前傳」。第二十二回，賈母要王熙鳳替薛寶釵辦十五歲生日，且特特延請外頭的戲班子前來演戲。這回薛寶釵表現出人情世故上的練達，深獲賈母歡心，或許賈母此時已定下孫媳婦人選。這回，寶釵點了一齣《魯智深醉鬧五台山》，因寶玉嫌熱鬧，便引起寶釵唸出一支〈寄生草〉：

> 漫搵英雄淚，相離處士家。謝慈悲，剃度在蓮臺下。
> 沒緣法，轉眼分離乍。赤條條來去無牽掛。
> 那裡討，煙蓑雨笠卷單行？一任俺，芒鞋破缽隨緣化！

寶玉聽後深受觸動。後來寶玉出家，光頭赤足在雪地間向賈政倒地四拜，便回應了「赤條條來去無牽掛」一句。另，「一任俺，芒鞋破缽隨緣化」中魯智深踽踽獨行的出家形象，更早就遙指寶玉最終的出家。曹雪芹以戲中戲的方式，形象化地道出和尚的形象。而諷刺之處在於，啟蒙寶玉的正是薛寶釵。寶釵曾說：「這些道書機鋒，最能移性的，明兒認真說起這些瘋話，存了這個念頭，豈不是從我這支曲子起的呢？我成了個罪魁了。」而後來果然應驗。寶釵之守活寡，竟緣於自己所念一段戲文所帶來的啟發，何其反諷。《紅樓夢》的反諷常表現在細處、不見處，薛寶釵便在無意間點中了自身婚姻的終局。

往下是相當有名的一回，第二十三回「西廂記妙詞通戲語，牡丹亭艷曲警芳心」。《西廂記》的崔鶯鶯與《牡丹亭》的杜麗娘都是打破規範、勇於追求愛情的女性人物，杜麗娘與林黛玉皆非常執著於情。本回林黛玉遊經梨香院，正好聽見眾伶人唱〈遊園〉、〈驚夢〉，便一時心動神搖，落下淚來：

原來姹紫嫣紅開遍，似這般都付與斷井頹垣！良辰美景奈何天，賞心樂事誰家院？

林黛玉極度敏感，「滿身都是神經末梢」，其對戲文的強烈反應，源於對繁華易盡的感觸及與自身命運的連結。亦由此，方有第二十七回的自輓詩——〈葬花詞〉。這回所聽的戲文遙指她自身所寫的〈葬花詞〉，所寫乃是自身的命運，說穿了即是佛教所言「無常」。而「無常」亦是全書重要主題。

接著是第二十九回，賈母帶領大觀園眾人到清虛觀做法事。原來道觀做法事也看戲，而道觀以抽籤方式點戲，當日抽出的三齣戲分別是《白蛇記》，即漢高祖劉邦起義，漢朝開國的故事；第二齣《滿床笏》講郭子儀大壽，祝壽的七子八婿皆為高官的故事；最後則是一齣《南柯記》。小說不曾明講，卻經由賈母前二齣的歡喜到第三齣的沉默，表現出老太太的了然於心，並帶出戲曲點題功用。賈母作為賈家最高權位者，無意間三齣戲竟點明賈家命運興衰。《紅樓夢》慣於此類繁盛大場面，輕輕一點，提醒讀者所見全係表面繁華。這種方法非常有效。前八十回著意描寫賈家之盛，其實暗伏後來衰落種種。這是小說一以貫之的主題，作者以幾齣戲點題，是小說中用得最好的伏筆。賈府抄家、寶玉出家、黛玉早夭等等，皆在前文「伏脈千里」，一次次提醒著讀者。因此，當種種伏筆最後一次爆開時，才能發揮極大的力量。若缺乏提醒而突然抄家，其敘事便無法深刻。

最後則是第九十三回。《紅樓夢》中，賈寶玉、林黛玉與薛寶釵的情感是一般熟知的三角關係。然而，寶玉、蔣玉菡與花襲人的關係其實是書中另一重要三角。蔣玉菡是個唱戲、演戲的伶人，其與寶玉初見面時便有著神祕的緣分。我想他們兩個的情分，不是一般所謂的同性戀。《紅樓夢》中凡是姓名有「玉」字者，都與賈寶玉有特殊關係。從二人姓名推敲，蔣玉菡與賈寶玉是兩塊玉，具有一樣的認同；而「菡」字則有蓮花之義，在佛教裡象徵「分身」，有「化身」的意思。賈寶玉與蔣玉菡互換表記時，寶玉給蔣玉菡的松花汗巾原屬襲人，此舉可視作寶玉替襲人下聘。花襲人對寶玉而言，扮演了所有俗世人倫中的女性角色，包括母親、姊姊、妾與婢女。此外，真正得到寶玉肉身的是襲人。後來寶玉與寶釵成婚時，丟玉的寶玉已是個空殼。由此可見，襲人與寶玉的特殊關係。而寶玉也與花襲人及薛寶釵俗緣最深。寶玉出家前須先還盡俗緣。對於父母，寶玉欠的是功名，因此他考中舉人還與父母；對於寶釵，寶玉還的是一個兒子；對於襲人，則還給她一個丈夫。寶玉為襲人選的丈夫，是自己下聘的人；且此人能代表他、代替他上演一齣《占花魁》。

小說第九十三回，寶玉隨賈赦到伯爵家看戲，戲班子的領班恰是蔣玉菡。此時蔣玉菡不再是忠順王爺畜養的伶人，已從旦角轉唱小生。這回所唱正是李玉的《占花魁》。此戲改編自《醒世恆言》的〈賣油郎獨占花魁〉，主角賣油郎秦重，諧音《紅樓夢》的關鍵詞「情種」。而賈寶玉本身便是第一情種，賣油郎秦重同樣是個情種。此回演的〈受吐〉一折，表現出秦重對於汙穢的接納與洗淨，對於「花魁娘子」具有救贖意味。小說描寫寶玉見蔣玉菡「面如傅粉，唇若塗朱」，又將憐香惜玉之情表現得極情盡致，「更知蔣玉菡極是情種」。至此，寶玉完全認同了蔣玉菡。戲末，秦重將花魁女從煙花火坑救出，與最後蔣玉菡將花襲人從賈府贖出直接對應。而花襲人的姓更與花魁女相合。因此，作為演員的蔣玉菡，可說是替賈寶玉上演了這齣《占花魁》。此外，第一百二十回中，寶玉的佛身隨一僧一道遠走；俗身則一半在花襲人身上、一半在蔣玉菡身上。因此二人的結合，等同於賈寶玉的俗身終得完滿結合。佛身離去，俗身留在世間；一者出世，一者入世，《紅樓夢》至此方得圓滿。《占花魁》一戲，所點中的便是花襲人與蔣玉菡的結果，亦即賈寶玉俗身的完滿結合。

《紅樓夢》以戲中戲，從頭至尾將賈府命運、寶玉命運、黛玉命運、蔣玉菡與花襲人的結合，輪番上演給眾位讀者。《紅樓夢》本身是齣大戲，裡邊又有好多小戲；《紅樓夢》是數百個折子湊起來的一齣大戲，中間又以戲點戲——《紅樓夢》實在是天下第一書。

本文為「新世紀重評紅樓夢兩岸交流論壇」主題演講

記錄整理／蘇嘉駿

主辦單位：趨勢教育基金會、國立臺灣大學中國文學系

——原載二〇一九年《文訊》雜誌八月號

紅樓人物五講

前言

今天談《紅樓夢》人物，我想從比較綜合性、挈綱提要的把這些人物從頭到尾在《紅樓夢》裡占什麼地位，或者很重要一點——曹雪芹是怎麼去塑造來談。中國的傳統小說，從《三國演義》、《水滸傳》、《西遊記》、《金瓶梅》、《儒林外史》、《紅樓夢》，六大小說，好在哪裡？——好在人物，是以人物為主。我們看《三國演義》打了好多仗，也許那些仗不太記得了，可是不會忘記曹操赤壁之戰橫槊賦詩，不會忘記諸葛亮羽扇綸巾談笑間把司馬懿打敗，這種人物的風度、意象非常的鮮明！中國小說在《紅樓夢》之前結構比較鬆散，《水滸傳》一〇八條好漢，不見得互相之間有很密切的關聯，但是花和尚魯智深不會忘記，武松不會忘記，當然還有宋江。等於一個 Portrait 畫得很好。即使《西遊記》那麼多妖魔鬼怪，盤絲洞蜘蛛精、牛魔王、鐵扇公主，當然最要緊的還是猴子跟豬，是我們再也不會忘記的兩個人物。中國小說都是以人物取勝。

即使《金瓶梅》妻妾成群，你也不會忘記潘金蓮、李瓶兒這些人，《儒林外史》也是一個一個書生。所以寫得好的小說，一定他的主角，有一個人物，是讓人難忘的。如果那篇小說即使故事再怎麼曲折，主角面目模糊，名字都不記得，那小說大概失敗了。之所以，我想小說作為文學經典能夠傳下來，內容的深刻、文字的美、結構的巧妙，有這樣那樣很多因素，但其中非常重要的因素之一，也可說必要條件之一——人物。人物是不是塑造成功，我想是小說的一個大考驗。

中國小說客觀的講，比起西方小說有不少的缺點，尤其結構上不夠嚴謹。但是以人物來說，不比西方的小說人物 memorable。

《紅樓夢》更加特別。算一算有名字的有四百多個。大大小小的人物也很多，而且讓你非常記得。大人物、主要人物不用說，即使很小很小的人物，哪怕只出現一場的人物，只要一開口講話，你就記得他。這就是曹雪芹厲害的地方，塑造人物撒豆成兵，一口氣吹過去就活了！這實在很奇很特別。我常常在研究人物怎麼能寫得這麼活？你看那小人物賈璉的傭人興兒，只有一場，形容給尤二姐聽大觀園裡邊這些人怎麼怎麼樣，他說，他看了林姑娘、薛姑娘出來說話，大氣都不敢出，不敢呼吸了，為什麼？他說，怕氣大了吹倒了林姑娘，氣熱了吹化了薛姑娘。他一這麼講，你不會忘記林黛玉弱不禁風。薛寶釵雪白一身，姓薛，雪，吹一口氣它就融掉了。人物的塑造一開口就活了。為什麼？對話好！每個人的對話都有個性。

金陵十二釵，每個女孩子的個性、講話都不一樣，就不得了了！隨便翻一頁，裡邊很多對話，把名字遮住，看看講話，就知道是誰。想一想，王熙鳳的口氣、賈母的口氣、劉姥姥的口氣，每個人有每個人的個性出來。曹雪芹耳朵構造不知道怎麼樣，很靈。我寫小說的，如果耳朵不靈，不可能成為小說家，耳朵不靈，聽每個人講話都是一樣。小說家很厲害，一聽到那個人講話，那特性抓住了。

切入正題。因為人物非常多，但人物再多，主要人物：賈寶玉、林黛玉、薛寶釵還是要講。這三個人的組成是最重要的。

第五回，「賈寶玉夢遊太虛幻境」，警幻仙姑給他唱了幾個曲子，這些曲子等於是《紅樓夢》的一些前奏、預言，一些對他們命運的判詩、判詞。一開頭是【紅樓夢引子】：「開闢鴻蒙，誰為情種？都只為風月情濃。奈何天，傷懷日，寂寥時，試遣愚衷：因此上，演出這悲金悼玉的『紅樓夢』。」一看，這是一個大悲劇的故事。那麼誰為情種？整本小說，「情種」是關鍵詞之一。這本書第一情種是誰？當然就是賈寶玉。

《紅樓夢》的人物分象徵與寫實兩方面，有很多佛、道、仙子，像警幻仙姑、渺渺真人、茫茫大士，純粹的象徵人物，象徵佛、道，整個宇宙觀，是一種 symbol。《紅樓夢》的整個結構是二元結構，在形而上的這一層，是象徵性的，是神話的，是預言的。這方面常常跟佛、道有關係。它的太虛幻境就是形而上的一個世界。

但是，它的二元結構下面，有寫實的結構。《紅樓夢》之所以偉大，是在兩個方面，形而上有宇宙性的 vision；另外一方面又在人間創造了一個寫實的世界。上面的世界，是佛、道，很多預言、神話，下面是扎扎實實十八世紀乾隆盛世貴族家庭的林林總總，人物完全是寫實的。比如王熙鳳，在賈府裡是權高位重的人物，曹雪芹在她身上花了很大的寫實功夫，王熙鳳一出場，八個字給她，「身量苗條，體格風騷」，寫得栩栩如生。像邢夫人、王夫人，還有婆婆媽媽大小丫頭都是，構成了大觀園賈府裡非常實實在在的生活社會。這是寫實的層面。更重要的一點，在寫實人物背後，又有很重要的象徵意義，這才是最要緊、最厲害的地方。賈寶玉，我們說他是怡紅公子、多情公子，跟林黛玉的愛情很動人、很寫實，不是的，它再上面也有很多象徵的意義。甚至於秦可卿，她是賈府第三代非常得寵的孫媳婦，非常美，跟她的公公好像有似有似無的曖昧。這麼一個寫實的人物，象徵意義也很大。

所以很多時候，有些是純象徵性，有些是純寫實，尤其有些人物是寫實到了極點，才象徵背後的意義。在這一點，人物不光是寫實，突然間發覺背後意義的時候，這個人物就大了，代表的意義就多了，主題也就大了，而且往往跟儒、釋、道三家的哲學有關。這三家的哲學，其實是在《紅樓夢》的底層、底蘊上，在控制、引導、指導這本小說的發展，但是它隱而不露，借重非常動人的故事，還有生活的人物，把這三種哲學表現出來。所以象徵與寫實是很重要的一環。

怎麼塑造這些人呢？用什麼策略來分別人物？曹雪芹用了第二個方法：對比。一對一對都是相反的個性。賈政跟寶玉；黛玉跟寶釵；晴雯跟襲人；尤二姊跟尤三姊；四姊妹四個春，像探春跟迎春，完全用對比的方式來刻劃人物。

還有類比。很多地方物以類聚，寶玉跟黛玉兩個人在某方面來說是像兩塊玉。要注意，名字裡有「玉」字的，曹雪芹絕對不會隨便取名字，一定含有很深的意義，寶玉真的有一個玉，生下來的時候嘴巴含了一塊玉，而那塊玉有很深的象徵意義。黛玉生下來沒有一塊玉，所以她斤斤計較寶玉有一塊玉。為什麼？因為她聽說那個玉要有別個東西來配他，是不是金玉良緣？薛寶釵有個金鎖，說兩個金玉要配在一起，黛玉就惶惶不可終日，怎麼我沒有玉？她不必要玉，她就是一塊玉，而且是最珍貴的。所以這兩塊玉是認同的、類比的、心心相印，所以這麼多人物裡，寶玉覺得最知己的靈魂伴侶就是黛玉。因為他們兩個人生觀很多東西很像，不為世俗所拘，他們兩個可能是儒家系統、中華社會兩個大叛徒，不守儒家這套規矩，所以最後一個出家一個殉情。

還有，理性與感性。珍・奧斯汀有本小說叫 Sense And Sensibility （《理性與感性》），後來拍成電影了。《紅樓夢》裡的人物，如果分兩大系統的話，一是感性人物，一是理性人物。感性人物，最重要、領頭的當然是林黛玉，林黛玉一身都是神經末梢，敏感得不得了，完全靠的是感性。另一方面是非常理性，非常酷的薛寶釵，吃冷香丸的角色。感性這邊有林黛玉、晴雯、齡官這一串；那一邊也有一串薛寶釵、襲人、探春，所以還是回到兩個哲學，佛、道跟儒家。儒家是重理性的，克己復禮，是完全儒士、理性的這麼一種哲學。佛、道方面近乎感性的，所以整個是感性與理性。

還有鏡子意象。比如說塑造林黛玉，不止於林黛玉，林黛玉下面：晴雯、齡官、柳五兒、尤三姊；

這些女孩子，有的是眉眼像她、長得像她、個性像她，最後都是為情，跟她一樣。林黛玉一個人的故事講不完，還要講晴雯的故事、齡官的故事、尤三姊的故事，整個合起來就大了，最後這些人圈起來，一個「情」字！寶玉也是，旁邊還有好多好多陪襯他的人物。

這本小說也是儒家跟佛、道相生相剋，入世與出世。中國人大致都脫不了儒、釋、道三種哲學，對人生的看法，儒家是完全入世的，佛、道是出世的。《紅樓夢》以動人的故事、生活的人物，來詮釋這三種哲學。儒家的經世濟民：正心、誠意、修身、齊家、治國、平天下，賈政就是按了這一套。但是寶玉來說，佛家看的是這些世界，鏡花水月這麼一個幻象，或者道家的浮生若夢，這種出世的哲學，整個講起來，是父子之間的對峙，也就是儒家的入世哲學跟佛、道的出世哲學之間相生相剋的關係。

賈寶玉

我們現在講第一個人物——賈寶玉。

賈寶玉有多重身分。《紅樓夢》一開始的時候有兩個人物：一個甄士隱，一個賈雨村。賈雨村是一個在塵世間浮浮沉沉，求功名求利祿這麼一個人物，也是一個象徵性人物。有一個賣古玩叫做冷子興這麼一個人，是賈家一個管家——周瑞家的女婿，所以對賈家很熟悉，跟賈雨村講了賈家的一些事情，講賈寶玉行為很古怪，不為所了解等等。後來，賈雨村就說不是，他講了一段話。「天地生人，除大仁大惡，餘者皆無大異」，天地間有些人是大仁、聖人那些人，我們從儒家看，堯、舜、禹、湯、文、武、周公這些人都是應運而生。但是也有應劫而生者，像是蚩尤、共工、秦始皇、曹操這些人。一種正氣、一種邪氣，互相作撞擊，撞擊以後氣散到了就結成了會生出什麼人來。千萬人之中有的是正，有的是邪，正邪在一起的時候，成了另外一圈子的人，這些人什麼人？他說，「其聰俊靈秀之氣，則千萬人之

寶玉。

上」、「其乖僻邪謬不近人情之態，又在千萬人之下」、「若生於公侯富貴之家，則為情癡情種」，講的誰，當然是賈寶玉。「若生於詩書清貧之族，則為逸士高人」、「生於薄祚寒門，甚至為奇優，為名娼」、「斷不至為走卒健僕」，什麼人？許由、陶潛、阮籍、嵇康、劉伶，我特別注意阮籍、嵇康、劉伶這三個，魏晉時代竹林七賢。

竹林七賢是什麼？是道家。道家是名士派，都是反禮教的人。其實曹雪芹本人非常欣賞阮籍，所以他塑造賈寶玉多多少少跟竹林七賢這些人的放浪於形駭之外，不拘禮節、反叛有關係。像唐明皇、宋徽宗；像卓文君、紅拂、崔鶯鶯、朝雲這些人，都是追愛情不管禮教。追愛情的人是什麼呢？林黛玉那些人。所以其實曹雪芹在塑造人物時候有這些原型在他心中。

開頭，賈寶玉是個頑石、靈石，《紅樓夢》一開始的時候，就是第一個神話，女媧煉石補天。共工氏把天柱撞折了，天塌下一塊下來，女媧氏就煉了三萬六千五百零一塊石頭來補天。女蝸補天用了三萬六千五百塊把天補起來，剩了的一塊沒用上，就放在青埂峰。青埂就跟「情根」諧音，所以《紅樓夢》裡好多很重要的密碼，要把它翻出來。

這塊頑石到了青埂峰下，經過了很多年、很多劫以後，有了靈性、生了「情根」了。所以青埂峰下，一塊靈石變了情根。整個《紅樓夢》講的就是個「情」字。這個「情」字在《紅樓夢》裡又超越男女之情，講的是天地之間一股力量，生而來的一股原動力，推動所有的一切，有時候往好的方面推，有時候往毀滅的方面推。

情的一字二面，於他第一個身分是頑石，所以這本書又叫《石頭記》，頑石歷劫。頑石降到紅塵來，經過多少劫，歷劫以後再回到青埂峰下，完成了它的使命。這當然是個佛教的寓言，等於是在說我們每個人都是一塊頑石，都墮入紅塵，都在歷劫以後跑回青埂峰去。

因為沒有被女媧選為作補天的這塊石頭，所以就自怨自艾，希望下到紅塵。其實，這塊靈石的責任、任務，比那三萬六千多塊還要大得多。降到紅塵裡去做什麼？去補情天。

第五回，賈寶玉夢遊太虛幻境的時候，看到一個牌坊上面，上面的橫匾寫著「孽海情天」，這就是《紅樓夢》的宇宙觀。我們整個都在孽海浮沉，大家都為情字所纏所繞，「人之大患患於有情」，所以就是這一個「孽海情天」。

看下面兩行的對比：「厚地高天，堪歎古今情不盡」，這個情，整個宇宙充滿我永遠進不了的情；「痴男怨女，可憐風月債難酬」，講的都是痴男怨女，「可憐風月債難酬」，惹上了以後，情債是永遠還不清。湯顯祖在《牡丹亭》裡面有句話說：「情根一點是無生債」，「情」碰了一下子，生了根是永遠還不清。所以寶玉這塊靈石到塵世來，是來補孽海情天的。所有女孩子他都愛，喜歡女孩子為他動情的眼淚哭成一條長河，在裡面漂漂漂。

《紅樓夢》有好多個名字，《石頭記》、《紅樓夢》、《情僧錄》、《金陵十二釵》、《風月寶鑑》，每個名字都有自己的意義，《石頭記》講頑石歷劫，講佛教的一首寓言。另外還有一個名字是《情僧錄》。《情僧錄》是怎麼來的？頑石到塵世歷劫以後，把一切的經過鐫刻在石上，後來再回到青埂峰下。有個空空道人看到這塊石頭，有了一個感想，「從此空空道人因空見色，由色生情，傳情入色，自色悟空，遂改名情僧。」這個就是佛教色空的道理。佛教把我們所有世界都看成色，底下其實是幻覺、空的。空空道人便把這本書改成《情僧錄》。在書裡，空空道人只是個虛空的符號而已，情僧是誰？就是賈寶玉！《情僧錄》就是講這個情僧一輩子的故事。

曹雪芹很大膽的提出「情僧」這個字來，不是很相悖的嗎？有情不能為僧，為僧必要斷情。那情僧究竟什麼意思呢？對賈寶玉來說，他的宗教就是情，他的信仰就是情，所以他叫做情僧，最後擔負了世間所有的情傷而出世。

再往下，第三個身分。

又是一個神話。靈石久了以後就變成人形。在赤霞宮裡變成了神瑛侍者，從靈石變成一個仙人。別忘了，赤霞宮，紅色的，這個紅色在《紅樓夢》裡占了很重要的位置。《紅樓夢》可以講紅塵，另外，紅色也是人的情。然後到靈河邊去碰到絳珠仙草，「三生石畔，緣訂三生」，絳，什麼顏色？都是紅色。看這情有多濃？碰到仙草，用靈河水灌她，灌了以後變成了女體，就是林黛玉，下凡要報恩。到了塵世上，把她一生的眼淚還他。所以我們的林妹妹整天哭，要哭得淚盡才人亡，這麼一個 romantic 的故事。

寶玉，一個靈石，又變情僧，又是神瑛侍者。到了大觀園裡，他又是怡紅公子。

為什麼叫怡紅呢？因為《紅樓夢》裡，他住的是怡紅院，怡紅院有很多紅海棠。本來在赤霞宮做神瑛侍者的時候，就守護了絳珠仙草，灌溉她。到了大觀園裡，花花朵朵的更多，那麼多女孩子每個都是一朵花，他自己以護花使者自居。所有大觀園的女孩子，他都想去保護她們，去愛她們，是怡紅公子也是護花使者。所以後來也稱他「絳花洞主」、「富貴閒人」，在這人世間的身分。

到了最後，出家了，皇帝給他一個稱號叫「文廟真人」。

寶玉有個名言：「女兒是水做的骨肉，男子是泥做的骨肉，我見了女兒便清爽，見了男子便覺濁臭逼人。」他在一歲抓週的時候，父親賈政在前面放了筆、硯、書一大堆，他通通不要，抓了胭脂水粉，賈政說，大了一定是個色鬼！果然他看了女孩子，眼睛就亮了。

《紅樓夢》可能是對女性的地位，是最高的。其實這本書，就是個女兒國。有好多都是女孩子的世界，據人類學者說，好像我們中國古老的社會是母系社會，後來母系社會被父系社會壓倒了。我想，《紅樓夢》母系社會又浮現了。

《紅樓夢》裡面最高的權威是賈母。下面好多各層，王熙鳳是行政院長，然後下面就是個女兒國，女性可能在這裡地位最高。兩種男人他厭惡：第一個，一心一意求功名利祿，像賈雨村這種；賈政恐怕也不太喜歡，但不敢表露。第二種，不尊重女性，以女性為玩物，只是一種肉體的宣洩，像薛蟠、賈璉、賈赦這種。他覺得男子濁臭逼人，就是因為這兩種人。但是有其他幾位男性不一樣。像蔣玉菡、秦鐘、柳湘蓮、北靜王，每個人跟他有不同的關係。

我特別要講賈寶玉跟其他人物關係。一開頭有兩個人物出來，一個是秦可卿，一個是秦鐘。

秦可卿是寧國府賈蓉的妻子，賈珍的媳婦，賈珍是寧國府的寧國公，繼承了他父親賈敬，賈敬整天在廟裡求道不回來，所以寧國府以賈珍為主，賈珍的兒子賈蓉，賈蓉的妻子就是秦氏。秦氏兼寶釵跟黛玉之美，等於世上所有女性的美集於一身，又得賈母、王熙鳳、婆婆尤氏、公公賈珍，所有的寵愛在她身上。

一開始就出了這麼一個人物。有一天，他們請了賈母、王熙鳳、賈寶玉到寧國府去玩。第五回，你們都知道了。寶玉要睡午覺，他嫌那些地方都不好，秦氏就說，睡我的房間吧。按理講，賈寶玉是叔叔，這個是侄媳婦，不應該睡她房間的，但是她覺得他年紀那麼小有什麼，讓他睡了。她的房間裡非常的布置，各朝代裡最 sexual、最有色情、情色、女性的布置都在她房間裡。寶玉是青少年，這就啟動了他的青春期、萌動期，對性的覺醒從這裡開始。

後來遊太虛幻境，到最後的時候，看了很多冊子聽了很多詩詞，但還懵懂不知，那些其實就是後來，金陵十二釵、他家裡面人的命運，判詩已經判了。我提醒大家一次，命運這兩個字是《紅樓夢》裡很重要的一個力量。《紅樓夢》裡經常出現一些警示，警示那些人的命運。人的命運，我覺得是最神祕、最不可測的一件事情。

在第五回的時候，從來沒有這麼過，等於希臘的 Chorus 合唱團，開頭唱出了這人物的命運。最後，警幻仙姑要讓他嘗到人生啟蒙的滋味，把警幻仙姑的妹妹兼美，兼黛玉跟寶釵之美，樣子完全是秦氏的模型，跟寶玉結了婚，有了一番雲雨之後，走在河邊，牛頭馬鬼、夜叉來驚醒他，他一醒一叫，「可卿救我！」可卿就是秦可卿的小名，沒有人知道的，他突然就叫出來了。秦可卿很納悶，他怎麼會知道？後來，秦可卿沒有多久就病死了，但「秦可卿之死」有很多說法，暫且按下不表。

在賈府極盛的時候，這麼一個美貌、受寵的女孩子突然死去，《紅樓夢》有一個很重要的主題，就是賈府的興衰。在賈府極盛的時候，突然間，秦可卿死掉了。寶玉那天晚上，就聽得有傳出雲板四聲，敲了四下，正是喪音。這個喪音在賈府最盛的時候突然間來了，常常這樣子。在表面的繁華之下，暗暗的藏了要衰亡的氣象。寶玉一聽到她死，一下子一口鮮血吐了出來，刺激到這麼厲害。

因為寶玉是個極敏感的人，而且他在夢裡，跟秦可卿同樣的一個人，跟他有這麼一段情，突然間這個人死了。死亡無常，無常也是整本書很重要一個主題。寶玉出家那時，是受過了許許多多劫難，這些劫難是，他最親切的人一個一個死亡、離去、衰亡，秦可卿是第一個，所以對他是特別的。

但是秦可卿有很大的象徵意義。第一個意義是，她的鬼魂死了以後馬上去見鳳姐，警告她，「三春去後諸芳盡，各自須尋各自門」，我們家已經興盛百年，有一天應了「樹倒猢猻散」的，要趁早奠立根基，她說，「月滿則虧，水滿則溢」。這是中國人的哲學，月最圓的時候就是虧的時候，水到最高的時候就是要溢出來的時候，在最盛的時候要居安思危有所為。

這是秦可卿。別忘了，她姓秦，秦跟「情」諧音的，秦可卿等於啟蒙、啟動了賈寶玉對於女性覺醒的人物。雖然她自己沒有跟寶玉有一段真正肉體上的關係。可是，她是暗示性的，在她房間裡、在他夢裡，這位女性是對他一種性的啟蒙，女性的啟蒙、啟發。

同時，還有一個人，秦鐘。

秦鐘跟寶玉差不多年紀，比寶玉長得還要漂亮，俊秀，還要美，寶玉一見到他，非常傾心。所以人家講說，寶玉好像對女孩子非常多情，其實對男孩子也有，像對秦鐘、蔣玉菡。

寶玉最後成佛了。佛性無所不包，不分性別，他之所以成佛，是因為人世間所有的情他都能包容。所以對秦鐘的那一份情、那一份愛，跟秦氏一樣，別忘了，秦鐘是秦氏的弟弟，等於是同胞，是情的一體二面。

情，這個字的男、女，一體二面，如果說，秦氏啟發了寶玉對女性的覺醒，那麼秦鐘也就啟發了寶玉對男性的覺醒。他對女性覺醒的時候，醒來以後馬上就跟襲人發生了肉體關係，這也是書裡唯一的一次。最後跟薛寶釵結婚，那是夫妻圓房，另外一回事了。所以襲人跟他的俗緣特別深，她真正得到寶玉的肉體。所以秦氏給寶玉的啟發，也就延長到了襲人的身上。秦鐘的啟發，後來也延長到蔣玉菡的身上。最後，蔣玉菡跟花襲人結婚了，完成了寶玉整個情的歸屬。

寶玉跟他父親可以說是非常明顯的對比。賈政是個非常正直，完全實行儒家經世濟民那一套理想，整天要寶玉去考科舉，偏偏寶玉最懼畏功名考試這套東西，而且也最不喜歡。《紅樓夢》裡面的社會是非常繁文縟節，他們的儒家宗法社會儀式是非常繁複的。

余英時先生寫過一份論文，因為曹家雖然是漢人，但是滿化的漢人。乾隆時代的滿人對儒家禮儀的守，比漢人還要繁重，曹雪芹反的是那時滿化漢人那一套非常繁瑣、非常儀式的東西。跟賈政來比的話，其實是一個自然人跟社會人。如果賈政代表儒家，賈寶玉就代表佛、道思想。他們兩個最有意思的一場在第十七回，元妃省親，賈寶玉的姊姊，皇妃，要回到賈府探探門，就為了她起了個大觀園，大觀園就是為了元妃省親起的。

那天，賈政帶了一夥清客。所謂清客，是那時候的官家養了一批大概都是些落魄文士，在家裡陪著賈政下棋、作詩，這批清客當然念過書，都會題詞、題韻，中國人在園林裡都要題詩、題對聯，他也要寶玉去題，為什麼呢？原來元妃在去當皇妃之前，寶玉的書是她教的，讓他顯顯才給姊姊看。

走來走去走到一個地方，稻香村。搞了稻田養了一些鵝、鴨子、雞，做出個農村的樣子來。賈政走到這裡，看了寶玉一眼說，這地方好不好？他曉得寶玉喜歡雕梁畫棟，很不以為然。這地方不好嗎？寶玉本來非常怕這個爸爸，不敢出聲去辯他的。這時候，突然間，他的自然人、那個勁兒跑出來。他就說「這個地方弄了一個田庄，分明見得人力造作成的」、「遠無鄰村，近不負郭，背山無脈，臨水無源，高無隱寺之塔，下無通市之橋，峭然孤出，似非大觀。那及前數處有自然之理、自然之趣呢？雖種竹引泉，亦不傷于穿鑿。古人云『天然圖畫』四字，正恐非其地而強為其地，非其山而強為其山，雖百般精巧，終不相宜……」未及說完，賈政氣死了，「叉出去！」，他們父子對於自然的詮釋完全不一樣。

賈政看起來很好，歸農、種植，很樸素，這是社會化，人為化的。對寶玉看起來，完全不自然。賈政講不過他把他趕走了，這兩父子的人生哲學就有基本的衝突，也就是儒家的入世哲學跟出世哲學兩個尖銳的對比、衝突，在《紅樓夢》裡面常常用人物對比的方式來顯示不同的哲學。

《紅樓夢》裡面有一個人物——薛蟠，是薛寶釵的哥哥，薛姨媽的兒子，家裡面開好多當舖，很有錢。後來因為打死人闖了禍，投靠賈家。薛蟠外號叫呆霸王，是一個非常驕縱粗糙的人，跟寶玉完全相反。

請看第二十八回。

他們有一個朋友馮紫英，也是一個紈褲子弟，請客，把薛蟠、寶玉都請去了。同時還請了一些唱戲的，像蔣玉菡、伶人，還有妓女、雲兒，陪酒的這些。那時候妓女、唱戲的，像蔣玉菡，都有一定的修養，跟高層的社會人士來往，要懂吟詩作賦、作曲這套東西才合格。

來了以後，就要唱歌、唱曲。薛蟠一唱：「女兒悲，嫁了個男人是烏龜，女兒愁，繡房鑽出個大馬猴」，「一個蚊子哼哼哼，兩個蒼蠅嗡嗡嗡」。所以，薛蟠只是在動物這個層面，還沒有完全被教化。

不過，這個人物寫得好，他是個喜劇人物。妓女雲兒唱什麼：「女兒愁，媽媽打罵何時休」，老鴇打她，薛蟠摟她說，「前兒我見了你媽，還囑咐他，不叫他打你呢。」非常喜劇。

寶玉也唱了。寶玉唱的是很有名的紅豆詞，「絳珠仙草」那個紅豆，講的就是黛玉，「滴不盡相思血淚拋紅豆；開不完春花春柳滿畫樓，睡不穩紗窗風雨黃昏後；忘不了新愁與舊愁。咽不下玉粒金波噎滿喉；照不見菱花鏡裡形容瘦。展不開的眉頭；捱不明的更漏：呀！恰便似遮不住的青山隱隱，流不斷的綠水悠悠。」這一回很重要的就是，蔣玉菡跟賈寶玉見面的時候這麼對比，像跟賈政是一種對比，跟薛蟠是一種對比。

《紅樓夢》還創造一個很有意思的人物，非常具象徵性，叫甄寶玉。甄家跟賈家一樣是很大的家族，跟寶玉長得一模一樣，完全是鏡子相反的人物，個性開始的時候也跟賈寶玉一樣，喜歡跟在女孩子群中混。等兩人見面的時候，甄寶玉跟賈寶玉講的卻是什麼呢？文章經濟、為忠為孝那一套，聽得賈寶玉越來越不耐煩，心裡說又是個祿蠹。其實我想，寶玉是說哪個是真、哪個是假？賈寶玉其實是真寶玉，甄寶玉其實是假寶玉，這是哪一套價值？你覺得佛、道這一套是真，那就是真；你覺得儒家那套有時候過了份的東西是假，那就是假。所以有各種的對比來豐富賈寶玉這個人物。

賈寶玉碰到蔣玉菡，這什麼人呢？是個演員、戲子。當然他長得很好，寶玉見了他的時候，馬上就對這個人有一種很自然的、特別的親切，馬上互相交換禮物。什麼呢？汗巾子，綁在腰側，等於我們現在的手帕。寶玉將一個松花綠的巾子給蔣玉菡，是誰的呢？是花襲人的巾子。蔣玉菡給寶玉一個紅的汗巾子，是北靜王贈給他的。這兩個交換有很重要的意義，因為最後花襲人嫁給了蔣玉菡，那時候寶玉已經替花襲人下了聘禮了。

蔣玉菡跟賈寶玉有什麼關係呢？普通看覺得是同性戀的關係，其實可能更深一層，這兩個男人互相認同。第一，他也是玉，兩塊玉。第二，菡什麼意思？菡萏，蓮花。在佛教裡面，蓮花是分身、化身。

所以蔣玉菡在某種意義上，是賈寶玉的化身。

後來，第五回，一開頭有個判詩，講命運：「枉自溫柔和順，空云似桂如蘭」，講的是誰？花襲人。「堪羨優伶有福，誰知公子無緣」，是講誰？蔣玉菡。為什麼這麼重要？我想花襲人對寶玉有特別世俗的關係，因為他第一個發生肉體關係的就是花襲人，花襲人是真正得到他肉身的人。蔣玉菡跟寶玉可能也有一段情，沒有直講。在九十三回，為了蔣玉菡，寶玉被他父親打得要命、差不多打死掉。

到了九十三回，寶玉被賈赦帶到一個臨安伯的家裡去看戲，那時候到豪門互相看戲是很普通的一件事。一個班子來了，班主就拿本子來請他們點戲，「寶玉一見那人，面如傅粉，唇若塗朱，鮮潤如出水芙蕖，飄揚似臨風玉樹，原來不是別人，就是蔣玉菡。」小心看這個「芙蕖」，芙蕖就是蓮花的意思。然後唱了什麼戲呢？《占花魁》。大家都知道「賣油郎獨占花魁」，賣油郎的名字叫什麼？秦重。秦鐘、秦重、情種，又扯在一堆了。

寶玉看了，「果然蔣玉菡扮了秦小官，伏侍花魁醉後神情，把那一種憐香惜玉的意思，作得極情盡致。以後對飲對唱，纏綿繾綣。寶玉這時不看花魁，只把兩隻眼睛獨射在秦小官身上。更加蔣玉菡聲音響亮，口齒清楚，按腔落板，寶玉的神魂都唱得飄蕩了。直等這齣戲煞場後，更知蔣玉菡極是情種，非尋常腳色可比。」這齣戲還有更深的意義。寶玉對女孩子的感情不在於肌膚之親，最高的境界是憐香惜玉，也是他最可貴的。所以這個時候，他看著蔣玉菡，完全認同在臺上那個賣油郎秦重。

別忘了，蔣玉菡是演員，替寶玉演出這齣戲。花魁女是誰？花襲人。都姓花。花襲人後來嫁給蔣玉菡，蔣玉菡把她從賈府救出去，等於秦小官把花魁女從煙花火坑救出去。蔣玉菡也就是替寶玉在塵世上演完這齣戲，演完他做為花襲人丈夫的這齣戲。寶玉跟花襲人、蔣玉菡的俗緣特別重，他最後出家了，佛身跟著一僧一道，歸到青埂峰下。肉體俗身一分為二在這兩個世俗男女的身上，最後破鏡重圓，所以人生有佛、道的一面，也有世俗的一面。《紅樓夢》不偏哪一個，而是無所不包、無所不容。

所以這一百二十回有很重要兩個插曲，一個就是寶玉出家；一個是襲人跟蔣玉菡，這是畫龍點睛的一回。這兩個愛情三角，一個是賈寶玉、林黛玉、薛寶釵；一個是賈寶玉、花襲人、蔣玉菡，不同的境界不同的人，這本書太複雜了。

除了對比還有類比。

再有一個人，柳湘蓮，又是一朵蓮花。取這些名字，不是隨便的。柳湘蓮也很奇特，雖然是世家子弟，但是喜歡玩槍弄棒，喜歡票戲，也是演員。在某種意義上，後來他跟尤三姐有一段關係。尤三姐非常希望嫁給他，他送了一個鴛鴦劍給尤三姐作聘禮，後來聽說尤三姐是賈珍的小姨子，覺得賈珍跟她的姊姊尤二姐已經有了一段，懷疑尤三姐不貞，就把聘禮拿回來，尤三姐以示貞節自殺了。自殺了以後，柳湘蓮怎麼樣？剃髮出家了。

寶玉跟柳湘蓮有種惺惺相惜的關係，柳湘蓮後來出家了，寶玉後來也出家了。所以這兩朵蓮花，一個是告示在天，顯示出家這條路；一朵蓮花是在人間完成他的俗緣，這兩朵蓮花，在某種意義上，都是寶玉的化身。

所以這些類比的人物，柳湘蓮、蔣玉菡、秦鐘、賈政通通加起來，寶玉這個人物就很多面，整個的意義就一層比一層厚。當然他也是個多情種子，跟好多女孩子談愛，最重要的，當然就是林黛玉了。

賈寶玉跟林黛玉什麼緣分呢？如果說賈寶玉跟花襲人是俗緣，他跟林黛玉可以講是仙緣。在世間，兩個小兒女你來我往，但是另一方面，其實是個愛情神話。兩個人的第一次見面在第三回，曹雪芹寫得好的，黛玉看寶玉，最後說，「面若中秋之月，色如春曉之花，鬢若刀裁，眉如墨畫，鼻如懸膽，睛若秋波，雖怒時而似笑，即瞋視而有情。」「越顯得面如傅粉，唇若施脂，轉盼多情，語言若笑；天然一段風韻，全在眉梢，平生萬種情思，悉堆眼角。」哪裡有真的這麼一個人看起來像神仙一樣，不過，講他一生的情多到眼角都要冒出來，發脾氣眼睛一瞋也是情，寶玉就是，他是情種嘛！黛玉看他是一身的情。黛玉還沒有進賈府的時候，就有個和尚警告她不能見、最好不要見最親近的人。後來碰了寶玉，果然一場悲劇收場。

世人看賈寶玉，是怎麼樣一個人？〈西江月〉有這麼一個：「無故尋愁覓恨，有時似傻如狂；縱然生得好皮囊，腹內原來草莽。潦倒不通庶務，愚頑怕讀文章；行為偏僻性乖張，那管世人誹謗！」其實寶玉也是這麼一個人。我們常常在講，佛、道裡的聖人痴啊傻啊，西方也有，聖梵西斯會聽鳥語，跟鳥講話瘋瘋傻傻的，大概在某種方面來說他是一種聖人。

黛玉跟寶玉在一起的時候，小性子有理無理她戳他一下。寶玉旁邊那麼多美女，黛玉當然非常沒有安全感，總要試探一下。寶玉越痛，那真的才好，戳他一下，痛了，表示還愛她，所以無緣無故給他幾下子。第二，家裡頭她是獨女兒。從前也是官家，到了爸爸林如海也不過是中上階級，比起賈府來差一大階了。所以大家注意看，開始第二、三回，黛玉進賈府的時候，作者非常詳細的描述是幾進幾進的深宅大院建築，僕人穿梭往來的架勢，對黛玉來講都是一個威脅。雖然她在家裡是唯我獨尊，又孤高自賞，非常自負，到了外祖母家寄人籬下，處處對她來說都是一種威脅。所以在賈府裡也蠻緊張的，心中深怕落人褒貶，所以無形中為了保衛自己的尊嚴，有時會無緣無故有攻擊性，而且天生又非常天真，不是那麼人情世故，跟寶釵來比，就是兩回事了。這麼一個女孩子在賈府裡面，處境不容易。雖然賈母很疼憐她，但是因為她的母親賈敏死得早，她只是憐孤，比起真正的賈家人，她到底是外人，姓林不姓賈。她的不安全感就是要試寶玉，試得寶玉簡直是沒辦法，非要把真心試出來，後來把他試出來了，她就比較放心了。別忘了，林姑娘是生肺病的，生肺病的人特別敏感而且多疑，後來醫生去看她，講了她說，其實很多小性子、多疑不安全，是病來的。

寶玉看黛玉是怎樣樣子？「兩彎似蹙非蹙籠烟眉，一雙似喜非喜含情目。態生兩靨之愁，嬌襲一身之病。淚光點點，嬌喘微微。閑靜時似嬌花照水，行動處如弱柳扶風。心比干多一竅，」比干是紂王的叔父，有七巧玲瓏心，比他還要多心，「病如西子勝三分」，形容黛玉是病西施。

整個黛玉好像看不到她的身體，好像她是一束靈性，沒有肉體的。我想寶玉對她一點邪念都沒有，他們倆睡在一起，一點邪念都沒有。倒是寶玉看到寶釵白白胖胖的手，想去摸她一把。黛玉是整個沒有肉體的一個人，所以他們兩個的愛情，完全是心靈之交，知己知彼，惺惺相惜。

寶玉不喜歡功名，黛玉很了解他。所以有一次襲人勸他總要念念經世濟民的文章，寶玉把她推出去，妳到別地方去、不要來我這裡了。花襲人就說，如果碰到林姑娘，林姑娘又要生氣了。寶玉說，林姑娘知道我，從來不講這個事情。原來黛玉在外面偷聽，哎呀是知己啊，感動得不得了，又掉眼淚了。

大家最遺憾的是，寶、黛沒有成婚。可是寶玉真娶了林姑娘，生了一大堆兒女，不堪，不能想像，林姑娘抱那些 baby 抱不動，兩個人不能成婚的。這是靈與靈之間的結合。不曉得大家看過 Emily Bronte 的《咆哮山莊》沒有？《咆哮山莊》女主角 Catherine，男主角 Heathcliff 是外面撿來的，他們兩個在一起，好得不得了，非常知己，但不能結婚。她後來嫁了一個世俗的貴族，然後講了：「I am Heathcliff.」。我想寶玉跟黛玉就是他們，我就是他他就是我，兩個人，我想婚姻是一個跟他體、一個 other 才能成婚，自己跟自己不能成婚的。他們兩個常常這樣子，世間男女也是，有時候兩個男女間太相知相惜，欸，不能結婚的。這種心靈相交是另外一種愛、另外一種情感，寶玉跟黛玉就是這一種愛情，他們倆真是一仙緣，是一則愛情神話。

在第五回的時候，已經講了他們兩個愛情的命運。〈枉凝眉〉說：「一個是閬苑仙葩，一個是美玉無瑕。若說沒奇緣，今生偏又遇著他；若說有奇緣，如何心事終虛話？一個枉自嗟呀，一個空勞牽掛。

一個是水中月，一個是鏡中花，想眼中能有多少淚珠兒，怎禁得秋流到冬，春流到夏！」這個就是他倆愛情的判詩，最後悲劇收場，一個出家，一個殉情。因為兩人都不符合儒家的系統、宗法社會那一套，不容許這兩個儒家社會的叛徒，是這悲劇最深的由來。

林黛玉

我說，林黛玉——詩魂。黛玉有一次跟史湘雲中秋的時候在凹晶館下面一個池塘的地方聯句，妳一句我一句來比才，比到最後，差不多用盡了韻，這時候，有隻白鶴飛過去，境界很美，史湘雲突然想到：「寒塘渡鶴影」，多美！林黛玉的詩才很好強，想了一下子，欸有了，一句：「冷月葬詩魂」，這下子對到、壓過她那個字了。其實，「冷月葬詩魂」在無形間講她自己的命運了。這一回已經是七十幾回，林黛玉那時候已經漸漸趨向死亡，對自己的命運最敏感，妙玉馬上跳出來制止她，「不要講了！妳們警句出來了。」妙玉通靈的，知道黛玉這個話不祥，她的命運已經定了。

黛玉有幾重身分。

大家記得黛玉的前身是什麼？絳珠仙草。她在「靈河岸上，三生石畔」，遊哪裡呢？「離恨天」。吃的什麼呢？「祕情果」。喝的是什麼？「灌愁水」。這個女孩子一身是愁！賈寶玉本來是塊靈石在青埂峰下，化成了人形，就是赤霞宮的神瑛侍者。赤、絳都是紅色，所以他們的愛情是在紅色下形成的。神瑛侍者看到絳珠仙草很可愛，就用靈河裡面的水灌溉她，絳珠仙草就變幻成一個女體，因為要報答神瑛侍者，所以下凡以後，用她一生的眼淚來還。所以林妹妹一天到晚哭，哭得淚盡人亡。

世界上的眼淚為什麼流得最多？為「情」！林妹妹愛哭有道理的，到了紅塵來她是還情債。我們說

黛玉。

青埂峰是情根，情生了根以後是往下扎，《牡丹亭》裡面有一句「情根一點是無生債」，「情」生了以後是還不完的債，寶玉不是去看了「孽海情天」四個字嗎？在太虛幻境裡，它最後一句是「痴男怨女情不盡，可憐風月債難酬」。所以林黛玉下了凡就要用她的眼淚還一生的情債！

《紅樓夢》裡大致分成兩組人，一組是感性，一組是理性。感性人物以林黛玉為首。我也講過，《紅樓夢》的人物塑造是用鏡子意象，好像好多塊鏡子，每個鏡子都在反射她這個人。

所以有了黛玉，就有晴雯、齡官、柳五兒、尤三姐這一群的感性人物。像晴雯其實簡直就是黛玉的影子，最後兩個人都殉情而死。尤三姐也殉情而死，齡官也是執著於情；這些感性人物很重要的一點就是對情的執著，常常因為情的執著殉情。

曹雪芹是天眼來看紅塵芸芸眾生，對這些感性人物非常同情，但並不是說對理性的人物，對適合於現代的、儒家系統、宗法、社會那些人物有什麼偏見，他只是告訴你，我們社會就是中國社會。

其實西方社會也有這樣的，《包法利夫人》Madame Bovary，還有《安娜・卡列尼娜》Anna Karenina，都是為情而死。湯顯祖說「情不知所起，一往而深，生者可以死，死可以生。」情，可以穿越生死，是一道兩面刃，可以使得你動容，使你人生高昂提昇；也可以毀滅你。為什麼我們對林黛玉有一種憐愛，最後還有一種尊敬呢？殉情嘛！為了情的執著而死，贏得了大家的同情。

現實上已經下了凡塵的林妹妹，是怎麼樣的人呢？別忘了她是蘇州姑娘。想到蘇州就會想到園林、刺繡、崑曲，那些江南文化，非常精緻、精髓的東西，也都在林黛玉身上。

曹雪芹不是隨便寫的，整本書什麼時候是加重？什麼時候要收起來，老早設計得清清楚楚。寫個人物不容易，在京戲裡如果女主角出場，一來一定一個 pose 停在那個地方，給大家看清楚了——我是女主角。

誰開始介紹林黛玉出場的呢？是她的老師——賈雨村。是個很世俗、一個在官場裡邊打滾，後來丟了官以後就去當老師，教了這個女學生。他講了這個女學生身體很弱，淡淡幾句就引她進來，讓她到了賈府，你不知道林黛玉什麼樣子。賈雨村是個俗人，看林黛玉看不出什麼名堂，黛玉不是世俗的人能夠理解的一個女孩子，要等到寶玉出場，從寶玉的情人眼中出西施，才看得最準。

所以要等到這個時候，才告訴你林黛玉長得是這樣：「兩彎似蹙非蹙籠烟眉，一雙似喜非喜含情目。態生兩靨之愁，嬌襲一身之病。淚光點點，嬌喘微微。閑靜時似嬌花照水，行動處如弱柳扶風。心較比干多一竅，病如西子勝三分」。所以如果賈雨村講這個話，身分不合適，他也不懂。

寶玉看得出這些名堂，他就講了「這個妹妹我見過。」，他們本來就有前世，三生石畔已經訂下緣了，所以兩人在某方面來說都是謫仙，在我們現實的儒家系統、宗法社會裡得不到一個合適的位置。

林黛玉進賈府曹雪芹寫得好。林家雖然也是官家，但比賈府的氣勢差太遠。黛玉也是個非常自負的女孩子，在家裡面是唯我獨尊，到了賈家，外祖母再怎麼疼她也是寄人籬下，所以為什麼黛玉那麼多心，處境不容易的。

一開頭沒多久薛寶釵進來了。薛寶釵進來對她是一個很大的威脅，長得也很美，得人心，很世故，完全跟她相反。而且最主要，薛家有錢，媽媽也一起到賈府，不像林黛玉是個孤女。

薛寶釵拿了幾個宮錭要送給那些姊妹們。王夫人道：「留著給寶丫頭戴也罷了，又想著他們。」薛姨媽道：「姨太太不知，寶丫頭怪著呢，他從來不愛這些花兒粉兒的。」她就送給這送給那，表面上好像送給這些人。什麼人去送呢？周瑞家的，王夫人的陪嫁丫頭。周瑞家的拿了這個花，到處去一個一個給她們那些女孩子，給了惜春，惜春笑道：「我這裡正和智能兒說，我明兒也要剃了頭同他作姑子去呢，可巧又送了花兒來，要剃了頭，可把這花兒戴在那裡呢？」她後來真的當了尼姑，隨便一句就點到她最後的結局。送到賈璉跟王熙鳳，賈璉旁邊奶媽就嘟嘟嘴說，噓、不要講話。原來賈璉跟王熙鳳白晝行淫，在講這一對非常非常世俗。

最後送到林黛玉的手裡。黛玉只就寶玉手中看了一看，便問道：「還是單送我一個人的，還是別的姑娘們都有呢？」周瑞家的道：「各位都有了，這兩枝是姑娘的。」黛玉冷笑道：「我就知道麼！別人不挑剩下的也不給我呀。」周瑞家的聽了，一聲兒也不敢言語。林黛玉多麼的一點一滴深怕人家瞧不起她。這就得罪了人，那周瑞家的是在王夫人前面可以講話的，薛寶釵看了周瑞家的，周姊姊長周姊姊短，林黛玉「碰！」就戳她一下。所以這兩個人以後誰勝誰敗，一個天真、一個世故，都可以看得出來了。

《紅樓夢》很重要的一個主題，就是人的命運。

在第五回遊太虛幻境，前面很多謎語判詩，講金陵十二釵，還有那些丫鬟，把她們的命運都寫在上面，像希臘悲劇一開場 Chorus 唱出人的命運，命運在前很可怕無法反轉，所以西方的命運之神眼睛是蒙起來的，因為他是盲目的。《紅樓夢》講的就是這些，那麼多人的命運一個一個在判詩裡已經暗暗的唱出來。在這裡邊，黛玉對她的命運最敏感。

第二十三回是：「西廂記妙詞通戲語，牡丹亭艷曲警芳心」。我說《紅樓夢》是集大成的一本書，唐詩、宋詞、元曲、明清的傳奇、戲曲、小說，這一個大傳統最後落得《紅樓夢》的身上、落在曹雪芹的身上，曹雪芹就是集中國文學、文化、哲學集大成的這麼一個人，把中國的大傳統化進了這本書裡。

戲曲在《紅樓夢》裡也扮演了相當重要的角色，經常以戲點題。乾隆時代戲曲、尤其崑曲非常盛的時候，乾隆自己有御班子，最多人的時候一千個。康熙遊江南六次，四次是曹家在江南織造府接待康熙皇帝，一定天天有戲的。曹府裡自己就有戲班子，曹寅他自己寫傳奇本子。到今天很重要，他還留著一個叫《續琵琶》的本子，所以曹家有戲的。

以前有句話，「水滸誨盜西廂誨淫」。「西廂誨淫」，講崔鶯鶯跟張生在寺裡幽通，一個相國府的千金小姐打破禮教，等於是禁書一般，大家不太能看這個東西的。寶玉就悄悄弄了《西廂記》來。黛玉道：「什麼書？」寶玉見問，慌得藏了，便說道：「不過是《中庸》《大學》。」黛玉笑道：「你又在我跟前弄鬼。趁早兒給我瞧，好多著呢。」寶玉道：「妹妹，要論你，我是不怕的。你看了，好歹別告訴別人。真是好文章！你要看了，連飯也不想吃呢！」一面說，一面遞過去。黛玉把花具放下，接書來瞧，從頭看去，越看越愛，不頓飯時，已看了好幾齣了。但覺詞句警人，餘香滿口。一面看了，只管出神，心內還默默記誦。寶玉笑道：「妹妹，你說好不好？」黛玉笑著點頭兒。然後寶玉就講了一句《西廂記》裡的話：「我就是個多愁多病的身，你就是那傾國傾城的貌。」這是張生逗崔鶯鶯的，林黛玉其實心裡滿高興的，但是不行，馬上裝怒：「你這該死的，胡說了！好好兒的，把這些淫詞艷曲弄了來，說這些混賬話，欺負我，我告訴舅舅、舅母去！」寶玉當然嚇壞了，所以黛玉噗哧笑了一下子「呸！原來也是個『銀樣蠟槍頭』！」兩個人其實是互相在調笑。後來黛玉走到梨香院，那些女孩子正在演戲。本來黛玉有點不大瞧得起戲曲，她一聽，唱什麼呢？《牡丹亭》【皂羅袍】那一段：「原來奼紫嫣紅開遍，似這般，都付與斷井頹垣……良辰美景奈何天，賞心樂事誰家院。」黛玉一聽，原來曲裡也有好文章。再聽下去，「只為你如花美眷，似水流年」黛玉聽得心動神搖，接下來「你在幽閨自憐」，又「越發如醉如痴，站立不住，便一蹲身坐在一塊山子石上……不覺心動神馳，眼中落淚」為什麼這幾句詞這麼觸動黛玉的心呢？這是誰唱的呢？是《牡丹亭》裡的杜麗娘，年方二八，十六歲的時候，跟春香到後花園去遊園。從前明朝的時候禮教很嚴，自己的後花園女孩子也不能隨便去逛，所以待她爸爸杜太守到鄉下去勸農，她跟春香兩個人悄悄去，一看，本來滿園春色的「原來奼紫嫣紅開遍」，已經「似這般，都付與斷井頹垣」。杜麗娘一下子傷感起來，覺得已經芳華虛度。

林黛玉也跟杜麗娘一樣，興起了傷春悲秋的情緒。在我們所有文學的傳統裡面，我想崔鶯鶯、杜麗娘、林黛玉，是一個繼承一個的。其實，在《紅樓夢》裡，林黛玉最接近杜麗娘，為情而生、為情而死，「情不知所起，一往而生，生者可以死，死可以生。」對情的執著、追求，杜麗娘是她的前身、模範。

所以黛玉聽了這些話特別有感觸，也就遙指、啟發到下面寫出了等於是一篇自惋詩〈葬花詞〉，成為《紅樓夢》裡的一個高潮。

《紅樓夢》借重於詩、詞、曲來點題，是整個小說有機的一部分，這很重要。

七〇年代作曲家許常惠先生從法國回來，寫了〈葬花吟〉的曲子。他利用佛教頌經的旋律來吟頌〈葬花詞〉，抓到〈葬花詞〉的精髓。〈葬花詞〉就是一首自惋詩，黛玉以花的命運跟自己的命運合而為一，以一己之痛道出世人之悲。最美的東西，是花。最脆弱的，也是花。「彩雲易散琉璃脆」，美的東西一下子就過去了。黛玉也知道自己可能命不長，就像花一樣挨不過秋冬。她自己講說：「天盡頭！何處有香丘？未若錦囊收艷骨，一坯淨土掩風流。質本潔來還潔去，不教污淖陷渠溝。」。別忘了她是絳珠仙草，落到這紅塵裡，當然是格格不入的。後來她死的時候，跟紫鵑講：「我的身子是乾淨的，你好歹叫他們送我回去」。

再看，「質本潔來還潔去，不教污淖陷渠溝」，這是黛玉的拗性。「爾今死去儂收葬，未卜儂身何日喪？儂今葬花人笑癡，他年葬儂知是誰？試看春殘花漸落，更是紅顏老死時；一朝春盡紅顏老，花落人亡兩不知！」這首詩用的是古代的歌行型式，可能在乾隆以後，中國的詩詞、歌行方面，再沒有達到這個高峰。

接著，「昨宵庭外悲歌發，知是花魂與鳥魂？花魂鳥魂總難留，鳥自無言花自羞；願儂此日生雙翼，隨花飛到天盡頭。」其實這等於是一曲大悲咒，在哀悼這些花的命運，也在哀悼她自己的命運。這就是由於聽了《牡丹亭》，所以才有了〈葬花詞〉的浮現。〈葬花詞〉也充分的展示了林黛玉的詩才、個性，以及對自己命運的一種覺悟。

我們看「林瀟湘魁奪菊花詩」。大觀園裡女孩子作詩，每個人都取一個詩名、筆名。林黛玉住在瀟湘館，所以是「瀟湘妃子」。

秋天，大觀園裡滿園菊花。史湘雲想要在大觀園裡請客，薛寶釵非常懂事，就說我來替妳張羅，送了很多螃蟹，吃了螃蟹以後就作詩。他們擬了很多以菊花為主的題目出來，「問菊」、「訪菊」等等。

薛寶釵的詩才也很高，跟黛玉時常還不相上下。可是薛寶釵是個儒家的理想，作詩、對她來說是閨秀的一種修養而已，不像林黛玉是詩魂。剛剛〈葬花吟〉已經表露了黛玉對自己的命運。這一首〈問菊〉，也看出林黛玉的個性。「欲訊秋情眾莫知，喃喃負手扣東籬；孤標傲世偕誰隱？一樣開花為底遲？」菊花是在秋天才開，秋天的時候「傲霜枝」，林黛玉就是個傲霜枝，講她自己。「圃露庭霜何寂寞？雁歸蛩病可相思？莫言舉世無談者，解語何妨話片時。」這個時候她孤高傲世，自視甚高，一定是個寂寞的人。

但是黛玉的一生，最要緊的就是寶玉的情，但那時候談戀愛不能露的，尤其大家閨秀，只能悄悄的，有時候眼角傳情一下，寫情詩還要暗含著，不能直講。

有一次，真情畢露，露出來了。怎麼露出來？什麼時候呢？寶玉被賈政打了。大家知道他跟戲子蔣玉菡有來往，而且剛好金釧兒又因為寶玉的關係跳井，幾個事情湊在一起。本來賈政討厭他得不得了，這個兒子一點都不合乎儒家的理想、規矩。這下子就打他，也是賈政這個父親的挫折，怎麼這麼一個兒子就教不好，為什麼呢？有個老太太槓在那裡！賈母寵他。打得快一身皮肉都見血了，大家都很著急，打死了怎麼辦？馬上進去通知老太太。史太君跑來以後當然就要阻攔，賈政就說，哎呀這麼熱天，怎麼還驚動老太太來，要有什麼事情吩咐兒子一聲就行了。老太太很厲害，說：「你原來和我說話！我倒有話吩咐，只是我一生沒養個好兒子，卻叫我和誰說去！」這賈政就一下子跪下來，媽媽講了重話。賈母這個老太太非比尋常，不得了的一個人。

寶玉得救了以後，當然一身打得不成話，青一塊紫一塊的都不能動了，家裡都很心疼他。這個也來看、那個也來看，連寶釵這個非常不動聲色、沉穩的女孩子，來了以後居然眼眶也紅了，心裡面也是疼賈寶玉的。最後一個，黛玉來了。寶玉一看，兩個眼睛腫得像桃子一樣，哭了，真情畢露。

那天晚上，寶玉就叫晴雯拿兩塊手帕去給林姑娘。晴雯一看，欸，是寶玉用過的舊手帕。晴雯不懂，問說，要拿手帕給她，要嘛新的，拿舊的給她，等一下林姑娘又不高興了怎麼辦啊？寶玉說她懂的，妳拿去吧。晴雯就帶去給黛玉說，「二爺叫給姑娘送絹子來了。」黛玉當然不好意思，「我這會子不用這個。」，晴雯說，「不是新的，就是家常舊的。」哦——，林黛玉一下子就懂了，她說「放下，去罷。」這下子不得了，從來沒有這個，互相表記耶，定情的表記，新的不稀奇，用過的、是寶玉的身體的一部分。兩個人最親密的時候，也就是這麼最親密啦。

這下子黛玉七上八下，又喜又懼，喜是寶玉給她這種體己的東西，又懼這私通表記，當時候還得了。點了燈，她就在兩塊手帕上寫下三首詩，這是她對寶玉講話講得最 cofessional 、最告白的三首詩。

講什麼呢？還淚啊，「眼空蓄淚淚空垂，暗灑閒拋更向誰？尺幅鮫綃勞惠贈，為君那得不傷悲！」講到這個時候，不得了了，然後是，「拋珠滾玉只偷潸，鎮日無心鎮日閑，枕上袖邊難拂拭，任他點點與斑斑。」眼淚都掉了，掉到寶玉的舊手帕上面，這是他們兩個人最親密的一刻！然後，最後是，「彩線難收面上珠，湘江舊跡已模糊。」這個湘江，她是瀟湘妃子嘛，「床前亦有千竿竹，不識香痕漬也無？」寫完了三首情詩在這手帕上面以後，一看，一臉通紅，臉都燒起來了。

這下子，黛玉的病根子由此起。我們的林姑娘這麼弱柳扶風一個女孩子，哪裡承受得起這麼重的情債，是「情」把我們的林姑娘壓垮、壓病的，所以最後只好把所有的眼淚還給寶玉，這時候她心裡面的情愫已經通通講出來了。

後四十回常常被人攻擊，說這裡寫得不好、那裡寫得不好。我是覺得非常的不公平，我們的張愛玲張姑奶奶，因為她的影響力太大，我現在要把她駁回去。她說，一生裡有三大遺憾，是什麼呢？鰣魚刺太多，海棠沒香味，第三大遺憾是什麼？《紅樓夢》曹雪芹只寫了八十回，後四十回沒寫完。後來她也常常攻擊後四十回，她說，一到了八十一回天昏地暗。我想張愛玲那麼敏感、聰明的一個人，後四十回她沒看懂，這才是我的遺憾之一。

後四十回寫得好的地方太多，處處有亮點，而且很重要。沒有後四十回寶玉出家、黛玉之死那兩根柱子，沒有那個悲劇的話，這本書根本就不能成立。

寫得很好的是第八十二回。

襲人也是心機很深的一個女孩子，她的一生也想抓住寶玉的心、抓住寶玉這個人，因為最後她得的也是個妾的位子，而正室是誰，也就會決定她的命運。

那時候大家看來看去，風言風語，賈母也不露聲色，不過有些地方已經透露出來是要選寶釵了，可是還沒有太多的跡象。大家都在猜很可能選黛玉，因為黛玉最親，她是姑表，中國人是姑表比姨表親。這一個是賈姓，一個是異姓，大家以為是她。襲人當然心裡也跑到黛玉那邊去。

第六十九回，王熙鳳把尤二姐磨死了，襲人不敢講是王熙鳳，把手伸著兩個指頭，道：「說起來，比他還利害，連外頭的臉面都不顧了。」黛玉接著道：「他也夠受了。尤二姑娘怎麼死了！」襲人道：「可不是！想來都是一個人，不過名分裡頭差些，何苦這樣毒？外面名聲也不好聽。」黛玉很敏感的，一聽，襲人從來很懂分寸的，不在背後講人家壞話的，怎麼認起這正房、偏房來了？她心裡邊一動，就講了一句很有名的話，「這也難說。但凡家庭之事，不是東風壓了西風，就是西風壓了東風。」

正好薛寶釵家裡派了兩個老婆子替林黛玉送燕窩來，那兩個老婆子不懂事，一看到黛玉就說，以後就是配我們寶二爺。這個不能說的！黛玉趕快把老婆子趕走。晚上刺心，做了個惡夢，這夢寫得極好，非常 Freudian。

在夢裡，她突然看清楚了在賈府的處境。在夢裡，王夫人、鳳姐要把林黛玉嫁走，而且是當續房。說是黛玉的父親娶了一個續房太太（其實她父親已經死了），繼母指定要她嫁出去。黛玉就急得不得了，求她們說不要。她又去求賈母，請老太太救她。賈母臉上沒什麼表情，很不耐煩的跟鴛鴦講，黛玉把我鬧得累了，把她請走吧。黛玉才發覺，原來平常的時候，鳳姐、王夫人個個好像表面都疼她、寵她，尤其是賈母那麼寵她，她看出了她們虛偽的地方，也看到她們對她的真面目。後來果然賈母選定了薛寶釵的時候，對黛玉就比較冷淡了。

夢裡最後她就到寶玉那邊去，最後能救她就是寶玉了。寶玉也說，你原是許了我的。黛玉說，她們要把我嫁走。寶玉說，我拿我的心給你瞧，一講了就自己拿刀把胸口劃開，把心掏出來，掏出來後寶玉就倒下去了。黛玉一下子驚醒來，吐了一口鮮血，這刺激太大了。黛玉整天要什麼？要寶玉的心，寶玉就挖開來給她。

從此黛玉的健康一直往下走。後來果然賈母、薛姨媽她們已經在背後暗暗的把寶釵訂下來了。從賈母的觀點來說，寶釵懂世故，又很健康，長得又好，家裡面又有錢，各種條件都好。賈母自己講了，娶媳婦要娶一個健康媳婦，要能生孩子、傳宗接代。林姑娘身體不好，要生孩子很難，而且脾氣又孤僻。所以就把寶釵訂下來，但是不敢講，因為後來發覺他們兩個人已經生情了。

另外一件事情，寶玉的玉不見了，等於他的心丟掉了，剩下一個軀殼。中國人相信如果能結婚沖喜，可能恢復過來，所以就急著把寶釵訂下來。訂了以後，曉得萬一這事漏出去，寶玉鬧起來不肯了，所以大家都封口不准講這個事情。

這時候，黛玉生日了，賈母她們在形式上還是要替她做生日。但薛姨媽跟寶釵就不會出現了，因為已經被訂做媳婦。但是賈家的人還在強顏歡笑的做這個 Birthday Party。

這裡寫得真的很好。曹雪芹有時候悄悄的一筆，要注意。黛玉那天穿得很漂亮，打扮得像嫦娥一樣，又是一個仙女。當然也唱戲，什麼戲呢？《蕊珠記》。《蕊珠記》的一折叫〈冥升〉，講的是嫦娥奔月的故事。這又點了黛玉像嫦娥的命運一樣。

嫦娥偷了靈藥以後就奔月了，永遠在月宮裡面。李商隱有一首嫦娥詩可以來解釋林黛玉的處境。「雲母屏風燭影深，長河漸落曉星沉；嫦娥應悔偷靈藥，碧海青天夜夜心」。這什麼心？一個人永遠在月宮裡高處不勝寒的夜夜寂寞心。

對林黛玉來說，偷了什麼靈藥？偷了「情」！拿了「情」的靈藥，就像嫦娥在廣寒宮裡一樣，碧海青天夜夜心，處境在大觀園裡完全孤立了，靈藥不是隨便能偷，也不是隨便能嘗的啊。

然後，「林黛玉焚稿斷癡情，薛寶釵出閨成大禮」，這是《紅樓夢》高峰之一。傻丫頭告訴她已經訂了薛寶釵，馬上要結婚了。林黛玉一聽就覺得整個錯亂，醒過來的時候，她知道必死無疑，整個她一生的追求落空。

她死的時候要做什麼？第一，「林黛玉焚稿斷癡情」。她的詩稿代表什麼？詩是她的靈魂。她在病得快死的時候，叫紫鵑把那火盆端放到炕上來。大家還記得那兩塊手帕嗎？這個時候派上用場了，這兩塊手帕表示什麼？兩個人最親密的愛情。本來要撕但怎麼撕不動，所以把它丟到火裡面燒，把這段情燒掉，燒了以後，把詩稿也丟到裡面去，燒起來——焚稿。

燒兩塊手帕，是燒掉她跟寶玉之間的愛情、肉體；燒掉詩，是焚掉她的靈魂，在這世上不留情的，燒掉。

最後她就跟紫鵑講，我是乾淨的。很決絕的講，妹妹！我這裡並沒親人，我的身子是乾淨的，你好歹叫他們送我回去！跟賈府一切的人一刀兩斷，「質本還來還潔去，不教污淖陷渠溝」林黛玉突然間變成一個很剛烈的、殉情的女子。

這一段寫得非常好：

當時黛玉氣絕，正是寶玉娶寶釵的這個時辰。紫鵑等都大哭起來。李紈探春想他素日的可疼，今日更加可憐，便也傷心痛哭。因瀟湘館離新房子甚遠，所以那邊並沒有聽見。一時，大家痛哭了一陣，只聽得遠遠一陣音樂之聲，側耳一聽，卻又沒有了。探春李紈走出院外再聽時，惟有竹梢風動，月影移牆，好不淒涼冷淡。

最後一次，黛玉之死輕輕的一筆過去了。那邊，只見新人笑，這邊，哪聞舊人哭。黛玉這變得非常淒涼。

在第五回的判詩裡老早已經寫好了，她跟寶玉兩個人的愛情，是一場悲劇：

一個是閬苑仙葩，一個是美玉無瑕，若說沒奇緣，今生偏又遇著他；若說有奇緣，如何心事終虛話？一個枉自嗟呀，一個空勞牽掛。一個是水中月，一個是鏡中花。想眼中能有多少淚珠兒，怎經得秋流到冬，春流到夏！

薛寶釵

薛寶釵是《紅樓夢》裡儒家的理想女性。儒家很重要的個人修為、家庭規矩、社會秩序這一套思想哲學，幾千年有形無形滲透到整個社會、滲透到中國人的靈魂裡。薛寶釵在這裡頭極有分寸，極懂得進退。而且也有才，幾乎無所不通，作詩作得很好，畫畫也有一套，連醫藥也懂，幾乎是無所不能。

薛寶釵如果一不小心講大道理，而且講得振振有辭，寫得不好就變成女孔子。曹雪芹寫薛寶釵寫得合情合理，她就是這麼有血有肉的一個人，而且非常合乎儒家的理想。我說曹雪芹是以天眼看紅塵，是把所有中國社會、所有的中國人看得透透徹徹，才不倚不偏的寫出來。曹雪芹之所以能做到這個地步，在他本人對於中國的哲學思想、儒釋道的傳統已經融化在身上。常常有人說，有把《紅樓夢》看成是反儒家、反階級鬥爭，林黛玉變成革命英雄，薛寶釵是保皇黨，這都是比較偏頗的。當然，幾百年前就有兩派，一派是擁林派，一派是擁薛派。其實曹雪芹兩邊都有一個 balance。

如果說感性人物是林黛玉的話，理性人物就是薛寶釵。儒家是真的非常理性，尤其對「情」。不光是儒家，佛家、基督教，大概對人的基本情欲，都要用層層的道德把它規範起來。佛洛伊德有一本名著叫作《文明及其不滿》（Civilization and its discontents），他說人類文明壓抑了我們的原欲，所以人有種種暗暗在心裡頭的不滿，比如人生天性的情，這種情有時候也牽涉到欲，是天性的衝動，被層層的這東西綑綁起來，把它合理化。

我說林黛玉有很多鏡子的意象，有晴雯、齡官；薛寶釵也有，理性的人物像襲人，也很能夠知進退；然後探春，也是很合乎儒家的標準。所以黛玉有這麼一群，寶釵也有這麼一群，這些又是相對的，黛玉跟寶釵是兩個對比，晴雯跟襲人也是。

薛寶釵有什麼特性？一開始讓我們印象很深的是常常吃冷香丸。

薛姑娘，姓薛，snow，冷的，姓雪。吃的是冷香丸，你看這女孩子冷不冷？她必須冷，必須要把她情的衝動通通規範起來、壓制起來，要把她 socialize 社會化，合乎儒家的要求，所以讓她吃冷香丸。她住的蘅蕪苑，劉姥姥進去的時候，一看，雪洞一般，都是白的，非常素。賈母就不以為然了，這女孩子太素了，拿了東西來裝飾。她的媽媽講：「寶丫頭怪著呢，她從來不愛這些花兒粉兒的。」樸素得有點怪，住得像雪洞一樣、吃冷香丸，最後守活寡。不光是冷香丸，還有一個 symbol 給她。有個和尚很早就給她一把金鎖，這是她最神祕的地方。

寶玉有次看著薛寶釵說：「看看這個玉怎麼樣？」寶釵就拿他的玉來看，上面刻了幾個字：「莫失莫忘，仙壽恆昌」。寶釵的丫頭鶯兒說，這兩句好像對得我們姑娘的金鎖上那兩句，「不離不棄，芳齡永繼」。和尚給寶釵金鎖的時候，就已經預言說，要有一個玉來配她，所以是金玉良緣。但是寶玉不喜歡這金玉良緣，他說，誰說金玉良緣，我說木石前緣。因為絳珠仙草是木，寶玉是石頭嘛。所以寶釵必須用金鎖把他給鎖起來、扛起來。金子是最沉重、最耐的，真金不怕火煉，玉還會碎掉，金不會，所以寶釵要扛起這把金鎖來，最後嫁給寶玉。我的看法是：寶釵嫁的不是賈寶玉，是嫁給賈府、儒家系統宗法社會孫媳婦的位子，為什麼？她要扛大任。

寶玉後來出家，出家的人要了盡塵緣，要給世俗上的東西通通做個了結才能走。寶玉後來考中舉人，留給他父母功名。他走的時候，寶釵懷了孕，留給她一個兒子。後來甄士隱變成道士了以後，賈雨村問他，以後賈府會怎麼樣？他說，有一天還會起來。靠什麼呢？蘭桂齊芳。蘭，賈蘭，李紈的兒子，後來也考取中了。桂，賈桂，就是寶釵懷的遺腹子，等於是以後會挑起賈家來，而寶釵的大責任就是撫養這個兒子，寶釵就是要接王熙鳳的位子，撐起賈家這個擔子來。所以，她要不要吃冷香丸？要不要戴金鎖扛起來？她有重任的，賈母選她，冥冥中也是要這個女孩子接下來。我們現在最遺憾的是賈母沒有選林姑娘，可林姑娘沒有金鎖，撐不起那個重擔。

說寶釵好像是個女孔子一樣，其實也不然，她有一段白白胖胖的手臂，寶玉看了也想要摸一摸，可能也是有做為女孩子的 sex appeal。

再往下看。

把寶釵和黛玉對比起來，第二十七回：「滴翠亭楊妃戲彩蝶，埋香冢飛燕泣殘紅」。楊貴妃跟趙飛

寶釵。

燕就是燕瘦環肥。林黛玉做什麼呢？在寫葬花詞，把花埋起來，等於埋她自己，是不是？看了這落英繽紛都是落下來的、凋殘的，有一點在想她自己像花一樣、不能捱過秋冬。

薛寶釵則在做什麼？她走在園子裡，看了兩隻很大的蝴蝶在飛，她就拿扇子去撲。林黛玉是要埋葬殘花，寶姑娘是要追那蝴蝶往上飛，而且是成雙成對的，是團，她追求的東西都是富貴、團圓的，跟林黛玉成了強烈的對比。一個戴金鎖、吃冷香丸，一個常常自怨自艾說我什麼也沒有，整天酸酸的拱著寶玉說人家有金來配你我什麼也沒有。她根本不必，她自己就是一塊玉，而且是最珍貴的黑玉。所以這兩塊玉根本就是很契合、心心相應的，林姑娘不需要金也不需要別的東西，本身的玉就夠了。

我說寶釵冷，冷在哪裡？王夫人有個丫嬛叫金釧兒，因為跟寶玉調笑，王夫人罵道：「下作小娼婦兒！好好的爺們，都叫你們教壞了。」啪地打了她一個耳光。金釧兒本來很得寵的，這麼一下就羞愧得不得了，回到家裡就跳井死了。王夫人很懊喪，怎麼打了這麼一下就死了？正很不舒服的時候，寶釵來了。她聽了以後說：「姨娘是慈善人，固然是這麼想；據我看來，他並不是賭氣投井，多半他下去住著，或是在井旁邊兒玩，失了腳掉下去的。他在上頭拘束慣了，這一出去自然要到各處去玩玩逛逛兒，豈有這樣大氣的理？縱然有這樣大氣，也不過是個糊塗人，也不為可惜。」

這王夫人想，人死了總是要對她好一點，給她一套壽衣吧，她說，哎呀一下子找不出新的衣服，原本有替林妹妹做了幾套新衣服，但黛玉身體不好也很忌諱。寶釵就說沒關係我那裡有。多麼懂事，你說王夫人喜不喜歡這個媳婦？勸解她、講出道理、幫她。寶釵十五歲，賈母給她做生日。她知道老人家喜歡熱鬧的戲，就點熱鬧的戲；老人家喜歡吃甜爛的東西，她就叫甜爛的東西，賈母會不高興嗎？是林姑娘的話，我要吃這個，她不管賈母愛什麼，她真。

這就是薛寶釵，懂世故，所以每個大觀園裡的人都喜歡她。她替史湘雲籌劃弄螃蟹，史湘雲也服她。林黛玉一開頭跟她尖鋒相對，慢慢的，薛寶釵也施出手段來，把林黛玉給降伏，待人接物非常有一套。

後來她們重建桃花社，她們就喜歡作詩作詞，常常顯露出她們的個性來。看看林黛玉寫的：「粉墮百花洲，香殘燕子樓。一團團、逐隊成球。漂泊亦如人命薄；空繾綣，說風流！草木也知愁，韶華竟白頭。嘆今生、誰捨誰收！嫁與東風春不管：憑爾去，忍淹留！」對於柳絮這種悲悲切切的感受。寶姑娘不一樣，她說，柳絮本來是個輕薄東西，我偏要把它講好。「白玉堂前春解舞，東風捲得均勻。蜂圍蝶陣亂紛紛；幾曾隨逝水？何必委芳塵？萬縷千絲終不改，任他隨聚隨分。韶華休笑本無根；好風憑借力，送我上青雲。」最後一段她說要平步上天上青雲，所以她以後會嫁給賈府，是這麼來的。這是她對命運、對人生的看法。

到了最後，賈寶玉跟薛寶釵兩個人，一個是佛、道，一個是儒家，他們倆結婚了。結婚了以後，寶玉的玉丟掉了。後來一個和尚又拿回來給他，寶玉就第二次遊太虛幻境。他第一次遊的時候看了好多冊子，講的都是大觀園裡邊女孩子的命運。那時候他還沒懂。這次一看，懂了，天機洩露了，原來一切都是前定。

七十四回的時候，傻大姊拿了一個有春宮圖的一個袋子，不得了，後來抄大觀園，王夫人把好多人趕走了，司棋、晴雯、四兒，還有那些小戲子，通通趕走。寶釵因為裡邊這麼亂，也搬出大觀園，大觀園一下子就崩潰了，於是寶玉受了很大的刺激，尤其是晴雯之死。

晴雯之死等於黛玉之死的前奏。晴雯死了以後，大觀園也抄掉了，寶玉的理想國、伊甸園崩潰了。他本來以前是個 teenager，無憂無慮，即使有吵架痛苦，也只是少年不識愁滋味。這個時候不一樣，漸漸真的嚐到人生的悲哀，尤其是後四十回，從七十七回開始到八十幾回，寶玉的心境已經漸漸變得蒼涼了。

張愛玲說，一到了八十一回就天昏地暗。其實八十一回很要緊的。寶玉的心情已經慢慢地沉下來，他最愛的一個丫鬟——晴雯死了，大觀園也散掉了。有一天，他在翻書，一翻翻到一個詩集，是曹操的〈短歌行〉，「對酒當歌，人生幾何？譬如朝露，去日苦多。」再往下，「青青子衿，悠悠我心。但為君故，沉吟至今。」《三國演義》裡寫曹操橫槊賦詩，一代梟雄當時候還感到人生無常、人生苦短譬如朝露，寶玉那時候還很年輕，可是他的心境已經轉成蒼涼。所以後四十回歡不起來了，不像前八十回那種太平盛世的笑聲奕奕，這時候整個賈府往下衰微，寶玉的心情往下走了。寶玉看了那些冊子以後，更知道原來一切都是前定，醒了以後更加對人生了悟，已經準備要出家了。他喜歡看《莊子》、〈秋水〉這些，寶釵很不以為然，要他去考功名。

第一百一十八回，「驚謎語妻妾諫痴人」，寶釵勸寶玉的這一段，兩個人有一個對「赤子」的debate。寶釵從儒家觀點來看，寶玉則是從佛道、道家的觀點來解釋。

寶玉說：「據你說『人品根柢』，又是什麼『古聖賢』，你可知古聖賢說過，『不失其赤子之心』？那赤子有什麼好處，不過是無知，無識，無貪，無忌。我們生來已陷溺在貪、嗔、痴、愛中，猶如污泥一般，怎麼能跳出這般塵網？如今才曉得『聚散浮生』四字，古人說了，不曾提醒一個。既要講到人品根柢，誰是到那太初一步地位的？」一切在塵世中嗔貪痴愛的汙泥裡打轉，要歸真返樸，才是赤子。

可是這寶釵完全是從另一個角度來看。寶釵說：「你既說『赤子之心』，古聖賢原以忠孝為赤子之心，並不是遁世離群、」孟子講的赤子之心要用忠孝之道，「無關無係為赤子之心。堯、舜、禹、湯、周、孔，時刻以救民濟世為心，所謂赤子之心，原不過是『不忍』二字。若你方才所說的忍於拋棄天倫，還成什麼道理？」這兩人完全在不同的層次，一個是入世的、一個出世的，這時候，兩個人的人生觀已經不在一起了。

然後寶玉點頭笑道：「堯舜不強巢許，武周不強夷齊。」巢是巢父，許是許由；伯夷、叔齊他們不吃周粟，直接餓死。寶釵不等他說完，便道：「你這個話，益發不是了。古來若都是巢、許、夷、齊，為什麼如今人又把堯、舜、周、孔稱為聖賢呢？」巢、許、夷、齊都是遁世的。寶釵又說：「況且你自比夷齊，更不成話。夷齊原是生在殷商末世，有許多難處之事，所以才有托而逃。當此聖世，咱們世受國恩，祖父錦衣玉食；況你自有生以來，自去世的老太太，以及老爺太太，視如珍寶。你方才所說，自己想一想，是與不是？」寶玉聽了，也不答言，只有仰頭微笑。兩人已弄不在一塊了，雞同鴨講，寶釵有她的道理，寶玉也有自己的道理。

所以寶釵最後的結局在某方面來說也是個悲劇，守了一場空。

在第二十二回的時候，元宵。她們從元春開始，每個人都在燈上打個謎語。寶釵寫了什麼呢？「有眼無珠腹內空，荷花出水喜相逢。梧桐葉落分離別，恩愛夫妻不到冬。」謎底是什麼？竹夫人，是鏤空的竹子枕頭，說恩愛夫妻不到冬，夏天的時候很親熱，到了中秋就收起來了。賈政很理性的人，喜怒不形於色，是個 square。他在這時候有他的敏感性，一看到這些後輩有的寫炮仗，大女兒元春「碰」一炮就成灰了；還有黛玉寫的是熏香，燒來燒去煎煎熬熬自己燒完。他看到寶釵寫的這個，猜得出來是竹子，但他不講話了，他心裡面就想，年紀輕輕這些晚輩個個都是不祥之語，恐怕以後都不是福壽之輩。想著心裡很不舒服，賈母以為他累了，就讓他先離開。後來賈政回到房裡，有點反側，覺得暗暗中對家運、國運，對每個人的命運，都有著一而再再而三三而四一種 warning。

最後來看判詩。寶玉最親近的兩個女性，林黛玉、薛寶釵。

「想眼中有多少淚水，怎經得她秋流到冬盡，春流到夏。」寫的是這兩個女性，「可嘆停機德」這是講寶釵是有德性的女性；「堪憐詠絮才」講的是黛玉；「玉帶林中掛，金簪雪裡埋」，兩個都沒有好下場，所以到最後一個殉情，一個守寡，一個出家。

最後，這《紅樓夢》是一場夢。

這裡有首對聯：「天地同流，眼底群生皆赤子；千古一夢，人間幾度續黃粱。」是在絲路一座西夏古寺上的聯語，奚淞看到抄下來，我覺得很合適來講《紅樓夢》。它講「天地同流」這是在講空間，整個宇宙。「眼底羣生皆赤子」，這曹雪芹以大悲之心，天眼來覷紅塵，紅塵中的群生都是赤子。無論是黛玉、寶釵，是這是那，都是一群赤子。「千古一夢」，這是時間。「人間幾度續黃粱」，人間已經幾度的做一場大夢，這也就是道家「浮生若夢」的哲學，所以我們的《紅樓夢》是紅樓一夢！

晴雯

接著幾位雖然是 minor character，次要人物，但是在小說裡面也扮演了非常重要的角色。第一個人物，晴雯。

晴雯是寶玉的丫鬟。整本小說她出場的次數並不是那麼多，可是每一次出場會讓你留下難忘的記憶。對晴雯的塑造非常特別，她在小說裡面的意義，除了是寶玉的丫鬟以外，晴雯也是林黛玉的延伸、她的 extension。

書裡怎麼形容她？王夫人有一天看著晴雯（她後來對晴雯很不滿，把那些她認為是狐狸精、狐媚子的，尤其是寶玉旁邊的，通通趕走。）在晾衣服。晴雯脾氣很壞，站起來罵一個小丫頭，輕狂的樣子，她看不慣。她怎麼形容她？她說：「削肩」、「水蛇腰」、「眉眼有點像林妹妹」。林黛玉是大家閨秀，是詩魂、詩的化身，有閨秀的修養。晴雯沒有受過教育，是丫鬟身分，可是她也有黛玉之貌，在眾丫鬟裡面最漂亮。她的才在哪裡？在針黹方面，針線功夫最好。還有一點，個性。黛玉率真，心裡面想什麼講什麼，不高興脾氣就來了，晴雯也是這樣的脾氣，也是率真不懂得收斂，兩人有很多相似的地方。在《紅樓夢》整個架構裡，別忘了是儒家、宗法社會、父權系統的那一套道德規範，所以後來這兩個女孩子都是悲劇下場，就是她們不合乎儒家要求的規範。上次我講了，賈母之所以沒有選林黛玉做為她的孫媳婦而選薛寶釵，就是因為薛寶釵合乎儒家系統、宗法社會的理想。當時的婚姻不是以個人小兒女的感情為主，是要看合不合乎社會的規範。黛玉跟寶釵、晴雯跟襲人，是兩兩對比的，所以最後黛玉、晴雯在那個社會都失敗。薛寶釵跟襲人在那個社會生存了。理性人物是生存者，感性人物常常是悲劇下場，晴雯也就是這麼一個人物。

第五回，「賈寶玉夢遊太虛幻境」，他看了好多冊子，這些冊子都記載了大觀園裡女孩子的命運，有正冊、副冊、又副冊，不同的人物。正冊講金陵十二釵，四個春姊妹，林黛玉、薛寶釵……這是正冊。副冊就是像香菱、做妾的那些。又副冊，就是講丫鬟、奴僕。

寶玉那時候還不懂這些人物以後的命運是什麼，可是他翻這副冊又副冊的時候，第一個一翻就是晴雯，可見得晴雯跟他的關係，在某種方面就像他跟黛玉的關係。第一，他心中，黛玉是他心靈之交，是神瑛侍者跟絳珠仙草在三生石畔老早結的一段仙緣。他跟晴雯也是，兩個人個性相合，都不拘世俗，都是感性的，對晴雯也有一種知己之感。所以他一翻第一個就是晴雯，可見得暗中曹雪芹的意思就是這些丫鬟裡，晴雯跟他的關係最重最深，所以最後晴雯之死，寶玉是最傷心，真情畢露。

《紅樓夢》主題之一，講人的命運，一個最神祕也最可畏的，我們永遠不知道自己的命運。所以在第五回的時候，已經把主要人物的命運用詩謎、判詩、還有曲子通通唱出來，寫出來了，等於希臘悲劇的chorus一樣，一開頭就已經唱出主要人物的命運。

那晴雯的判詩是什麼呢？

我們看，「霽月難逢，彩雲易散。心比天高，身為下賤。風流靈巧招人怨。壽夭多因毀謗生，多情公子空牽念。」你看她「心比天高」，這個女孩子很自負。為什麼？美！為什麼？巧！手很巧，能夠做女紅，所以「心比天高」。可惜「身為下賤」，出身只能當丫鬟。「風流靈巧招人怨」，因為她的長得好、任性，這「風流靈巧」當然就「招人怨」了。中國社會有一句話，「槍打出頭鳥」，整個社會要的就是收斂、隱退、謙虛，都是這些，那些很標榜自我，出頭的男男女女大概在中國社會裡面一向容易中槍。晴雯就是。後來遭讒被趕出去，死得很慘。這就是為什麼「風流靈巧遭人怨」，如果她長得很醜，也不會有人去妒忌她。偏偏長得好，個性又很自負。

晴雯很任性的。有一天，一幫丫鬟在怡紅院裡服侍賈寶玉，寶玉準備出門，有一把扇子晴雯拿來要給他裝扮起來，一不小心「啪」扇子一摔就摔壞了那個扇骨，賈寶玉就罵她幾句「蠢才，蠢才！將來怎麼樣！明日你自己當家立業，難道也是這麼顧前不顧後的？」，晴雯可不受這個氣的，她就說，「二爺近來氣大得很，行動就給臉子瞧。前兒連襲人都打了，今兒又來尋我的不是。要踢要打憑爺去。——就是跌了扇子，也算不得什麼大事。先時候兒什麼玻璃缸、瑪瑙碗，不知弄壞了多少，也沒見個大氣兒」這麼來一下，賈寶玉很少生氣的，「你也不用生氣，我也猜著你的心事了。我回太太去，你也大了，打發你出去，可好不好？」晴雯含淚說，「我為什麼出去？要嫌我，變著法兒打發我出去，也不能夠的。」鬧得不可開交，後來襲人她們都在勸啊跪下來求他，也就算了。

那天晚上寶玉回來。很熱，看著院子裡面有枕榻，有人躺在那裡，他就一下坐下去，那人一翻身，

晴雯。

是晴雯在那乘涼。賈寶玉氣也消了，把她拉在身旁坐下，晴雯就說我哪裡敢坐你旁邊，不要在以後又得罪你什麼……嘟嘟嘟地講了。「那扇子，原是搧的，你要撕著玩兒，也可以使得，只是別可生氣時拿他出氣。」那晴雯說「既這麼說，你就拿了扇子來我撕。我最喜歡聽撕的聲兒。」她就把寶玉給她的扇子啪喳兩下就撕壞了，所以叫「撕扇子作千金一笑」，撕得她自己咕咕咕笑起來。

另外一個丫鬟麝月，也是像襲人那一套很守規矩的女孩子，走過來瞪了她一眼說，「少作些孽兒罷！」賈寶玉跑去把麝月手上的扇子搶過來給晴雯，晴雯「嗤、嗤」又撕壞了。麝月當然講「這是怎麼說？拿我的東西開心兒！」寶玉笑道：「打開扇子匣子你揀去，什麼好東西！」麝月道：「既這麼說，就把扇子搬了出來，讓他盡力撕不好嗎？」寶玉笑道：「你就搬去。」晴雯就講，「我也乏了，明兒再撕罷。」所以這個女孩子的任性，她跟寶玉是不把事物看在眼裡，兩個人是種很親密的關係。「撕扇子作千金一笑」（第三十一回）是她第一次一個主戲。

下一個很重要的場景是什麼呢？「勇晴雯病補孔雀裘」（第五十二回）。他的章回裡面常常是對人物點題，對故事點題。用「勇」字，講這女孩子有 guts；襲人呢？「賢襲人」，賢慧，「勇晴雯」，勇敢，很有衝勁。另外一個叫俏平兒，每一個人都有一個 tag 在她們身上。

「勇晴雯病補孔雀裘」是怎麼回事呢？別忘了賈家是皇家，賈寶玉的姊姊是皇妃，很多外國上貢的貢品，大概是元妃賜給他們家裡，賈母拿了孔雀裘給寶玉。它是一個大氅，色彩斑爛，用金線連接起來，非常華麗，是俄國進貢的。寶玉穿了出去做客，回來發覺怎麼不小心燒了個洞？這怎麼辦？第二天還有大的節日要出去，還得穿這東西。孔雀裘是金線繡綴起來，手工非常特別非常細，丫鬟都不會。

那天晴雯病得很重在睡覺，聽得她們著急的怎麼辦啊不會繡，她爬起來說我來試試吧。原來只有她會用界線的刺繡方式補，她就不辭勞苦病懨懨地跑起來連夜補裘。寶玉很心疼一下要給她搥背，一下子茶給她，「小祖宗，你只管睡罷，再熬上半夜，明兒眼睛摳摟了，那可怎麼好！」到天亮，說了一聲

「補雖補了，到底不像，——我也再不能了！」「噯喲」一聲，就昏倒了。為了護主，是勇晴雯。

晴雯心中當然對寶玉有很深的感情，所以補裘、撕扇，曹雪芹給她的那種 drama，其實都不是什麼驚天動地的大事，可是你不會忘記她這種小的 detail，因為設計得很好，突出了她的手藝、她的才，在這一回也突出了她很率真、勇敢，拼了命這種直率的個性。

我跟大家說過，《紅樓夢》是用戲曲來串戲中戲，看起來好像互相沒有關聯的，其實是一則一則小戲，千百個小戲，然後再合起來這個大戲。它前後照映的這些小戲，像撕扇、補裘，都突出了人物的個性，也暗指了人物以後的命運。這樣子的人在那個社會系統下是很難生存的，這「風流靈巧招人怨」，所以後來她的下場、果然不好。

到了第七十四回「惑奸讒抄檢大觀園」，這是《紅樓夢》裡轉捩點的一回。七十四回以前，都寫賈府之盛，大觀園百花盛開，寫整個人物的發展，都是寫樂的時候多。當然，在取樂的時候，在很繁華的時候，暗暗的就有一種 warning，慢慢的賈家是一步一步往下衰頹了。整個故事重要的主題之一，就是賈府的興衰。賈府的興衰也就是大觀園的興衰，大觀園的興衰從什麼時候開始？就從抄檢大觀園開始。

有一天，賈母的丫鬟傻大姐，在大觀園裡面撿到一個繡囊，她一看，上面有兩個赤身交媾的男女，其實就是春宮圖。正在看正在玩的時候，剛好寧國府的邢夫人走過來，看到傻丫頭不知道拿個什麼，就問傻丫頭妳拿那什麼東西。她說，邢夫人，我看到兩個妖精打架。邢夫人一看，臉都慌了，這個東西怎麼會出現在大觀園裡頭，那麼多少爺小姐們、丫鬟們看了這個還得了！對邢夫人講，好像等於把整個儒家家庭的 social order 打亂掉了，怎麼會跑出這個來？絕對不容許。夏志清先生比喻得很好，他說，本來是大觀園，現在伊甸園一樣，跑出個毒蛇進來。邢夫人警告傻大姐，妳快點閉嘴，什麼都不能講。

邢夫人、王夫人就搜查大觀園，然後把大觀園裡長得好一點的女孩子、丫鬟們，像晴雯、司棋，還有那些小伶人、芳官一夥人通通趕出大觀園。這麼一來，薛寶釵覺得在裡面住，出這麼多事情不好，怕沾上，也搬出大觀園。所以這一個繡春囊，撼動了《紅樓夢》的社會秩序，整個大觀園一夕之間崩潰。

曹雪芹塑造這麼一個傻大姊非常厲害，如果是一個懂事的大丫頭，那又不一樣了。為什麼要傻大姊呢？因為她沒有任何先入為主的道德判斷，對她來講，這兩個赤身男女就一對妖精打架而已，她沒想到那麼多的牽涉。所以曹雪芹是以傻大姊對像邢夫人、王夫人這樣的衛道者的一個諷刺。

這繡春囊是怎麼來的呢？原來是迎春的丫鬟，叫做司棋，跟她的表弟潘又安，從小是青梅竹馬，兩個人已經互通款曲了。潘又安私下暗暗的托人把這個繡春囊送給司棋，等於是兩人定情的表記，是小兒女很 innocent、很無邪的一種東西。後來，司棋跟潘又安在大觀園裡幽會，被鴛鴦撞到，他們緊張跑了，繡春囊大概就在那個時候掉的。講起來，繡春囊也不過是司棋跟潘又安兩個小兒女的訂情之物，對於邢夫人、王夫人就不得了，是大觀園遭了道德上的汙染，一定要清除，就開始要搜檢大觀園。

王夫人就到鳳姐那去，問說，是不是妳跟賈璉？鳳姐臉都慌了，回說，我們再怎麼也不要這種東西的。王夫人說，那妳一定要清查。後來，就以鳳姐為主主持了一個糾察隊。有一個邢夫人的陪房叫做王善保家的媳婦，因為大觀園裡面的丫鬟，尤其是仗著寶玉、黛玉、寶釵她們很得寵，不賣這些老婆子帳，嗤之以鼻，所以已經懷怨在心，趁機在這時候跟王夫人講，是應該查一查！。

大概晴雯得罪了那個王善保家的，趁機下讒言。她說，別的丫鬟算了，尤其是寶玉怡紅院裡的晴雯，這個丫鬟非常的盛勢凌人。王夫人說，我以為寶玉家只有襲人、麝月老老實實的，沒想到出了這麼一個狐狸精，那還了得！那個什麼樣子啊？她想起來了，就是那天在晾衣服，削肩、水蛇腰，眉眼像林妹妹那一個。

晴雯那天剛好睡午覺起來，頭髮鬆鬆的沒有去整一整，衣服也沒有好好的穿著就來了，王夫人一看，火就起來了：「好個美人！真像個『病西施』了。你天天作這輕狂樣兒給誰看？」問她一句，「寶玉今日可好些？」晴雯很聰明，曉得遭了暗算，就說，寶玉的事情我不管的，我只在外面做做女紅，什麼事情都是襲人、麝月去的，拿這個話去堵了她。王夫人就霍地把她趕走，「我且放著你，自然明兒揭你的皮！」晴雯哪裡受過這種委屈，就哭了。那天晚上，搜查大隊開始。其實王鳳姐不想去做這個事情，她知道去翻箱倒篋一定對那些姊妹們很騷擾，但沒辦法，因為王熙鳳到王國府當家，偏到王夫人那邊去，所以邢夫人恨得牙癢癢的，這個媳婦居然偏到那邊去，到處給她找碴，所以，逼鳳姐帶來人查。

第一個就到怡紅院查。寶玉已經睡了，襲人在那裡，就把那些丫鬟的箱子打開來給她查。好，這一段我覺得是寫得最 dramatize、最戲劇性的一段之一。

到了襲人替晴雯開箱子了，「只見晴雯綰著頭髮闖進來，『豁啷』一聲，將箱子掀開，兩手提著底子，往地下一倒，將所有之物盡都倒出來。」妳來開我的箱子，碰！我給妳看，把東西通通放出來，下面講「王善保家的也覺沒趣兒，便紫脹了臉：說道：『姑娘，你別生氣。我們並非私自就來的，原是奉太太的命來搜查的；你們叫翻呢，我們就翻一翻，不叫翻，我們還許回太太去呢，那用急得這個樣子！』」意思說，妳不讓我翻，我去告太太去。晴雯聽了這話怎麼壓她？「晴雯聽了這話，越發火上澆油，便指著他的臉說道：『你說你是太太打發來的，我還是老太太打發來的呢！』」她本來是賈母的丫鬟，賈母看她針黹女紅非常好，就給她去服侍寶玉。「太太那邊的人我也都見過，就只沒看見你這麼個有頭有臉大管事的奶奶！」晴雯可不是好相與的，「心比天高」，可惜「身為下賤」。

這下子得罪了王夫人，晴雯病還沒好，拉個席子就被趕走。她自己一個丫鬟，也沒有家，只有一個舅舅。晴雯死的這一段，寶玉去探她，是全《紅樓夢》裡面寫得最動人的。黛玉之死，寶玉已經魂丟、傻掉了，沒有在旁邊看著她。晴雯在死前，寶玉去看她的時候，對於女孩子的憐惜、悲憫，是寫的最好的一段之一。

我們來看第七十七回。

晴雯有個姑舅哥哥叫做吳貴，娶了個老婆，非常不規矩，妖妖婥婥整天去勾男人。晴雯到了那邊，被丟到一個席子上，也不理她。寶玉去看她，撩開來看的時候，發現還是以前的被褥，心裡面非常不知道怎麼才好，很疼惜她。「因上來含淚伸手，輕輕拉他，悄喚兩聲。」「當下晴雯又因著了風，又受了哥嫂的歹話，病上加病，嗽了一日，才朦朧睡了。忽聞有人喚他，強展雙眸，」一看，是誰？「一見是寶玉，不禁又驚又喜，又悲又痛，一把死攥住他的手，才哽咽了半日，方說道：『我只道見不得你了！』」以為沒法見到寶玉，「接著便嗽個不住。」又咳嗽了，「寶玉也只有哽咽之分。晴雯道：『阿彌陀佛！你來得好，且把那茶倒半碗給我喝。渴了半日，叫半個人也叫不著。』」因為沒有人理，看到寶玉來什麼也來不及講，先給我茶喝吧。「寶玉聽說，忙拭淚問：『茶在哪裡？』晴雯道：『在爐臺上。』寶玉看時，雖有個黑煤烏嘴的吊子，也不像個茶壺。只得桌上去拿一個碗，未到手內，先聞得油膻之氣。」很髒，不像在大觀園裡用的。這時候，「寶玉只得拿了來，先拿些水，洗了兩次，」寶玉很體貼人，先洗了兩次。「復用自己的絹子拭了」，拿自己的手帕揩了兩揩，還聞了一聞，「還有些氣味，沒奈何，提起壺來斟了半碗，看時，絳紅的，也不大像茶。晴雯扶枕道：『快給我喝一口罷！這就是茶了。那裡比得咱們的茶呢！』」，「寶玉聽說，先自己嘗了一嘗，並無茶味，鹹澀不堪，」以前在怡紅院的時候，喝的吃的都是跟主子差不多。這時候寶玉只好拿給晴雯，「只見晴雯如得了甘露一般，一氣都灌下去了。」管不了了，腥的膻的通通亂喝了。「寶玉看著，眼中淚直流下來，連自己的身子都不知為何物了，」下面一句，「一面問道：『你有什麼說的？趁著沒人，告訴我。』」兩人要講體己話了，「晴雯嗚咽道：『有什麼可說的！不過是挨一刻是一刻，挨一日是一日！我已知橫豎不過三五日的光景，我就好回去了。』」我要走了、死了。「只是一件，我死也不甘心：我雖生得比別人好些，並沒有私情勾引你，怎麼一口死咬定了我是個『狐狸精』！我今兒既擔了虛名，況且沒了遠限，不是我說一句後悔的話；早知如此，我當日——。」晴雯講不下去了，當日我就勾你啦！現在擔了虛名，又沒有做這個事。她心中還是愛他，寶玉也是愛她的。「說到這裡，氣往上咽，便說不出來，兩手已經冰涼。寶玉又痛，又急，又害怕。便歪在席上，一隻手攥著他的手，一隻手輕輕的給他捶打著。又不敢大聲的叫，真真萬箭攢心。」「兩三句話時，晴雯才哭出來。寶玉拉著他的手，只覺得瘦如枯柴；腕上猶戴著四個銀鐲。因哭道：『除下來，等好了再戴上去罷。』」看到戴著這個，心疼她。「又說：『這一病好了，又傷好些。』」接著看下面，「晴雯拭淚，把那手用力拳回，擱在口邊，狠命一咬，只聽得『咯吱』一聲，把兩根蔥管一般的指甲，齊根咬下，拉了寶玉的手，將指甲擱在他手裡。」我的身體沒有獻給你，現在快要死了，至少一部分的肉體讓你作紀念。這裡寫得好，咯地一口，聽得「咯吱」一聲，那種的狠勁，對人的passion。

庚辰本在此處寫，晴雯跑去找個剪刀來剪，真的煞風景！剪刀一剪就剪指甲啦，這裡不是，這我身體的一部分，咬下來給你，這種感情不一樣的。所以庚辰本有問題的。再看下去，「又回手扎掙著，連揪帶脫，在被窩內，將貼身穿著的一件舊紅綾小襖兒脫下，遞給寶玉。不想虛弱透了的人，那裡禁得這麼抖摟，早喘成一處了。」晴雯把衣服脫下來給寶玉，「寶玉見他這般，已經會意，連忙解開外衣，將自己的襖兒褪下來，蓋在他身上，」寶玉也把自己衣服給她，互交表記，「卻把這件穿上；不及扣鈕子，只用外頭衣裳掩了。剛繫腰時，只見晴雯睜眼道：『你扶起我來坐坐。』」，「好容易欠起半身，晴雯伸手把寶玉的襖兒往自己身上拉。」，「拖著胳膊，伸上袖子，輕輕放倒，然後將他的指甲裝在荷包裡。晴雯哭道：『你去罷！這裡腌臢，你那裡受得？你的身子要緊。今日這一來，我就死了，也不枉擔了虛名！』」，這一段寫得真是纏綿悱惻，真情畢露。曹雪芹對這種真情非常尊敬，沒有一點的嘲諷。

在第七十八回，晴雯一死，整本書、寶玉的心情一下子沉下來，變得很悲涼。因為不光是晴雯之死，大觀園也已經崩潰了，他兒時伊甸園已經不存在了。以前即使哀傷，也是青少年式的，這時候對人世慢慢悲涼了。晴雯之死，也就遙指黛玉之死，這兩個跟他很親近的人的死，對他刺激很大。

加上這一回，「老學士閑徵姽嫿詞，痴公子杜撰芙蓉誄」。賈政忽然叫寶玉還有賈環、賈蘭幾個人，要他們做一首詩，來歌頌「姽嫿將軍」。「姽嫿將軍」叫做林四娘，是明朝衡王的一個妾，也是一個女武士，手下也有一群女兵。衡王被敵人攻打、圍城時，那些將官都不敢出城迎敵，反而逃掉，只剩下林四娘帶了女兵出去殺敵，最後死在軍中。這個故事很動人，所以賈政要他們寫幾首詩來歌頌她。賈環、賈蘭都寫了，寶玉寫的時候，用古詩歌行寫了一首動人的〈姽嫿詞〉，讚美林四娘多麼勇敢忠義。好好的跑出這首詞來是做什麼的？原來表面是祭禱林四娘，真正是祭禱晴雯的。《紅樓夢》沒有一首詩、一齣戲是隨便寫的，總有它後面的涵意。寶玉寫完之後，就到園子裡去。有兩個在晴雯旁邊小丫鬟，他問：晴雯死了，留下什麼話沒有？那兩個小丫鬟就編故事跟他說：晴雯姊姊走的時候說，她不是死，是變成芙蓉神了。寶玉一聽，當場寫了非常有名的訃文〈芙蓉誄〉，把她神化變成芙蓉神。表面上寫的是晴雯，其中有兩句是：「豈道紅綃帳裡，公子情深；始信黃土隴中，女兒命薄！」一邊寫一邊唸這個祭詞的時候，兩個小丫頭說，哎呀不好了，晴雯鬼魂顯靈了！原來剛好黛玉從後面的芙蓉花裡面走出來，晴雯很像她嘛。曹雪芹非常巧妙，這麼一來就把它過渡到黛玉身上，而且又一次證明黛玉跟晴雯其實是一體兩面。大家要記得，寶玉生日的時候，大家在一起玩抽花籤，黛玉抽中的就是芙蓉花。

黛玉說，好像比美〈曹娥碑〉，聽了半天只聽到兩句：「豈道紅綃帳裡，公子情深；始信黃土隴中，女兒命薄！」寶玉不好意思了，就問她說，妳來評評吧。黛玉說，「紅綃帳裡」俗得很，為什麼不用「茜紗窗下」？茜紗窗是黛玉瀟湘館裡窗戶的簾紗，寶玉說，那茜紗窗是妳的房間呢，黛玉說，何必分你我。寶玉就說，那改成這樣：「茜紗窗下，小姐多情；黃土隴中，丫鬟薄命」，妳去祭禱她吧。黛玉說，紫鵑又沒死，我去祭她？紫鵑是黛玉的丫頭，黛玉是有點在諷刺寶玉。寶玉聽了便說，還有下面一句：「茜紗窗下，我本無緣；黃土隴中，卿何薄命！」這一句，就點到黛玉身上。黛玉一聽，臉色都變了，激動得咳嗽。寶玉這一聽，不好了，怎麼指到她身上去了，無意間已經預先替黛玉寫好了祭文。

後來黛玉死了以後，寶玉的玉丟掉了，他跟襲人講，我現在靈感沒有了，晴雯死的時候我還寫了一篇祭文，但是怎麼黛玉死的時候寫不出來了。其實他老早已經寫了，前一篇〈姽嫿詞〉寫的是晴雯，後面〈芙蓉誄〉其實點的是黛玉。更證明說，晴雯就是黛玉的替身、另外的延伸。

晴雯死了很久之後，寶玉一直沒有忘懷晴雯，甚至於結婚很久以後，在一〇九回，他又一次祭起她來了。

寶釵嫁給賈寶玉，其實不是嫁給寶玉這個人，而是嫁給賈府。賈府是儒家系統、宗法社會，這麼一個位置，她以後的責任是要扛起整個賈府，也要替寶玉生一個孩子來繼承賈家血脈。所以她跟寶玉之間的兒女感情，不如他跟黛玉、晴雯。所以雖然結了婚，但到這個時候，還沒有行房，因為寶玉病了，他這玉沒有了，整個人都空掉了，只剩軀殼，心中暗暗想的還是林黛玉。

寶玉想，人死了我怎麼沒有夢見她？就跟寶釵說，他要挪出去睡，大概還在想，跟寶釵同房，林黛玉鬼魂不敢進來，自己在外面睡的時候，也許就來入夢了。寶玉到外面睡，誰來服侍他呢？新來的丫鬟柳五兒服侍他。這柳五兒的眉眼有點像晴雯，寶玉晚上看了，怎麼越看越像晴雯，所以這一則「候芳魂五兒承錯愛」，寶玉錯把她當作晴雯，弄得柳五兒很慌張，爺怎麼來調戲我了。

所以黛玉、晴雯，這兩位女性才是他真正心靈上的知交。

襲人

襲人，非常賢慧，所以又叫賢襲人。她的身分是要服侍賈寶玉，所以對寶玉來講，她扮演了所有的女性角色。一方面像他母親一樣常常規勸他、疼惜他；又像是他姊姊，寶玉有時候很不懂事、很天真，等於是帶了一個弟弟；又是他的妾，敬他如妻子一樣，常常跟他很親密；還有，又是他的婢女、丫鬟。所以賈寶玉跟世上的女性俗緣最深的就是襲人。

我們前面講到，在第五回，寶玉在太虛幻境裡，警幻仙姑給他嘗到了人間男女之間的啟蒙，顯然的第一個就跟襲人發生肉體關係。在整個小說來說，雖然賈寶玉跟很多女孩子有各種關係，可是跟他真正有肉體關係的就襲人一個。等到寶玉跟薛寶釵行房事的時候，他的肉體，他的玉沒有了，空殼了，他的行房等於是行那一套在儒家規矩上的夫妻之倫的責任。

中國人以前除了正房以外，三妻四妾，正房的妻子生了孩子以後，他的責任盡了，要娶一個妾來服侍、照顧他。連賈政非常正經的人，也有兩個小妾趙姨娘跟周姨娘來服侍他。襲人也是這個位置，她自己知道派來給寶玉，大概以後也是會做他的妾，雖然沒有明說，但暗底下王夫人多給她二兩銀子。但是襲人雖然盡了最大的努力，最後兩人還是無法成為夫婦。

我之前說過，寶玉翻那冊子，第一個翻到的是晴雯，第二個再翻，看的是襲人。襲人的判詩：「枉自溫柔和順，空云似桂如蘭；堪羨優伶有福，誰知公子無緣。」講的是，襲人最後經營辛苦了半天也無緣，這世上一切的榮華富貴、美色嬌妻，最後通通因為賈寶玉出家變成了一場空。

我想，《紅樓夢》有點像佛陀前傳裡的悉達多太子。悉達多太子享盡榮華富貴、美色嬌妻，後來出四門以後看到了人生的生老病死苦，所以最後離開家、成佛，來尋找人世解脫痛苦之道。賈寶玉也是，享盡了榮華富貴、美色嬌妻，最後看破紅塵，穿了一襲紅色大斗篷，大雪中，一僧一道把他引走了。引走了以後，在世上的俗緣他也要了，俗緣最難了的是誰呢？就是花襲人。所以這個「枉自溫柔和順，空云似桂如蘭」，講她非常的柔順、賢慧，她又那麼美如蘭桂一樣。但最後她嫁給一個伶人，而不是寶玉。

下面第六回，「賈寶玉初試雲雨情」。第五回他到了太虛幻境，看了她們命運的冊子，那個時候不懂，第二次回去他才看懂，一切都是前定。後來警幻仙姑讓自己的妹妹，叫做兼美，兼黛玉跟寶釵之美，讓他們兩個人在夢中成婚，給寶玉人間男女之情的啟蒙。後來，突然間有夜叉來追寶玉，一下子醒了，寶玉就叫「可卿救我！」。「可卿」是誰呢？可卿就是秦氏，賈蓉妻子的小名，而兼美也就是秦氏的複製。這世上，秦可卿也是兼所有女性之美。很多人說，賈寶玉跟這個侄媳婦是不是也有一段？我想不是。秦可卿的象徵意義更在於，她姓「秦」有沒有？秦就是愛情的「情」。秦可卿是啟蒙他、夢中的那個人，等於她的替身，啟蒙賈寶玉對於女性，在性方面、情方面的啟發。

因為他在秦可卿的房間裡午睡、做夢。那個房間裝飾的非常香艷，所有女性的東西都在裡頭，使得寶玉做了一個春夢。醒了以後，襲人就來替他換衣服，發現寶玉夢遺了。寶玉拉著她做夢裡面的事情，襲人也知道賈母是要給他當妾的意思，所以兩人就有了一段肉身的結合，從此襲人是寶玉在俗世上俗緣最重的一個人。所以，他要出家離開的時候，一定要給她找個歸屬，一定要斬斷這個俗緣。

我們往下看第十九回。「情切切良宵花解語」，是怎麼回事呢？襲人一心一意都想要抓住寶玉的感情，也想規勸他好好做人、念書、求官，等於是家庭的那些期望在身上。但是寶玉很花心，也不愛念書，讓父親恨他恨得牙癢癢的。

有一次，襲人就試他。襲人過年的時候回家了，回家以後寶玉到她家裡去找她，嚇得她家裡面一跳。尤其寶玉這種公子來了，襲人也嚇一跳。原來襲人的媽媽跟哥哥想把她贖回去，當初等於是賣身給賈府，有終身契的，她的媽媽跟哥哥想，也許賈府為人很寬厚，想把她贖回來。其實花襲人非常的不高興，她說，我在賈府穿金戴銀過得好好的，當初把我賣走，現在贖回來也值不得幾個錢了。後來寶玉一來，她媽媽跟哥哥一看他們兩個親密的樣子、感情，那妥了，用不著贖了。這樣以後當了寶玉的姨娘，全家享福啦。

後來，襲人就回賈府了，襲人就跟寶玉說：我其實按理講，媽媽哥哥要贖我了，我要回去了。這寶玉吃一驚，寶玉是最不能離開她的，唉呀，妳絕對不准，我去告老夫人，不准妳走。襲人說，很難講，太太跟老太太很好，也許根本不要我的贖身款，放我走也不一定。寶玉好傷心，妳這個無情無義的人，怎麼一下就把我撂了、走了！襲人一看這下子趁機抓住他了。就說，要我不走也可以，要答應幾個條件。什麼條件呢？第一，寶玉有個怪癖，喜歡吃女孩子的口紅，這毛病要改掉。第二，要裝著念書，這樣子的話，賈政對你不是那麼仇視。反正她開幾個條件，寶玉通通答應她。

然後寶玉就說，以後妳不出去了，襲人就講一句，你這樣答應我的事情，八人大轎抬我去我還不去呢！八人的轎子是最高的，寶玉說，有什麼事我就八人大轎抬給妳坐。襲人冷笑一聲。這裡寫得真好。襲人雖然表面很賢慧，但是雄心不小，她在寶玉的身邊想要占有一席之地，不過對身世有點感慨，冷笑了一聲，因為就算八人大轎也沒資格坐。所以襲人用盡心機要得到寶玉的愛情，但到最後還是一場空。

我們看第三十四回，「情中情因情感妹妹，錯裡錯以錯勸哥哥」，如何顯得出襲人的個性、地位。

先是前頭，有一天王夫人午睡，賈寶玉去她那玩，他去的時候以為王夫人睡著了，就跟夫人的丫鬟金釧兒講話開玩笑，王夫人有另一個丫鬟彩雲，跟寶玉同父異母的弟弟賈環兩個人在西苑調戲，金釧兒就教寶玉到那去抓他們。王夫人原來沒睡著聽見了，打了金釧兒一個耳光，把她趕走。趕走了以後，金釧兒覺得臉上掛不來，就跳井死了。這是一件。

第二，賈寶玉跟伶人蔣玉菡有來往。蔣玉菡本來是忠順王爺家裡面的家班子，一下子跑掉了，自己

襲人。

到外面去建房子了。忠順王府派了官來到賈府要人，說看見你們含玉公子跟我們琪官來往很密切，忠順王很喜歡琪官兒，一定要他回去。

賈政聽了七孔生煙，自己的兒子還跟戲子來往。他就說，快點跟王爺說，你快點哪裡跟人家講出來！寶玉講出他去處叫紫檀堡，在那置了產，可見兩個是有來往的。本來還想賴，可蔣玉菡給他一條紅色的汗巾，剛好把它綁在腰上，忠順王府派來的人一看就認出來了，這就是證據。正當賈政氣得要命的時候，他的弟弟賈環，很妒忌賈寶玉，順勢告狀說寶玉逼金釧兒，金釧兒不從，自殺了。這兩個罪狀還了得，賈政死命打，打得寶玉七損五傷，後來賈母來求情才停下。

完了以後襲人就到王夫人那邊去。王夫人就問到底是怎麼回事打得這個樣子？襲人想了一下，這下子講禁言了，這很要緊的。她說，「今日大膽，在太太面前說句冒撞話，論理——」說了半截，卻又咽住。王夫人道：「你只管說。」襲人道：「太太別生氣，我才敢說。」王夫人道：「你說就是了。」襲人道：「論理寶二爺也得老爺教訓教訓才好呢！要老爺再不管，不知將來還要作出什麼事情來。」先講了王夫人要聽的話，王夫人聽見了這話，便點頭歎息，由不得趕著襲人叫了一聲「我的兒！」，這下子襲人在王夫人面前就得寵了。「你這話說得很明白，和我的心裡想得一樣。其實，我何曾不知道寶玉該管。」王夫人說，其實是老太太當寶貝，所以我就縱容壞了他啦，也不是我不管兒子，老太太護著我也沒辦法，又怕逼狠了他逼出病來。你看，襲人多會講啊，王夫人這個就掉淚啦。好啦，襲人又陪著流淚，她又說：「二爺是太太養的，太太豈不心疼，就是我們作下人的，伏侍一場，大家落個平安，也算造化了。要這樣起來，連平安都不能了，那一日、那一時，我不勸二爺？只是再勸不醒。偏偏那些人又肯親近他，也怨不得他這樣。我們今天勸的倒不好了。今日太太提起這話來，我還惦著一件事，要來回太太，討太太個主意，——只是我怕太太疑心，不但我的話白說了，且連葬身之地都沒有了！」她後面講的這些話很要緊。王夫人一聽，哎呀妳講吧，只管講。襲人道：「我也沒什麼別的說，我只想討太太講一個示下，怎麼變個法兒，以後竟還叫二爺搬出園外來住，就好了。」在大觀園裡太多女孩子，襲人很有不安全感，最好只有我一個人管他。在王夫人面前她說這個，王夫人聽了，大吃一驚，拉了襲人的手，問道：「難道寶玉和誰作怪了不成？」那個時候的家長就當那些男孩子、女孩子年輕的時候不會有愛情，不會發生肉體關係。其實，襲人自己老早就已經試了。

襲人連忙回道：「太太別多心，並沒有這話，這不過我的小見識：如今二爺也大了，裡頭姑娘們也大了，況且林姑娘寶姑娘又是兩姨姑表姐妹，雖說是姐妹們，到底是男女之分，日夜一處，起坐不方便，由不得叫人懸心。既蒙老太太和太太的恩典，把我派在二爺屋裡，如今跟在園中住，都是我的干係。太太想，多有無心中作出，有心人看見，當作有心事，反說壞了的，倒不如預先防著點。」王夫人句句聽進去，耳根子很軟的，看這丫鬟還有這麼好的見識。「我索性就把他交給你了」，馬上宣布是他的妾。但怕有了名分寶玉反而不聽襲人的話了，而且老爺也不允許，王夫人暗暗的把每個月領的那份錢裡薄出二兩給她。那時候，像趙姨娘、賈政的姨太太，是二兩一個月，所以襲人等於是姨太太的規矩了。

襲人當然一生最想的就是做寶玉的妾，她自己也知道，不可能當寶玉的正室，八人轎子是沒得坐的，但至少妾這個位子要保住，先把地位鞏固，要通過王夫人這一關，所以趁機講了一些王夫人愛聽的話。

其實，金釧兒是王夫人自己打耳光打死的，跟寶玉無關，寶玉只是小孩子開玩笑，是王夫人小題大作。王夫人表面上很仁厚，不像邢夫人很苛薄。但有時表面仁慈的人無意間殺死人了，那更可怕。其實在王夫人手下死了好多個，金釧兒、晴雯，在某方面來說都是王夫人害死的。

所以曹雪芹寫得好。從王夫人的角度，她覺得很有理，像晴雯這樣一個削肩、水蛇腰的狐狸精，不能放在那裡，在她來看，她有她的道理。曹雪芹是以天眼看紅塵，對所有的芸芸眾生全部包容，很少以作者來批評，把王夫人寫到合情合理，但其實無意間害死了不少人。

有一回寶玉就去跟黛玉、還有史湘雲跟她們鬼混，襲人管也管不住，心裡很火大。這時候寶釵來了，問寶兄弟到哪裡去啦？，她就回妳還問寶兄弟，老早就跑到那邊去，意思是跟女孩子在混，講也講不聽。寶釵對襲人的心機才有點見識。襲人就一五一十跟寶釵在那邊談起來了，兩個人從此結盟。

看看黛玉和寶釵的對比。薛寶釵攏絡所有的人，襲人、王夫人、王夫人的陪房，甚至賈母，也應付得很好，媳婦當然選這種，又懂事又善待人又能幹，最合適那個位置，但也造成了寶黛之間的悲劇。從很多角度看，這就是曹雪芹厲害的地方，從每個人的角度來看這些事情通通有理。「天地同流，眼底群生皆赤子；千古一夢，人間幾度續黃粱。」我以這西夏古寺對聯來歸結《紅樓夢》，曹雪芹所看到的，都是一群赤子，他寫的時候，是以大悲之心來寫人世，對芸芸眾生包容、了解，沒有偏見。

到了第八十二回的時候，襲人最不放心的就是以後寶玉到底娶的是誰？這個很要緊的。如果娶的是寶姑娘，她已經結成聯盟了，沒問題，寶釵容易侍奉。如果是黛玉，小性子很難伺候的。

剛好林黛玉做了個惡夢，夢到賈家要把她嫁出去，賈母也不來救她，寶玉把心掏出來給她，很可怕的一個惡夢，在夢裡看到真相，所以急得醒來的時候一口吐血了。

這時候襲人就來問候，當然是有目的的來試探她的口風。那時候王熙鳳把尤二姐誆進了大觀園，借刀殺人逼得尤二姐自殺。尤二姐是賈璉娶來的姨娘，王鳳姐這個醋罈子「臥榻之側，豈容他人鼻鼾」，要盡手段把尤二姐整死。

後來薛蟠又娶了一個太太叫夏金桂，比王熙鳳還要潑辣，而且耍橫。王熙鳳還要顧著身分，夏金桂身分也不管了，虐待薛蟠的妾——香菱。襲人就跟黛玉談起了這兩件事。襲人說，夏金桂其實比王熙鳳還厲害，她不敢講王熙鳳，伸個指頭比二。林黛玉也是個很敏感的人，她想，襲人從來不在背底下講人家話的，怎麼突然間議論起來了，而且是很敏感的正室、妾室這樣一個題目。黛玉也很厲害，就回襲人一句說，這種妻妾的事情家家一本難念的經，「不是東風壓了西風，就是西風壓了東風。」襲人一聽，不敢再講下去了，怕戳到黛玉的心。

前面我們講的詩裡，已經指明了襲人的下場。

「堪羨優伶有福，可歎公子無緣」，優伶指的就是蔣玉菡，在某種象徵方面等於是賈寶玉的化身、分身。賈寶玉跟蔣玉菡一見面的時候，互贈汗巾表記，這寶玉戴在身上松花綠的汗巾，原來是誰的？花襲人的。所以這一交換等於寶玉在那時已經替花襲人下聘了，這個戲子蔣玉菡，做他分身的人，以後代替他了卻世上的俗緣，娶了花襲人。

所以最後第一百二十回，等於是畫龍點睛的一回，有兩個很重要的情節。第一，就是寶玉出家。寶玉穿了大紅猩猩氈的斗篷，在雪地裡被一僧一道架著，一邊禪唱一邊就走了，只剩下白茫茫一片大地真乾淨。寶玉的佛身被這一僧一道迎走，這塊靈石要回到他那青梗峰下，而青梗峰就是情根。《紅樓夢》也叫《情僧錄》，賈寶玉這個情僧帶著人間的情傷，所有被情所傷的這種負擔，揹了等於是情的十字架一樣，然後佛身得道，走了。

但是，俗世的很多塵緣要交代的，對他的父母、對賈家，怎麼交代呢？他第七名中舉，對家裡有了交代；對他的妻子薛寶釵，給她一個兒子，以後賈家還會中興起來，在妻子那邊，也斬斷俗緣。他俗緣最親近的、跟他發生過肉體關係的這個女孩子，怎麼辦呢？給她找個丈夫，不能隨便托的，托誰呢？蔣玉菡。蔣玉菡是個戲子，代替賈寶玉演了這最後這一齣俗世的團圓劇。所以最後他的俗身、肉體，一劈兩半，分在這一對世俗男女身上，他們的結合、等於寶玉世俗的身體得了圓滿的結合。

《紅樓夢》最後是個圓，也就是我們中國人的人生觀，是一陰一陽，一方面是佛家，一方面在俗家，儒家的這種世俗得了圓滿的結果。花襲人本來還想死的，後來嫁給蔣玉菡以後，第二天開箱，裡面一條紅的一條綠的，兩條汗巾在裡面，她才曉得老早寶玉已經替她下了聘了。

《紅樓夢》的結局我們常講寶玉出家，那只是一半；另外下一半是花襲人嫁蔣玉菡，是小說最後ending、畫龍點睛的一刻。花襲人跟蔣玉菡的姻緣結合不是偶然，是曹雪芹老早在第五回已經講了的，「堪羨優伶有福，可歎公子無緣」。於此，《紅樓夢》得了完滿，這才是最後的結局。

本文為二〇一九年三月三十日、四月十三日、五月十九日於國家圖書館演講記錄

紀錄整理／翁蓓玉

主辦單位：趨勢教育基金會、國家圖書館

輯五

對話錄

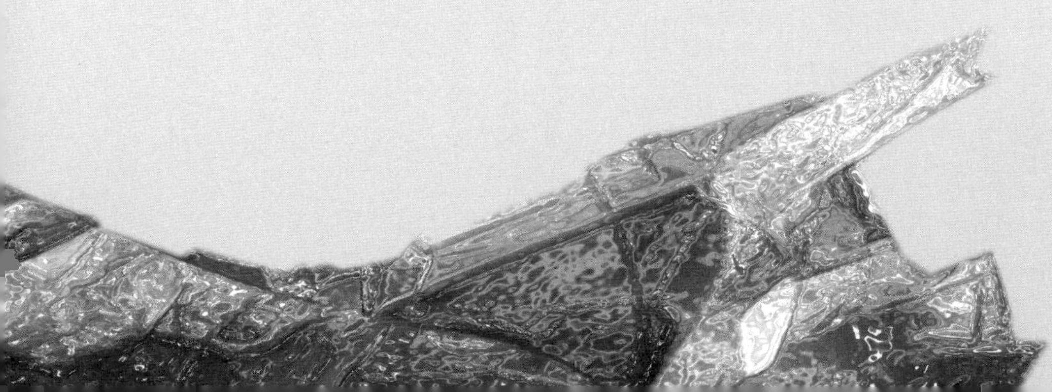

我想文學最後還是一個「人」字——白先勇vs.南方朔

為父親的輝煌立傳

南方朔（以下簡稱「南」）：我讀你的〈廣西精神〉，看到程思遠（白崇禧任國民政府軍事委員會副參謀總長時的秘書）在李宗仁後來返回中國的過程扮演了重要的角色，也記錄了你父親白崇禧最重要戰事的歷史，後來擔任中國和平統一聯盟八大主席，包括相當於我們中研院院長等職位，都由他在管事。

白先勇（以下簡稱「白」）：他腦筋聰明得不得了，對於政治判斷也很清楚，我父親很器重他，送他去歐洲留學。當時將一群青年才俊送出國，回來以後就成了廣西的基本幹部、子弟兵。他一向是搞PR，管統戰的，很靈活會講，在桂林有個樂群社，就是他在管。他私生活不太檢點，不斷有緋聞，長得眉清目秀，娶的太太更是美人，影星林黛就是他女兒。他是從義大利回來的，常穿白西裝、白皮鞋，廣西土，他穿得很洋，所交往的都是電影明星、名媛，跟廣西提倡的大精神不合，我父親是很嚴肅的人，於是他跟李宗仁比較近。後來他跑到香港再回大陸，讓李宗仁回去是立下大功的。李宗仁後來在美國經濟狀況不好，又生了癌症，李宗仁自己也認識不清。李宗仁回去，父親在臺灣備受壓力，他反對李回去，還寫了封長信。

父親的基本立場是反共到底的，最風雨飄搖的時候是李宗仁任代總統時，毛澤東謀和，用一貫統戰的伎倆，這個部份程思遠也寫出來了。李宗仁動搖了，那時桂系跟中共老早就片面講和，軍隊從南寧一路退到廣西後，四面楚歌，於是全面潰散，已經來不及撤到臺灣了，最後打到海南島，本來想等子弟兵撤出來，也完全沒有辦法。

南：令尊打到海南島時，你們是在香港，前前後後在香港待多久？所以將來你寫令尊的傳記裡會有香港那時各路人馬匯聚，之後卻各奔東西的歷史描繪？

白：我在香港待了兩年多，再從香港到臺灣，我父親則從海南島到臺灣來。這個決定是他一生中最後歷史性的決定，因為當時很多人到國外，沒來臺灣，但父親要向歷史交代，他參加過辛亥革命，還是有正統的觀念。那時的人有從香港到東南亞的，有跑到美國的，還有沙烏地阿拉伯的。當時在香港，有很重要的第三勢力集結，這些人很晚才到臺灣，也是臺灣這邊用統戰把他們統回來的。

我一直在想父親那時心裡怎麼想。這本傳記我寫了好多年，至今寫了五分之三，我的問題在於一開頭開展太大，寫成了前傳，再寫下去是寫不完的，尤其歷史的東西我不熟，往往一個小地方就卡住了。後來改變了想法，我從他一生中最重要的幾個戰役，去了解他的思想，如徐蚌會戰、臺兒莊、武漢保衛戰，歷史上比較重要的像東北四平街戰役等。把來龍去脈理清。

南：這部書是大家等待很多年的，期待這不是一般搞歷史的人寫的，它必須有歷史觀點在裡面，而這歷史觀點是與你的文學觀點相合的。

白：在徐蚌會戰中，我父親為什麼在最後一刻決定不去幫蔣介石？他跟蔣的關係無法彌補，我想就是因為徐蚌會戰。他開頭曾擬了一個戰略計畫給蔣，想要五省聯防，擔任總指揮，但蔣介石沒有採納，而將軍隊一破為二，華東、華中分開，後來兩邊六十萬大軍分立，戰略形勢一鋪開，國軍即知苗頭不對。當時國防部長何應欽，又找我父親去指揮，父親開頭答應，去了一看，看到整個戰略錯誤、布局錯誤，便要離開，他走了以後，過六天就開打，六十萬大軍根本不能動。我想像那天晚上臨走前他心裡的天人交戰。我父親一看根本沒法打那第一戰，就回華中，蔣沒聽我父親的戰略，我父親跟他講一定會失敗，最後果然敗了，蔣就更氣了。東北四平街戰役大概也是誰來打都會敗，其時國民黨已經不行了，士氣低迷，我父親就算早去指揮也會敗。美國的決定也是很大的因素。我父親和蔣他們兩人的關係在那天晚上起了什麼重要的變化，我在想這類的問題，也是我比較要著墨的，描寫那些大戰役不是我所長，我要寫很關鍵的時刻，蔣跟我父親的關係，這其中非常複雜，簡直是希臘悲劇的一種。

南：這就是你要寫的讓人家有感覺的歷史，近代中國人的歷史都寫不好，中國也好，臺灣也好，大家閱讀中國近代史書籍時，讀來讀去都是史景遷的書，沒有中國人寫得像他那樣好讀、有趣味，又有點深度，所以期待你這本書具備這些質素。

白：我想到漢高祖殺韓信那段，韓信死了以後，漢高祖很感慨，《史記》裡太史公寫的那地方好動人，最動人的是漢高祖的矛盾心情。蔣中正對我父親是很器重的，心情上可說是愛恨交加，明知此人有才，卻又老不聽話。別人見了蔣先生，馬靴要拍得很響，可我父親跟他一起革命，平起平坐的，所以就難搞了。

自在出入的文學人生

南：回到文學上的課題。很多人都有個問題，大家都想問沒問或是沒想到要問。就是你的文學都很沉重，可是你的人一點也不沉重，這點我到目前為止都搞不清楚。我們知道很多文學家的文學或哲學很沉重的時候，人是沉重的，文章的皺紋是長在臉上的，可是你不是？

白：我一次在東華大學演講的時候，穿了件紅毛衣，大約講起什麼講得興高采烈。後來有個學生問了問題，口氣頗為失望，他說你怎麼看起來跟你的文章一點都不像，很氣的樣子，覺得你怎麼這麼陽光，彷彿陽光兩個字是很不好的，文學是要有 darkness，要有沉重感。我那天大概講得高興起來手舞足蹈的。我想我在寫作時是變成另外一個人，變成看人，看別人，看人生的人。

南：可是那些都是你經歷過的，你怎麼可以寫的時候很沉重很沉重，一丟掉，咚的一聲，就很快樂。其中調適恐怕是有什麼東西在後面。

白：人生的滄桑或痛苦，恐怕也是一直在那裡的，那些是我個人的，也是我看到人生裡別人也有的，我一寫就寫到那邊去了，很奇怪的。我寫《紐約客》系列的第一篇小說〈謫仙記〉，是在愛荷華的春天時分，大概是四、五月吧，大地回春，冰都消融了，我是面臨愛荷華的河邊寫的，四處鳥語花香。但我寫那篇小說時，整個人就進到那個世界，進到寫作的那個陰暗、沉重的世界，心情一下子就進去了。後來我一出來，寫完了，就又春天來了，滿高興的。

南：或者我們以《三國演義》第一章來看，整部《三國演義》在形容三國時群雄爭伐，所以作者的心情是整個世界就是這樣，然後就飲酒當歌，是另外一種豁達。是不是這樣子，好像看破了所有事情？

白：真的看破了就不必寫了，就修行去了，我有些朋友他們就比我看得破，到了這個年紀，他們真的把人生看得很透，很超然。好像我對生死大關，對於情，大概還是沒破。可能我在寫作的時候是完全投進去的，而且我感到的、看到的，痛的時候多。

南：會不會有時候你作品寫完了，午夜夢迴，你想到那些內容，然後就更難過一點？

白：我有時寫作進到那世界，會有的，有那種感覺的。大概也有另外一種個性吧，有時候，可能會莫名其妙很 high 起來。

會講故事的小說家

南：你小時候在桂林住到六歲，上海只住了兩年半，香港住兩年，為什麼你的小說裡上海的故事比例特別多？

白：我在重慶住了兩年，給我的感覺都是黃泥土，重慶是山城，很落伍，那時又轟炸，一天到晚躲防空洞，我那時又生肺病，所以對重慶印象很不好，是一個愁雲慘霧的童年。抗戰勝利後到上海去，上海沒有被破壞，那時歌舞昇平，十里洋場，我們就像現在跑進好萊塢片子裡一樣，完全是另外一個花花世界，印象特別深，上海的一切對我來說都是新鮮，所以那兩年多上海的影響對我很深很深。

南：所以你筆下上海比重特多，連很多字都是上海字。

白：因為我在上海念過書，上海話也學會了。嚴格說，到臺灣來，家裡還有一批上海來的朋友，他們還是那個上海味道，很多父母親的朋友來自江浙的，家裡還是上海那一套。

南：幾個很會講故事的小說家，如智利的伊莎貝拉．阿言德，她在傳記裡說，她小的時候家裡的老媽媽一天到晚跟她講故事，所以她就很會講故事。你也是很會講故事的，寫小說應該要很會講故事，但要如何把故事講得好？

白：現代小說要把故事拋掉的說法，我是不同意的，小說還是在看故事，故事不好看，寫一大堆不曉得要講什麼。人生就是個故事，其實每個人的一生，會講的話，都是一個很好聽的故事。

南：但把故事講得好、有意思，是很難的。你這能力是哪裡來的？像你說過，家裡的誰告訴你玉卿嫂的細節種種，你就兜出一個很好的故事。

白：我想跟桂林人很有關係，桂林人很會講故事的，能講會說，我們家裡的那些老傭人，講起來語言非常的活，很會講人家的 gossip，這家的媳婦偷人，那家又如何如何，好像他們在床底下看到似的，講得讓人睜大了眼，這些我從小就愛聽。這些是中國人的說書傳統，中國人就比美國人會講。

南：西方古代也很好看的，如《十日談》那個時代，很會講故事。我們的像幾刻《拍案驚奇》，也很會講故事，到後來就不會講故事了。

白：《三言二拍》也是，好看。

南：而且很多戲劇發源於此。我在好幾個場合說，中文系教《三言二拍》，應該組織一個小說考察團，反正都會在蘇杭遇到，如〈杜十娘怒沉百寶箱〉就在錢塘江，可以一個個實地介紹，會很有意思。

白：這是一個非常重要的傳統，屬於我們的小說傳統。像張愛玲，她不太受五四的影響，她倒是從《紅樓夢》、《金瓶梅》、《三言二拍》直接過來的，回頭來看，她反而是正統。

南：近一百年的小說家，我認為只有三個人會講故事，張愛玲、白先勇、沈從文。

白：所以我現在對五四這個新文學傳統疑問越來越大，已經九十幾年，不能迷信這個東西了。

南：這個話在目前這個時代有點反動的意思，很多人都不敢講的。

白：就拿我和張愛玲來說，可以說師出同門，都是看中國古典小說的。當然也看巴金、魯迅，但我好像從來沒有想去學他們，對我來講，所謂的舊小說，才會讓我起勁。

南：鴛鴦蝴蝶派在上海的一位教父曾說，講白話文學，將來歷史會證明，我是比他們還早的。你跟張愛玲的不同，在於張愛玲基本上中國味重了點，她對西方的接受主要是電影的影響，小說裡電影的手法很多。你是對西方文學知道得更多一些，某些技巧上受西方的影響，那個中國味還是在那裡，而你們兩個本質上是接近的。

一九九九年《亞洲週刊》舉辦二十世紀中文小說一百強評選，我是委員之一，大家都說，這一百強是一百年來最好的小說，不能一條鞭解釋的。我說，前面十個沒有白先勇，沒有張愛玲，不跟你玩了。後來大家同意的。也就是除了五四的代表人物巴金、老舍跑不掉，這些很重要之外，講故事也很重要，所以是並存的。

白：包括《老殘遊記》也入選的。我想，就我們的文學傳統來說，若回歸我們正統的《三國》、《水滸》、《三言二拍》，一直到《老殘遊記》，從這邊接下來的話，會是什麼樣的一個結果。

南：假如主流在那裡，吸收不同的元素進來，可是本還在那裡，會是完全的另一種發展。

白：韓愈的古文運動，「文起八代之衰」，反對魏晉的駢文，可是駢文那麼美，我寧願看那個也不看韓愈那乾巴巴的東西，對「文起八代之衰」再打了一個問號。如果我們的美文從魏晉再發展，而非韓愈的散文，從那些美得不得了的文字，發展我們的文學，不知會怎樣？在文字上，後來的文學，除非像韓柳歐蘇，如前後〈赤壁賦〉、〈醉翁亭記〉，才夠美。

南：因為魏晉已經搞得太虛了，所以後來搬回來實一點，文章總要有實的東西。近代文學也是搞得太虛了，文字很多，內容很少。

還差一部作品

南：另一個問題是，你還差一本書。

白：真的，我想了好多年了。我覺得，我們那個時代，一九四九年前後，那時代的故事還沒寫出來。

南：你真的還差一本書。你一九四九年後的寫作，如《臺北人》這些，《紐約客》又是另外一段，與後來你開始碰到大陸的那一段，美國那部分將來可以把這些串連起來，第一段和第三段，再加上整個時代因素，會是一個有歷史性的作品，你還差這個東西。

白：我醞釀了幾十年，我想從歷史的觀點來看，一九四九年前後應該是我們整個民族，整個社會、文化、政治，最大的一個天翻地覆的大轉彎，這個東西還沒有真正的一部文學作品寫出來，我想，可能以後有人寫出來是另一種觀點了。

南：這個東西很難寫，要有層次，要有人的味道，我真的很關心這個問題，當代幾乎沒有人可以寫。要看到這些東西，大陸人不行，沒有看到臺灣這一段，很多人流離到美國去也不知道，恐怕還是臺灣人來寫比較合適。而且現在開放了，去補大陸那一段也可以補得回來。這就是你的事情了。我常在想，法國大革命結束以後，雨果的《九十三年》（編按：中譯《雙雄義死錄》）好歹把那段時間的歷史講出個道理來。

白：羅貫中寫了《三國演義》，他把那段歷史成就了文學上的不朽，三國時候在我們的歷史上是很混亂的，因為一部文學作品，把若干條理理出來了。我老早就有這個想法，也許再往前推，抗日應該加在裡頭，最重要是四九年前面幾年，後面則連到臺灣來。

南：我在想差不多就是從令尊那些，從民國開始寫，我們要把這一百年講出個道理來，寫出這痛苦的一百年。現在看這一百年差不多有點條理了，歷史的演變可以找出脈絡，應該有東西可以寫了。

白：現在回頭看發覺糟糕了，關於抗戰的小說，找不出一本經典。如老舍的《四世同堂》，本來期望很高，後來看了不行。

南：因為對於寫作者，當歷史正在跑的時候，寫了一定失敗，怎麼知道將來往哪邊跑。這種作品一定要在歷史快要沉澱了、差不多的時候，文學作者再加把勁，把它沉澱下來。

白：如托爾斯泰寫《戰爭與和平》。

南：還有巴斯特納克寫俄國革命（《齊瓦哥醫生》），都在若干年以後，寫得好好，意思清楚了。所以百年的小說，要有比較大的時間視野。真的你還差這部小說，絕不是《三國》加《紅樓夢》那麼簡單的，而且只有你能寫。

白：你給我那麼大的責任，把那麼大的重任托在我身上。

南：因為小說家中有那種人味的不多，你從《臺北人》開始，人的味道一直在那裡，不管我寫流離，寫小人物大人物的作品分析，都會看到你的小說人物屬於人的味道。

白：我文學最後還是一個「人」字，人的分量有多重，就是文學的價值有多深。因為相對人的「量」的重要，其他環境都是配搭，主角在作品裡的一切，含量有多重，決定了文學。

南：這不就是杜斯妥也夫斯基，你一天到晚講他，你受他影響有多少？

白：滿大的。他對於罪的寬容性，承認人的不完美，我想，人的不完美就是人的大悲劇。他的女人則是太完美的可怕，其實他女人寫得不好，寫男人寫得好，因為他的完美典型是女人，是聖母的化身，男人則是罪惡的，我喜歡罪惡的部分，罪人的成分他寫得很深，他的確給我很大的影響。

我記得我看《卡拉馬助夫兄弟們》，念書時看了兩次，一次在臺大，給我的撞擊已經滿大的，但還不是很懂，到愛荷華念書時，剛好選了一門「歐洲寫實主義」，是英文系的課，有杜斯妥也夫斯基作品選讀。外國人看書很快，看起英文來嘩啦嘩啦看過去，我則天天開夜車，終於第二天要報告了，一直看到早上八點鐘，外面大雪一片，我看完那書之感動，雖然我不是基督徒，但是看完了以後真的相信有神，相信這個世界上有個更高的主宰來審判。人不能審判人，人不會高於人，有的也只是人為的法律，最後的審判一定是更高的主宰，必須道德上超乎人的。

雖然最後仍沒有信教，但我小時候在香港念過天主教學校，那些耶穌會的神父很嚴，很有學問的，是愛爾蘭人。那兩年我背《聖經》，雖沒有知性上的接受，感性上教堂的音樂、氣氛的感染，對我是有的，但我對文字如上帝一會兒發怒了的說法感到不解，我就想上帝為什麼那麼凶。

南：所以你小說裡憐憫的成分比較多是不是和這有關係？

白：我想可能有。也有《紅樓夢》的影響，讓我接受佛教、佛家，個性更近佛一點。是這部分產生憐憫，但天主教對我有影響的。

南：《紅樓夢》的思想是宿命的，反正看破了，人世就是這樣子，鏡花水月，但憐憫不是宿命。

白：那是中國式的，我想。人的處境裡，我看到、感受到的總是困境多，所以有憐憫。

南：你的同性戀文學第一篇是什麼？〈寂寞的十七歲〉算不算？

白：〈月夢〉。〈寂寞的十七歲〉有一點。《臺北人》有兩篇，然後寫《孽子》。

南：你最先寫的都比較慘，到了後來，〈Tea for two〉就比較歡樂，是因為時代變了，不再那麼擠壓了，是否跟時代有關聯？

白：跟時代變化有些關係。同志運動在美國的發展，從我去的時候到現在也是變動很大。美國對同志的反應很兩極，有紐約、舊金山這樣友好的，也有像李安《斷背山》描述的懷俄明州打死人的地方。

「揠苗助長」的栽培者

南：另外有一點，你自己這麼忙碌，卻對年輕人很照顧，花很多時間在年輕人身上。一般的文學工作者、大作家，常是自己做自己的事，為什麼你會有這一面？我年輕時候生平第一次吃一個像樣的飯館，是你白大哥帶我去的，雲和樓，去了才知道什麼叫過橋米線，什麼叫餌塊，都是第一次吃到。

白：的確，我到現在還是如此。我喜歡種花，我看到那個花冒出來，開花結果，是我最大的喜悅。所以我對學生真的好耶。我有一個學生，現在是加州大學聖塔芭芭拉分校中文系系主任，叫做Ronald Eagan，中文名字艾朗諾。六〇年代末，我發現他這個洋人中文特別好，對中文文字特別敏感，念了兩年中文，我教他古詩十九首，雖然文字淺，但意義深，他懂，所以我講這個人有中國的sensibility，那種中國式的感性。那時他的主修是英文，我跟他講以後教英文一個位子有幾百上千人搶，勸他中文那麼好為什麼不轉系。一九六八年我把他帶到臺灣來，請李元貞、汪其楣、陳真玲，三個臺大中文系畢業的來教他中國現代文學，像汪其楣就教他讀康芸薇的小說。後來他轉系到哈佛念博士，論文寫《左傳》研究，後來還出版了《歐陽修評傳》等著作，現在是漢學界的明星。他做學問很認真、低調，不像一般美國學界的人要推銷自己，他不太會這一套，搶教職時都吃虧，我就叫他快到我們聖塔芭芭拉，剛好有個古典文學的空缺，後來便一直在我們學校教書。

我看到那些年輕學生，就像青春版《牡丹亭》，看到那一群年輕演員，好像要擔負崑曲大任，好興奮，我就揠苗助長一樣，拼命拔拔拔，要把他們拔起來。

南：你這個 big brother 的東西是怎麼跑出來的呀？你們家有沒有這個東西？

白：我有兩個哥哥兩個弟弟，有個弟弟常被我爸爸打，我從小照顧他，他書念得比較不好，我就一直覺得要幫助他。

南：這點真的是我讀你的作品，認識你，看你這個人，卻一直搞不懂的。我們有大大小小的文學教父，每個人基本上都很孤僻的，或說孤芳自賞、獨善其身，可是你不是啊。

白：我也有滿孤僻的一面，但對於年輕人、年輕作家，像我以前辦雜誌也是，很鼓勵他們。要不是你問起，我平常不大想這個問題。

南：因為那是你的本性。以前，記得你只要每次從美國回來，皮箱裡總裝了一堆書，然後一到了就趕快打電話，「回來了，回來了，趕快到我家來，選書選書選書。」我們那時候讀書，很多都是你帶回來的，這些我最記得了。那時我們很難讀到外國書，像心理學、社會學等等，那是六〇年代中後期，西方正流行「疏離」研究，我們也跟著閱讀這些思潮。最後再請問你對年輕作家的勉勵。

白：我這幾天忙著香港中文大學金聖華教授舉辦的新紀元全球華文青年文學獎的評審，我好幾年沒有參與文學獎評審了，因為滿苦的，但因為這個獎是給大學生的，所以我參加。全球包括大陸、兩岸四地還有海外，去年冠軍由臺灣一個東吳大學的得獎，前年是馬來西亞和內蒙兩個人共同獲獎，這是第三屆。今年二十九篇小說，我看了以後的感受是，這些小孩子好像沒有怎麼看經典文學，我覺得這是一個很大的缺點，沒有典範，講自己比較多，幻想、獨白、沒有結構，很長很長的喃喃自語。我想是因為沒有看中外文學的經典，應該至少要看海明威，喬伊思不用講囉，短篇小說的經典，也如《三言二拍》這些，至少選個十幾二十本，會對寫作很有幫助。

南：表達的語言問題呢？因為你的語言是老百姓看得懂的，很有意思，很有學問，很優雅，很深刻，這是你的東西很好看的關鍵原因。可是現在的小說，跟經驗有關的文字駕馭不夠，已經不知道在寫什麼東西了。

白：文字駕馭是個大問題，一個短篇小說一萬字，幾乎每一行每一個字都要有用才行，長篇小說有一個passage是多餘的還不太顯，短篇小說幾行多了或岔掉了就冒出來的。他們對整個結構、架構完全不管，沒有一個form，把這打破了完全不受拘束，這個不行，文學本來有格律的，就像絕句一樣。

南：我看過好多人談你的小說，是短篇小說裡寫得很緊湊的，每一個句子每一個動作都是有意思的，故事很完整。另一個說法是，你的文字是受到故事影響，假設沒有故事，字多一點少一點沒關係。

白：我在寫《臺北人》那個時候，的確對自己有一種紀律，每一篇我都想用不同方法。現在回想，到愛荷華是有幫助的，不是老師對你實際的幫助，而是提醒你要自覺的去找一個形式，來表達自己的東西。那時有一門課叫「小說形式」（form of fiction），老師選了十六本小說，有卡夫卡的短篇小說集、康拉德的短篇小說集，其他大部頭的像《聲音與憤怒》、《包法利夫人》這些所謂經典，而且完全不同形式，念了之後要在課堂討論的，第一句就問，這是從誰的觀點講的。讓我自覺到小說是有形式的，形式很重要，形式與內容是合而為一的。我想以前的名家，如福樓拜他們寫的時候，未必那麼清楚的想要有什麼形式，但他們不自覺的寫出如《包法利夫人》，就創造了小說的形式。我們現在看的那些了不得的小說，都是一種形式的創新、創造，都造就了屬於那小說獨特的新形式。有了那樣的訓練，我在開始寫《臺北人》以後，有一個想法，是不是每一篇都賦予不同的表達方式。因為我寫的人物都差不多，差不多的年紀、背景，都從大陸來的，我就想用不同的語言來表達他們的身分、人物特性。

南：所以〈國葬〉就寫得古雅一點，〈永遠的尹雪艷〉、〈金大班的最後一夜〉就寫到佻達一點，〈一把青〉就放蕩一點。

白：拿〈花橋榮記〉這篇來講，很鄉愁，描述一群廣西人，有廣西味道，一位廣西老鄉說地理味道很足，諸如此類的。除了寫實的筆法相同，拿〈尹雪艷〉和〈金大班〉來講，兩個同是百樂門的紅舞女，〈尹雪艷〉我是抽開，距離遠遠的，〈金大班〉我好像是進到她的世界裡面去寫的。那時我是先有了故事，再想好像這樣講才對、那樣講才對。

南：現在的年輕人還有一個問題，你那個時代的大山大水你看過了，我們沒有啊，我們活在今天的臺北，只能馬馬虎虎過日子，怎麼寫如你筆下那些豐富的人事，沒有東西可寫呀。

白：臺北也有幾十年了，我想臺北有另外新的滄桑。如果是我會寫四十幾歲的人，也許大學畢業去留學，在外面做了一些事情，然後就跑回來了，也許又創業了。四十幾歲的人已經有很多故事了。

南：就是人生的瑣瑣碎碎罷。你是大時代活過來的，現在沒有大時代了，要怎麼辦呢？

白：文學不以大小分優劣。我借用王國維講杜甫的詩，「細雨魚兒出，微風燕子斜」，何遽不若「落日照大旗，馬鳴風蕭蕭」，這兩個都好。因為人生的幾個大題目都一樣，就是生老病死，誰也逃不掉，其實人生最大的就是這個，可能外界的轉變大起大落，但人生老病死的定律，是注定的，誰也抵擋不了。

記錄整理／施淑清

——原載二〇〇六年《印刻文學生活誌》三月號

對談《紅樓夢》——白先勇VS.劉再復

（一）介紹

劉再復（以下簡稱「劉」）：我們今天在座的四百位（邊上還有三百人在視頻上觀看）《紅樓夢》愛好者，共同面對、討論《紅樓夢》評論史上的一個大現象：有一個人，細細地閱讀、講述、教授《紅樓夢》整整三十年（在加州大學聖塔芭芭拉校區講述了二十九年，之後又在臺大講了一年半），從太平洋的西岸講到太平洋東岸，創造出閱讀《紅樓夢》的時間紀錄與空間紀錄。

這個人就是白先勇。

白先勇是誰？昨天我太太陳菲亞看到我的發言提綱上有這個問題。她說，這還要講嗎？誰不知道白先勇是著名作家和著名崑曲青春版《牡丹亭》的製作者。我原來也是這麼認識。但現在則有三點新的認知。

一、白先勇先生不僅是當代中國的一流作家，寫過一流小說：《紐約客》、《臺北人》與《孽子》，一流散文：《驀然回首》、《明星咖啡館》、《第六隻手指》、《樹猶如此》，還有一流戲劇、電影劇本：《遊園驚夢》、《金大班的最後一夜》、《玉卿嫂》、《孤戀花》、《最後的貴族》等影響鉅大的作品；而且他還是一流的文學鑒賞家，《細讀紅樓夢》便是明證。此書鑒賞《紅樓夢》如何寫人，如何寫神，如何寫天，如何寫地，每篇都非常精彩。鑒賞寫人時，他說，《紅樓夢》寫人充分個性化，鶯兒說的和平兒說的，金釧說的和玉釧說的，絕對不一樣。至於寫天，寫神，那是《紅樓夢》的兩面，除了寫實，它寫神話的部分，也寫得很傳神很逼真。而寫地，如寫大觀園，先是展示林黛玉眼裡的大觀園，接著又寫賈政、一群清客及寶玉眼裡的大觀園，最後又寫到劉姥姥眼裡的大觀園。

二、白先勇不僅是像李漁（李笠翁，明清時期劇作家、批評家，著有《凰求鳳》、《玉搔頭》等劇本，及戲曲批評理論《閒情偶寄》等）的大才子，而且是接近曹雪芹的大才子。李漁很有才能，他帶著一個戲班子到處漂泊，寫了許多優秀的戲劇劇本和散文，他日子過得很不錯，文章也寫得漂亮。哈佛大學的韓南教授，三十年前到北京時見到我，第一句話就說，我正在研究李漁。我原以為白先勇像李漁，也是大才子，日子也過得不錯，帶著崑劇劇團走南闖北，現在才明白，他更像曹雪芹。他有續寫《紅樓夢》的才華，可惜後四十回有人捷足先登，已經在白先勇之前完成了。他只能在解說上展示其才華了。

三、白先勇不僅是白崇禧將軍的兒子，而且是中華文化的赤子。他不管走到哪個天涯海角，都念念不忘中國文化。他寫小說，製作崑曲，解讀《紅樓夢》，無一不是對中國文化的思戀與緬懷。他不能容忍臺灣一部分人「去中國化」的觀點。不錯，臺灣如果真的去中國化了，那麼它還剩下些什麼呢？文化不僅在圖書館裡，而且在活人身上。他走到哪裡，就把中國文化傳播到哪裡。中國文化的總指向，正如張載所言：「為天地立心，為生民立命，為往聖繼絕學，為萬世開太平。」白先生給我的第一封信，說我的散文可用「興滅繼絕」四個字概說。二〇〇五年，我在臺灣中央大學「客座」時，他應邀給學生講述《牡丹亭》，在課堂上，他一見到我，就請我對青春版《牡丹亭》作了評價。我到課堂上對人說，白教授所做的事正是「興滅繼絕」，我要把他評價我的話奉還給他。他真的是一片中國文化情懷。在評《紅樓夢》中，白先勇還特別解說了一點，即《紅樓夢》不僅是一部小說，而且是中華文化的結晶。他說，《紅樓夢》真「了不得」。中國文化中的儒、道、釋它都包括。儒學宜於年輕時代，道學宜於中年時代，佛學宜用於晚年時期。他還說，《紅樓夢》中什麼都有，士、農、僧、商，衣、食、住、行，琴、棋、書、畫，文、史、哲、經，樣樣都包括。連風箏怎麼放，都可在《紅樓夢》中學到。

今天我所以感到榮幸，除了遇到一個百年不遇的「大現象」之外，還遇到一個相對自由的「大環境」。這就是香港科技大學人文學院的自由講壇。本來，時報出版社剛推出《細讀紅樓夢》之後，香港誠品書店就邀請我和白先勇進行對話。但我當時身在美國落磯山下，大洋阻隔，難以抽身作萬里之行，而白先勇也忙於教學，終於作罷。此次能相逢，乃是大時、地利、人和的緣分結果，是「大現象」與「大環境」相結合的結果。我們要感謝史維校長，感謝科大人文學院與高等研究院。我還為自己感到榮幸。在二〇一八年因為拔牙而受感染，兩種細菌入侵，得了下頜骨骨髓炎。不僅住院，而且注射了六星期的抗生素，病情嚴重，可謂死裡逃生，今天能與先勇兄在此對話，也得益於上蒼放我一馬。現在，我想請教白先勇先生，請您談談您在美國講《紅樓夢》的情況。

白先勇（以下簡稱「白」）：謝謝劉再復先生對我的介紹，我與劉先生神交已久。劉再復先生寫於八〇年代的《性格組合論》，可稱得上是「暮鼓晨鐘」。當時的文學作品多數是臉譜化的，非黑即白，劉先生提出性格組合論，對小說創作極其重要。人不可能是全黑或全白的，一定是黑白混在一起，有的深灰，有的淺灰。所以「性格組合論」的提出很有意義。自 Freud（弗洛伊德）研究人的潛意識的理論提出後，對現代人物的研究都是去臉譜化的。所以說，劉先生的理論在當時非常先進，「敲醒」世人，雖然也同時飽受爭議，但畢竟近現代中國文學很大程度上是政治化、臉譜化的。之後我讀了更多劉再復先生的文學理論。他雖然從八〇年代末之後長期居住在海外，但他對中國文化、中國文學極其關心，也很「憂國憂民」。劉先生寫了很多關於中國古典「四大名著」的文章。

他承認《水滸傳》和《三國演義》是中國藝術水準很高的小說，但他不喜歡這兩部作品。他認為《三國演義》的主題都是關於「權謀」、「心機」、「鬥爭」，藝術價值雖很高，但是影響不好。《水滸傳》的一百〇八將，每個都栩栩如生，裡面的三個「淫婦」潘金蓮、閻婆惜、潘巧雲也刻畫得極好。但劉先生提出這部作品描摹的是一個「野蠻世界」，殺人如麻，武松對婦孺小孩也不放過，裡面的人甚至還要開「人肉包子店」，劉先生認為這部作品對暴力、殺戮沒有批判態度。劉再復先生的個人經歷、歷史認知讓他對這兩部作品有這樣的評價。

我想，劉再復先生之所以熱愛《紅樓夢》，一個重要的原因是這部作品寫出了最可貴的「人性的慈悲」。曹雪芹以大慈大悲之心來看芸芸眾生，以「天眼」俯瞰紅塵，這是作者的大心胸。我的一位朋友奚淞在甘肅張掖的一座古廟看到一副楹聯，寫得很動人，我在講《紅樓夢》的結尾時引用了：「天地同流，眼底群生皆赤子；千古一夢，人間幾度續黃粱。」曹雪芹筆下的人物，善與惡是混雜在一起的。像是趙姨娘，在賈府地位非常卑微，自己的兒子賈環也不受重視，她心術不端，總是嫉妒寶玉而且時常想要害他，這是一個很難讓人同情的角色。但《紅樓夢》寫到她的死亡時，她的屍首被棄置在破廟裡無人理會，可就在此時此刻，另一個人物出現了——一個大家很少注意到的人物，周姨娘。周姨娘也是賈政的妾，很少露面，也很少講話。周姨娘去看趙姨娘的屍身，倒抽一口冷氣，她想到做妾的下場也不過如此，何況趙姨娘還有兒子，自己可能會比趙姨娘的結局更悲慘。就是這樣一個細節，讓人突然意識到趙姨娘、周姨娘這些人物的可憐。所以說，《紅樓夢》的悲憫心、同情心，是無限的。

劉再復先生將《紅樓夢》與其它世界名著相提並論，稱讚為「中國文學史上最偉大的小說」，我也這樣認為。我在加州大學聖塔芭芭拉校區教了近三十年書，講明清小說課的時候，一直選用《紅樓夢》作為範本。課堂上的學生分作兩組，一組是美國學生，沒有中文功底，只好用翻譯文本，講一講故事大綱和人物分析，但是也有效果。例如，有個美國學生對我說：「白老師，我就是賈寶玉。」因為他當時正在追中國的女孩子，交過幾個中國女朋友，就把自己看成是賈寶玉。另一組是中國學生，來自大陸和臺灣的孩子，教得更深入一點。一九九四年，我提早退休，覺得人生應該換個「跑道」，做一些別的事情。

直到二〇一四年，臺灣大學有一項趨勢科技給文學院的基金，成立了「白先勇文學講座」，請了很多海內外的專家、學者來開講座。到第五年的時候，我被要求也去講課，但是我躊躇應該講什麼呢？我的一位教授朋友說，現在很多年輕人不再閱讀大部頭的經典著作，甚至大學生也不再看《紅樓夢》了。那怎麼可以？於是我想那就講《紅樓夢》吧，至少在我的課堂上，學生們必須仔仔細細跟著我閱讀一遍《紅樓夢》，還要接受我的考試和「刁難」。當時計畫講一個學期，每周講兩個小時，但是一個學期結束只講了四十回，於是第二個學期每周加一個鐘頭課程繼續講，端午節還補課，結果第二個學期也只講到第八十回。最後又講了一個學期，一百個鐘頭之後又加了一個鐘頭，終於把一百二十回的《紅樓夢》講完了。所以，我的《細說紅樓夢》其實是帶著學生細讀文本。Close Reading（細讀），是我們上世紀六〇年代在學校學習的美國「新批評」派的文學理論，在當時的耶魯大學最為興盛，從文本的細讀中發掘意在言外的思想及小說各種的構成。夏濟安先生、夏志清先生都在這個傳統裡，我也受到這個傳統很深的影響。如今紅學、曹學等各種研究如此興盛，但我覺得正本清源、萬流歸宗，《紅樓夢》是一本偉大的小說，對這部偉大的小說做文本細讀，是我的解讀方法。

但在耄耋之年重新細讀和講授《紅樓夢》，我越發覺得這是一部真正的「天書」——有說不盡的玄機，說不盡的密碼，需要看一輩子。我看到晚年，可能才看懂了七八分，所以，我想大膽地宣稱：《紅樓夢》是「天下第一書」！

西方也有很多經典文學作品，像托爾斯泰的《戰爭與和平》、杜思妥也夫斯基的《卡拉馬助夫兄弟們》等，尤其是到了十九、二十世紀，西方湧現了很多經典文學作品，像 Random House（蘭登書屋）選出了一百本偉大的作品，排名第一的是詹姆斯‧喬伊斯的《尤利西斯》。我在課堂上也念過《尤利西斯》，不停地揣摩文本，正襟危坐，看得非常吃力。相比之下，《紅樓夢》非常好看，隨便翻開一章，就會追下去。

（二）白先勇、劉再復對話的基礎

劉：我和白先勇先生，對於《紅樓夢》有幾點相同的認識，這是我們對話的基礎。共同的認識有三個：

一、我們都認為《紅樓夢》是中國文學無可置疑的高峰。我們都認為《紅樓夢》好得不得了，也都愛得不得了，好得無以復加，愛得無以復加。用理性語言表達，先勇兄說，《紅樓夢》是中國文學中最偉大的作品。請注意，他用了「最」字，不是「一般偉大」，而是「最偉大」。我則說，《紅樓夢》是中國文學的「經典極品」，它標誌著人類最高的精神水準。人類有史以來，創造了柏拉圖、亞里斯多德直至康德、黑格爾等哲學，也創造了荷馬史詩、莎士比亞戲劇和塞萬提斯、巴爾扎克、雨果、歌德、托爾斯泰與杜思妥也夫斯基的長篇文學鉅著，這些都是人類最高智慧水準與精神水準的座標。中國只有一部長篇小說，堪稱最高水準，這就是《紅樓夢》。人類自有文明史以來，創造了三座文化巔峰：一是西方哲學，二是大乘智慧，三是中國人文經典；後者的偉大結晶與呈現者就是曹雪芹的《紅樓夢》。總之，我們對《紅樓夢》都驚嘆！都給予最高禮讚！都感到讚美的詞窮句盡！語言不夠用。有人認為，《金瓶梅》比《紅樓夢》更偉大，這種論點恐怕難以成立。《金瓶梅》確實是中國偉大的寫實主義作品，中國男人何等粗糙粗鄙，看西門慶就明白；中國富裕舊家庭妻妾之間關係如何緊張，看《金瓶梅》也能明白。《金瓶梅》的寫實，不設限政治法庭與道德法庭，這很了不起。但與《紅樓夢》相比，《金瓶梅》缺少一個形而上層面，一個神話世界層面，一個非寫實層面，這是很大的缺憾。

二、我和白先勇兄都認為，《紅樓夢》有兩種存在形態；一是擁有脂批的八十回的抄本形態；二是程偉元與高鶚整理印行的一百二十回印本形態。前者未完成；後者已完成。張愛玲說她人生三大恨事，一是鰣魚多刺；二是海棠無香；三是《紅樓夢》未完（參見《紅樓夢魘》）。我和先勇兄則認為，《紅樓夢》兩種形態，一是「未完」，一是「已完」。前八十回抄本《脂硯齋重評石頭記》可以說「未完」，而一百二十回本（程甲、乙本）即《紅樓夢》印刷本則「已完」。正如巴黎羅浮宮的兩大經典藝術品，一是斷臂維納斯，一是完整的蒙娜麗莎。後者已完成，不必遺憾！我們鑒賞的正是已完的《紅樓夢》，我們人生的樂事正是欣賞已完成「紅樓之樂」，這不是一般的「樂」，而是其樂無窮。白先勇說：「一生最幸運的事之一，就是能讀到程偉元與高鶚整理出來的一百二十回全本《紅樓夢》，這部震古爍今的經典巨作。」

三、對於後四十回，我們都認為，後四十回寫得好！重要的不是「真」與「偽」，而是「好」或「壞」。或者說，重要的不是作者（出自誰的手筆），而是「文本」、「文心」能否站得住。我們倆都重欣賞，重鑒賞，即重審美。我們都認為程乙本即一百二十回本站得住腳，是完整的好作品。順便說一下，不同於張愛玲的「三恨」，白先勇晚年有三樂：一是喜為父親立傳；二是喜帶崑劇團周遊列國；三是重講《紅樓夢》。白先勇屬於少年得志還是晚成大器，尚可討論。也就是說，今天如果在場的是張愛玲，那我們會與之吵架。但今天在場是白先勇，我們就有平心對話的可能與基礎了。

我們充分肯定後四十回，不是簡單的事，因為許多「紅學」學者都批評了後四十回，發現後四十回諸如「蘭桂齊芳」等敗筆。最困難的是，我們必須面對兩位紅學研究的天才，一個是兩百多年來，考證最有成就的周汝昌先生；一個是文學創作天才張愛玲（儘管我稱她為「夭折的天才」）。他們兩人都不滿後四十回，張愛玲在給宋淇、鄺文美夫婦的信中，甚至說：「高鶚續書——死有餘辜。」周先生也認為，高鶚續寫《紅樓夢》失敗了，不僅「無功」，而且有罪。我和白先勇充分敬重這兩位天才，但抱著「吾愛吾師，但更愛真理」的態度表示，我們完全肯定後四十回。

白先勇不是一般地肯定，甚至認為後四十回好到他不得不懷疑後四十回是否可能出自另一個人的手筆，整篇小說，前後呼應，人物命運、作品思想一以貫之，不可能是另一個人的創作。所以稱高鶚續書，可懷疑。他認為，後四十回，高鶚頂多只能稱作整理者，不能算作者。這後四十回，肯定有大量的曹雪芹遺稿。他還認為，後四十回的兩大支柱，即黛玉之死與寶玉出家都寫得極好。有這兩大支柱在，後四十回就成功了。

我雖不如此描述，但對於一個死亡（黛玉），一個逃亡（寶玉），卻講兩個字：一是歸於「心」，一是歸於「空」，都屬於形而上，很高明，很精彩。歸於「心」，是一一七回書寫寶玉再次丟掉胸前玉石，他通過紫鵑要把「玉」還給癩頭和尚，結果惹得寶釵與襲人驚慌護玉，此時此刻，賈寶玉講了兩句「一句頂一萬句」的話。一句是：「我都有了心了，還要那玉何用？」另一句是「你們這些人原來都是重物不重人！」襲人等，只知道那塊玉是賈寶玉的命根子，不知道他的心才是他的命根子，生命本體，重中之重。寶玉這麼說，在哲學中點了題，把《紅樓夢》的心學之核點出來了。臺灣第一哲學家牟宗三先生大讚這一節描寫。它真的是抓到「文心」與「文眼」，所謂「文心雕龍」，這正是。「心」便是《紅樓夢》這部偉大小說的「龍」。「龍」沒了，空了。寶玉出家，一切歸「空」，不僅寶玉出走，而是整個賈府倒塌，衰敗，斷後，「忽喇喇似大廈傾，昏慘慘似燈將盡」，整個世界「落得白茫茫大地真乾淨」。人也空，府也空，人皆散，府皆散，這個結局正是《紅樓夢》開端預示的結局，「好了歌」的結局，全「散」，全「了」，全「空」，非常精彩。在中國歷史上，一個朝廷，一個家族，關鍵是「接班人」，一旦「斷後」，就走向崩潰。整部《紅樓夢》以寶玉出家為結局，就是以大悲劇為結局。賈府從此「斷後」，沒有後人。一百二十回的小說完整了，故事完整了。

出家為「空」，這是釋迦牟尼走出帝王家的結局，精彩的形而上。相比一九八六年《紅樓夢》電視劇結束於形而下就高明得很多。八六年電視劇，從演出到音樂樣樣成功，唯獨劇本「形而下」是大敗筆。寶玉不是出家，而是下獄；史湘雲不是下嫁，而是被逼當了妓女；王熙鳳不是被休，而是死無葬身之地。唯有她與賈璉的女兒巧姐，得救於貧下中農劉姥姥，整個結尾太實太不給讀者留下審美想像空間。

下面請白先生先談談您對《紅樓夢》後四十回的理解。張愛玲完全否定後四十回，甚至在給宋淇、鄺文美夫妻的信中說：「高鶚續書——死有餘辜」。您怎麼看這一點？

白：我談談我為何對《紅樓夢》的後四十回如此看重。張愛玲不喜歡《紅樓夢》的後四十回，她的影響太大了，以至於很多人因為她不願意讀下去。但我想張愛玲可能沒看懂後四十回。甚至可以說，沒有讀懂《紅樓夢》。程高本一百二十回，前後連貫，血脈相通，前八十回許多伏筆，後四十回都作了回應、回答，不是大手筆不可能如此完成。《紅樓夢》的前八十回講賈府之盛，文字當然要濃艷、華麗，後四十回講賈府之衰，文字當然會變得蕭疏。第八十回之後寫的是賈寶玉心境的變化，自晴雯去世後，賈寶玉的心境轉向了蒼涼。所以《紅樓夢》的第八十一回會寫到曹操的《短歌行》，一代梟雄也會感悟到「對酒當歌，人生幾何。譬如朝露，去日苦多」的「無常」，而「無常」這兩個字正是《紅樓夢》的主題。賈寶玉在後四十回裡也感受到了賈府的興衰、人世的無常。

第八十一回，賈寶玉想到了去世很久的秦鐘，忽然意識到沒有知交、沒有可講話的人，所以他裝作看書，但心中實在難過。這就是寶玉的心境，一種很要緊的轉折。

後四十回還有很多亮點，黛玉之死和寶玉出家是全書的高峰，是兩大支柱。黛玉之死的段落，寫到寶玉送黛玉那兩塊手帕，那是寶玉的貼身之物，也是寶、黛二人的定情之物，是「情絲」的牽絆；黛玉燒掉手帕，等於是焚掉他們的愛情。寶玉出家的一回也寫得好，是極難得的。胡適用薄弱的證據說明《紅樓夢》後四十回是高鶚所「補」，但「補」可能是「修補」，可能是「續補」，不能作定論。我認為，後四十回原稿也是曹雪芹寫的，但是有殘缺，高鶚和程偉元是在原稿基礎上續寫或整理。而且我做為小說創作者，深知有些細節是不會有另外的人能想到的。簡言之，《紅樓夢》的後四十回，絕對不輸於前八十回。

劉：白先勇先生，你對後四十回的充分肯定，對我也深有啟發。中國文化很重「衰落」，中國文學常有的敗筆是不願意正視「悲劇」，而如寫大團圓，即所謂「曲終奏雅」或「曲終奏凱」。但《紅樓夢》的後四十回卻寫寶玉出家，寫的是「曲終人散」，也是「曲終家落」，很深刻，很有力量。對後四十回，我也覺得它「大處站得住腳，小處可諒解」。不過，您不是發現前八十回也有許多誤筆、敗筆嗎？

白：一個大作家，寫作出經典，其中有些敗筆、俗筆，很難避免。這也是「金無足赤，人無完人」的道理。後四十回的「蘭桂齊芳」等敗筆是多數人認定的，但為什麼產生這些敗筆，則可研究。總的說來，後四十回是成功的。

劉：那您對我剛才提到的我們的共同點，還有什麼補充與修正嗎？

白：我想補充一點我們對賈寶玉這個主人公的共同看法。例如，我也認為賈寶玉是最純粹、最慈悲的心靈，他實際上是個基督，釋迦牟尼。渾身全是佛性。他的心靈確實是佛心，童心。他從不傷害到人，任何一個人都尊重。哪怕對趙姨娘，也從不報復，從不說她的壞話，儘管趙姨娘常要加害他。

（三）白先勇與劉再復的閱讀特點與閱讀貢獻

劉：我想用三個詞組，十二個字來概說白先勇兄的閱讀特點與傑出貢獻：這就是「文本細讀」、「版本校讀」、「善本品讀」。我說的三個「讀」，也可以用一個「文本細說」來概說。細讀，本是日本學人的研究特點。日本人真是認真，仔細，後來美國人也學成了。從白先勇到余國藩，他們講解《紅樓夢》，都用細讀的方式。白先勇的法門與胡適的法門不同。胡適的法門是「大膽假設，小心求證」。白先勇的法門是「不作假設，小心讀證」。白先生無論是寫小說還是解說《紅樓夢》，都不作任何政治預設與道德預設，不同於「索隱派」，也不同於「考證派」的四大家族興衰史之論。他只管閱讀、細讀、校讀、品讀。

（1）文本細讀。白先勇的《紅樓夢》閱讀與研究，最大的特點是「文本細讀」。他在美國加州聖塔芭芭拉大學講述《紅樓夢》二十九年，創下了講述《紅樓夢》的時間紀錄。他的方法是一回一回地給學生講課，從基本情節、人物塑造、對話藝術等多個角度進行講述，這種細讀，提供我們一種尊重原著的典範。這固然是課堂方式的逼迫，但也必須有個人韌性地堅持。沒有對《紅樓夢》的真正熱愛，撐不了二十九年、三十年。余國藩先生在芝加哥大學也用這種方法，也是一回一回地講述。但他也沒講得這麼長（時間），這麼細。

（2）版本校讀。在文本細讀的前提下，白先勇又作了版本校讀。他把「程乙本」作為最成功的一百二十回，把脂批的「庚辰本」作為最成功的八十回本，二者加以細細比較後，他發現「庚辰本」的一系列錯誤，人們都在指責後四十回的錯誤，他卻發現前八十回的錯誤。他說，他把里仁版的「庚辰本」與桂冠版的「程乙本」從頭到尾仔細比較了一次，發覺「庚辰本」其實也隱藏不少問題，有幾處還相當嚴重。他完全從小說在藝術、美學觀點來比較兩個版本，這種細緻校讀，使他發現：

（A）秦鐘描寫最後部分實屬「畫蛇添足」：

白先勇說，人物塑造是《紅樓夢》小說藝術最成功的地方，無論主要、次要人物，無一不個性鮮明，舉止言談，莫不恰如其分。例如秦鐘，這是一個次要角色，出場甚短，但對寶玉意義非凡。寶玉認為「男人是泥作的骨肉」，「臭氣逼人」，他尤其厭惡一心講究文章經濟、追求功名利祿的男人，如賈雨村之流，連與他形貌相似而心性不同的甄寶玉，他也斥之為「祿蠹」。

> 秦鐘是《紅樓夢》中極少數受寶玉珍惜的男性角色，兩人氣味相投，惺惺相惜，同進同出，關係親密。秦鐘夭折，寶玉奔往探視，「庚辰本」中秦鐘臨終竟留給寶玉這一段話：
>
> 以前你我見識自為高過世人，我今日才知誤了。以後還該立志功名，以榮耀顯達為是。
>
> 這段臨終懺悔，完全不符秦鐘這個人物的個性口吻，破壞了人物的統一性。秦鐘這番老氣橫秋、立志功名的話，恰恰是寶玉最憎惡的。如果秦鐘真有這番利祿之心，寶玉一定會把他歸為「祿蠹」，不可能對秦鐘還思念不已。再深一層，秦鐘這個人物在《紅樓夢》中又具有象徵意義，秦鐘與「情種」諧音，第五回賈寶玉遊太虛幻境，聽警幻仙姑《紅樓夢》曲子第一支「紅樓夢引子」：開闢鴻蒙，誰為情種？「情種」便成為《紅樓夢》的關鍵詞，秦鐘與姐姐秦可卿其實是啟發賈寶玉對男女動情的象徵人物，兩人是「情」的一體兩面。「情」是《紅樓夢》的

核心。秦鐘這個人物象徵意義的重要性不言而喻。「庚辰本」中秦鐘臨終那幾句「勵志」遺言，把秦鐘變成了一個庸俗「祿蠹」，對《紅樓夢》有主題性的傷害。「程乙本」沒有這一段，秦鐘並未醒轉留言。「脂本」多為手抄本，抄書的人不一定都有很好的學識見解，「庚辰本」那幾句話很可能是抄書者自己加進去的。作者曹雪芹不可能製造這種矛盾。（引自白先勇《細說紅樓夢》）

（B）白先勇指出比較嚴重的是尤三姐一案。下引八十回本對尤三姐的錯誤描寫。他說：

《紅樓夢》次要人物榜上，尤三姐獨樹一幟，最為突出，可以說是曹雪芹在人物刻畫上一大異彩。在描述過十二金釵、眾丫鬟等人後，小說中段，尤氏姐妹二姐、三姐登場，這兩個人物橫空而出，從第六十四回至六十九回，六回間二尤的故事多姿多采，把《紅樓夢》的劇情又推往另一個高潮。尤二姐柔順，尤三姐剛烈，這是作者有意設計出來一對強烈對比的人物。二姐與姐夫賈珍有染，後被賈璉收為二房。三姐「風流標緻」，賈珍亦有垂涎之意，但不似二姐隨和，因而不敢造次。第六十五回，賈珍欲勾引三姐，賈璉在一旁慫恿，未料卻被三姐將兩人指斥痛罵一場。這是《紅樓夢》寫得最精彩、最富戲劇性的片段之一，三姐聲容並茂，活躍於紙上。但「庚辰本」這一回卻把尤三姐寫成了一個水性淫蕩之人，早已失足於賈珍，這完全誤解了作者有意把三姐塑造成貞烈女子的企圖。「庚辰本」如此描寫：

當下四人一處吃酒。尤二姐知局，便邀他母親說：「我怪怕的，媽同我到那邊走走來。」尤老也會意，便真箇同他出來，只剩小丫頭們。賈珍便和三姐挨肩擦臉，百般輕薄起來。

小丫頭子們看不過，也都躲了出去，憑他兩個自在取樂，不知作些什麼勾當。

這裡尤二姐支開母親尤老娘，母女二人好像故意設局讓賈珍得逞，與三姐狎昵。而剛烈如尤三姐竟然隨賈珍「百般輕薄」、「挨肩擦臉」，連小丫頭們都看不過，躲了出去。這一段把三姐蹧蹋得夠嗆，而且文字拙劣；態度輕浮，全然不像出自原作者曹雪芹之筆。「程乙本」這一段這樣寫：

當下四人一處吃酒。二姐兒此時恐怕賈璉一時走來，彼此不雅，吃了兩盅酒便推故往那邊去了。賈珍此時也無可奈何，只得看著二姐兒自去。剩下尤老娘和三姐兒相陪。那三姐兒雖向來也和賈珍偶有戲言，但不似他姐姐那樣隨和兒，所以賈珍雖有垂涎之意，卻也不肯造次了，自討沒趣。況且尤老娘在旁邊陪著，賈珍也不好意思太露輕薄。

尤二姐離桌是有理由的，怕賈璉闖來看見她陪賈珍飲酒，有些尷尬，因為二姐與賈珍有過一段私情。這一段「程乙本」寫得合情合理，三姐與賈珍之間，並無勾當。如果按照「庚辰本」，賈珍百般輕薄，三姐並不在意，而且還有所逢迎，那麼下一段賈璉勸酒，企圖拉攏三姐與賈珍，三姐就沒有理由，也沒有立場，暴怒起身，痛斥二人。《紅樓夢》這一幕最精彩的場景也就站不住腳了。後來柳湘蓮因懷疑尤三姐不貞，索回聘禮鴛鴦劍，三姐羞憤用鴛鴦劍刎頸自殺。如果三姐本來就是水性婦人，與姐夫賈珍早有私情，那麼柳湘蓮懷疑她乃「淫奔無恥之流」並不冤枉，三姐就更沒有自殺以示貞節的理由了。那麼尤三姐與柳湘蓮的愛情悲劇也就無法自圓其說。尤三姐是烈女，不是淫婦，她的慘死才博得讀者的同情。「庚辰本」把尤三姐這

個人物寫岔了，這絕不是曹雪芹的本意，我懷疑恐怕是抄書的人動了手腳。（引自白先勇《細說紅樓夢》）

尤氏兩姐妹的描寫本是《紅樓夢》的精彩之筆。尤二姐柔順，尤三姐剛烈。這裡不僅是成功的性格對照，而且是感人的性格真實，因此，兩姐妹所形成的慘痛悲劇，便十分感人。尤三姐後來的自殺，柳湘蓮的悔恨，都是令人感嘆的情節。整部小說中，一個尤三姐，還有一個鴛鴦，兩個女子的崢嶸傲骨都感動天地。但《石頭記》庚辰本把尤三姐寫成「水性楊花」，顯然也是敗筆。而且是嚴重的敗筆。這也是文本細讀、校讀後的發現。

（C）白先勇還發現，前八十回本暗貶了晴雯。他說：

第七十七回「俏丫鬟抱屈夭風流」寫晴雯之死，是《紅樓夢》全書最動人的章節之一。晴雯與寶玉的關係非比一般，她在寶玉的心中地位可與襲人分庭抗禮，在第三十一回「撕扇子作千金一笑」、第五十二回「勇晴雯病補雀金裘」中，兩人的感情有細膩的描寫。晴雯貌美自負，「水蛇腰，削肩膀兒」，眉眼像「林妹妹」，可是「心比天高，身為下賤，風流靈巧招人怨」，後來遭讒被逐出大觀園，含冤而死。臨終前寶玉到晴雯姑舅哥哥家探望她，晴雯睡在蘆席土炕上：

幸而被褥還是舊日鋪蓋的，心內不知自己怎麼才好，因上來含淚伸手，輕輕拉他，悄喚兩聲。當下晴雯又因著了風，又受了哥嫂的歹話，病上加病，嗽了一日，才朦朧睡了。忽聞有人喚他，強展雙眸，一見是寶玉，又驚又喜，又悲又痛，一把死攥住他的手，哽咽了半日，方說出話來：「我只道不得見你了！」接著便嗽個不住。寶玉也只有哽咽之份。晴雯道：「阿彌陀佛！你來得好，且把那茶倒給我喝。渴了這半日，叫半個人也叫不著。」寶玉聽說，忙拭淚問：「茶在那裡？」晴雯道：「在爐臺上。」寶玉看時，雖有個黑沙吊子，卻不像個茶壺。只得桌上去拿了一個碗，也甚大甚粗，不像個茶碗，未到手內，先聞得油膻之氣。寶玉只得拿了來，先拿些水洗了兩次，復又用水汕過，方提起壺來斟了半碗，看時，絳紅的，也不大像茶。晴雯扶枕道：「快給我喝一口罷！這就是茶了。那裡比得咱們的茶呢！」寶玉聽說，先自己嘗了一嘗，並無茶味，鹹澀不堪，只得遞給晴雯。只見晴雯如得了甘露一般，一氣都灌下去了。

這一段寶玉目睹晴雯悲慘處境，心生無限憐惜，寫得細緻纏綿，語調哀惋，可是「庚辰本」下面突然接上這麼一段：

寶玉心下暗道：「往常那樣好茶，他尚有不如意之處；今日這樣。看來，可知古人說的『飽飫烹宰，飢饜糟糠』，又道是『飯飽弄粥』，可見都不錯了。」

這段有暗貶晴雯之意，語調十分突兀。此時寶玉心中只有疼憐晴雯，哪裡還捨得暗暗批評她，這幾句話，破壞了整節的氣氛，根本不像寶玉的想法，看來倒像手抄本脂硯齋等人的評語，被抄書的人把這些眉批、夾批抄入正文中去了。「程乙本」沒有這一段，只接到下一段：

寶玉看著，眼中淚直流下來，連自己的身子都不知為何物了……（引自白先勇《細說紅樓

夢》）

（D）白先勇第四個發現，是發現前八十回抄本，對關鍵性情節——繡春囊事件的描寫有錯：

繡春囊事件引發了抄檢大觀園，鳳姐率眾抄到迎春處，在迎春的丫鬟司棋箱中查出一個「字帖兒」，上面寫道：

「上月你來家後，父母已察覺你我之意。但姑娘未出閣，尚不能完你我之心願。若園內可以相見，你可以托張媽給你信息。若得在園內一見，倒比來家好說話，千萬，千萬。再所賜香袋二個，今已查收外，特寄香珠一串，略表我心。千萬收好。表弟潘又安拜具。」

司棋與潘又安是姑表姐弟，兩人青梅竹馬，長大後二人互相已心有所屬，第七十一回「鴛鴦女無意遇鴛鴦」，司棋與潘又安果然如帖上所說夜間到大觀園中幽會被鴛鴦撞見。繡春囊本是潘又安贈給司棋的定情物，「庚辰本」的字帖上寫反了，寫成是司棋贈潘又安的，而且變成二個。司棋不可能弄個繡有「妖精打架」春宮圖的香囊給潘又安，必定是潘又安從外面坊間買來贈司棋的。「程乙本」的帖上如此寫道：

再所賜香珠二串，今已查收。外特寄香袋一個，略表我心。

繡春囊是潘又安給司棋的，司棋贈給潘又安則是兩串香珠。繡春囊事件是整本小說的重大關鍵，引發了抄查大觀園，大觀園由是衰頹崩壞，預示了賈府最後被抄家的命運。像繡春囊如此重要的物件，其來龍去脈，絕對不可以發生錯誤。（引自白先勇《細說紅樓夢》）

「庚辰本」作為研究材料，是非常珍貴重要的版本，因為其時間早，前八十回回數多，而且有「脂評」，但作為普及本，有許多問題，須先解決，以免誤導。

白先勇所指出抄本（八十回）的若干嚴重錯誤，並非「吹毛求疵」，而且科學地說明，任何文學鉅著，都不可能完美無缺，《紅樓夢》後四十回有些敗筆也是可以理解的，不能用這些「敗筆」否認後四十回的成功和一百二十回本已完成小說的整體價值。所以我說：「後四十回大處站得住腳，小處可以原諒。」白先勇在指出前八十回的錯誤之後也說：

『有人認為，把後四十回數落得一無是處，高鶚續書成了千古罪人。我對後四十回一向不是這樣看法。我還是完全以小說創作、小說藝術的觀點來評論後四十回。首先我一直認為後四十回不可能是另一位作者的續作，世界經典小說，還沒有一本是由兩位或兩位以上作者合寫而成的例子。《紅樓夢》人物情節發展千頭萬緒，後四十回如果換一個作者，怎麼可能把這些無數根長長短短的線索一一理清接榫，前後成為一體。例如人物性格語調的統一就是一個大難題。賈母在前八十回和後四十回中絕對是同一個人，她的舉止言行前後並無矛盾。第一百零六回：「賈太君禱天消禍患」，把賈府大家長的風範發揮到極致，老太君跪地求天的一幕，令人動容。後四十回只有拉高賈母的形象，並沒有降低她。

《紅樓夢》是曹雪芹帶有自傳性的小說，是他的《追憶似水年華》，全書充滿了對過去繁華的追念，尤其後半部寫道賈府的衰落，可以感受到作者哀憫之情，躍然紙上，不能自已。高鶚與曹雪芹的家世大不相同，個人遭遇亦迥異，似乎很難由他寫出如此真摯個人的情感來。近年來紅學界已經有越來越多的學者相信高鶚不是後四十回的續書者，後四十回本來就是曹雪芹的原稿，只是經過高鶚與程偉元整理過罷了。其實在「程甲本」程偉元序及「程乙本」程偉元與高鶚引言中早已說得清楚明白，後四十回的稿子是程偉元蒐集得來，與高鶚「細加釐剔，截長補短」修輯而成，引言又說「至其原文，未敢臆改」。在其他鐵證還沒有出現以前，我們就姑且相信程偉元、高鶚說的是真話吧。

至於不少人認為後四十回文字功夫、藝術成就遠不如前八十回，這點我絕不敢苟同。後四十回的文字風采、藝術價值絕對不輸前八十回，有幾處可能還有過之。《紅樓夢》前大半部是寫賈府之盛，文字當然應該華麗，後四十回是寫賈府之衰，文字自然比較蕭疏，這是應情節的需要，而非功力不逮。其實後四十回寫得精彩異常的場景真還不少，試舉一兩個例子：寶玉出家、黛玉之死，這兩場是全書的主要關鍵，可以說是《紅樓夢》的兩根柱子，把整本書像一座大廈牢牢撐住。如果兩根柱子折斷，《紅樓夢》就會像座大廈轟然傾頹。

第一百二十回最後寶玉出家，那幾個片段的描寫是中國文學中的一座峨峨高峰。寶玉光頭赤足，身披大紅斗篷，在雪地裡向父親賈政辭別，合十四拜，然後隨著一僧一道飄然而去，一聲禪唱，歸彼大荒，落了片白茫茫大地真乾淨。《紅樓夢》這個畫龍點睛式的結尾，恰恰將整本小說撐了起來，其意境之高、其意象之美，是中國抒情文字的極致。我們似乎聽到禪唱聲充滿了整個宇宙，天地為之久低昂。寶玉出家，並不好寫，而後四十回中的寶玉出家，必然出自大家手筆。

第九十七回「林黛玉焚稿斷痴情」，第九十八回「苦絳珠魂歸離恨天」，這兩回寫黛玉之死又是另一座高峰，是作者精心設計、仔細描寫的一幕摧人心肝的悲劇。黛玉夭壽、淚盡人亡的命運，作者明示暗示，早有鋪排，可是真正寫到苦絳珠臨終一刻，作者須煞費苦心，將前面鋪排累積的能量一股腦兒全部釋放出來，達到震撼人心的效果。作者十分聰明的用黛玉焚稿比喻自焚，林黛玉本來就是「詩魂」，焚詩稿等於毀滅自我，尤其黛玉將寶玉所贈的手帕上面題有黛玉的情詩一併擲入火中，手帕是寶玉用過的舊物，是寶玉的一部分，手帕上斑斑點點還有黛玉的淚痕，這是兩個人最親密的結合，兩人愛情的信物，如今黛玉如此決絕將手帕扔進火裡，霎時間，弱不禁風的林黛玉形象突然暴漲成為一個剛烈如火的殉情女子。手帕的再度出現，是曹雪芹善用草蛇灰線，伏筆千里的高妙手法。

後四十回其實還有其他許多亮點：第八十二回「病瀟湘痴魂驚噩夢」、第八十七回「感秋聲撫琴悲往事」，妙玉聽琴。第一百〇八回「死纏綿瀟湘聞鬼哭」，寶玉淚灑瀟湘館，第一百十三回，「釋舊憾情婢感痴郎」，寶玉向紫鵑告白。

張愛玲極不喜歡後四十回，她曾說一生中最感遺憾的事就是曹雪芹寫《紅樓夢》只寫到八十回沒有寫完。而我感到我這一生中最幸運的事情之一，就是能夠讀到程偉元和高鶚整理出來的一百二十回全本《紅樓夢》，這部震古爍今的文學經典巨作。』

白：謝謝劉再復先生細緻的閱讀和完整的總結。

《紅樓夢》不僅是一本了不起的文學經典，也是一部文化的百科全書。《紅樓夢》到底偉大在哪裡？首先，它的架構非常偉大，塑造了二元世界。一個是現實世界，寫到了極致，把乾隆時代的貴族之家的點點滴滴，刻畫得淋漓盡致。我把曹雪芹的《紅樓夢》比作張擇端的《清明上河圖》，以類似工筆畫的筆致拓印了賈府的現實世界。另一個是神話世界，脫離了現實這一層面，如劉先生所言，比《金瓶梅》的形而下世界多出了一個形而上的世界。它的第一回就由女媧補天來起頭。《紅樓夢》其實是個「女兒國」，把女性的地位提到最高。其實按照人類學的研究，我們的原始社會是母系社會，之後被父系社會壓倒，母系社會實則滲透到了民間。《紅樓夢》裡最高一級的是賈母，接下來是一層一層有hierachy（等級）的女孩子們。所以《紅樓夢》由女媧煉石開始，也就是由女神開始，有很大的象徵意義。女媧用了三萬六千五百塊石頭補天，剩下的一塊置於青埂峰下，變成靈石，也就是賈寶玉。這塊石頭因為沒有被女媧用來補天，自怨自艾，但原來它被女媧賦予了更大的任務，就是用來補「情天」。所以這部小說一開始又叫作《情僧錄》，是常被大家忽略的名字。《紅樓夢》之前的別名有《石頭記》、《金陵十二釵》、《風月寶鑑》，還有很重要的一個名字，就是《情僧錄》。《紅樓夢》開始時講「空空道人」，因空見色，最後變成「情僧」，但是請大家不要被曹雪芹瞞過，「情僧」，當然指的就是賈寶玉。所以寶玉愛所有的女孩子，希望她們的眼淚流成一條河，把他的屍首漂起來。曹雪芹提出了「情僧」的觀念，賈寶玉的宗教信仰，可以說就是一個「情」字。劉再復先生剛才引用了第五回的曲子「開闢鴻蒙，誰為情種」，賈寶玉就是《紅樓夢》裡的第一個「情種」。賈寶玉最後的出家，其實不只是因為林黛玉之死。而且寶玉出家時，不是穿的黑色袈裟，而是在雪地裡披了大紅色的斗篷。在「白茫茫大地真乾淨」的空間裡，獨獨寶玉有一抹鮮豔的紅色，「紅」實際代表了人世間的「情」，寶玉是帶著人世間的「情傷」而走，他擔負了人間所有為情所傷的重荷。王國維在《人間詞話》裡稱李後主的詞是「以血書者」，李後主亡國後的詞是以己之悲道出詩人之痛，因此境界廓大，儼然如釋迦和基督，擔負了人類的罪惡。我想王國維的這個形容，用在賈寶玉身上更加合適。曹雪芹在創作賈寶玉這個形象的時候，有意地把他寫成了像釋迦一樣的人物。悉達多太子曾享盡富貴榮華、嬌妻美色，後來他出四門，見到生老病死、體會種種人生之苦，出家成佛，為世人尋找痛苦的解脫，在這一點上，賈寶玉到最後也是像釋迦一樣。而他的大紅斗篷，正像基督擔負了「情傷」的十字架。

第二，《紅樓夢》必須產生在乾隆盛世，這是一個國勢和中華文明都由最高處雪崩式坍塌的轉捩點，而《紅樓夢》的偉大在於把這個盛極的氣勢寫出來了。但藝術家的感性也至關重要，曹雪芹對時代又有一種超前的感觸、感覺。他寫的是賈府興衰，但他可能已經感受到文明的興衰，他唱出一曲對從唐詩到宋詞到元曲的這個大傳統的輓歌。所以曹雪芹不僅寫實寫到極點，同時《紅樓夢》的象徵性也極大。

正如劉先生提到的，《紅樓夢》寫到了儒、釋、道三家的哲學。不僅如此，《紅樓夢》是用最動人的故事、最鮮活的人物把這三種哲學具體地寫出來了。舉例來說，賈政和賈寶玉父子水火不容，賈寶玉一週歲「抓週」的時候抓的是胭脂水粉，令賈政非常氣惱，認為他長大了一定是個好色之徒，其實他們代表的是兩種哲學。賈政代表了儒家系統裡「經世濟民」、「修身、齊家、治國、平天下」的入世哲學，而寶玉代表了佛家和道家哲學中「鏡花水月」、「浮生若夢」的出世哲學。「大觀園」剛剛建好的時候，賈政帶了一批清客遊覽，走到「稻香村」的時候，認為能在這個有雞鴨、稻田的地方讀書便很好，而寶玉的道家思想就在此時流露出來，他覺得這是人造的、不自然的，令賈政極為生氣，道家重歸返自然，儒家重社會秩序。所以說，《紅樓夢》將中國人的宗教、不同的處世方式，以文學的、小說的形式表現了出來。

（四）劉再復和白先勇的閱讀區別

劉：最後我講一下與白先勇的區別。我和白先生有共同點，也有相異點。從大的方面說，我們的異，在於：文本與文心，文學與哲學，微觀與宏觀。

以閱讀方式而言，我和白先勇的區別在於，白先勇所講述的一切，均以閱讀文本為基本點。而我則是「文心感悟」。如果說，先勇兄是「文本雕龍」，我則是「文心雕龍」。無論重「文本」或重「文心」，當然都以「人」為依據。但「文本細讀」側重於文學欣賞，而「文心感悟」側重於哲學把握。前者更微觀，後者更宏觀。我一再說，文學少不了三大要素，即心靈，想像力和審美形式。先勇兄更重於審美形式，我更重於心靈。因為我側重於「文心」，所以我多年閱讀、寫作《紅樓夢》心得，便是側重於文心的發現。首先我發現《紅樓夢》全書的核心，如同太陽系中的太陽，是主人公賈寶玉的心靈。

我閱讀《紅樓夢》曾有一次類似王陽明「龍場徹悟」，這便是發現寶玉的心靈價值無量！這顆心靈美好無量！正與曹操相反（曹操為「寧教我負天下人，休教天下人負我」）。寶玉想的是我應當如何如何對待他人，而不是他人如何如何對待我。父親冤枉他，把他打得半死，他沒有一句怨言，照樣尊重敬愛父親，盡子弟之義。父親冤枉他，那是父親的問題，而我如何對待父親，那是我的責任，我的人格（做人準則）。

這顆「心」是《紅樓夢》的主旨，《紅樓夢》的「核心」，所謂明心見性，讀《紅樓夢》最主要的是明這顆心。這顆心是童心，是佛心，是赤子之心，是菩薩之心，是釋迦牟尼之心，是基督之心。這顆心是人類文學史上最純粹、最美麗、最了不起的心靈，也是最偉大的心靈。

二〇〇〇年我在香港城市大學備課時，感悟到《紅樓夢》的文心，即寶玉之心，興奮得徹底不眠，如阮籍所云：「夜中不能寐，起坐彈鳴琴。薄帷鑒明月，清風吹我襟。孤鴻號外野，翔鳥鳴北林。徘徊將何見，憂思獨傷心。」這種文心感悟不僅使我更理解《紅樓夢》的偉大，而且影響了我的人生，我的基本抉擇，即影響我如何「做人」。賈寶玉的心靈，我概說了八個「無」：無敵，無爭（不爭名聲），無私，無我（處處想別人），無猜（沒有假人），無恨，無懼，無別。

（1）無敵：他沒有敵人，沒有仇人，從不攻擊他人，貶低他人，傷害他人。他尊重每一個人，連賈環、薛蟠也尊重。薛姨媽認定自己的兒子薛蟠是「廢人」，薛蟠也確實屢屢犯罪，但寶玉仍然認他為友，口口聲聲稱他為「薛大哥」。

（2）無爭：中國文化的不爭之德，寶玉呈現得最為徹底。他不爭權力，不爭財富，不爭功名，不爭賈府的「接班人」，只當「富貴閒人」。「閒」為「無事於心，無心於事」。爭名逐利是世俗人普遍的弱點，但他沒有。辦詩社，他很積極，但不計較名次，他嫂嫂當詩裁判，判定他（怡紅公子）為最後一名（壓尾）他不僅沒意見，還拍手稱贊嫂子評得好。名字放在眾女子之後，他也心甘情願。他寫詩沒有任何功利目的，真為寫詩而寫詩。寫了詩就高興，就快樂。在學校裡，薛蟠等爭風吃醋，他從不沾此惡習。他本可以當「接班人」而榮華富貴，但他不爭奪這種榮耀，寧可孤獨，寂寞。

（3）無猜：在他心目中，不僅沒有敵人，沒有壞人，也沒有假人，無論什麼人哄他，編故事騙他，他都相信，世界上還有人會說謊話，他沒想到。劉姥姥胡謅一個鄉村漂亮姑娘被凍死的故事，他信以為真，第二天就去廟裡尋找。襲人為了教訓他，哄他說哥哥嫂嫂要她回家，他也立即相信，並答應襲人提出不走條件。

（4）無恨：寶玉沒有世俗人的生命技能，例如仇恨、嫉妒、報復、算計等。趙姨媽母子（賈環）要加害他，賈環甚至把油火推向他的眼睛，想燒毀他的雙眼。結果沒毀掉眼睛，但燒傷了臉，王夫人為此非常生氣，要向賈母告狀，但賈寶玉立即阻止母親，說這是自己燒傷的。一個企圖燒毀自己眼睛的人都可以原諒，那還有什麼人不可原諒，不可寬恕呢？

寶玉之所以沒有世俗人的這些生命技能，乃是因為他「無私，無我」。他心中沒有自己，只有他人。他處處著想的是他人，而不是自己。他被父親毒打之後，玉釧端著湯給他喝，不小心把湯潑了，此時，寶玉關心的是玉釧的手是否被湯燙傷，而自己被燙了反而不在意。下雨了，他在雨中被淋，卻關心那些雨中人，所以被老嬤嬤嘲笑說他是呆子傻子。他的呆傻，就是不懂得為自己著想，不懂得為自己撈取利益。

寶玉因為他無敵、無爭、無猜、無私、無我，所以「心實」，這又形成他的「無懼」性格。他什麼都不怕，什麼都很坦然。黛玉死後，傳說瀟湘館鬧鬼，王熙鳳嚇得魂飛魄散，但寶玉一點也不怕，而且想去看看瀟湘館。人們都說他「膽大」，唯有史湘雲說他是「心實」。心無任何罣礙，不怕鬼怪敲門。這是「無懼」。

（5）無別：最後我還要講一下賈寶玉心靈乃是佛心，佛心最重要的特徵，是無分別心。他是貴族子弟，但平等待人，無貴賤之別，無上下之別，無尊卑之別。人們把晴雯等視為「下人」，但在寶玉心中，沒有「下人」這種概念，也沒有「丫鬟」、「奴婢」、「奴隸」等概念，晴雯就是晴雯，鴛鴦就是鴛鴦，他看薛寶釵、史湘雲等貴族小姐，和看丫環、奴婢並無差別。所以祭奠晴雯的〈芙蓉女兒誄〉，才把晴雯這個丫鬟當作天使來歌頌，稱讚她：「其為質則金玉不足喻其貴，其為性則冰雪不足喻其潔，其為神則星日不足喻其精，其為貌則花月不足喻其色。」境界之高，無與倫比。賈寶玉不知現象學，卻天然地、自發地使用現象學，懸擱世俗世界的多種說法，直接擁抱對象，認識晴雯，真了不起。

寶玉之心，是人類文學所塑造的心靈中最純粹、最完美的心靈，這顆心靈光芒萬丈，如同太陽，這顆心靈價值無量，如同滄海。我的龍場徹悟，僅是感悟到這顆心靈的無量、無價內涵。我曾把這顆心比作創世紀第一個早晨的露珠。晶瑩剔透，未被世俗塵埃汙染。

感悟賈寶玉的心靈內涵，這是我的文心悟證第一點。

第二點我與白先勇先生的區別是他重視對二十三回的解說，並發現了《西廂記》、《牡丹亭》、《紅樓夢》乃是中國浪漫文學三大高峰，一峰比一峰高，三者構成中國一大脈中國文學史。此回他不僅發現了文本，而且發現文學史不可遺漏湯顯祖。受白先勇影響，我帶到月球上的書單將改為：①《詩經》，②屈原，③陶淵明，④李白，⑤杜甫，⑥蘇東坡，⑦湯顯祖，⑧《西遊記》，⑨《金瓶梅》，⑩《紅樓夢》。

與白先勇不同，我重在二十二回。那是哲學回。我在此回中發現了莊子，發現「無立足境，是方乾淨」的重大哲學意義。這八個字，把莊子與列子都分別寫出來了，也把「有待」境界與「無待」境界的重大區別分清楚了。這也包含了林黛玉與賈寶玉的區別。寶玉以「是立足境」為至高點，其實，這還是有依賴、有依附的境界，即列子的境界。莊子在《逍遙游》中針對列子而提出「無待」境界，這就是林黛玉捕捉到的「無立足境，是方乾淨」的至高境界。寶玉修的是愛的法門，所以泛愛，博愛，兼愛。而黛玉修的是智慧的法門，在智慧層面上，黛玉是引導寶玉前行的女神，她不僅詩寫得比寶玉好，禪悟也比寶玉高出一籌。

第三點區別，是白先生文本細讀後發現了八十回本的重大錯誤，而我在「文心感悟」中則發現五大哲學要點：

一為「大觀視角」。《紅樓夢》中有個大觀園，卻無人從《紅樓夢》中抽象出一個「大觀視角」、哲學視角。大觀視角，便不是用肉眼、俗眼看世界，而是用天眼、佛眼、法眼、慧眼看世界。於是，既可看出大悲劇，也可看出荒誕劇，《好了歌》就是大觀視角下的荒誕歌，賈府崩潰、諸芳流散也是天眼下的衰敗故事。

二為「心靈本體」。本體即根本、源頭、最後的實在。《紅樓夢》以心靈為本體，所以才寫出賈寶玉的純粹心靈，也才寫出五百人物的區別。我在〈《紅樓夢》的存在論閱讀〉中把紅樓人物分成兩大類，一類是「擁有自己」或「意識到自己」者；另一類是「沒有自己」或「從未意識到自己」者。人與人的差別，全是心靈境界的差別。

（1）意識到自己又敢於成為自己但最後還是不能實現自己。如賈寶玉、林黛玉、妙玉。
（2）意識到自己卻不敢成為自己，以至撲滅了自己，如薛寶釵。
（3）想成為自己卻被社會所撲滅（不是自我撲滅，而是被他者所撲滅），如晴雯、鴛鴦、香菱等。鴛鴦、尤三姐雖是自殺，其實也是被社會所撲滅。
（4）完全未意識到自己，如襲人等。
（5）本想成為自己，卻在面對社會時立即撲滅自己。（社會與自我對自己的雙重撲滅）如賈雨村。
（6）被道統本質化而喪失自己，也從未擁有自己，如賈政。
（7）被社會所物化而變質為人類與自我的「異己」，如薛蟠、賈赦、賈璉、賈蓉等。
（8）本有自己，卻被他者同化而喪失了自己，如王夫人等。
（9）本可成為自己但因過分膨脹自己最後消滅了自己，如王熙鳳。
（10）被社會剝奪了自己仍爭取成為自己但最後也消滅了自己，如秦可卿。

三為「靈魂悖論」。所謂悖論，便是矛盾，二律背反，即兩個相反的命題都符合充分理由律。《紅樓夢》中的賈政、薛寶釵等重倫理、重教化、重秩序；寶玉、黛玉等重個體，重自然，重自由。薛寶釵與林黛玉的對立，不是新舊對立，也不是封建主義與民主主義的對立，而是儒與莊禪的對立，是曹雪芹的靈魂悖論。

四為「中道智慧」。貫穿於《紅樓夢》的是中道智慧。《紅樓夢》的開端借賈雨村之口講述作者不把人劃分為「大仁」與「大惡」，即在思維方法上不落入「非黑即白」的舊套，《紅樓夢》全書寫的正是中間地帶的人物，從主人公賈寶玉到他父母，都生活在第三空間，即不是全黑也不是全白。用魯迅的話說，《紅樓夢》不把好人寫得絕對好，也不把壞人寫得絕對壞。寫的是「第三種活人」，打破傳統格局。

五是「澄明境界」。「澄明境界」是海德格哲學中的重要概念。它講的是「豁然開朗」、突然明瞭、「山重水複疑無路，柳暗花明又一村」的質變瞬間。佛教宣講從「不明」到「有明」到「澄明」，也是講突然飛升解脫的境界。寶玉出家，進入澄明，正是這種境界。其實黛玉之死，她把手帕製作的詩稿扔進火裡，也是由此進入澄明，再無罣礙。晴雯死亡之時也是進入了澄明之時。《紅樓夢》中有許多這種哲學片刻。秦可卿、鴛鴦死亡而進入太虛幻境的瞬間，都是澄明境界的瞬間。一個人如果活得渾渾噩噩、無所事事，不知思想可以飛躍，人生可以飛升，那他（她）就永遠無法瞭解澄明之境。因此，嚴格地說，唯有精神解脫，才能瞭解什麼是澄明境界。

現場提問交流

一、《紅樓夢》可以用一個「情」字概括。請問讀者應該以哪個角度去欣賞書中不同的「情」？

劉：「情」字難以概括《紅樓夢》的一切。可以說，「情」可以概說《紅樓夢》的大部，但不能概說《紅樓夢》的全部。

說「情」可以概說《紅樓夢》的大部分，是因為《紅樓夢》確實是一部「情」的百科全書，它也確實是中國抒情文學的巔峰。《紅樓夢》包含情的各類，它不僅有戀情（愛情），而且有「親情」，有「友情」，有「世情」。曾有人說，《紅樓夢》是一部愛情小說，不對，它還有親情、友情、世情的精彩呈現。主人公賈寶玉與林黛玉、薛寶釵、晴雯等的戀愛寫得好，且不說賈寶玉與賈母、父親、母親的「親情」也寫得很動人；與秦鐘、柳湘蓮、薛蟠、馮紫英等的友情也寫得精彩，還有與北靜王、賈雨村、甄士隱等的世情也寫得很準確，很合適。《紅樓夢》還寫了悲情、喜情、哀情，以及情慾、情傷、情毒、情癡、情幻等多種奇異之情和同性戀（如賈寶玉與蔣玉菡）、天國之戀

（賈寶玉與林黛玉）、寺廟之戀（秦鐘與智能兒）、壯美之戀（如尤三姐）、淒美之戀等其他小說少見的情感故事。

但「情」並非《紅樓夢》的一切。《紅樓夢》還有情之外重要的一切，這就是《紅樓夢》對世界、歷史、人生、人性的認知，「好了歌」就是對世人的一種認知。《紅樓夢》中什麼都有，士、農、僧、商；衣、食、住、行；琴、棋、書、畫；文、史、哲、經。這一切與其說是「情」，還不如說是「識」，是「知識」，是見識，是認知。書寫薛寶釵是個「通人」，什麼都懂，尤其是畫畫，她擁有豐富的繪畫知識，這是知，不是情。如果硬要我一個字來概述《紅樓夢》，與其用「情」字，還不如用「心」字。「心」中有情，但也有學、膽、識。後者不可用「情」概說。例如，我說賈寶玉之心靈，無爭，無猜，無恨，無嫉，無懼，無別。這是有品格、精神、思想，不完全是「情」。脂硯齋透露，《紅樓夢》本有一份「情榜」，主角林黛玉為「情情」，賈寶玉為「情不情」。情不情，即對不情物與不情人也愛，寶黛之區別，表面上都是情的區別，更深處又是處世待人的區別。我和白先勇先生的區別之一，是我閱讀《紅樓夢》更多地使用「心」視角，而白先生更多地使用「藝」視角、「情」視角。二者相加，對《紅樓夢》的認識就比較完整。

二、「假作真時真亦假、無為有處有還無」。我們應該怎樣理解《紅樓夢》裡「真」與「假」的穿插？

劉：從純哲學而言，有與無，真與假，實際上是有有無無，真真假假。世上許多事物從這一層面看，是有、是真，從另一層面看，則是無、是假。莊子說：「此亦一是非，彼亦一是非」。這不是無是非觀，而是不同層次具有不同的是非觀。我們所見到的「無」實際上是「潛在的有」。慧能說「本來無一物，何處染塵埃？」其本來的「無」，也是「潛在之有」。而從純文學上講，文學作品所書寫的「有」，即「實際」，此所謂「非虛構」作品。而書寫「無」，則所謂「真際」，表面上「假」，但擊中了生活生命的靈魂，又是很真。現實主義文學立足於真，浪漫主義立足於假，但二者皆符合文學的真實原則。機械「反映論」的錯誤在於它只講反映生活「實際」，未講反映生活「真際」。

《紅樓夢》更為特別，因為它是曹家滄桑故事的小說演義，二者關係極為密切。周汝昌先生的《紅樓新證》以空前的認真態度考察了曹家的興衰史，更證實《紅樓夢》是賈寶玉的自敘史，曹雪芹的人格史與魂魄史。《紅樓夢》小說的兩個名字，賈雨村與甄士隱，乃是說，整部小說是「假語存」，即屬於虛構；作為《紅樓夢》生活原型的曹家，則有許多「真事隱」（「甄士隱」）。然而，「假作真時真亦假」，小說中的「賈」氏們真真假假，有現實原型，也有藝術虛構，變幻無窮。賈寶玉與甄寶玉，兩個人物長得很像，但形相似，心靈方向則相反，這兩個寶玉，原型可能是兩代人，也可能是一代人。但從靈魂上說，賈寶玉更真實，甄寶玉反而很虛假。

《紅樓夢》中有兩個世界，一個大觀園，那是真世界，實有世界；一個是太虛幻境，那是假世界，虛無世界。但二而為一，二者相通，相互映照，這也是「假作真時真亦假，無為有處有還無」。最後二者都歸於「空」。

《紅樓夢》中有一個重大概念，叫做「夢中人」。賈寶玉是作者的「夢中人」，林黛玉、晴雯、秦可卿等等，則是寶玉的「夢中人」。夢中人即非現實世界中人。現實世界中，要真有賈寶玉、林黛玉這種人就好了，可惜沒有，他們只是想像中人，理想中人，按生活原型加工出來的人，這也是「無為有處有還無」。《紅樓夢》有現實世界，有超現實世界；有寫實部分，有夢幻部分；有大寫實，也有大浪漫，虛實並筆，有無同存，相互轉換，比《金瓶梅》純粹寫實的作品，高出一籌。

記錄整理／喬敏

——原載二〇一九年《明報》月刊五月號—七月號

到「五四」一百年，再來一場「文藝復興」——白先勇vs.余秋雨

二〇一七年三月十二日，目宿媒體製作「他們在島嶼寫作」系列《白先勇——奼紫嫣紅開遍》文學電影首度於大陸放映。鳳凰文化特邀余秋雨與白先勇進行映後對談，以下為對談記錄。

白先勇（以下簡稱「白」）：今天特別要謝謝我的朋友余秋雨先生從上海特別飛來。時間過得真快，我跟余先生結緣快三十年了。我還記得您講過一次，其實我一九八七年第一次回上海看《長生殿》的時候，您也在那兒。

余秋雨（以下簡稱「余」）：對，在廁所門口。白先生不知道我是誰，但是我知道白先生是誰，我讀過您的小說，向您問好，您非常熱情跟我聊天。沒想到過了不多久，就是白先生的小說《遊園驚夢》改成了劇本，上海的導演胡偉民先生要在大陸演這齣劇，他想出了一個很隆重的班子，讓從來沒有演過話劇的崑曲演員華文漪來演主角，當時俞振飛先生還健在，做崑曲顧問，讓我做文學顧問。

白：余先生當我們文學顧問，等於是把上海戲劇學院帶進來了。

余：當時我在做上海戲劇學院院長，我們在廣州排戲期間的交往就很多了。在這過程中，我產生了一個巨大的衝動，想要瞭解一個白先生很重要的概念。大家知道白先生毫無疑問有著非常重大的政治背景，誰都知道他父親是誰，但是我們在他身上一絲一毫也看不到那種貴胄的餘風，他只是一個純粹地投入到文化、藝術裡，並且對中國傳統藝術如此癡迷的人，這是兩個極端。過去搞文化的人，無

論是大陸還是臺灣，要上升的好像都要去碰政治，沒有在政治領域發言，好像地位就比較低。白先生太有資格談政治了，但是他沒有，完全不在乎這些。當然他後來也寫，但是他個人的立足點純粹在藝術上。這一點我在廣州的感覺非常強烈，我把白先生看成是一種非常奇特的文化現象。接下來的事情就更好玩了，我們認識了，他也看到了我的文章。

白：是《遊園驚夢》在演的時候余先生寫了劇評，我一看劇評大吃一驚，那個文采像星火一樣在迸，據我瞭解，大陸的評論文章，像余先生那樣子的文采，那樣深厚的思想，而且我感覺是完全脫出意識形態的。而且《遊園驚夢》這篇小說其實牽扯的蠻多的，我看到余先生對文化的深刻瞭解，這麼一個作者，能夠為我的小說寫這麼一篇東西，我非常非常感動，感覺碰到了知音。作家最在乎什麼？讀者突然瞭解你，你寫的是什麼他知道。我想這個是作為作者，最高興的一種共鳴，一種心靈上的共鳴，精神上的共鳴。有這麼一個讀者，那樣地興奮，那是我第一次看到你的文章。

余：《遊園驚夢》很震撼，小說不長，但我從他這個小說裡邊看到幾個東西。一個是從內容看起來，我們一般評論者都說，他寫出了歷史的興亡感，這是很快可以感到得到的。但是他並沒有去寫和興亡直接有關的那些政治人物，而是寫了一些我們看起來很不重要的姨太太。他們本身完全沒有出場的一次聚會，時間也不長，但是這裡邊有兩個東西讓我很震撼：第一個就是他在寫小說過程中的文筆，最重要的幾個段落完全是《紅樓夢》的風格，如此細膩，場景的文學美感，細節的顫動力，但就在你感到《紅樓夢》的時候，不對，西方現代藝術的意識流強烈地出現了，意識流和《紅樓夢》緊緊地融合在一起，純粹的中國傳統古典技法和非常嫻熟的西方現代風格，又是寫一個歷史變遷中的滄桑感，這三種概念連在一起，我覺得是一個了不起的作品。之後白先生不小心還看到我的一篇論文，我當時已經在研究世界戲劇學了，我要面對一個問題：在全世界，按照接受美學，最深入人心的劇種，是哪個國家哪個民族的哪個劇種？我得出的結論是崑曲，連中國人都感到很驚訝，崑曲給人的感覺是前代遺音，但我認為按照現代戲劇學的接受美學的觀點，它是人類戲劇史上最深入人心的一個劇種，今天完全不用講理由了，就是因為它被癡迷的時間之長有兩百多年，癡迷的程度之深，癡迷的等級之高，捲在一起，我就認為它是最高的。白先生看了以後就覺得很同意。

白：這一下子，我跟余先生又拉近了一大步。我一直認為崑曲是我們的表演藝術中美學成就最高的。我自己不在崑曲界，我也沒有研究戲劇，我只是很感興趣，上戲的院長講這個話，我一看到就完全同意，而且他指出崑曲作為國劇有兩百多年輝煌的歷史，這個我想是對我的鼓勵，其實那時候我還沒有開始推廣青春版《牡丹亭》。

余：接下來就是你那個大動作了，邀請我到臺北參加一個國際性質的崑曲研討會。

白：之前我在廣州的時候，看了您的傑作《文化苦旅》，我想中國大陸有這樣的作家，真是驚豔。散文裡對自己文化的各種觀察、觀點、反省都是他非常獨特的見解，這是第一，是理性方面的；除此以外，他文字的表現裡，有理性跟感性的結合，文字藝術與敘述內容的結合；這個名字取得也好，「文化苦旅」，我們的文化在十九、二十世紀以來真的是長期苦旅，我跟他心有戚戚，我一直對文化有焦慮。所以我就把這本書拿回去，推薦給爾雅出版社的隱地，我在臺灣的出版人之一，印出來以後在臺灣引起了一陣轟動。一直到今天為止，余先生這本《文化苦旅》，後來也寫了《新文化苦旅》，更重要的是成為了中學的課外讀物，這個影響非常大。

余：我要接下去講了。爾雅出版社版的《文化苦旅》翻開第一頁說是：白先勇先生認為寫的最好的一本書。這句話對臺灣讀者的吸引力太高，他的文化素養和文化成就等於是一個巨大的推動力。所以這本書在臺灣造成的奇蹟那是難以想像的，後來我在臺灣的每次演講都是幾千人。因為臺灣畢竟人不是那麼多，而且好多老兵都不知道這塊土地的文化怎麼樣了，有一次馬英九先生主持我的演講會，門口好多老兵牙齒都掉了，還要進來聽。我的讀者群裡還有好多小孩。因為他們課本裡面有《文化苦旅》裡的文章，他們很驚訝課本裡面的作者怎麼還活著，要來看活著的寫課本的人，所以人更多了，這都是白先生的功勞。我後來的每一部寫作都在想，不要讓白先生後悔說了這句話，白先生也說沒後悔沒後悔，這個蠻有意思的，這就可見白先生的推廣之力了。

我剛才看到這個片子放完的時候出現了好多名字，我就笑了。為什麼呢？這個名字裡邊有幾個人，白先生當時介紹我到臺北崑曲研討會的時候，兩個報社在打架，當時名義上是聯合報請我了，中國時報非常想採訪我，聯合報不讓。這不讓的兩方的名字，在今天這個片子裡都出現了。當時白先生是非常寬厚的，希望大家一起做文化。當時已經被聯合報藏起來了，有人專門監視著我，把我招待得非常好，就是不能和中國時報接觸。白先生他們就宣布，有一個非常重要的特約記者要採訪你，晚上要有錄影，那麼這個記者就叫白先勇。他自己以中國時報特約記者的身份來採訪我，談關於崑曲，關於傳統文化，關於中華文明。

白：那是我第一次做記者，第一次去訪問。

余：我相信也是最後一次。第二天中國時報登出來採訪余秋雨，特約記者白先勇，這讓我很感動。他在文學、戲劇裡有那麼大的名聲，但為了把一件事情做成，完全不在乎自己處於什麼名號和等級。

一個人的文藝復興：古典文化、現代觀念、感性藝術推動歷史

白：那天晚上我們談了中國的文藝復興這個重要的問題。我想我們的古文化有幾千年，有那麼輝煌的傳統，如果要再把它復興起來，當然是非常艱鉅的一個工程，但是不能不做，非做不可。

余：對。

白：怎麼做呢？我推廣崑曲其實是在拿崑曲做一個實驗，像崑曲這麼一個古老的劇種，又是我們文化的精髓之一，能不能把有快六百年的歷史搬到現在的舞臺上面，讓它重放光芒呢？如果這個把現代跟古典成功地連接起來的話，從此推廣，把現代跟傳統結合起來，產生一種有傳統的基礎、現代的面貌的新文化。

余：我們今天對談的主題叫「一個人的文藝復興」，關於白先生所做的事情，我要講幾句概括性的話。我認為歐洲文藝復興走的路也許是對的，要把古希臘和古羅馬的傳統裡最輝煌的地方挖掘出來，跳過漫長的中世紀在義大利復興起來，一定要憑藉古典範本，所以叫復興。這一點和白先生的思路是一樣的，不是白手起家，不是完全從零開始。有一個古典範本，這是第一點。

緊接著第二點，要用現代觀點來面對古典。歐洲文藝復興的時候，他們並不完全是學究式地把古希臘和古羅馬搬過來，如果是這樣話就沒有歐洲的文藝復興了。大家都是用當代的觀點來重新發現，維納斯的雕像在古希臘是個神像，但是到了文藝復興的時候，就成為了個人價值的一個典範性的造型，成為了白種女性形體美的標準。「人是多麼地美，那麼地重要，人是世界的中心」，這不是維納斯的雕塑者的思維，文藝復興給了它新的思維，所以文藝復興是人給古典以現代生命。青春版《牡丹亭》用現代的美學觀念把一個古典藝術的可能性大大地發揮了出來，變成了一個當代青年都喜歡的作品，裡面有現代的審美意識，這就跨越時代了。我覺得白先生所做的事情，恰恰是文藝復興式的，實現了憑藉著古代藝術，又貫穿著現代人的審美觀念。儘管「一個人的文藝復興」講起來是不是把事情講大了，但是他這個模型是對的。我們現在也可以做很多這樣的模型，有時候我們的創造者過於在意從零開始，不知道我們有過非常美麗的傳統美，但也有一些人過於強調他想像中的傳統，完全不知道用現代的審美觀念把它啟動，讓它重新變成一個現代美學。而青春版《牡丹亭》出現在哪兒的時候就是當晚這座城市的當代美，在香港、臺北、上海、北京都是這樣，看的人是當代人，呈現的也是當代人喜聞樂見的美學，這一點是文藝復興的本質。

第三點對中國理論界有一點幫助，我們在講社會大推動的時候，總是在想每一次歷史轉折的時候，湧現的很多思想和流派，但是文藝復興這個改變了歐洲甚至人類的大運動，我們說到現在也還是幾個藝術家。就是說，藝術家和藝術作品，比那些理念重要的多。米開朗基羅、拉斐爾、達芬奇，都是形象藝術家，他們沒有留下多少理論。文藝復興傳到英國的時候是莎士比亞，莎士比亞有論文沒有？沒有。但是就是這些感性的藝術家，完成了歐洲歷史上最大的一次大革命，也完成了人類歷史上最大的革命，它帶動了科技，帶動了宗教，包括帶動了後來社會改革。我們這一點要向白先生學習，他懂得自己的本位，他有太多的理由參與政治，但他讓自己變成了一個純粹的藝術家。這就是「一個人的文藝復興」的三點，一個是要憑藉古典，一個是要用現代的思維，第三點就是堅守感性藝術來推動社會往前走。

感動世界的文化形象是國家崛起的重要力量

余：我們中國崛起，國外不是很理解，大家都以為是國外嫉妒，其實我認為完全不如此。我在北大講中國文化史的時候，學生站起來問我，是不是跟我們缺少一個讓全世界感動的文化美有關？我說對了。當年英國的船來來去去的時候，大家感覺它背後有一個莎士比亞的魅力，後來德國在兩次世界大戰裡都是失敗的，但它的尊嚴還在，因為它老是提醒人們這是一個貝多芬、巴哈和歌德的民族。就像美國現在有的時候挺囂張的，但是好萊塢電影把世界都感動了。感動世界的文化形象是一個崛起的非常重要的力量，也是文藝復興的非常重要的力量。這一點上白先生做出了非常傑出的東西，我們有沒有可能按照這樣的方式，讓更多的人知道中國傳統文化的美，讓中華民族的文化形象感動世界？這是可能的，白先生其實做到了。有一件事情一直很刺痛我，就是德國大詩人歌德在魏瑪，他整天講中國，講孔夫子，所以大家叫他魏瑪的孔夫子。有一天晚上，他突然看到了中國的一本小說，他說我終於瞭解中國人了，他的喜怒哀樂，他的象徵感，他們想到月亮會想到什麼，就在那天晚上他提出了世界文學這個概念。我一直想瞭解他看到是本什麼小說？很遺憾，經過複雜的考證，我們知道歌德那天看的是傳教士翻譯的《風月好逑傳》，這是一本等級很低的小說，但是儘管這樣，這個瞭解中國古代經典的大學者他也很震撼。我一直在想，如果歌德看到的是《紅樓夢》那就更好了。所以朋友們，真正能夠打動人、感動人的不是宣言，不是聲明，不是一二三四五六條，而是我們的藝術形象，藝術形象的力量超乎我們預計。白先生在這方面做了非常好的貢獻，所以「一個人的文藝復興」，就是他一個人的行為，帶給我們全方位的啟示。

白：我也感覺到藝術作品本身的這種感染力，人類的理論當然有時候會因時而異，但藝術是會永恆的。剛剛是從藝術講的那個文藝復興，文學方面像但丁的一部《神曲》，影響整個歐洲。英國的文藝復興靠的是戲劇運動，後來到了愛爾蘭也是戲劇。戲劇的力量很大，現在加上電影的力量更大了。回到中國的文藝復興，我們還是可以借鑒歐洲的文藝復興。《牡丹亭》是一個幾百年來一直在舞臺上的藝術作品，有著非常深的感染力，但是到了二十一世紀我們的審美觀都不一樣了，如果在傳統基礎上把它重新改裝，這樣子出來一個二十一世紀的藝術品，又牽動著多年以來的崑曲美學，我想會給現代的青年人很多的啟示。崑曲就兩個字，一個是「情」，一個是「美」。我覺得崑曲是中國的藝術作品，是一種以最美的形式表現出中國人最深刻的感情的藝術。

所以我最近在臺灣大學教了一年半的《紅樓夢》，我最近把那些講義出版了，《白先勇細說《紅樓夢》》。關於《紅樓夢》，兩、三百年來也是眾說紛紜，我想到了二十一世紀的時候，可能我們又有了新的看法。而且這個《紅樓夢》完全可以給我們一些文藝復興式的靈感。我的一生裡，有兩本書對我的影響最大，一本是《牡丹亭》，一本是《紅樓夢》，我也很高興有機會替湯顯祖，替曹雪芹做了一些事情，《牡丹亭》又叫《還魂記》，我們在二十一世紀聽到《牡丹亭》又還魂了一次，《紅樓夢》我也下了新的注解。我們中國戲劇上最了不得的就是《牡丹亭》，最偉大的小說是《紅樓夢》，我希望這兩本書可以成為未來文藝復興的兩根台柱，我也希望青年朋友們看看這兩本經典，我想對你們也會有很多很多的啟發。

文學和歷史：從父親的馬背到兒子的藝術

余： 剛才的片子看完以後，我想到白先生的父親，另外一位白先生，就又想起美國的第二任總統亞當斯，他說，「我們這代人不得不騎在馬背上，搞軍事和政治，是為了讓我的兒子一代能夠搞科學和哲學，是為了讓我的孫子這一代能夠搞藝術」。這個層次是這樣的，但結構不是真的，只是一個比喻，說明人類的最後的實現方式是藝術。

白先生和他爸爸告別的時候，好像一九六三年一月分在松山機場，非常明白地體現了這種從馬背到藝術的交接。

由於這段話我想起前些年國民黨榮譽主席連戰先生的破冰之旅，他的太太方瑀寫了一本書來記錄這個過程，她結尾寫到了上海，請他們吃飯的是白先勇先生原來的家的一個餐廳，她在梧桐樹下的院子裡想起了尹雪艷。這本書完成以後由連戰先生寫序，但是他們又坐立不安，說光是連戰寫序言還不行，還得前面加一個序言，前面這個序言居然叫我來寫。開頭是文化人，結論是尹雪艷，包圍著一個很大的政治行為，由此證明了亞當斯的話。

白先勇先生身上就完成了這樣一場一個人的小小的文藝復興，他做得很完滿。他剛才講到《紅樓夢》，講到了《牡丹亭》，其實一個時代的分量真的是在這些作品上，看起來只是一個藝術家，只是一個作品，但時代的分量就在這兒。我後來在北京大學講課的時候，整個清代最高的分量是什麼？在我的誘導下很多人投了《紅樓夢》，這是對的。

這裡插個閒話，為什麼世界讀書日是四月二十三號？因為那一天西班牙的大作家賽凡提斯去世。一六一六年四月二十三號，恰恰也是莎士比亞去世的那一天。很多人不知道，湯顯祖也是在一六一六年，是七月二十九號，差了三個月。所以我寫了一篇文章，說一六一六年地球失重，三個人一起去世了。為什麼說是地球時空呢？像德國的海涅也認為，世界最重要的就是這些人，好多皇帝當時很囂張，最後歷史學家評他的時候，只能說他和賽凡提斯是同時代，或者和莎士比亞相差幾年，所以這個非常重要，在我看來就是地球的分量。民族的價值，文明的價值，和我們的藝術真的有關，我們千萬不要把它看輕了，藝術很重要。另外，藝術也要傳達一個民族的靈魂和精神價值，要用美的方式，而不是罵人的方式，這個也是白先生對我們的啟示。

白：前兩年要英國人選他們認為最偉大的人是誰？都投莎士比亞。所以我想莎士比亞對英國來說是英國精神的代表，所以對他們來說比什麼都重要。只要有莎士比亞，他們就覺得很驕傲。不能想像英國人沒有產生莎士比亞，我們不能想像沒有曹雪芹，如果沒有曹雪芹，我想清朝整個的文化會缺一大塊，藝術的確非常要緊。

剛剛提到我父親，我講一個小故事。我讀的中學算是臺灣的重點中學，畢業的時候那時候功課還不錯，保送到臺大可以自己選系的。我那時候有一個不知天高地厚的想法，我看地理書上面講中國三峽水壩如果建好的話，中國就會強起來，我就想去學水利替中國建個水壩，後來就填志願的時候，臺大沒有水利系，我就去改了保送到成大。念了一年，我的數學、物理還不錯，可我的設計工程不行，我想我只能當一個二流的工程師。所以我心中文學的細胞就在發燒了，第二年就轉考了臺大外文系，我沒有告訴我父親，因為那個時候保送是我自己轉的，現在又要重考。那時候我大概十九歲，考取了臺大外文系，我回去跟父親講，父親當然很不高興，但他說如果你能講出一番道理來，他還是聽的，我就講了一大堆，最後說人各有志。後來我父親也沒有勉強我，你學文就學文好了。還好我父親當年沒有阻止我學文，如果我父親逼著我學工程化的話，就沒有人替他寫《傳記》了。

余：你剛剛講到你爸爸沒有阻止你學文，恐怕他做夢也沒有想到，從來沒有一個軍事家、政治家的後代，有那麼高的文化品位，把他父親的圖片、腳印放在那樣一個等級，讓大家都知道。我剛剛講的都是文學、藝術對人類歷史的宏觀作用，如果從微觀來說，它其實是在用一種最人性，最溫和，最平靜的方式去表達歷史，有時候比歷史學家更重要。我相信你爸爸的在天之靈一定很滿意你出的這兩本書，這是任何一個政治人物都比不上的。

白：後來我寫完那個《父親與民國》以後，回頭看看《臺北人》我自己也不能理解，有時候創作是下意識的，那時候我才二十幾歲，其實那時候我寫的是七、八十歲人的那種感受，所以我想這兩本書其實是有關聯的，互相對應的。我想可以這麼講，《臺北人》是《父親與民國》的文學注解，《父親與民國》是《臺北人》的歷史架構。

余：你為中國現代史留下了既藝術又歷史的篇章，歷史對你的成果要表示感謝。因為不管是《臺北人》，不管是《父親與民國》都帶有極高的文化品位，是能夠留存於世的，讓我們對中國現代史的把握，有一種文化的溫馨。這個觀點和立場沒關係，和黨派也沒有關係，它有一種壓抑不住的文化的溫馨。黑格爾講過，什麼叫留得下去的文化？就是說，歷史像一堆殘灰，但是這個殘灰伸出手摸下去就是餘溫，這個餘溫就是文化的餘溫。黑格爾認為我們要找到的就是這個餘溫，歷史是殘灰了，但我們的歷史學家還可以在灰裡面做文章。但是作為文學家的白先勇先生，他去摸歷史的時候，不僅是摸到了灰燼深處的餘溫，而且能用自己的體溫和這個餘溫對應起來，然後加在一起傳達給別的生命。

白：回頭想來，西方人的小說來源是他們的史詩，中國的小說源頭是史書，是從《史記》，《資治通鑑》那邊來的，所以中國人的歷史感特別重。我們最偉大的詩人杜甫有「詩史」之稱，我想杜甫的歷史感特別深厚，正好處在興衰轉捩點的時候，這是中國文學的特點，所以我們中國人的文藝復興，絕對脫不了我們整個大傳統、我們對於歷史的回顧。中國有文字記載歷史，這個其實有的國家不多的，印度就沒有。

余：印度缺少司馬遷這樣的人物，我到印度去看到好多景點，旁邊豎了一塊牌子，用英文和當地文寫著，這個地方應該是什麼。因為他們沒有自己的歷史學家，他憑著西元七世紀中國旅行家玄奘的一本遊記，來斷定自己的歷史起點。歷史感是中國文化的特殊素養，這個素養是由司馬遷建立的，中國人都有歷史意識。但是文學家有一個好處就是他可以對歷史進行解構。原來的歷史有一個最大的問題，就是好多都是由下一代的朝廷史官寫的，所以歷史在中國既是非常重要，又是需要被解構的。誰的解構最好呢？一般人說新一代歷史學家最好，但我認為能夠解構它的是文學家。其實司馬遷本身也是個大文學家，他本身的文學素養非常高。因為到司馬遷的時候，過去的歷史對他來說也是遙遠的傳說了，他需要用文學的情懷來判斷這個人，所以《史記》可以作為歷史讀物，也可以作為文學來讀。

白：《史記》是非常偉大的小說。

余：所以你用文學家的角度，來寫你和父親有關的歷史，又重新啟動了這個傳統，我們重視歷史，但是我們要用文學的方式來解構，就是用人心自然的邏輯來理解歷史人物，讓我們心底的良知感受歷史的風浪，這都是文學家才會有的。我覺得文學比歷史重要得多了，歷史上發生的事情可能就過去了，這個是非很難說了。我曾經講過這麼一個，有的朋友可能不同意的話。我說譬如赤壁之戰到底在哪裡打的？爭議很多，現在大家喜歡的是蘇東坡寫的那個地方，但是蘇東坡肯定是寫錯了，我是專門研究蘇東坡，我知道他肯定是寫錯了。寫錯了不要緊，所以我開玩笑說，如果周瑜和諸葛亮他們知道多少年以後有一個蘇東坡要寫這麼一個詩的話，他們肯定說咱們換到蘇東坡的地方去吧，因為文學的分量更重。在《三國演義》和蘇東坡之前，赤壁之戰那一仗其實不太重要，不像崑崙關大捷，但被文學渲染以後，它就顯得重要了。隨著歷史的興亡，其實留不下多少實實在在的東西，但是留在人心上的東西特別有價值，這個人心是由文學、藝術來塑造的。

白：我想文學跟歷史的關係還是蠻複雜的，而且蠻弔詭的。文學的小說是虛構的，歷史是真實的，可是往往文學是利用一個歷史故事來重新創造的，我想文學家寫歷史，是經過它自己的眼光折射，是他自己作為史官詮釋成這樣子的。我們《三國演義》裡面非常有名的一節就是曹操橫槊賦詩，寫《短歌行》，非常悲涼，非常聲勢壯大的一個場景。其實《短歌行》我想根本不是他那個時候做的，羅貫中在那個場景裡非常巧妙地利用了《短歌行》，整個的文學的氣氛馬上就升高了。

圖像與歷史：看到父親的老照片就像回到了歷史現場

余：我們在講文學的時候，一直缺少圖像，為什麼白先生那兩本書重要？因為有照片。這個照片太重要了，因為文學很難說明真實性，但一張照片比千言萬語更重要。請大家知道圖像極端的重要性，圖像的感染力無與倫比，這不僅是對歷史，對人的感受也無與倫比。

有了照片以後，我們就進入了一個特殊的文學世紀，我當時起名叫「黑白世紀」，黑白世紀出現以後，中國歷史完全出現另外一個風貌，好多我們不知道的角落，照片的好多小細節其實非常重要，這非常感人。不僅是感動人，歷史也會出現另外一個風貌。

司馬遷沒法想像後邊會出現一個圖像時代，靜態的和動態的組合在一起，可以震撼人的視覺系統，感染人。因為其實在五官系統當中，對審美最有影響力的是視覺，所以文學和電影、圖片是連在一起的。

白：沒錯，《父親與民國》那本書，其實開始的時候全是用文字的，我寫了好多年，好多稿子。後來一邊在寫，一邊就收集了九百多張我父親的照片，看到那些照片以後，我就完全回到歷史的現場了，這一本書裡面大概有五百多張照片，大部分都是在大陸是從來沒有出現過的，在臺灣也很少見，有些照片的確在歷史的那一刻，非常非常珍貴。

我講一個歷史事件，就是北伐，一九二六年開始，一九二八年完成。北伐是我父親最後完成的，他那個時候是東路軍前敵總指揮，帶了第四集團軍一直打上來，那時候北京是北洋政府，他是第一個帶軍進北京的，一直打到山海關。他進北京以後有一張照片很有意思，在北洋畫報上面找到的，他站在故宮崇禧門拍了一張照片，暗含了我父親的名字，北京像是在歡迎他似的，那張照片給人的印象非常深刻，那是很關鍵的歷史時刻。

我有六篇小說改成了電影，還有幾部電視劇，還有舞臺劇都是改編的。後來那些導演為什麼要選我呢？好像人物比較鮮明，容易拍成電影。導演謝晉拍的《最後的貴族》是從我的一篇小說〈謫仙記〉改編的。我是在一九八七年，過了三十九年後重新回到上海，謝導演就來找我，他決定要拍〈謫仙記〉，我說有相當的困難，因為那個牽扯到美國，最後到威尼斯的場景很多。本來女主角本來是要請林青霞演的，林青霞也答應了，她還飛到上海電影廠來試鏡，但是兩岸剛開放，我想林青霞也有一些顧慮，後來就沒有演了。後來第一女主角是潘虹演的，她是很好的演員，最後那段演得很好。我記得我跟謝導在上海的時候，他把我關在興國賓館去，我們在裡邊住了兩個禮拜，天天磨劇本。甚至於我回美國了，他在開機之前還飛到美國去，跟我最後對一次，因為女主角李彤喜歡喝美國曼哈頓的一個雞尾酒，謝導去到那裡說你點那個酒給我喝，他要嘗嘗那個酒的味道是怎麼樣的。後來到美國演出我去探班，他最後拍的最好，沒有對話的，就看潘虹一個人孤獨的影子在走，影子就要有戲，所以那個不好演，我想最後那是謝晉拍的最好的一場。這個是相當抒情的，他以前都是比較史詩，這個是比較小品式的，可是我覺得也是他相當好的一個電影。

余：白先生給我們看了一個文學的白先勇，看了一個教師的白先勇，又看了一個崑曲的白先勇，最後看了電影的白先勇，所以我覺得非常有價值。

現場讀者交流

提問：白老師，您筆下的女性寫得活靈活現，〈金大班的最後一夜〉、〈玉卿嫂〉、〈孤戀花〉，不同風格，各種女性的形象。您認為不同時代女性之間的共性和個性是怎樣的？在創作上如何呈現時代的特點？

白：我在想，雖然我寫的是不同時代的女性，但很重要的是別忘了她們都是人，不同的女性最重要的還是要寫出她們共同的人性，喜怒哀樂這些基本的感情大部分人都是相同的，可能不同的背景、不同的時代裡表現的方式不同。譬如女性對感情的訴求的表現方式不太一樣，上個世紀還常常寫情書，這個世紀按一下電鈕就過去了。

余：我們好多從事藝術的朋友容易注意表象，強調性別和年齡，八〇後、九〇後這樣。白先生講出這一點，搞藝術的人能不能在人字上多停留一會兒？慢慢再到具體的風格、具體的特徵，這是比較容易寫的，不是人們想像的那麼難。但是能夠把人性之常的深度挖深，這個難度很大。白先生的作品好就好在這兒了。你看他是色彩爛漫，好多好多女性，為什麼能夠感動人？為什麼好多電影藝術家能夠想來拍呢？非常關鍵一點是把人這一點寫透了，我覺得這個概念非常重要。好多人講這個人是唐代的有三個特徵，這個人是漢代的有五個特徵，我看這些特徵其實都不是非常重要，關鍵是人。我又講到黑格爾，無論女性、男性、什麼年齡、什麼時代，這都叫歷史外在現象的個別定性，都不是很重要，重要的是整體意義上的人。

提問：請白老師談一談創作〈花橋榮記〉的感受和心得。

白：實際上〈花橋榮記〉那一篇的主題是鄉愁。我的鄉愁基礎就是在桂林米粉上，一個實在的東西。〈花橋榮記〉講的是一群在臺灣的廣西人，他們因為很思念家鄉，所以開了一個米粉店，事實上是講背井離鄉之後，人的漂泊感。因為主角的童年時代有未婚妻，有一段愛情在那裡，所以最有意義、最美的生活在大陸那一段，那種嚮往是這個小說的基調，也是整個《臺北人》的基調——對過去的失落，對過去的追念，對自己青春愛情的追念。這篇小說也改成了電影，謝晉的兒子謝衍拍的，他們兩父子跟我很有緣。余先生替我寫了一篇序也提到我這個鄉愁的意義，更進一步說是世界性的、文化上的鄉愁。

余：文化鄉愁是文化感悟的一個重要內容，我覺得這個寫得最好的還是白先生，寫得最大氣的是《臺北人》。鄉愁不完全是指一個地方，余光中先生寫過一首詩叫〈鄉愁〉，中國大陸很多人都把他拉來拉去，希望他講一句話：「我的鄉愁和你們這兒有關，這是福建，這是浙江，這是南京。」每一次余光中先生都講，我的鄉愁是中國文化，不是你這個地方。鄉愁的終點是中國文化，並不一定是一個非常具體的地名。

提問：白老師好，我在創作上一直有困惑，您寫的這些人物豐富多采，但是像我們年輕學生創作時在經驗和人生的歷練上不夠豐富，怎麼樣創作出比較有生活氣息的文章呢？

白：我是這麼想的，經歷多當然對你的創作有幫助，但很多人經過風浪不一定能寫出很多東西來，有的人不見得生活上豐富多采也寫得很好。我舉一個例子，英國的女作家珍・奧斯汀，她一輩子住在鄉下，沒有結婚，也沒有經驗。她寫的是什麼呢？寫的就是女孩子找丈夫。我想經驗當然重要，但不是必要條件。你自己經驗不夠，可以看到很多你周圍的，你的父母，你的祖父母，他們的經驗也很多，而且周圍的親戚，大家都經歷過生離死別。還是要看對人生的感悟敏不敏感，如果你的觀察力很不錯，我想你就很會寫的。我寫的〈金大班的最後一夜〉，人家以為我是個老舞客，其實我只去過舞廳一次，剛好碰巧碰到一個像金大班的人。她的確以前是百樂門的舞女，她的派頭很好，我看了兩下子，就編故事了。所以〈金大班的最後一夜〉是我編出來的，就是我看到那麼一個人以後給我一個靈感。所以我覺得作家的觀察力是要緊的。

余：我加一句。你的父親一定比你的生活經歷更豐富，但是在表現上你一定遠遠超過他，如果他來寫的話，一定寫不好，這是毫無疑問。這就牽扯到我們剛才反覆講到一個人叫莎士比亞。莎士比亞其實是鄉下來的，沒讀過大學，完全和皇宮沒有關係，他為什麼對皇宮那麼瞭解？但你看他寫了那麼多宮廷裡邊的故事。他說三、四十里以外有一個皇家的儀式，他作為小孩遠遠地看到過，其他都不知道。所以這裡邊有兩個非常重要的東西，一個叫天賦，天賦很神秘，我覺得白先生也有天賦，這和你的積累關係不是很大，我們太注重生活體驗為積累，不是這樣；第二叫想像，想像和天賦也有關係；第三是表現能力。天賦、想像和表現能力，這個組合在一起構成了藝術。好多經歷非常豐富的人，寫得一塌糊塗，完全寫不出來。所以你們不要在乎自己年紀太輕，閱歷太少，不能這麼看。白先生在寫《臺北人》的時候，也是一個翩翩少年，你難以想像這麼一個頭髮長長的、瘦瘦的、帥帥的年輕人，他居然在寫著上海各種各樣的女人的心理活動。怎麼可能？這裡邊天賦、想像、表現能力組合在一起就變成了藝術作品。所以我們不要老是講到生活積累、生活體驗，這個需要有，但不是那麼重要。

白：剛剛余先生講的想像力很要緊的，文學作品都是想像出來的，但是文字的駕馭很要緊。

提問：傳統戲曲裡的現代題材創作，在當代如何成為經典？關鍵在哪裡？

白：我只能講崑曲，其他的劇種我不是那麼熟悉。我覺得崑曲創新的可能性不大。因為第一崑曲唱段都是曲牌，曲牌要古典詩詞的。但是現代的人，像場上他們那種的古典詩詞的修養很少，古詩詞作成那樣子的很少。你如果不用古詩來寫，用大白話，就不是崑曲的本子了。第二個，崑曲很講究音韻，現在懂得那些套路也不多了，所以你要創造一個新的劇本很難很難，我看了一些資料，現在傳奇本子起碼還有兩百多種，現在要改編古典劇本已經不得了了，要創造新的經典，以我昨天剛剛演完的《白羅衫》為例，本來那個劇本蠻粗糙的，也不是很有名，可是我想重新給它創造，賦予它新的生命，給它新的寫實，但還是按它崑曲的格式。這個是可行的。余先生不知道有什麼想法？

余：白先生剛才講的話就是我們的藝術要有一個分工，就這個劇種主要是搞這樣一個美學風味，主要講那個歷史階段的，他們非常希望能夠給我們的傳統故事已經有過的劇本，有過的格律裡邊，把它改編成一種比較靠近現代審美意識的故事，不是說一定要變成現代人。我始終這麼認為，你講現代故事、現代人完全可以用另外一種音樂劇的方式，你為什麼一定要用這個戲劇劇種呢？這個完全沒有必要。而且我們劇種也不是萬能的，什麼題材都能表現。當時我們的中國山水畫也是這樣，能不能出現好多高壓電線，包括山水畫裡邊那些水庫。其實你可以用另外一種畫來畫，如果你純粹的用當時宋代的畫院或者元代的風格，最好不要去畫電線。就是藝術是有一個非常明確的分工和定位的，你可以創造，但你創造的時候不一定要把它原來已經比較穩定的東西完全打破了，叫它做這個做那個，那個有時候就很勉強了。就像我們老一輩的家人，穿了各種各樣的奇怪的衣服上街反而不適合，他穿了自己的衣服在做自己的事情，比較得體，作為一個現代公民已經可以了，不要強迫他必須怎麼樣，那不必要。

白：我再接著講。有人說把一些經典的作品現代化了，有時候真的很危險。可能古典中有一些敏感，你可以用另外一種形式表現出來，這可能的。我舉個例子，像《羅密歐與茱麗葉》，他們拿來改造了好多不同的形式，《西城故事》把它改成一個音樂劇也非常成功。它不是舞臺劇了，不是話劇了，是個音樂劇，而且是現代的紐約故事，可是它那個精神還是《羅密歐與茱麗葉》的，但是是以另外一個完全不同的形式表現出來的，那個是成功的。如果你還是要把莎士比亞舞臺上的東西變成現代人的衣服，那把莎士比亞破壞掉了，也不會成功。像《牡丹亭》吧，據我曉得有一些劇院把《牡丹亭》改成現代一點，驚夢的時候幽會要寬衣解帶，真的脫衣服，那就不行的，崑曲不容許真的把衣服扒下來。你可以用《牡丹亭》這個靈感和故事，可能以另外一種完全不同的形式出來。

提問：您在改編青春版《牡丹亭》的時候，將原來的五十五折刪成了二十九折，卻能夠不減原先的審美意向。您在改編的時候是怎麼把握去留的？

白：這個學問蠻大的。我是改編劇組的召集人，我們有四位專家在那裡。專家在一起有一點麻煩，他懂的太多了。你一講就告訴你哪一頁，哪一折，來駁你很容易的。還好我們有一個共識，五十五折怎麼樣定主題？它先講的是「情」，我們就圍繞著這個主題來下工夫，所以我們在挑選的時候，就盡量把這些比較抒情的片段留下來，有一些不是這個，我們就盡量把它刪去。因為那個傳奇的原來的形態和結構是很寬鬆的，它有很多枝節出去，我們在編的時候有點像電影剪輯。我想電影不論你改得再多再好，最要緊就是那一刀下去，你剪的哪個地方，最後出來就是那個。所以我們在剪輯的時候很小心，反反覆覆大概五個多月，開了N次會，完了以後還不做準，只是案頭，就是文學本。大家都知道案頭跟現場是兩回事，那個片段很美，但唱的時候太長、太拖拉也不行。要試過，所謂的「捏戲」，像汪世瑜和張繼青試過說不行，退回來，我們就又開會，來來去去好幾個月才把它磨成了。一個編劇是這個劇的靈魂，編劇編不好，那個劇演不好的。

余：對，我在香港看你青春版《牡丹亭》的時候，沒有讓現代觀眾有厭倦的地方。時代不同最大的麻煩就是有一些段落大家就厭倦了，這些都刪掉了，刪得很好。還有一些不僅是厭倦，按照現代的社會生活的方式，已經是不妥貼了，這個還是要刪的。刪有各種方式，他們做得很好，如果現在更大膽地刪掉一些，如果大家沒有三個晚上來看，只看緊縮版也可以。白先生在這個問題上比較小心翼翼，他不是很贊成大幅度地把一個已經很凝練的、比較優秀的傳統美給徹底解構，他捨不得，得把它留著。所以說我們現代藝術創造什麼都可以，盡量不要碰已經極其精緻的已經凝練下來的東西，還沒有被很多人享受的那個東西，我們先不要把它徹底打散了。打散你可以和其他元素自由組合，剛才講的《西城故事》這樣，而不是說要把傳統藝術搞成非常奇怪的題材，其實是縮手縮腳的，幹嘛要困在這個劇種，你完全可以用豐富的藝術手段來。既然白先生在做這個東西的時候已經達到寬幅了，我們在組合上完全可以自由，藝術的天地完全是自由的天地，完全沒有問題的。

白：我們改的原則是只刪不改，這什麼意思呢？因為那些曲牌的詞，湯顯祖寫的那些詞太美了，我們自己要把詞改掉，這個不可能，而且我們自己填的不可能。但是我們把它那個場次的調動。我把原著的第一折，柳夢梅出來那場調到後面去了，〈驚夢〉的時候夢中情人這個真實人物再出來，這個場次調動很厲害，我們非常注意這個。所以我們每一個過場戲都非常有趣，不倦怠。而且我們前後顛倒，這個銜接怎麼順下來，我們也蠻講究的。所以分成看三天的戲，第一天我們的主題叫做「夢中情」，以它最重要的一折是夢中情人相會；第二個是人鬼情，杜麗娘死了，變成鬼魂以後再回來跟他的戀人柳夢梅人鬼之間談戀愛；第三個我們說人間情，就是杜麗娘還魂了以後，跟柳夢梅最後成婚，大團圓。所以我們又分三個，夢中情、人鬼情、人間情，三個不同的主題，三個不同的氛圍，甚至於中間休息的什麼點，我們也很注意。第一天演完了以後，給那個懸疑似的，第二天你還會來看，這些都蠻要緊的，劇場很微妙的，那個情緒上的那個起伏，常常要掌握到那個劇場心理。

余：這個我補充一句，我在觀眾心理學這本書裡面，非常大的一個段落在講接受者的心理厭倦。這一點非常非常重要，好多劇本和電影其實都是不錯了，但是他沒有解決一關。

提問：請問余先生，戲劇跟電影的敘事結構上最大區別是什麼？

余：這是課堂要講的課，太複雜了。其實現在的電影也可能戲劇化，戲劇也可以電影化，這個時代是非常自由的時代，所以我們不要非常強硬地去做這個區別。這裡邊好多事情和工具有關——我們掌握了什麼工具？掌握了什麼方式？我們現在這方面的工具還在不斷往前走，不停留在某些概念上。也可以講出很多例子來，在這個問題上給大家攔斷一下，不要給自己定下很多方位。過去在文學上經常有人問我：「余老師，散文和小說的區別在何處？」有人問司馬遷：「你的歷史和文學的區別在哪裡？」這個區別不要太在乎，因為有的時候可以調皮地跨越，有的時候可以故意地跨越，有的時候可以革命性地跨越，都可以無所謂的，不要太在乎。要人家感覺你這不是地道的電影，或者這不是地道的舞臺劇。地道的其實就不好了，太地道可能會產生心理厭倦。剛才白先生說過場的時候很重要，為什麼呢？這是古人要解決心理厭倦的辦法，所以不能長了，讓幾個人上來愉快愉快就行了。所以我們一定要採取這個方法，這個很重要。至於這個形式和那個形式都是名義上的，我們不以名義活著，它叫什麼都可以改變，是叫舞臺劇還是什麼都可以，不太重要。今年是白先生八十大壽，我曾經講過這樣的話，我們中國對年齡由於孔子的原因有個經典的劃分，比如三十而立、四十而不惑，孔子沒有劃到八十歲，因為他沒有活到八十歲，古代沒法想像八十歲怎麼回事。孔子有一點像白先生，他的爸爸是個將軍，太健康了，他的爸爸居然可以把一個水閘的門，用自己的手推上去。所以孔子已經活到七十多歲了，他沒想像八十歲。聽說八十歲在當時給人感覺有點太奇特，因為七十已經古來稀了。但是創造了那麼多作品的白先生，已經有八十歲了。有一點我非常驚歎的是，我曾經講到有文學的白先勇、有課堂的白先勇、有崑曲的白先勇、有電影的白先勇，但關鍵一點，每一個都做到了在這個領域的頂點，這一點非常重要。我們的年輕人，這兒碰碰那兒碰碰這個可能性很多的，但是要在每一個領域裡都做到頂點不容易。所以白先生這一點我一方面佩服他，一方面也祝賀他，只要他進入了，他在每個領域都做到了頂點。他一開始懷疑自己能不能做製作人，這是個實務啊，他好長時間在大陸做這些事情的時候，不斷問我和我太太馬蘭，有好多細節問題，所以他很辛苦。他做啊做，做的過程當中，突然發覺自己雖然是一生搞文化藝術的人，但心底裡邊確實有他的爸爸騎在馬背上的智慧的素質。每個人請注意，你們有好多潛能其實是自己不知道的。他發現有這個潛能了，結果他的製作也是一流，他每一個東西都做到一流。大家都知道，我現在是一個完全不上傳媒的人，但今天一定要來，一方面白先生八十大壽，而且白先生儘管中間也有過開刀、有過什麼事，我覺得您是非常健康的，剛才的談話，包括你的笑容，包括你對每一件事情的判斷，還處於極其健康的狀態，是古人不能想像八十歲還是這樣子的。您非常注重的樹和人的生命的關係，您有好幾篇文章都是這樣的。我想說，臺灣有一個「桂冠文學獎」，一開始他們說余老師您評上了「桂冠文學獎」，我不很在乎，因為評到我的獎還蠻多。他們說我們創辦幾十年只評上過四個，這我就重視了，我說評上誰啊。有個白先勇，還有一個是高行健，還有兩個已經去世了。那我很高興，白先生在那兒好。「桂冠文學獎」從巴西真的買了桂樹，捧著走很遠的路，旁邊的人去鏟，那兒有個亭子，亭子下面有白先生種的樹，有塊石頭有白先生的簽名，現在也有我的一棵樹，現在有五棵樹了。白先生，後來你沒去我得獎的那一次，我想告訴你，你的那棵樹鬱鬱蔥蔥，非常茂盛。所以從這棵樹我當時就覺得，白先生會一直健康地活到非常燦爛的歲月。一定是這樣的！祝賀他！祝賀白先生！

一個人的「文藝復興」——白先勇VS.許知遠

許知遠（以下簡稱許）：這次行程什麼感覺？整個一週時間？

白先勇（以下簡稱白）：我想是一個追求。這些年來一個是崑曲，一個是《紅樓夢》，這次一個新的戲上演了，一本關於《紅樓夢》的注解也剛出來，蠻高興的，希望現在年輕人對我們傳統文化中的精髓，那些很美、很重要的，影響我們整個審美觀、整個思想的經典，我希望讓它還魂。二十一世紀可能真的有新的看法，如果還是傳統那一套，尤其學生們不能接受。現在我就在想怎麼讓現在大學生、中學生來看《牡丹亭》和《紅樓夢》。

許：我看了這本書，翻了前五頁就發微信給瑞琳（理想國品牌創辦人），我說這本書讓我對《紅樓夢》產生了興趣，我覺得我要重新讀讀《紅樓夢》，因為它放在一個更大的中西比較之中來看待，特別有意思。

白：我認為《紅樓夢》還牽涉到我們整個文字、文化的高度，所以我說它是天下第一書。我現在八十歲了才敢講這個話，我自己學西洋文學，一些西洋小說經典的東西也看了，當然西方有很了不得的成就，但就是奇特的這本書，不光是思想上很深刻，它還好看，這個很要緊。西方有些經典可是看得費勁得不得了，看下來累死了。

許：您最早在美國教《紅樓夢》應該是在一九七四年還是七幾年？

白：我六五年就在加州大學（聖塔芭芭拉分校）教書。

許：最早是什麼時候開這門課的呢？

白：大概是六幾年。

許：但那時候還沒有《紅樓夢》的英譯本。David Hawkes（《紅樓夢》英譯者）是後來才出的是吧？

白：最先我用的是從德文翻成英文的，弗朗茨・庫恩（《紅樓夢》德譯者），他的德文本翻成英文本，那還不是全本，我第一次教那個東西，是教外國學生。

許：怎麼教呢？我很好奇。

白：教外國學生沒法深入，有很多文化上的阻隔，他們連姑表、姨表都搞不清楚，你要跟他講林黛玉是姑表，是吧（笑），她媽媽姓賈，所以比較親，這個薛寶釵是姨表，他們叫 cousin（表親），怎麼辦呢？這東西解釋都解釋不了。他們一個 cousin 指所有人，我們可不是的。外孫、孫子，我們分得很細，所以只能跟他們講故事、講背景、講文化上的重要性，大略地講，不能深入。

許：當時您是個不到三十歲的年輕人，自己一個人在美國教書，那個時刻對《紅樓夢》的感受是什麼樣？跟現在肯定是不一樣。

白：完全不一樣的。昨天還有人訪問說《紅樓夢》對你影響是什麼？當然很多影響，其中一點是宗教上的，是《紅樓夢》帶我進入佛家思想。其實我蠻早就有種體驗、體悟，所以那時看到寶玉出家會很動心、感動。所以我也蠻怪的，很年輕的時候，那時一邊寫《臺北人》……

許：一邊教《紅樓夢》。

白：《臺北人》全是老年、中年人那種心境，所以那時候我的構成，自己看著蠻奇怪的。我的個性並不是那種很古老的思想。

許：對，您是很摩登的現代文學。

白：真的很現代，但是他們說我有個老靈魂，的確是，《臺北人》您看過的話，不是有篇〈冬夜〉嗎？

許：我很愛那篇。

白：我那時候也不過二十來歲，寫我現在老教授的老靈魂，寫我現在的心境，奇怪的現在想也想不通怎麼會。人家常常問我說，你年紀輕輕就寫得那麼滄桑，哪來的？我也不知道哪來的。

許：這好像不可解釋。

白：我想……天生就有這種感覺，所以創作是很神祕的一個過程，連作者都未必了解自己怎麼回事，怎麼寫出這些來。

許：我還是好奇，您不到三十歲在加州這麼陽光明媚的地方教《紅樓夢》，反差感很強，教一群對中國文化沒什麼太多理解的美國年輕人教了很多年，您怎麼去慢慢深入這個過程？

白：蠻好玩的。那些美國孩子有些不太懂，覺得賈寶玉怎麼見一個愛一個，說他瘋瘋傻傻的，foolish。

許：他們會覺得賈寶玉是卡薩諾瓦嗎？

白：也不是，他也不是卡薩諾瓦那種好色，他們不太懂這個。後來我就教戴維・霍克斯那個全本的。有些特別有靈性的美國孩子也懂的，有一位很好玩，我不光教他《紅樓夢》，也教他中文，還替他取個中文名字「司馬倫」，他叫羅伯特・米斯瑞。那個孩子怪，前世大概是中國人，聽的時候他跟我講，白老師，我就是賈寶玉。他完全認同賈寶玉，後來也真是，他跟好多中國女孩子談戀愛。

許：這個還是很有效果的，知識真是力量。

白：有效果。他娶了三個中國女孩子做太太，娶了一個又離了婚，又來一個又一個，都是中國女孩。

許：就是把林黛玉薛寶釵都娶了一遍。

白：全部娶一遍，連史湘雲一起。好玩的，他自己是賈寶玉，我教書沒想到還有這種。

許：文學真有力量。

白：有一個女孩子很深刻，真的又不太一樣，美國的猶太人。

許：她應該更可以理解中國文化的語境吧？

白：猶太人的思想感情又不太一樣，一生都很敬中國那套，那位猶太人對於《紅樓夢》很懂。她不僅懂中文、日文、法文、俄文，好多文都懂。她是猶太世家，爸爸是紐約很有名的學者，她從小就耳濡目染，不光讀《紅樓夢》，還讀《史記》、《論語》，厲害的。所以西方人也有一些蠻有背景的，後來她自己當教授，再後來還有意思，更跳一步，後來《臺北人》再出的英文版本就是我們兩個一起翻譯的。不過英文本到底還是隔一層，真正要翻譯出來，難。不過戴維・霍克斯已經幾乎做到他所能，越難的地方他翻得越好。他翻譯〈好了歌〉、〈葬花詞〉，翻得好得很，好漂亮的英文，還押韻。但他常常在俗話中翻了跟斗，那個難，對外國人來說。它是乾隆時代講的話，有時候我們現在還不懂，現在俗語不是那麼講了；還有文化上我有點不太贊成，那個紅，顏色的紅色對《紅樓夢》多重要，從名字開始，從怡紅公子下去，你想多重要？我們講的那個意義，紅塵、熱情、溫暖，紅色代表喜色，他說在英文裡沒這回事，沒這種聯想。

許：那就少掉一大塊東西。

白：他把紅變成綠，怡紅院變成怡紅快綠，怡紅公子變成不曉得什麼綠公子了，所以這種文字上、文化上的差異，難搞了。

許：您提到在七十年代的時候，其實英文世界去研究中國古典文學的還是非常少人，可能就柏克萊有陳世驤先生？

白：在美國少的，哈佛有幾個，柏克萊是陳世驤，史丹佛有劉若愚，哥倫比亞夏志清先生也研究古典，但是不多。西方人也有些漢學家在研究古典，也是終身在鑽營這個東西，也有一些非常專業的。

許：因為您談話裡經常會提到二十世紀中國知識分子的文化焦慮，對西方的焦慮，那時候在加州聖塔巴巴拉，這種焦慮感強嗎？

白：很強。我自己是這樣子講法：我們十九世紀衰落下去了。二十世紀有五四運動，我們自己稱為一個小型的文藝復興，可是回頭一看，到了世紀末，對於文化的建設、文化的起源成就也不高。我們在世界上對於文化這塊還是沒有發言權，還是西方說了算，他們說什麼音樂好就什麼音樂好、什麼戲劇好就什麼戲劇好，說什麼舞蹈好我們都會跟，只有他們講的，我們發言權還沒有拿回來，還沒有說「我們講的」、「我們文化上什麼……」，可見還沒有恢復到我們大漢天朝的那種地位。

許：您當時做為一個三十歲年輕人怎麼去面對這個事情呢？

白：現在講自己好像心懷大志也不好意思，那時候不知天高地厚，很年輕就辦《現代文學》，窮得要死的一本雜誌，真的窮！校稿、編輯、送書什麼都自己來，我騎個腳踏車去校稿、送書，大熱天一身汗，那時不知道哪來的那股傻勁，還沒錢，給不起稿費，編輯費什麼都沒有，一本窮得不能再窮的雜誌。我們的老校長是傅斯年，他是五四健將，那時也辦《新潮》，我說校長在搞這套，我們也來，好像是對當時的那些文學的一種不滿，覺得說我們是戰後的第一代，我一九三七年生的，剛好中日抗戰停了，國共內戰完了以後，等我到大學時是第一代，過去的世界通通崩潰掉了。臺灣也是，臺灣籍本省人以前是日據時代，大家都有一種要尋找文化認同、尋找安身立命，精神上的一個地方。那時候社會比較保守，政治也高壓，不過現在回頭再看，還好，還有一個空隙讓沙漠裡的仙人掌還能夠活、還能夠再起來，讓我們寫。

許：當時有不同的仙人掌，您的雜誌是一個仙人掌，李敖主編《文星》也是一個仙人掌，然後陳映真的《人間》雜誌也是一個仙人掌，你們三位是很不同的，當時您怎麼看？

白：他們比較後面。

許：是，大概晚幾年？

白：我們比夏濟安先生《文學雜誌》晚幾年，有點一脈相承。像陳映真本來是我們的作家，他有幾篇最好的小說在《現代文學》上發表，我跟他也很互相尊敬。現在看起來我很高興辦了一個純文學的雜誌，追求新文學藝術。對於三〇年代、五四以後文壇上的互相攻擊我覺得很不好，文學不是吵架吵出來的，文學是每個人在自己書房裡很孤獨的一條路，自己一個字一個字磨出來的，個人寫個人的，你不可能去干涉人家要怎麼寫，自己寫自己的，不要去管人家怎麼寫，很多人寫的都不同。所以那時候辦雜誌，我們合而不同，很了不得，這一群詩人、小說家，最難搞的一群人，沒吵過架。

許：真的？這很奇怪的，都是一群小夥子姑娘們然後在一起……

白：各有各的，他們都很厲害。沒吵過架，怪不怪？沒有說好像誰跟誰有派系了，真的沒有。而且我們包容到不管是外省第二代、本省第二代，還有些大兵、海外歸來僑生，通通融在一起。因為有個大前提：都是為了「文學」兩個字。因為文學是大寫的。文學放在那麼高，所以個人的不同就微不足道。後來他們自己吵架了，發生鄉土文學論戰，我就堅決不參加。他們鄉土文學尊成很高地位的作家，其實開始都在《現代文學》上面寫，不分這些的。我們只有一個標準：好文學跟壞文學。不管什麼背景、思想，寫得好的就是好文學，寫得不好的就是不好的文學。

許：您辦雜誌的時候是六〇年代初，等到七〇年代末再回臺灣的時候鄉土文學論戰都開始起來了，而且文壇比以前變得不一樣，非常活躍，您那時怎麼看這種變化？年輕一代的崛起？

白：變化是必然的，因為社會在變，鄉土文學開始是文學，後來變成意識形態，後來又分省籍了，那不是我們的宗旨，那是是非之地，後來也攻擊《現代文學》……

許：必須要打倒老一代嘛。

白：我們這些作家從來沒有回嘴，我們把住了一個，就是對文學的標準，我們幾個編輯完全以藝術成就為最高，我們出第一期是介紹卡夫卡，非常 modern，他的小說是德文寫的。那時候有審查制，警備總部巡查來看，問我們編輯說卡夫卡是什麼人？他跟馬克斯什麼關係？我說太可怕，沒關係，他倆年代也不同。

許：您第一次讀卡夫卡什麼感覺？

白：非常怪異，這麼一個世界，可是一想的確是，他那個荒謬的世界跟我們現代很多很相符。他有一本《審判》，不曉得為什麼莫名其妙就被抓走了，也不曉得什麼罪名，東審西審誰也搞不出他什麼來，多現實，我想跟二十世紀的很多都很有關係，所以我覺得卡夫卡很了不起的，他用寓言式的來寫這些東西。

許：當時臺大外文系是一個非常奇怪的群體，就突然冒出來這麼多人在一起，這東西很難解釋。

白：我覺得第一，夏濟安辦《文學雜誌》有影響的，我們開始投稿還跑那去投，夏先生給我們有鼓勵的，可是那群也奇怪，王文興、陳若曦、歐陽子……

許：都是群星燦爛的。

白：前前後後，像陳映真、施叔青，他們是讀淡江的，也都同時代，可能是戰後的這群人要求新望變。

許：而且文學是唯一的表達渠道。

白：對，那個時候是我們安身立命的一個東西。

許：您去美國之後，因為換了地方、換了語言環境，會有一段明顯地失語。從一個失語狀態重新回到對語言有感覺，這個過程是怎麼發生的？

白：剛巧也是幾個因素。第一個是我母親過世，對我的人生撞擊很大，我不僅跟母親關係很親，那種第一次碰到死亡、無常這種感受，可以說大吃一驚。本來我生活也是蠻平穩的，突然這麼一來；第二個，突然到美國去，完全不同的一個世界，各種價值觀、各種東西，讓我產生心理上、感情上一團混亂，內心中天翻地覆，而且在異國對家國歷史感受特別深，看得比較清楚。所以我那時候在愛荷華雖然念的是西方文學、寫作，但我常常跑圖書館借中文的歷史書、現代史那些東西來看。

許：尤其在臺灣看不到的。

白：跑去看那些在臺灣看不到的，我要去找國民黨到底怎麼敗的，國民黨怎麼會在不到四年在大陸被共產黨打敗？原因在哪裡？於是到今天我寫了很多東西都在追尋這個問題。

許：也是替父親完成一個疑問。

白：對，跟我父親歷史的關係也使得我對歷史非常的關切、感興趣，所以看了不少書，中文、英文也看，看外國人怎麼寫這段。

許：這些因素慢慢交織在一起變成一個……

白：對，攪在一起。後來我有一本書叫做《父親與民國》，不知您看了沒有？

許：我看了。

白：我其實在想，在寫《臺北人》的時候，是以文學寫歷史的滄桑，等於是拿文學替這段民國史做一個注解。現在反過來，幾十年後寫《父親與民國》，等於是《臺北人》的注解，彼此的注解。

許：您寫《父親與民國》的時候，會想起自己年輕時寫《臺北人》的那種感覺嗎？是什麼樣的感覺？

白：有的。《臺北人》是以文學寫歷史的產物，《父親與民國》是以歷史寫歷史的滄桑，這兩者其實是相通的。現在回頭看，《臺北人》的背後其實是《父親與民國》的歷史架構在那裡，當初不知道自己怎麼會寫出那些人來，現在回頭看，因為有這段歷史，才有那個產生。

許：您那麼年輕寫了《臺北人》，它真是一個 masterpiece，後來您會有比如說我很難再寫出這樣一個東西，或者說有一個更大突破的焦慮嗎？

白：有啊，整天想。因為自己已經寫出這個來，不能再重複，那個梯子自己爬的那麼高，不能又下來，只能往上爬，難的。所以後來就寫了《紐約客》系列，另外一個世界，跟《臺北人》蠻不同的。

許：但也是某種延續。

白：也是延續，我總覺得中華民族文化崩潰以後，總有心靈上、靈魂上的漂泊感，沒有像西方人心裡頭那麼安穩。甚至於法國人，它亡國多少次，被日本、德國打得鼻塌嘴歪，但你到法國去，他說我有羅浮宮；大英帝國沒落得一塌糊塗，你到牛津大學去，英國人那種派頭，為什麼？它有莎士比亞撐著它。按理講我們也有李白、杜甫，怎麼搞的整個大傳統一下子好像跟現代接不起來了？

許：您覺得什麼原因呢？

白：原因很多。所以我在《紅樓夢》裡講，乾隆盛世也就是中華文明衰落的起點，曹雪芹這個人一定不是凡人，他那種直覺的敏感，他寫的不僅是賈府的興衰，寶玉的一生、出家。我覺得藝術家有一種敏感，對整個文化、歷史、傳統，有第六感的直覺。《紅樓夢》講秦可卿死了變成鬼，賈家興盛了百年，有一天要樹倒猢猻散，我想他看到乾隆表面的那種繁榮，心裡已經意識到這個榮景有一天會往下降……因為他受到佛家影響很深，對人世間的枯榮無常，感受一定深得不得了。所以我覺得《紅樓夢》是一首史詩式的輓歌，在哀惋不僅是十二金釵，而是整個文化系統，所以我說《紅樓夢》是十八世紀乾隆盛世以下，中華文明衰落的一首天鵝之歌，這樣看這本書才大。《紅樓夢》以後就沒有一本書，連達到它一半的高度都沒有，我們整個民族的 creativity 突然就衰竭了，不光是文學，各種領域，我們的繪畫、陶瓷，乾隆以後通通往下走。《紅樓夢》那種高峰到現在還沒有一種藝術創作、文學創作、文化創作高於這個。所以我覺得它唱出了最後的輓歌，因此才那麼動人。李商隱真的一首詩就寫盡了晚唐，「夕陽無限好，只是近黃昏。」大概我自己也深有所感。

許：所有偉大的東西，它有某種共同存在的缺陷嗎？《紅樓夢》是什麼呢？

白：《紅樓夢》寫得太好了！

許：白老師，不能這樣。（笑）

白：人家寫不過它了！

許：所以您在《紅樓夢》裡讀不出任何的缺陷來？

白：當然不是，小的地方，因為它有抄本上的爭議，這個不算，一定要講它壞話，我都勉為其難講不出來，對我來看這本書太了不起了，所以我叫它「天下第一書」，他怎麼會寫得出這本東西來？

許：您說它「天下第一書」，您覺得它比莎士比亞或塞萬提斯這些不同地方的經典，高在哪裡呢？

白：我想以小說來說，第一，內容要豐富，思想要深刻，文字要優美，還有結構……西方這種經典的東西很多。以我的標準說，一本小說最高、最難的標準——它能夠達到雅俗共賞。像《紅樓夢》，有非常深刻的思想，儒家、佛家、道家，很複雜的結構，仔細分析起來，不得了的複雜，那些神話、寓言、象徵，說都說不完。它還有一點跟別的不一樣，它好看！你翻到哪一回看下去，真的都是雅俗共賞，賈寶玉初試雲雨情好看，賈璉那回也寫得好，多姑娘這種很俗的東西也會寫。寫寶玉出家，拔得那麼高，降得那麼低，來去自如。這在西方小說還不大做得到，我最敬佩的幾本東西，像《戰爭與和平》、《卡拉馬助夫兄弟們》、普魯斯特《追憶似水年華》這些大東西，他們有的講得深刻，《戰爭與和平》講安德烈要死了，一大堆哲學的東西，多少頁！

許：開始說教。

白：就講了半天上帝，《卡拉馬助夫兄弟們》這本書真的了不得，寫得驚天動地的一本書，可是你能隨隨便便看它嗎？

許：絕對不能那麼翻開一頁看。

白：不行的，要正襟危坐，吃力死了，看完你一身汗，那個很了不得，很深刻，也很難。不像《紅樓夢》，好看！這一回好看！劉姥姥好看！它有這麼瑣瑣碎碎，這麼平常的生活，百萬字寫這個東西，厲害吧！你說這種東西要好看，難。西方狄更斯的東西也很好看，人物很兇，但他少了一點，境界沒有高起來，到底在取悅一般的讀者，有點說書式的那種……

許：沒有那個超越性是嗎？

白：沒有超脫。像珍・奧斯汀也很會寫，寫那些少奶奶搖搖扇子，但也缺乏這部分。像托爾斯泰就高，杜斯妥也夫斯基高得不得了，上帝、神，可是又下不來，還有什麼丫鬟、小子，寫不過曹雪芹。

許：所有偉大的文學作品都跟它背後的民族、文化特別相關，也是某種原型。我看塞萬提斯，他要冒險、遠遊；德國小說內心那麼多掙扎，天人交戰。中國這個東西是什麼？您怎麼描述它？

白：其實它很深刻。那個佛、道思想很要緊，儒家思想也是，這三家思想其實混在一起，互相很緊張，常常在鬥，這也是中國人的基本哲學，青春年輕的時候是儒家，爭取功名，儒家的變相；到了中年，大概有些被鬥掉了，或者是貪污被抓、股票折本、位子也掉了，什麼老總也沒有了，這時候道家來了，退隱了，喝普洱茶、彈古琴去了。到了晚年，人生突然好了，佛家來了。是儒、道、佛，中國人大部分走的一個過程，都在裡頭。

許：這麼多人、這麼多鬥爭都發生在一個封閉的大觀園裡頭。

白：最後就了悟，這東西他寫得真好，其實每一個小場景都暗含這些，如果沒有背後這個思想的話，這本書撐不起來。

許：但您受影響的五四傳統，五四一代最喜歡批判封閉在一起的這些東西，您現在怎麼看呢？

白：批判壞了，所以他們寫不好，他們一來就是封建家庭，整天去罵那些東西怎麼會能真的了解呢？

許：所以您在臺大的時候對五四傳統就是這種感覺，還是後來慢慢發生了變化？

白：我一向這樣的。中國大家庭問題多得不得了，那裡面也是，這都是人性啊。中國人一向不都這樣子嗎？到現在也不都這樣子嗎？什麼時候改過？沒改過，改不了！

許：所以五四那一代知識分子也好，思想家也好，作家也好，他們就想中國人應該變成現代人，他們最想做的，變成更個體的、擺脫家庭的這種努力基本是不可能的，您覺得是嗎？

白：拋掉這個家庭，另一個家庭來了，另一個父權來了，把這個爸爸打倒了，另一個爸爸來了，更厲害！

許：二十世紀就是這樣子的。

白：更厲害，這就是中國人。我說曹雪芹的偉大，他包容一切，曹雪芹不是寫壞人、寫好人，他是寫「人」。我們現在想這個是壞人、那個是好人，他不，他只寫「人」，人都有好壞在裡頭，所以他才那麼包容，他是以大悲之心來看。我的書引了奚淞在張掖絲路一座古寺裡抄來的對聯拿來做《紅樓夢》的總結。它說「天地同流」，指空間，這麼大的宇宙，「眼底群生皆赤子」，就是曹雪芹眼底看到的，你們都是人，都是赤子。下聯說「千古一夢，人間幾度續黃粱」，就是最後《紅樓夢》的樣子。所以曹雪芹有大悲之心，他看每個人都用一種憐憫之心，沒有什麼偏見。賈璉除了好色以外就還好，不算壞，而且還蠻好的，最後還把平兒扶正，我覺得他還算有良心，就是太好色，這也沒關係，好的男人都好色的，這不是大缺點。所以曹雪芹能夠容忍這些，但是在容忍之中他又分了很多，像賈寶玉對於女孩子跟賈璉對於女人，層次不一樣。對情、對女性的看法，就是他高的地方，他有精神生活那一面，要都是多姑娘那不行，變《金瓶梅》了。

許：您一直都在講《紅樓夢》和《金瓶梅》之間有很大的關聯，等於是從晚明開始那套話本小說，這個演變過程您給我們講講好嗎？

白：這個過程中間有一百多年快兩百年，像《金瓶梅》的手法，尤其對女性，我想是影響了曹雪芹。但曹雪芹有三個哲學在後面，很深厚，頂在那個地方，是一種暗流，《紅樓夢》的發展大概都跟這個扣環扣上，有哲學上的高度。《金瓶梅》沒有，因為它就是寫實，最後投胎、佛家，胡扯敷衍一下，前面寫得太厲害了，把人的肉體的現實寫到頂，變成只有在「肉身」的這個身。人不是的，人有高一層精神上的、生活的，可能《金瓶梅》的作者受佛家的影響不深，曹雪芹在佛道上、宗教上比較深，而且對女性看法，恐怕湯顯祖對他影響還大一點，杜麗娘恐怕還是林黛玉的原型。

許：這麼講真是。

白：對情的追求，死去活來這種。不過杜麗娘死了還活著回來，我們林姑娘死了回不來了。湯顯祖的《牡丹亭》，還有另外兩個佛、道的，一個《邯鄲記》、一個《南柯記》，這三本東西對他思想上的影響更大。

許：還想問您，比如說回到晚明清初，《金瓶梅》、湯顯祖那個時代，一個巨大政治歷史轉變的時候，晚明的繁華其實跟政治上的壓抑有很大關係，好像變成某種逃避的方式，您怎麼看這種逃避？

白：晚明就是《金瓶梅》的產生時代，跟當時的哲學也有關係，王陽明、李贄，心學的氾濫，對於人的情跟肉身的大解放。

許：其實有點像文藝復興那種感覺吧？

白：對，有點那感覺，對人體的認識，承認了人的慾望、人體的現實，什麼《肉蒲團》、《金瓶梅》，還有一大堆都是那時候出來的，另外一邊有《牡丹亭》。《紅樓夢》這麼講吧，它是《牡丹亭》跟《金瓶梅》的結合，合起來產生它的源頭。它裡面常常引了《西廂記》、《牡丹亭》好多次，也引《邯鄲記》、《南柯記》，可見對這些熟得很。曹家有戲班子的，他祖父還寫傳奇本呢，所以我想曹雪芹除了詩詞歌賦另外一個了不起的地方，就是他真的繼承了中國文學大傳統。這本書必須是在乾隆時候產生，在乾隆時代前面，唐詩、宋詞、元曲，詩詞歌賦下來，然後，明清小說，這時候《牡丹亭》、《金瓶梅》也出來了，才輪到《紅樓夢》，早一點時候沒有《金瓶梅》，沒有《牡丹亭》也不行的，出不了這本書。晚了也不行。他們算了一下乾隆盛世的ＧＤＰ是全世界最高的，人口最多，乾隆帝國的那個氣派，外面看來這麼大的東西。這本小說絕不可能在道光年間寫的。

許：衰世就不行了。

白：不對了，氛圍不對了。一本書它是受時代影響的。

許：您在九〇年有一次接受訪問說，如果再想寫小說的話，就寫一部《紅樓夢》加上《三國演義》。

白：哈哈哈，這是我大言不慚。

許：您講講當時怎麼想的？

白：我想一九四九前後這個大歷史，不就是《三國演義》嗎？我看了一些大家族，包括我們自己的那種起起伏伏衰落，不就是《紅樓夢》嗎？如果這兩者合起來，就應該是本大小說，常常有這個夢。

許：嘗試去寫了嗎？

白：嘗試，也搞得寫不下去了。我希望是還可以寫出來，小規模一點吧。

許：《三國演義》對您的吸引力大嗎？

白：也大。那種「青山依舊在，幾度夕陽紅」歷史的興衰、滄桑，到了最後很難過地，魏、蜀、吳，這些英雄都紛紛走了，掩卷長嘆這種歷史滄桑。

許：我一直覺得您非常有趣，一方面非常個人化、非常敏感地面對世界的方式，真的是從邊緣來看東西、看問題；另一方面又是對巨大的歷史風雲特別感興趣，這兩種之間的關係對您來說是？

白：我都感興趣，我處於那個時代。

許：想問您的就是，您覺得這個「風雲」和「風月」之間的關係到底怎麼回事？

白：我覺得一本好文學，兩個都有最好，又有風雲又有風月，兩個都離不開，都是人生的現象。

許：中國為什麼這兩者好像特別密切？

白：特別密切，而且歷史悠久，真是「青山依舊在，幾度夕陽紅」。中國的歷史那麼複雜，我想值得去寫，但是中國人的人與人之間、家庭煩得很，父父子子扯不清，因為中國人很重「情」字，一切麻煩也是由此而來。我在美國住，他們倒乾脆俐落，早就準備不牽扯，走了就走了；那些子女也是，不高興，拜拜，走了，他們的家庭關係相對簡單，但也有他們的問題，只是沒有我們那麼牽扯。

許：您覺得這種牽扯是永遠不可能破除的？

白：難啊，從家庭就是，我們家國家國，從家庭就變成國家，也是這種複雜的關係。

許：您期待變嗎？期待變成比如個人真能夠獨立出來？

白：我想二十世紀的中國人一直在朝這個方向，向西方人學習「個人」。當然，西方人了不起，經過了文藝復興，經過了這樣革命、那樣革命，好不容易掙扎出自己的獨立思想。獨立是好得多，但是也有問題，他們那麼多人自殺，像瑞典、瑞士這種地方終身不愁的，都是國家養你，它的自殺率卻最高，真奇怪，人很難弄的，太自由、太孤獨也不行，美國好多瘋子，沒人講話、沒人理，太個人了。而且你跟別人訴苦沒人聽的，覺得你自己的困難受苦你自己去理。

許：那時候在美國教書七十年代的時候沒想搬回臺北嗎？

白：那時候沒想回來，我想就是美國自由。我創作，要絕對的自由，要不受任何干擾，這是其一；第二，我那時有一份很穩定的工作還算輕鬆——教書，我們系很小，我那些同事，尤其是我的上司，對我寵愛有加。

許：您到哪都是賈寶玉。

白：他對我寵愛有加，好得不得了，尊重我的寫作，很愛護我，我跟他坦承我有壞習慣，寫東西、看書，有時候一搞就是天亮，到現在我早上都不能活動，爬不起來，幾十年壞習慣。我那個上司最好，跟他秘書說早上不要打電話給白教授，所以我的課都排在下午，教書那些年也算是給我個比較安定的環境，聖塔芭芭拉，一座小城，沒什麼干擾，很清靜的。

許：到八〇年代初您回臺北開始做舞臺劇，包括做電影，因為以前小說寫作是個孤立的藝術，突然要變成一個群體的行為，從紙上到舞臺上，這個變化是什麼樣的？

白：這是偶然的。怎麼偶然法呢？我第一個舞臺劇叫《遊園驚夢》，一九七九年香港政府有個文學週，《明報》月刊的主編胡菊人請我去做了個演講，我講了關於五四的社會意識與小說藝術，對五四、三〇年代一些大作家有褒有貶，然後香港大學的戲劇系就把我的〈遊園驚夢〉改成了舞臺劇，廣東話，改得蠻好，完全跟小說一樣，那個錢夫人演得蠻好，獨白啊，廣東話我聽著也蠻動人的，這給我一個靈感，我自己寫了以後用普通話來演。我們的女主角後來也變成很好的朋友，盧燕不是常常演老佛爺之類的？她其實是很好的一流演員，正是盛年的時候，我覺得錢夫人就是她那個樣子，量身打造。後來我就寫了一個劇本，開頭請他們演，越搞越大。第一次就是一堂很有名的明星來演出，盧燕、歸亞蕾、劉德凱……，還有些硬裡子的老演員。那是我第一次做製作人，我沒曉得哪裡還有這個能耐，我得自己一個人先寫東西，那時連記者訪問都不要，反正寫自己作品就可以了。我本來就愛崑曲，藉著這個我還能上去唱幾段崑曲，盧燕會唱崑曲的，而且裡面還有京劇，胡錦的母親就是個名伶，胡錦會唱，唱得很好，青衣也有了、花旦也有了，我們那時候雄心越來越大，就把崑曲的樂隊、京劇的文武場搬到舞臺上面去，兩邊這麼一敲、那麼一敲起來了，真的到那時唱大堂會的樣子。最特殊、最不可思議的，我說我沒錢的，你們來通通是義務的，那些大明星因為聽說有戲演也不計酬勞，現在怎麼可能？那時他們都是一些有名有姓、有頭有臉的明星，都沒拿酬勞。我搞義務東西搞慣了，編雜誌也是，稿費、編輯費都沒有，拿藝術做號召，你們演戲來過癮，給你個好戲演。我們製作費很大，酬勞給不起，一個明星大概都弄光了，編導演都沒有拿酬勞，但是製作、服裝、舞臺，花好多錢，非常講究，還有一段電影。我們還有個錄像，錄得不好，那時候條件不行，香港替我出一本書叫做《遊園驚夢二十年》，有附演出光碟，您找來看看。

許：所以您就要調動這麼多人，跟不同的人打交道，一下就激發出來這些東西是吧？

白：她們演的這個夫人那個夫人，夫人們難弄的，各個沒有酬勞，各個就要搶戲，要多演這一段、那一段。胡錦戲多，給她唱京戲，唱〈貴妃醉酒〉，四平調，兩段戲後面太長了，於是我就剪掉，一剪跑到我這來，兩滴眼淚，那怎麼辦呢？又給她加回去，這一加，麻煩了，歸亞蕾也要加，東加西加的，我們的戲長得不得了，過癮的，好玩的。

許：然後就發現您對付她們有很強的天賦是吧？

白：有，我怎麼搞得我不知道。

許：您父親那一面就暴露出來了是吧？

白：對付這些東西好煩的，開頭還不准我演。他們不知道哪聽來的，因為女主角錢夫人，將軍追戲子，說我影射高層，我哪什麼影射高層？我寫的時候腦袋裡根本沒這些。我的做事風格有點像我父親，不罷不休，一直要到底，一定要做成，不曉得哪來這麼蠻勁，廣西人大概有點蠻。我盯著盯著，後來他們也開竅了，背後也有很多人幫忙，我有幾組軍師。

許：舞臺上那種滿足感跟寫作上的滿足感有什麼區別？那麼多人在一起。

白：那麼多人在一起，熱鬧，還有一點，小說裡邊那種感情，盧燕演得真好，她把錢夫人的滄桑都演出來了，最後幾段獨白演得好極了。一演，哎呀，很像我小說裡那種感覺具體到舞臺上那種味道。所以這一來演得轟動。我想幾個原因，第一，好奇，本來《聯合報》跟《中國時報》對立的，你做了什麼我就不做，是這樣子的，後來很特別，兩個報紙集團都支持，所以天天整版整版地秀，把觀眾的熱情提得好高好高，而且他們演得實在是很成功，反正就是轟動得不得了，到今天還有人在講這個。

許：後來您又做電影，那麼舞臺和電影之間又有什麼樣的區別？

白：又大了，這個《遊園驚夢》的故事還沒完呢。演完了以後一九八八年又跑到大陸廣州，幾個單位合起來，女主角是上崑華文漪，她現身說法，還有一兩個上崑演員；導演是上海青話的胡偉民，他蠻有才的，可惜走了。文學顧問是余秋雨。後來在廣州演了十八場，俞振飛也去看了，人生只能有這麼一回吧……哎呀，坐在我旁邊，小時候都看他的戲。後來變成舞臺劇，我做夢也想不到有一天會有這種事。上海也演了十幾場，兩岸都演過，完全不同味道，因為華文漪會那套。

許：兩邊的反應呢？比如說臺灣觀眾和大陸觀眾？

白：這邊也強烈得不得了，因為好久沒有看到穿旗袍了，那些夫人們唱戲，旗袍都很漂亮很美的。

許：那演員的詮釋與表現呢？

白：表現當然是臺灣那一臺戲的演員經驗、人物、揣摩方面比較接近；那麼大陸有這裡的，華文漪她自己是崑曲名伶，所以她對崑曲那麼兩下子，讓人覺得這個可信，就是崑曲演員。導演的手法也跟臺灣不一樣，所以有不同的感受，有的演員演得蠻好的，觀眾反應都熱烈，大概是因為好久沒有看到這種戲了。而且這個更動他們的心，因為他們知道這是中國文化，那個時候民國範兒。

許：我估計上海人會更感觸。

白：上海人更喜歡，更懂。蠻好玩的，忘了哪個大學後來出了一本關於在大陸演出的書，收集了所有資料，臺灣也有臺灣的《遊園驚夢》，是兩本東西。

許：您說說舞臺到電影是什麼感覺？

白：舞臺好像有一點曲終人散的味道，演完了以後空空一個舞臺；電影好玩的，一九八二我搞《遊園驚夢》，一九八四他們找我拍電影，第一個就是《金大班的最後一夜》，他們看上金大班，選擇對的。金大班那個故事蠻有意思的。我沒搞過這些東西，我喜歡電影，也愛看電影，看了好多電影，好萊塢、歐洲、日本電影都看的。所以電影我也試試看了，金大班那部我參加編劇，有編劇小組，那時候我不懂電影的行規，我以為這是我的電影，我什麼都得管。後來好玩得很，跟他們簽約，我曉得金大班這個戲通通靠女主角，從頭到尾從二十幾歲演到四十幾歲，完全靠她，如果女主角選錯就完了，選角最要緊。反正我跟第一個電影公司簽約有一條就說「女主角人選沒有原著作者同意不可以開鏡」，那時候我很強勢，你要來拍我的電影，就要我同意女主角。這一條下去，他們選角了，那時候只有港臺，大陸還沒開，選來選去我覺得都不對，金大班蠻麻煩的，第一，海派上海人、經過百樂門那種，在臺灣，身上要有點風塵味，還要有派頭的風塵味，不是俗氣下流的那種。金大班是上海百老匯的紅舞女，上海 party 的派頭。其實那個電影很經歷滄桑，要這種味道都有，難。東選西選我都不同意，最後電影公司受不了了，他們乾脆就不理我，自己選一個，因為我那時快回美國教書了，我說不行，就跟第一個電影公司解約了。後來第二個公司，在香港、臺灣都蠻有名的，我這條規定也是在裡頭，我又來選，天天排名，大班她不是普通舞女，舞女好選，年輕的、漂亮有派頭的，要有那種大班味道，不容易選，選來選去他們也頭疼得不得了。有一天我看一部香港電影叫做《夜來香》，徐克導的，兩個女主角一個是林青霞，大美人；另外一個姚煒。我一看她們兩個人出場，女主角是林青霞，這個姚煒出來，她鎮得住臺，演員很奇怪的，我的話劇還有我的電影（主角）都是我選的，崑曲也是我選的，我也大概有點直覺，因為是我創造的人物嘛。我看到姚煒有那種派頭。後來一打聽，她就是上海人，而且她的身世很像，她在臺灣的歌廳也唱過。後來姚煒演，哎呦，真是活脫脫的金大班，妙啊，演得真像真有味道，當然今天才講選對了。還有那首〈最後一夜〉，蔡琴唱的，也是我弄的，很耐聽，講起來故事多得不得了。

許：您講講片子裡的主題曲〈最後一夜〉，這個太好聽。

白：我看片子最後一幕，她不是跟一個年輕的男孩子在跳舞嗎？跳舞就想起了從前跟她的年輕愛人那一段，應該是最動人的時候，那支舞要緊，他們最後一二三、一二三，我想主題曲也要緊了，誰作曲？我有個好朋友叫樊曼儂，是個音樂家，她告訴我臺灣有個年輕人很棒，陳志遠，後來很有名，那時候還不出名，編曲而已，但是樊曼儂告訴我他行。我就半夜三更十一、二點跟樊曼儂跑去找他，跟他講你這作曲，第一，就是華爾滋，三步，轉轉轉那個；第二，要有懷舊的感覺；第三，要有失戀的味道，他懂，所以有些年輕人很敏感，三天就出來了，我一聽到那個 melody 就說對了！這個曲已有了，我就找慎芝來寫詞，慎芝也寫過臺灣的好多歌，她以前在上海舞廳，先生在舞廳樂隊做過，她懂得不得了。

許：踩不完的惱人舞步。

白：這詞很對。好，唱的人要緊了，光是音樂、詞，唱不出來也不行。我第一就選中了蔡琴，因為她聲音低，這個一定是低音。本來開始電影老闆黃卓漢不信我的話，那時候講姚煒他已經不信了，為什麼呢？姚煒那時在香港演了一齣電影，演一個女考古家，完全不對，票房一塌糊塗。我一提到姚煒演金大班，黃卓漢老闆臉都綠了，直說票房毒藥，我說不是，我說誰演誰紅，這個戲只要對型就行了。那麼蔡琴呢？他本來要鄧麗君唱，我說鄧麗君是個甜姐兒，唱得好，但是聲音不對，沒滄桑感，我堅持要蔡琴，正好她那時候剛跟第一個未婚夫崩掉，所以在錄音的時候，一唱唱得泣不成聲，後來一唱出來，你聽到的就是那時錄的，錄了以後她再也唱不出那味道了，絕唱！後來她也在電影裡尬一角，當歌女，這歌還得到了金馬獎呢。

許：咱們先緩緩，聽聽〈最後一夜〉再講，給您聽聽，應該有蔡琴的版本。

白：要原來那個〈最後一夜〉，她後來結婚了，結了婚以後再演唱，我去聽，那個味兒沒了。

許：是嗎？那可能真的沒有那個〈最後一夜〉，我現在只有這個〈最後一夜〉。（播放歌曲）

白：您喜歡這首歌？

許：愛死了。

白：那個有點滄桑的，有點那個味道。

許：我以前有個臺灣女朋友，我們分手的時候，她在電話裡給我唱了〈最後一夜〉。

白：哎呦，這個太應景了。

許：特別應景，愛死這首。

白：後來得金馬獎，那年我回臺灣的時候，到處都〈最後一夜〉，卡拉OK、計程車，都在唱，尤其是新年除夕的時候到處都是。那個歌很耐聽是吧？不曉得您有沒有蔡琴的那個CD？

許：找不到，我很難找到。

白：現在很難了。那一張上面錄的歌都很好。

許：您說為什麼「滄桑」這麼有魅力呢？怎麼分析這個東西？

白：滄桑，要經歷過、懂得滄桑的人聽才有魅力。你說小夥子小女孩，他沒滄桑聽了沒感覺的，總要自己有了滄桑，聽著才夠味。臺灣的歌你一定很熟？

許：對，我蠻喜歡臺灣歌的。

白：有的挺好的。

許：您還喜歡哪一首？

白：我喜歡那些老歌，現在這些歌我一個都記不住，melody 都好像不對。

許：審美發生好大的變化。

白：不過我前年做了一個舞臺劇《孽子》，主題曲〈蓮花落〉，請香港的林夕作詞，臺灣的陳小霞作曲，請楊宗緯唱，他的聲音有滄桑感，把整個劇的味道提起來了，很好聽。

許：您說曹雪芹那時候聽什麼歌？聽的是崑曲還是什麼呢？

白：《紅樓夢》裡面好多崑曲。

許：他小時候應該就是聽崑曲。

白：曹雪芹有個親戚叫李煦，是曹家的表親，在蘇州也做織造，這個織造家裡面經常唱戲，都有家班子，他兒子李鼎還自己去票戲，曹雪芹曹家常去姑蘇聽戲，你別忘了林妹妹是蘇州人。

許：剛才您說到《孽子》這部小說，當然是您個人情感和經歷很大、很重要的一件事，一個表達，可能是當時最大的掙扎，這本書寫出來後，您當時身上關於這個問題的掙扎是一個巨大的釋放嗎？

白：同志議題在那個年代還是禁忌，而臺灣對同志議題，第一，沒有法律；第二，社會上還算寬容，比起大陸或是有些亞洲國家還算寬容，但也算是禁忌，不大講的。但是我寫這個是因為有這麼一個看法：文學寫什麼呢？不外乎人性、人情，凡是屬於人性的，都可以寫、應該寫，那麼同志、同性戀這種議題從古到今都存在，而且雖然永遠是少數，但你說少數五%，或哪怕是二%、一%，也有一大群人，他們的處境、感情也是人性的一部分，從古到今都是，所以也值得寫。寫人性的事情，美國劇作家田納西．威廉斯的《慾望街車》那些我都蠻喜歡的。他有一句話說：Nothing human disgusts me。他說凡是屬於人性的我都不會厭惡，所以那時候我就是，要嘛就不寫，我想文學，尤其小說是個很嚴肅的創作，絕對第一要百分之百的誠實，對自己誠實、對讀者也誠實，真正心裡面覺得應該怎麼樣就寫出來，這就是作家神聖的使命了！

許：這種事情困擾您自身嗎？當時對一個在臺北長大的少年。

白：一定的。在青少年長大的時候突然發現自己跟別人不一樣，有種孤立的感情，但我想我對自己的感情蠻有自信的，我不會去貶低它。

許：在當時的環境下很難的，這個自信怎麼來的呢？

白：那時候別人沒寫我就先寫了，寫完沒多久有一個訪問，那訪問我最後該講的就講了，恐怕是第一個作家、第一個人公開這麼講、討論這件事情，而且是在 Playboy《花花公子》雜誌上。訪問的蔡克健是留學法國，態度很好。那時候還是很敏感，但是我認為同志議題是個很嚴肅的題目，討論起來不能很輕佻，因為我自己對這事情不輕佻。

許：而且也不應該輕佻。

白：所以我寫小說也是很嚴肅地寫，寫完了以後當然很有意思，文學界、批評界，一點聲音都沒有，一片寂靜，因為可能不曉得怎麼定位這本書，很難處理，所以有蠻長一段時間沉默，後來才漸漸發現了。這本書影響還挺大的。

許：鼓舞了好多人。我一個特別好的同事搭檔，他是一個重慶小伙子，青少年時候看了《孽子》，對他的人生有很大的鼓舞。

白：是，影響蠻大的。後來加上影視是很厲害的，它拍過電影、電視劇，後來舞臺劇，所以三度變形，都有一種突破性。尤其電視劇影響大，拍得也挺好，曹瑞原導演我跟他很好，我說要是拍得不好的話我拉你去跳海吧！弄得不好的話很難看、很尷尬的，也很難拍好它，就照實拍，不必誇大也不必避諱，該怎麼拍就怎麼拍，後來拍得真的不錯，小說裡該怎麼講的都拍出來了。這之前一九八六年有個電影，可能也是當時講同志的第一部，那時還是第一次拍，不過被新聞局剪了好多刀，所以有點不完整。到了二○○三年，社會變動很大，同志小說得百萬大獎這種事情也發生了，臺灣在變。

許：您覺得這種禁忌和壓力是不是對創作本身反而是一個特別大的促進呢？

白：可能，越是禁的那一塊你越想要，後來想想我寫了好多小說，由一開始的〈玉卿嫂〉，都是蠻犯忌的，我寫〈玉卿嫂〉的時候二十一歲，可能在我的骨子裡恐怕流著觸碰禁忌的血液。

許：其實很小就有反叛性了？

白：有的，一個人不能以外表來談的。這本書出來然後加上電影、電視，公共電視拍的，等於國家的了，而且八點檔，那是大大的突破，到每家的客廳裡去，影響力就大了。大到往上反應都很強，擴散了。我舉幾個例子，一個例子是我告訴我的朋友，一個女孩，她是同志，她母親不諒解她，母女一年沒講話，電視出來以後，媽媽看到了、感動了。所以藝術這種東西它的感染力、說服力很大的，再後來就跟女兒和好了；還有一個蠻有意思，有個爸爸，他有個男孩，有著同樣問題，離家了，本來兩父子大概頂起來了，後來離家了，爸爸看了電視劇大概也感動，就要他們在電視上面弄個小標——「你回來，爸爸了解你了」。

許：好感人啊。

白：其實我們的文學有這個傳統，以前也很多人寫，《紅樓夢》裡面就很多，其他小說也有，真正寫得很有名的是陳森的《品花寶鑑》。所以我想從《品花寶鑑》到《孽子》，中間也一百多年，有一百多年支撐那些，《孽子》當然不是二十世紀第一本，我真正比較嚴肅、比較成熟的應該就是這一本吧。所以後來很有意思，我前年在弄《孽子》的舞臺劇，《聯合文學》跟《印刻》都做專輯，請了很多年輕的作家來談，他們都說看了《孽子》對他們啟發了，有點引頭。在我看來，《孽子》那個舞臺劇我覺得最成功的用了現代舞蹈來表現中間幾段，劇本其實是一位劇作家先寫了，後來大部分由我改寫，也還是曹瑞原導。阿鳳跟龍子那一段，因為用舞臺劇寫實的地方難搞、難弄，我說就用抽象的現代舞蹈來表現比較容易，果然，這中間演阿鳳的舞蹈家，是太陽馬戲團的明星，會飛的，他爬上去彩帶真的像飛起來，好有意思。電視劇已經蠻感人了，好多人看了哭啊，但是舞臺劇更不得了，那個舞臺真的有點邪門，我覺得好像電流就在這，好多人就看哭，我想那哭的人不見得跟同志有關係，是觸動了人性，這個最要緊。對藝術、表演，你觸動真正人性的根本，父子、母子的感情，還有兄弟的感情，愛人、情人之間的感情，這些「情」字觸動了這些東西，所以《孽子》其實在某方面也非常嚴肅地討論了中國人的父子關係，我剛剛也講過了，中國的父子很麻煩很複雜的，所以這一來它的影響力就挺大的。有時我在大陸的大學裡演講，或者在別的地方碰到一些人告訴我：「我看過《孽子》的電視劇。」我說你怎麼看到的呢？他說很多盜版啊，我問那個盜版清楚嗎？他們說好得很，跟原版一樣。

許：應該給很多人帶來撫慰。我記得當時也在《孽子》前後接受法國雜誌訪問，您覺得文學是什麼？您不是說把內心的痛苦變成……您寫過這麼一段話嗎？

白：對。

許：您現在還有這種強烈的內心痛苦嗎？

白：我寫的不是自己內心的痛苦，那是法國《解放報》問好多作家說「你為什麼寫作？」我很直接就答出來，我說我寫作是因為「想把人類心靈中無言的痛楚轉化成文字」。可能我常常察覺好多人都有一塊說不出來的痛、那塊傷，但因為他不是作家，不能用文字表達。我想其實對人生痛苦的了解很多人不見得比文學家少，有時候可能還多，歷經滄桑的多得是，懂得愛情的也多，有的政治家、心理學家可能對人生、對人性比我還曉得。可文學家有一樣是別人所不及：他們用文字把它寫出來。所以我覺得一個文學家寫小說，這就是他的使命，當然也可以寫快樂，但快樂的時候又常常忘掉。

許：不會想要去寫。

白：這點很麻煩，痛的時候想起來，有的時候你也不覺得；你沒的時候、失掉了，才……。

許：《孽子》之後您出的書就不多了，兩本散文集，是不是這段期間快樂的時間太多了呢？

白：其實我還有好多故事，滿肚子的話要寫呢！

許：您還會感覺到強烈的寫作衝動嗎？

白：有，還是強烈，崑曲把我拖了一大段時間，其實現在《白羅衫》我也沒怎麼太花時間，他們自己弄、自己成長了。現在時間倒是比較多，該做的都做了，《紅樓夢》也交掉了，父親的傳也寫完了，我想如果還可以寫的話再寫點出來。

許：您想寫什麼呢？可以說嗎？

白：我想還是人類心靈的痛楚，那個太多了。

許：《臺北人》是一種痛楚、《孽子》是一種痛楚，現在最打動您，讓您想寫的痛楚是什麼？

白：我發覺年紀大一點之後比較靠近佛家的思想，常常有很多無常的感覺，而且佛家早就告訴你人生就是無常的，再美的花都捱不過秋冬，越美的東西越不容易保存，彩雲易散琉璃脆，久了、看多了，從家國到個人都是這種，我感受比較深的是這些。

許：在一個這麼無常的世界裡生活，人肯定需要一些更永恆、更確認的東西吧。您覺得這些東西能超越無常嗎？是美、是情嗎？

白：永恆的東西實在是少，不過我覺得還是藝術吧，創造一本像《紅樓夢》這樣子的，那就永恆了。

許：它超越了短暫性。

白：對，有些畫家或者音樂家還是藝術，變成一個經典，它能夠抵得住時間的消磨，我們的《詩經》都幾千年了……其他不太靠得住。所以湯顯祖寫《牡丹亭》，他要把情寫成永恆、超越生死又回來，再往下走，就寫《邯鄲記》跟《南柯記》，那兩場夢就是一場佛、一場道，發現人生原來是虛幻一場，在夢裡面又有美女又有金銀財富，醒來黃粱一夢。你看他開頭，他也可能覺得《牡丹亭》是「情」到頂了。

許：對呀，在那裡面情是一切。

白：到頂了，沒辦法走下去了！我剛剛在南開，本來下午約定跟寧宗一先生對談，沒弄成，晚上我怕同學們有點失落，就給他們講講《紅樓夢》，講到寶玉出家，我有一點的解釋可能跟現在不太一樣。最後一回寶玉出家的時候，向他父親告別，賈政把賈母的靈柩送到南邊去，回來的時候船破了一個地方，一個人在船上，下屬上岸辦事去了，突然間他看到三個人走了過來，一僧一道，中間那個人穿猩猩紅大斗篷，別忘了，紅這個字、這個顏色在《紅樓夢》裡有極重要的地位與象徵意義。他說猩猩紅，還不是普通紅，英文應該是 scarlet，豔紅猩紅的，他不講袈裟。光頭赤足，一看到他合十四拜，沒講話的四拜，賈政說，那不是寶玉嗎？怎麼這樣打扮？寶玉臉上似悲似喜，他旁邊一僧一道說俗緣已了，夾著他就走了，賈政就去追，那時候下雪，白茫茫一片雪地，他聽到他們三個在唱「我所居兮在大荒」，那種禪唱、梵音，或者叫聖歌（基督教說法），禪唱在唱著，三個人就飄過去，他追得喘噓噓的，沒有影子，只落下白茫茫一片大地真乾淨。最後這個意象，那個雪一片白茫茫，掩蓋了所有我們佛家講的嗔、貪、痴、哀，七情六慾通通蓋掉了，人生一切的最後通通洗掉了。但是想想，為什麼不給賈寶玉穿黑斗篷，或和尚出家人灰的，為什麼給他紅的？我問過藏傳、密宗，我們講的「紅」就代表「紅塵」，紅塵滾滾，「紅」也代表一種熱情，情感、炙熱；佛教說，「紅」也是代表「情」，所以我的看法是，賈寶玉他出家不是逃避、不是逃禪，林妹妹死了，看破。我想不只如此，他那個紅好像是很沉重地背到身上，擔負了人世間一切的情給的痛苦、傷害，揹在身上走，因為這本小說又叫做《情僧錄》。和尚應該沒有情，在小說第一回就講到一個空空道人，因為看破了，由色入空、由空轉情，所以空空道人又叫做情僧，他拿的這本東西叫做《情僧錄》，不要給作者矇騙了，我認為那個情僧指的就是寶玉，為什麼呢？因為那個情是他的宗教。

許：大紅袍就相當於十字架是嗎？

白：就是。王國維在《人間詞話》裡面講李後主的詞，說是以「血淚成之」，儼然像釋迦跟基督擔負了人世間的痛苦罪惡，我覺得這句話應該用在寶玉身上，一方面我說過寶玉的身世等於是佛陀前傳、悉達多太子，他們兩個人享盡榮華富貴，悉達多太子也是，他父親甚至替他選妃子。後來他出門後看到人生的生、老、病、死、苦，就大別離，出家，為了成佛、為了世間這麼多的痛苦，我想耶穌基督也是，背著十字架死的，上帝的兒子到世間來，為了要救贖世間人的罪惡、痛苦，我看寶玉最後那場背著那個情的十字架——就是紅斗篷，走的。他並不是逃跑、逃禪。

許：這個解釋確實有意思，我真是第一次想到。

白：是不是，你這麼看我覺得更大了。

許：您覺得您會揹著什麼走？

白：哎呦，我揹不動，我不會揹個大斗篷，那個太重。

許：您希望有天看到白茫茫一片那種感覺嗎？這個東西吸引您嗎？

白：吸引的。我覺得那一段是中國文學裡的喜馬拉雅峰，寫得太好了！後來賈政回到船裡，其他人也回來了，我覺得這一段很感人，政老爺本來很討厭這個兒子，覺得他一無是處，怎麼那麼不爭氣，整天罵他、打他，這下子氣喘喘去追他，突然他了解了，他說這寶玉生來就奇怪，含塊玉，原來是歷劫的，在凡塵十九年，哄了老太太十九年。那一下子，賈政對這個兒子了悟了、諒解了。《紅樓夢》它的儒家入世哲學跟佛、道的出世哲學之間經常衝突，等於是顯現在這兩父子身上，賈政代表儒家，寶玉代表佛、道，最後父子一下子的諒解，等於是儒家跟佛、道之間有了對話的開始，所以那一場白茫茫大地一片真乾淨，雖然是他出家，那種感受似悲似喜，悲喜交集，很複雜的這一幕。所以《紅樓夢》我覺得它是本天書，到處充滿了密碼，曹雪芹看這人世間就好像天眼。

許：像上帝的視角在看。

白：王國維有一句詞，他到一個半山寺上面，聽到一聲磬鐘，突然間他說：「偶開天眼覷紅塵，可憐身是眼中人」。曹雪芹看的就是這個，沒有說他自己超然物外，你們還在紅塵裡滾滾，他是偶開天眼看紅塵，他也知道自己可憐身是眼中人，他能大悲之心來看世人，所以我覺得讀《紅樓夢》的好處就在這種地方，它太多密碼了，講都講不完，所以我稱它是天下第一書！

許：剛才您講賈政和寶玉父子關係重新理解的那一刻，那麼您在給父親寫《父親與民國》的時候，等於是重新理解他的一生，那時您對父親的理解是發生很大的變化嗎？

白：蠻大的，我後來去查他的資料、看他留下的東西，覺得怎麼那麼不理解我父親，知道他那麼少！我才曉得他處境有多難，越來越敬佩他，從前還不覺得。爸爸嘛，就是身邊一個人不是？離你很近的時候，你也看到他尷尬的時候、缺點的時候，沒看他在整個大時代裡面，沒能理解。

許：這種想理解父親的衝動是什麼時候開始的？

白：因為我年紀大一點了，我年紀輕、太幼稚，念大學的時候一心在搞雜誌、寫小說，爸爸給我們講歷史的時候我就逃掉，他講他過去的輝煌，我們沒那麼大興趣，我真後悔！如果我後來年紀大一點的時候記下來，那還得了嗎？

許：您覺得爸爸試圖理解過您嗎？那一代是不是都很難理解子女？

白：我也蠻難理解的，人家不知道我內心。我自己曉得自己蠻難搞的，不是那麼簡單就能懂，要強求我父親真的懂我，那也難。

許：你們父子間的那種衝突或不理解像寶玉和賈政嗎？

白：完全不像，他有部分理解我的，他看到我的表面，我用功、成績好又向上，而且我犯錯、做什麼事情沒讓他知道！所以他看起來好像我是蠻乖蠻好的兒子，我也不壞啦！

許：如果父親看到《孽子》您覺得會是什麼反應呢？

白：他會大吃一驚，我想他知道我的性向。其實我在《孽子》之前就寫了關於這方面的，我母親也知道，父母對兒女有種直覺地了解，他們知道，可兩個都沒說，裝，不提最好。不過他對我蠻器重的，這點我很感謝我父親，我想我有些自信是從他那邊來的，如果我整天捱罵捱打，要嘛變得很叛逆，或者變得很畏縮很自卑。

許：對那一代來講他真的非常了不起。

白：很了不起！我那時候有點胡鬧，保送後念了一半自己跑去重考，還不告訴他！

許：他評論過您寫的小說嗎？

白：看了些的，不講話。

許：但他那代人是很尊重知識文化的。

白：他非常支持，後來我發現他建立了好幾個學校，在他故鄉給鄉裡邊山尾村的孩子念書，因為我祖父過世早，家道中落，蠻困難的，他的哥哥、我的大伯、二伯，都沒有機會念書，當學徒去了，他特別聰明，我祖母特別疼他，也最器重他；還有我的姑媽，他的姊姊都犧牲來供他念書，家窮啊！他的叔叔，瘸叔，就帶他到他們八舅家，環境好，開當鋪，弄了私塾學校給子弟，我父親就去打館，八舅勢利，當著他的面跟他說「哎呀！念什麼書，當學徒好了！」我父親當時年紀小志氣高，聽了這句話，一輩子啊！瘸叔回去以後，他的叔叔就供給他在鄉裡邊一個私塾念書，他終身都很好學的，小時候挨了那麼一下子，記得入腦，他雖然是軍人，在保定軍校，他也看書的，背了好多古文。所以我們這夥兒女就慘了！那就是給他盯死了，他那麼壞的環境你們這夥還不好好念書！所以我們家有幾個念書念得不好的就倒楣了，家庭地位靠成績單排位的。

許：那你是最好的吧？

白：我常考第一，我曉得要爭取家庭地位就得好好念書，我兩個弟弟慘了，大弟念書念得不好；小弟本來念書念很好的，後來不好了就挨打。我父親跟我的關係蠻有意思，他尊重我，甚至後來我有點胡鬧，念水利念了一年，也不告訴他就考外文系去了，先斬後奏，有些普通家庭哪能給你這樣搞。我父親有個長處：他講理，你只要有一套理論，說理說服他，他聽得有理的話就ＯＫ。

許：去探索父親的人生，其實是對歲月的一種感覺嗎？包括您這麼小就對歲月、時間這麼敏感，您今年八十歲，現在對時間、歲月是什麼感覺？

白：我現在感覺到暮年。

許：感覺到自己有暮年是什麼時候開始出現的呢？七十歲？

白：我很早就知道人生有大限，對這些事情都很敏感的，我們孔夫子只講了七十歲，八十歲他沒講！

許：那您怎麼定義八十歲呢？

白：真正喜歡做什麼就做什麼吧！反正歲月也不多。而且這時候對人世、對人、對自己真的比較寬容，要求沒那麼嚴了，以前對自己很苛刻，一定要做好這樣那樣，現在放鬆點了，八十歲比較從容。

許：對死亡有恐懼嗎？

白：有的，不過也知道這是必然的嘛。

許：怎麼面對這種恐懼呢？

白：宗教蠻要緊的，佛家老早就講好大概最後都是那樣，所以也應該接受有一天就一定要走的嘛，或是希望上天仁慈一點。

許：這種對自己的放鬆會幫助您寫作嗎？您還想寫新的書嗎？

白：要啊！我覺得八十歲有個好處是愛寫什麼就寫什麼、愛怎麼寫就怎麼寫，寫得好不好都沒關係。你已經寫過了，該寫的都寫得蠻多了，我想現在就是愛寫什麼寫什麼，這麼一來我覺得可能八十歲……過得輕鬆一點吧！我只是心存感恩，上天對我挺寬厚的。

許：您有一個多麼精彩的人生啊白老師，而且每個都實現了啊！

白：我覺得蠻寬厚的！就是順著我愛做的事情，都好像也做成了，想想不可思議！

許：有沒有特別大的遺憾？

白：遺憾總是有的！情感上的，還有些沒做到的事，但回頭想想，不能抱怨的。上天對我真是寬厚，感恩。有了這個心就好得多，就沒有什麼怨。

許：您年輕時候做為一個特別傑出的小說家，後來做崑曲也好，做話劇、影視也好，這兩種創作的快感應該是很不同的吧？那您會有某種遺憾嗎？比如過去二十年一直在做崑曲的普及或復興，它是集體性的，非個人的，但如果這二十年寫出規模更宏大或者更了不起的小說，這種內心的猶豫會有嗎？

白：有的有的，但是回頭又想說可能上天就要我搞這個，怎麼好好的我又做起這個來了？好像我的這一生就準備做這幾件事情，不管是《牡丹亭》或者《紅樓夢》，好像有個手在指導你這樣走這樣走……好像都落到我來弄，但是根本輪不到我搞這個！

許：這都是某種意外？

白：真的！甚至《紅樓夢》這本書我看了一輩子，也沒有真正想要把自己的心得搞個一千頁的大書出來，這東西也是偶然的！我覺得我看了那麼多年、教了那麼多年，好像也是為這個準備的，出來以後讓一些學生看《紅樓夢》更容易一點，我替《紅樓夢》做個注腳。這兩本書是我這一生中最愛的兩本，都替他們做了一些事，這也是奇怪，所以你不能不相信命運。

許：那真是。所以小時候去上海美琪戲院聽戲，不是白聽的，都是要還債的！

白：那一下碰到了，要還債了！我在美國教書的時候，還搞不出這個，《紅樓夢》難搞的，我到了幾乎耄耋之年才有這本出來。還有替我父親寫傳，也醞釀了差不多二十年，那時候真是我一大塊心事，好有意思的，我搞父親的傳好多年搞不出來嘛，有一天晚上夢到他了，雖然他是嚴父，他對我都是蠻慈祥的，但那天晚上他臉色不好看！

許：那是哪一年。

白：恐怕是六、七年前吧！

許：夢裡教訓您嗎？

白：我夢醒了，這個不好了，我父親要我快點把它弄出來，弄了兩本書不知道你有沒有？

許：有的有的。

白：還有《關鍵十六天》，附了光碟，那是他蠻重要的一段歷史。

許：非常重要，而且之前不太有人說這段。

白：沒人說！臺灣有意思得很，我父親跟蔣的關係不好嘛，這段歷史國民黨就掩蓋掉了，現在有些人把二二八當作政治題目來炒作，向他們有利的一邊寫，所以我父親也不講，在臺灣還不太有人知道！

許：臺灣也很少人說他。

白：很少說，其實臺灣六十歲以上的人都知道，我回臺灣的時候他們還常常跟我說，當年要不是你父親到臺灣來，那臺灣人更不得了。後來慢慢我才知道真相，《關鍵十六天》都有根有據，寫出來我覺得蠻要緊的，當然《父親與民國》也是他的一生。

許：您處理歷史或處理文學的時候反差感大嗎？歷史需要有根據，在寫作歷史的時候那種感覺是？

白：我不是學歷史的，我要惡補，歷史我感興趣，也看好多，可是寫父親的歷史不能隨便寫，事實是客觀的，但我對我父親的看法是主觀的，不可能完全客觀。當然我就是以我的看法來寫我父親的歷史，肯定有人說「他替他父親寫的」，當然替我父親講話嘛，寫我父親也蠻花時間，前前後後二十年差不多，看資料、訪問人，想想不可思議，一邊搞崑曲一邊又寫父親的傳，東弄西弄的。

許：要讓您選生活在哪個朝代您選哪一個呢？曹雪芹時的乾隆、湯顯祖時的明末清初，或是宋朝……？

白：我挺喜歡南宋的文學，它有那種雅到極致，後來又衰掉、亡掉了；北宋當然也很好，北宋還不知道亡國之慟！

許：那您想做哪個人物呢？

白：哎呀，我希望有曹雪芹的才氣，那個是天才中的大天才！

許：如果浮士德找您作交易，有曹雪芹一樣的才華……。

白：出賣靈魂！我覺得出賣靈魂蠻容易的，浮士德要青春，誰不想要青春？托馬斯・曼不是寫了一本《威尼斯之死》，也是浮士德的主題，後來拍成電影，絕對要看，好極了！那麼難，沒有對話的。

許：對，沒有對話，一直是跟著看著。

白：還用音樂，用那畫面，太好了，絕對是維斯康提的 masterpiece。

許：白先生我跟您接觸不多次，您在外人看來真是特別瀟灑又特別舒服，但是您又是一個內心那麼敏感的人，好和壞、喜不喜歡心裡都很清楚，這兩種之間，一方面非常 smooth、一方面內心特別有看法，這些都是怎麼共處的呢？

白：我處在人世間，一定要處事，我有我自己獨特的想法，完全 personal，我很怕傷害別人，很怕別人痛苦、不愉快。但我還是有自己的想法，我也蠻固執的。

許：但是這兩者可以相安無事？

白：對我來講可以的！

許：年輕時候就可以嗎？還是慢慢長大之後？

白：慢慢長大才會的。年輕時候比較孤僻。

許：您年輕時應該是非常典型的詹姆斯・喬伊斯《一個青年藝術家的畫像》那種局外人、旁觀者？

白：有點。讓我選《紅樓夢》的兩個人，年輕時候是林黛玉，多愁善感，現在越大越變成賈寶玉，能夠容人了。

許：這個轉變是四十多歲時候發生還是更往後？

白：小時候其實我蠻外向樂觀的，我媽媽說我其實有點霸道，但是生了四年病把我硬撇過來，變得好敏感，肺病那時候人家都怕得避開的，所以弄得自己後來再回到人群中時非常不適應，是到大學以後開始辦雜誌才漸漸放開。後來教書就更加放開，也是一步一步成長，也有艱辛、痛苦的地方。

許：王先生給您一個很大的幫助？

白：他比較穩，學科學的，當然他也是很厚道、感情蠻豐富卻理性的一個人，他穩得住很多事情。

許：是你的定風針對吧？

白：是的，如果沒有他在後面掌舵，我可能一下子就觸礁了。像我寫〈謫仙記〉的李彤那樣子。

許：原來您也有李彤那一面，極端的這種？

白：我想有的，年輕時候有的。

許：這真是太大的變化了！李彤多動人，我很愛李彤的，我覺得我們年輕一代人碰到她都會被她迷住。

白：是啊，我想蠻有意思，我自己回頭看這一生，很感恩的是我碰到幾個朋友對我真的很好，有幾位知交，有時候我做人不見得那麼周到，朋友對我都很寬容，孔子講，交友，「友直、友諒、友多聞」，我都有這一類的朋友，朋友對我都真的蠻好，我蠻感激的。

許：白先生，我見你之前很緊張的！因為大學時讀《臺北人》，典範嘛，我那時就跟小朋友說，如果有人是文學藝術的化身，那您肯定是二十世紀為數不多的化身之一，但我覺得跟您在一起，您身上有挺多的解放力量，溫暖和解放，您什麼都可以談，我覺得這是很奇怪、很厲害的一種力量，真正的天才是解放人的，不是壓抑人的。

白：我覺得要嘛就像跟你對談這樣，如果要講些虛套、客套話的話，那就不要談，要談要真正講些東西，你也想聽我心裡話，我就告訴你。

許：您身後希望世人、歷史怎麼銘記您呢？

白：我還是希望我的作品有一些知音，我覺得一個作家寫的，一定很多不認得的人看過了，有時候碰到一些讀者，講的他真的懂！那一刻做為作家最大的欣慰感……哎呀！我想這種感受很要緊，當然希望我的作品在我走了還是有人看，沒人看的話，就表示我一定寫得不好，很快就被時間淘汰了。

許：肯定會一直有人看下去的。您提到湯顯祖、曹雪芹比較多嘛，對二十世紀作家的傳統裡面，您提過郁達夫對您的感受性很強。

白：其實郁達夫有幾部小說寫得很好的，他有一篇叫〈過去〉，我覺得奇怪，別人選集都不大選這篇。

許：我不知道，因為我看您提到就想找來看，沒找到，因為大陸一般選擇〈迷羊〉、〈沉淪〉、〈春風沉醉的晚上〉。

白：這篇寫得最好，在那個時候最成熟。

許：他情多濃啊。

白：這個裡面就是寫情，〈過去〉他這個情寫得不濫，它講一個青年男子，有三個女孩子的一家裡，他愛上老二，偏偏老二是最難纏的女孩子，漂亮、美，但難纏，虐待他，不把他當一回事，要穿鞋子也踢他兩下，糟蹋他的自尊，但是他有點被虐狂似的，就愛這一個女孩子。哪想到那個老三暗戀這個男人，他因為一頭栽到老二身上去了，根本沒把老三放在眼裡，後來老二嫁人了，他失戀難過，老三就陪著他，他倆還到杭州，什麼關係也沒發生，他不把老三放在眼裡，故事開頭就是他們在澳門若干年後，又跟老三見面了，老三那時候已經嫁過人，做人家姨太太，這時他才發現老三對他的感情，想著老三以前對他的感情，他想補回來了，要跟老三發生關係，在旅館裡面。老三說，對不起，好像晚了，她說我那時候最純潔的愛情給你，你沒要，現在我已經不是那個人了，已經汙染過，不能再給你了。很動人！那麼早他就寫出這樣的小說，不多！五四小說這樣的不多，要嘛就很浪漫的談戀愛，或是一下子讓女孩新女性，《莎菲女士的日記》這種東西，要嘛寫女性的成敗錄。

許：您是不是對五四的文學遺產評價不高？

白：因為那時候我覺得五四的文學起頭有很大的希望，但是還沒有一段足夠的時間讓五四文學成熟，一下子政治就插進來了，變成意識形態的東西，破壞了。

許：您這一代《現代文學》、臺大外文系這批人，大家會覺得跟五四有親近感或是傳承感嗎？

白：五四精神有的，我們說求新望變，不受傳統的拘束，但對於五四的那些，我現在有一種選擇批評的態度，什麼了不得東西？如果拿《紅樓夢》做標竿，整個二十世紀小說達到它一半就不錯了，你選一兩本出來還選不太出來。

許：您覺得二十世紀最優秀的中文小說家是誰呢？

白：真的很難選！比如說魯迅的〈徬徨〉、〈吶喊〉，當然寫得好，可是魯迅好像也就這兩篇；張愛玲的小說也很好，可也就是她的文字迷人，你說我就選她的 masterpiece，我又拿《紅樓夢》來比！

許：都是《紅樓夢》的陰影對不對？

白：拿《紅樓夢》來比的話，也許覺得不太公平，可是我覺得二十世紀太動盪。

許：所有東西都沒有時間來培育它。

白：內憂外患太動盪，戰爭、革命，對文學不是很好的。

許：說到這我想起夏志清先生說中國的作家太感時憂國，他認為這傷害文學的創作，您怎麼看這一點？

白：我覺得不是的，感時憂國其實是對整個文學逃不開，因為這是現實，我覺得你寫什麼其實不是那麼重要，你寫感時憂國也好、寫個人也好，就看怎麼寫，寫得好不好，像他們常選郁達夫的〈沉淪〉，我認為根本沒有感時憂國，〈過去〉他寫得很好，跟兩個女人的關係，對人生、人的感情，可以等於一個 statement，而〈沉淪〉哇啦哇啦，叫啊、哭啊，以致於最後什麼我的祖國怎麼不強大起來……？小說不是那樣寫的。魯迅就比較成熟了，他的感時憂國有些東西暗含在裡面，當然我覺得魯迅也就寫紹興的那些人物，跳開那邊好像就沒有了。所以可能五四的時候整個反傳統、打破框架，那時候要毀掉的東西太多，要反的話就要重新創個新文學、新文字，而這是難的，所以要長時間醞釀，比較成熟。二十世紀有些小說可能有些很不錯、稱得上傑作的，可能我沒看到，我的閱讀也是有限的，而且又要看西方的經典。可是我覺得以張愛玲的例子來說，現在好像對她的評價越來越高，我想第一是被她的文字迷住，第二是她寫上海那些。我認為張愛玲越過了五四、三〇年代這些東西，直接從《金瓶梅》、《紅樓夢》、《海上花》、《兒女英雄傳》那些白話小說下來，把中國文學史拉長一點，可能她才是正統，五四還是個岔路呢！我想可能她繼承的還是中國的正統。她英文很好，也不大看得出洋化的句子，她看那些章回小說熟，從那一路過來，對於五四運動、新文學好像渾然不覺，沒有興趣。

許：她在美國時候您從來沒見過她是吧？

白：我在臺灣見過她，那時候我們還是一群學生，剛開始辦了《現代文學》。

許：她是什麼樣子呢？

白：我想想，她是到一家石家飯館，蘇州菜，天氣熱，可是飯館冷氣很厲害的，她帶了個紫色棉襖式夾衣，她就坐在我旁邊，瘦瘦的、皮膚清白清白的，她是近視眼，但她不戴眼鏡，不過眼睛偶爾一張開，我覺得好像一下子穿過去！

許：這麼厲害。

白：可見她的觀察力敏銳得不得了的！我們有個作家叫王禎和，寫了一篇小說〈鬼・北風・人〉，在我們雜誌出的第一篇，一出手就很不同，他很受張愛玲影響，很有她的作風，張愛玲對他很感興趣，還講他寫的花蓮。後來她到他家裡去，還住在他家，這兩個作家很不平常的一段。

許：那時候你們這些小孩子都讀過她的東西嗎？

白：那時候我還讀得很少，好像只看過她幾篇短篇，也沒看過《半生緣》，我看她是後來；王禎和還有水晶看她看得多。

許：好有趣的相遇！

白：很好玩的，其實她到臺灣是想到香港編劇，在臺灣找材料，她寫張學良，《少帥》。

許：您怎麼評價自己編劇、小說、和散文的才能呢？

白：開頭我編劇也是外行，不過我覺得很重要的一點是對話很要緊，我寫小說很注重對話，所以我編劇在寫對話的時候就蠻自在，至於說怎麼分場、什麼場景，我有一個朋友專門學電影的，他替我分場，這場接這場，電影的場次很要緊，在接下來合作，我寫對話，主要是文學本。

許：當您寫一個小說的時候在腦子裡先出現的是形象、對話，還是場景？

白：人物！對我來說是先有人物，先有個金大班，然後再替她編故事，每個人不太一樣。但也不一定，有時候是幾件事情、幾個東西拼起來給我靈感的。

許：您現在可以比較放鬆的寫東西了，是小說還是什麼？

白：都可能，我父親的書還沒寫完，廖彥博寫《關鍵十六天》，他對我父親的理解，我也幫著他一起，我父親還有很重要的一件事，就是他跟蔣介石四十年的關係，這還沒說清楚，要做的事情太多了！

許：您父親會怎麼說李宗仁呢？

白：他跟李宗仁關係也蠻複雜，如果他是諸葛亮小諸葛的話，那李是劉備了，他們兩個合作得很好，一直北伐，但也有分歧的時候。

許：怎麼面對人生裡那種不可避免、做事會遇到的很多失望呢？

白：我個性上大概有點認為，總歸會做成，那就一直做下去吧！總有撥雲見月的一天，因為我們這個民族時間那麼悠長，急也急不來。

許：所以您還是對歷史有信心，對時間的長度有信心。

白：我相信。那麼長的傳統，我也很清楚這個傳統裡一些糟糕的東西，但不能全部毀掉，我們能夠生存幾千年，一定有它的道理。說真話，年輕時候我們對孔子不太理解，很煩他那套，現在想想，你說把孔夫子抽掉，不行的。他教你基本做人的態度，現在想想也真厲害。所以我覺得有些老祖宗的智慧也不是那麼輕易能打倒的，打倒孔家店是很幼稚膚淺的，我想應該回到孔子最原始的教導，《論語》、《中庸》、《大學》，真的耐看，帝王術或者科舉把這搞壞了，你看看孔子孟子，他們講話很近人性的，更不要說莊子、老子，這些還是中國人基本的思想感情。

許：現在還有什麼事情困擾您嗎？

白：人是很複雜的，人類文明其實真的蠻脆弱，你看看二十世紀，德國人他們產生過康德、貝多芬這麼偉大的思想家、哲學家、音樂家；出了希特勒這麼一個人，就把整個民族變野獸一樣，這叫我很困惑，這文明這麼累積下來怎麼一下子這樣？

許：那您住在美國會擔心唐納德．川普給美國帶來……？

白：美國選個賭場老闆，這美國瘋掉了！

許：您感覺美國會重新恢復過來嗎？

白：我對美國還是有信心，他們到底是蠻理智的，它有英國那套理性。

許：經驗主義傳統。

白：它後來很複雜，好多種族由外面移民，種族衝突這種東西，白人突然之間受威脅、恐慌了，黑人總統當了八年，他們心裡不服的，白人票都投給川普。

許：所以可能只是小小的一次逆反？

白：也蠻麻煩，選這一個上去完全不曉得他下面要做什麼，美國現在好多人反對他，加州全部反對，氣得要獨立。

許：那麼您對加州的歸屬感強嗎？

白：我蠻喜歡加州，加州開放、舒適，天氣又好。聖塔芭芭拉說是太平洋裡面的天堂住所，我在那的一個小城很平靜的生活，但是歸屬感談不上的。

許：但臺北也沒有歸屬感？

白：臺北倒比較有，還是人的關係，而且我很重要的一段日子在臺北過的，它比較熟悉，臺北居住很方便，到處都是7—11，雖然是很醜的城，但是也醜得可愛。

工作人員：大家都感覺到您八十了還特別純真，這是怎麼做到的？許老師說了您見過各種不好看的事情，看完了以後心裡面有各種不舒服的感知，但仍然能這麼表達，為什麼呢？

白：大概從媽媽那邊來的，我媽也經過多少事情、看過多少場面卻仍有赤子之心。

許：而且精力怎麼會這麼好？熬到這個時候一般年輕人都受不了！

白：我跟您聊起來蠻開心的，可能對象也蠻要緊，如果不對盤也講不下去了。

許：熬夜從什麼時候開始的？從臺大外文系時候開始的嗎？

白：熬夜是幾十年。臺大那時候因為早晨上課，還不是那麼晚，到了美國該寫作，有時候一寫寫天亮，或者寫到三、四點鐘；後來不寫東西也迷迷糊糊，看看書、聽聽音樂也就搞那麼晚，我很想早睡呀！睡不著！越想睡越睡不著。

許：您做什麼運動嗎？

白：我練氣功練了二十年，我覺得我就靠氣功為活，葉（嘉瑩）先生也做氣功！

許：她是什麼時候教您的？

白：在臺大教，六十年前。

許：一個九十歲的老師，一個八十歲的學生，葉先生也厲害得要命。

白：她九十歲的時候到臺灣去，我們給她辦了個演講，她講杜甫，一講站在那三個鐘頭，還不用講稿！杜詩左一首、右一首就隨便出來，一首一首隨便背，她太厲害了，我二十年前聽她講杜詩，講得真好，聲音也好聽。

工作人員：我還要問一個，這問題聽著挺傻，您說經常這些事就忘掉了，怎麼忘的？

白：忘是很難的，不過後來我想，人的心那麼小，不愉快的東西你再放進去真是盛不了那麼多，真的也就讓它過去吧，過了就忘掉它。

許：可能真的受媽媽那種性格的影響。

白：有的，我母親挺豁達的。

許：二十歲姑娘跑到前線去找爸爸，太厲害了這個！

白：她本來是個千金小姐，但她上過戰場爬那個戰壕，很好玩的，我的表哥學軍事，跟她年紀差不多，開個車子從上海到南京來，那些孫傳芳的叛軍已經要來圍他的車子，她就下令給我表哥，開槍！後來我表哥說，你媽，女英雄！後來她到南京時見到我父親，我父親當時說妳來幹嘛！我母親說我冒著生命來看你，我父親還使臉色，因為前線，妳怎麼跑來！她真的好勇敢，這個都磨練出她。她的個性很強、很勇敢、達觀，很熱愛生命，喜歡人，生了十個孩子好像還愛不夠呢！她的母愛是包容的，到哪去好像都是一片如坐春風，大家都充滿著生命、很熱鬧。

許：其實某種意義上，等於是小時候的溫暖保護了您一生。

白：我想是。我書裡面一直說，我們家裡面十個孩子，有爸爸黨、有媽媽黨，有的靠爸爸做靠山、媽媽做靠山，曹可凡問我，你是什麼？我說我是騎牆派，兩邊都跨！

許：所以後來解釋了好多您日後的行為，兩邊都跨。

白：但我不是爸爸最寵也不是媽媽最寵的，他們兩個對我都很好。

許：但合起來是最多的！

白：所以我很感激他們的，他們醫我的病、給我最好的醫療、供我念書、給我這樣的環境，雖然後來我們環境很艱難，我母親什麼都是兒女為先，她一生就是個母親、妻子，對政治不感興趣，他們給她做什麼婦女代表、國大代表她都不要，她說你們不是給我，是因為我先生的關係，你們給我我不要！她蠻率真的一個人，真的。

許：那比如說，有點不禮貌，爸爸媽媽那麼多孩子，您沒有孩子，對您某種程度上來說是遺憾嗎？

白：反正哥哥他們生就好了，還好我不是獨子，獨子的話可能有點麻煩，所以由他們擔負那些就好了。

許：作品更像您的孩子。

白：對。所以我活到現在心中挺感恩的。

許：謝謝您，您休息吧。

白：謝謝您，很高興。

本文為「十三邀」訪談紀錄，二〇一七年四月二十五日播出

如果二十一世紀發生中華文藝復興

理大這個場所，我感到很親切。四年前，我帶了崑曲新版《玉簪記》來，在這裡演出了六個晚上。去年我也來這裡演講。我非常榮幸理大給我榮譽博士學位。我想了一下該講什麼，最後定下了「如果二十一世紀發生中華文藝復興」這個主題。在座的可能都知道，這個主題我已講過許多遍，而且報刊都作了報導，可我還是要講，直講到它發生為止（白先生朗朗笑。全場聽眾熱情鼓掌）。當然，題目裡有「如果」二字，要發生文藝復興運動當然十分艱難，可說幾乎是奇蹟，可我不管是從前教書，或後來推廣崑曲，都不斷思考：我們自己的傳統文化從十九世紀末到二十世紀以來，一直處於弱勢地位。我很喜歡各種表演藝術，也有機會在歐美看了許多歌劇、芭蕾舞、古典音樂等西方表演藝術，看的時候，當然也很喜歡並且感動，可最後總有點失落感——為什麼那麼美好的東西不是我們自己的呢？我們的傳統藝術幾乎失去了發言權，不管是音樂、戲劇都按着西方的標準走，我們怎麼對自己的傳統文化失去信心了呢？我們也有很美的藝術，卻處處覺得自己不如人家。

文藝復興是西方重要的運動。二十世紀初，我們也希望有自己的文藝復興，所以才有五四運動、新文化運動，可是，一個世紀過去了，傳統文化沒有振興起來。我希望——二十一世紀，我們能走出自己的路子，文化蓬勃發展，和西方爭一長短。回看我們幾千年來輝煌的文化傳統，許多人心中都有個願望，要重振大漢天聲，讓我們的傳統文化在世界上綻放光芒。十年來，我致力崑曲推廣，有人不解，我並非崑曲界人，為什麼一心推廣崑曲。這是我自己的心願。崑曲是明朝的國劇，獨霸劇壇二百年，在我們的表演藝術中，其美學達到頂峰，影響了整個中國美學。然而，到了二十世紀，崑曲幾乎在舞台上銷聲遁迹，這個衰微的藝術是不是可以回復它的輝煌，重新注入新的生命？十年前，我製作青春版《牡丹亭》，冀望藉這齣經典戲劇使這個衰微的藝術重生。在二十一世紀，重新召喚觀眾，尤其是年輕的觀眾，重新觀賞我們具有六百年歷史的崑曲藝術。我希望華文世界中的每個年輕人，一生中至少有一次機會邂逅中國傳統藝術之美，為這個美打動，重新親近我們的文化。我們努力募款，讓世界各地年輕學子免費欣賞青春版《牡丹亭》，十年來二百三十多場演出，遍及歐美、新加坡、中國大陸和臺港澳。在大陸三十多所大學的演出，遠至蘭州、西安，南至桂林、廈門等從來沒有崑曲表演的地方，學生的反應都十分熱烈，幾千人、幾千人跑去看。為什麼從來沒接觸過崑曲的學生看了演出那般激動？那豈不是說明了我們渴求重新擁抱自己的傳統文化？渴求傳統文化浴火重生？二十一世紀不容易發生文藝復興。二十世紀的五四運動、文化大革命實際上挫傷了傳統文化，導致我們的文化氛圍陷入貧血狀態，要把它補起來，可要下重藥。除了少數專科藝術學校，從小學、中學到大學課程裡的美術、音樂、戲劇等科目，一概把自己的傳統藝術排除在外，一切以西方為尚，這造成了嚴重的後遺症。

中華文明的根源在中國大陸，那裡人才也多，可在大陸推廣崑曲十年，我感到困難重重，它的制度限制了文化傳播，沒有足夠的創作自由。香港從來沒有一本禁書，是了不起的成就。創作自由，是文藝復興發生的重要條件。這個題目出於我的「假設」，寄託我對香港的期望或說是非分之想。香港具有的優勢是：第一，絕對的創作自由；第二，經濟條件寬裕。雖然有錢不一定就能產生好的文化，但沒有錢的話，要發展文化的確很艱難。第三，香港薈萃了各地一流人才。香港的大專學院，吸收了許多大陸尖子學生，也網羅了世界各地的著名教授。以上三點，都是文化發展的基礎。中國大陸太大了，它的發展前景，很難下總結論。相對而言，香港地方小，容易管理和凝聚人才。舉例來說，我對香港有這樣的非分之想：成立崑曲學院，把一流的表演人才吸引過來，在這裡演出的崑曲和大陸將有所不同，它灌注香港的美學，包含了香港藝術設計人才的創作理念。大陸許多優秀的表演藝術人才英雄無用武之地，他們都在等著機會。聽說香港要成立文化局，希望香港的文化局長具有長遠的眼光。現在香港的大學改成了四年制，希望校方多開傳統文化的科目，吸引更多學生到香港學習。這些發展文化的根苗，讓我們期待美好的遠景。香港既有優厚的條件，所差的是發展成文化中心的雄心壯志，要有企業家懷抱文化使命感支持文化事業。香港以商業為重心，這裡沒有天然資源，地方小，卻創造了大財富，可說是奇蹟，但是往長遠打算，二、三十年後，上海很可能迎頭趕上取代香港的金融中心地位。不是說五十年不變嗎？香港如果要保持獨特優越地位，在二〇四七年來臨之際，從金融中心搖身一變，成為文化中心，必定讓全世界刮目相看。這需要上至政府下至民間各方面的投入支持，我相信香港有這個可能。還有很重要的一點，香港是中西文化交流最盛的華人地區，文藝復興不能單靠傳統文化，新的中華文化一定是傳統文化吸收了現代元素，融合了西方文化優點而成。現在都愛講「中國夢」，「中國夢」對我而言，就是文藝復興（白先生笑吟吟。聽眾再度鼓掌）。

軍事、政治、經濟的強大可能一夜之間灰飛煙滅，唯有文化長遠深厚，而且影響世世代代。十九世紀時，英國稱霸天下，可到了二十世紀，國勢沒落，但仍不失為文化大國，還站得住腳。又如法國多番亡國，它打不過德國，可法國人都有文化優越感。我以為亡國不可怕，只要文化不亡。文化有力量，是整個民族的靈魂，二十世紀，我們整個民族失魂落魄，失落了文化，陷於危險的境地。我們的文化根源已被斲傷，我們卻沒有好好思考，新的文化遠遠未建立起來。中國人究竟怎麼定義？中國文化到底是什麼？我們不能像英國人毫不猶豫回答這些問題，他們有莎士比亞，有牛頓等。我們的文化是什麼，許多人感到模糊不清，它曾經破碎、斷裂了。在這個十字路口上，必須喚起全民族的覺醒，下功夫建立文化。中國大陸近三十年來的改革開放，使經濟建設突飛猛進，而文化建設不是立竿見影的事，必須靠點點滴滴的積累和多少人多少人的覺悟。

青春版《牡丹亭》整齣作品分三晚演出，每次三小時，總共九小時長，把它帶到北京大學演出的時候，學生的熱烈反應教我十分感動。北大劇院二千一百個座位，每一場都座無虛席，而且很多學生連續追看三天完整的演出。演出落幕了，零下九度的氣溫，學生們還不肯離開，他們似乎經過一場文化洗禮，臉上發光，等着我，告訴我：「謝謝白老師。你把那麼美的東西帶給我看。」即使有時候很洩氣，不禁慨歎文化虛弱，瞧見年輕學子切實感受到傳統文化之美，教我最感欣慰，更加肯定文化是一股莫大的力量。如果讓年輕學子身上的文化基因燃燒起來，我想，我們的文化有救！香港的二〇四七年可以因為一份文化的渴求而有所不同。

以上所說都是我一相情願的非分之想或者說夢想。沒有夢想，就沒有奮鬥。我的「中國夢」恰恰是中華文藝復興，我希望大家都做這個夢！這樣子，我們就有希望了。

交流對談：

理大學生：我知道您是臺大外文系畢業，同時是造詣很高的中文作家，我們也是英語系學生，很想聽您說說念外文系對於中文寫作以及中國文化能起什麼作用。

白先勇：我進大學起初是學水利的。我不知天高地厚，一心想建三峽大壩。幸好沒這麼做，後來我反對這個工程。我念了一年水利，發現自己真正喜歡的是文學，想改考中文系，可當時臺灣的中文系十分保守，以經學為主，止於唐宋，沒有現代文學。中學老師李雅韻認為念外文系能啟發寫作，所以我重考外文系。這時候，中文系的葉嘉瑩先生講古典詩詞，她的課十分吸引人，我甚至翹了外文系的課去聽葉先生的課——你可不要做這個哦（笑）。我父親也規定我們暑假要在家背古文，那時候有抱怨，現在回想，很感謝他，多多少少背了幾篇古文，有個底子。即使念外文系，多讀中國古典名篇，能促進寫作。

理大學生：對於香港成為文化中心，我有所質疑。第一，香港並不是崑曲等文化誕生的根源地。第二，到了二〇四七年，香港的優勢也難保證，因大陸逐步開放，發展迅速。另外，外國一些大學也有中國文化研究，似乎也頗深刻，可是外國脫離了中國的語言和文化背景，他們的研究，能真正理解中國文化嗎？

白先勇：這位同學應該來自大陸，你提出很有意思的看法。我對香港有不同的看法，過去百年香港這塊殖民地，對於文化傳統，其實更加保守，它和中國大陸採用截然不同的制度，看待文化，反而有新的角度。外來作家如蕭紅、張愛玲、施叔青等都在香港寫出好的作品。就像紐約，它不是文化的根源地，但多元文化交融成為它的優點。香港的金融地位或被取代，我希望它轉身成為文化重鎮，它具有創作自由的重要條件。

黃居仁／理大人文學院院長：我本身也是臺大外文系畢業的，而且也是從物理系轉到外文系。臺大外文系規定我們修十二學分的中國文學科目，這是臺大外文系獨特的傳統。我試談談香港為什麼適合發展作文化中心。實際上，白老師不在崑曲的誕生地蘇州傳揚崑曲，而立足於臺灣、香港、大陸大江南北。在創作自由的環境下，多種文化交流激發我們去尋找文化認同，提煉某個文化元素，並且讓不同文化圈的人都能了解。香港應該很適合做這樣的事業。提煉文化精粹的下一步，是跨出去，讓世界認識並接受這種文化，由此產生認同感。我想我們在白老師的帶領下，一起努力在跨文化的環境中，提煉文化精粹，我相信這就是文藝復興的道路。

本文為白先勇接受香港理工大學頒發榮譽博士學位主題演講

陳芳／紀錄整理

——原載二〇一四年《明報》月刊二月號

◎特別感謝：時報文化出版公司授權部分篇章，趨勢教育基金會提供演講錄音，參十人創意有限公司丁雯靜總監及許培鴻先生協助劇照授權。

國家圖書館出版品預行編目資料

白先勇的文藝復興／白先勇著. -- 初版. -
臺北市：聯合文學，2020.01

368 面；公分. --（聯合文叢；656）

ISBN 978-986-323-331-2(平裝)

863.55　　10823261

聯合文叢 656

白先勇的文藝復興

作　　者／白先勇
發 行 人／張寶琴
總 編 輯／周昭翡
主　　編／蕭仁豪
資深編輯／尹蓓芳
編　　輯／林劭璜
實習編輯／張書瑜
資深美編／戴榮芝
校　　對／翁蓓玉
業務部總經理／李文吉
行銷企劃／邱懷慧
發行專員／簡聖峰
財 務 部／趙玉瑩　韋秀英
人事行政組／李懷瑩
版權管理／蕭仁豪
法律顧問／理律法律事務所
陳長文律師、蔣大中律師
出 版 者／聯合文學出版社股份有限公司
地　　址／(110)臺北市基隆路一段 178 號 10 樓
電　　話／(02)27666759 轉 5107
傳　　真／(02)27567914
郵撥帳號／17623526 聯合文學出版社股份有限公司
登 記 證／行政院新聞局局版臺業字第 6109 號
網　　址／http://unitas.udngroup.com.tw
E-mail:unitas@udngroup.com.tw
印 刷 廠／沐春行銷創意有限公司
總 經 銷／聯合發行股份有限公司
地　　址／(231)新北市新店區寶橋路 235 巷 6 弄 6 號 2 樓
電　　話／(02)29178022

出版日期／2020 年 1 月　初版
2020 年 1 月 22 日　初版五刷
定　　價／420 元

ISBN 978-986-323-331-2（平裝）